ANNIKA HANKE

LONDON'S LEGACY

ENTFESSELTE ELEMENTE

IMPRESS

Annika Hanke, geboren 1996, lebt in Schleswig-Holstein. Schon früh wurde sie durch Fan-Fiction zum Schreiben animiert, nahm diese Leidenschaft allerdings erst Ende 2014 wieder richtig auf und schrieb ihren ersten Fantasyroman, der bis heute darauf wartet neu geschrieben zu werden. Wenn sie nicht gerade im Planen oder Schreiben einer Geschichte untergeht, ist sie viel mit ihrem Hund Tony unterwegs und sucht Inspiration und Ruhe in langen Waldspaziergängen.

Für all diejenigen, die wissen,
dass unsere Welt magisch ist.

Prolog

London, das einundzwanzigste Jahrhundert.

Während die Menschen eine Zeit lang dachten, es würde nichts Übernatürliches in ihrer Welt geben, haben sich magische Nachfahren unter ihnen verbreitet. Es hat sogar eine Zeit gegeben, in der die sogenannten *Magus Feralis* Seite an Seite mit den Menschen in Frieden gelebt haben.

Mittlerweile hat sich dies geändert.

Die magischen Nachfahren halten sich bedeckt und verstecken ihre Fähigkeiten. Die Regierung der heutigen Zeit hat ein Gesetz erlassen, das jedes magische Kind, wie sie sich selbst bezeichnen, zu einer Registrierung zwingt, damit die Menschen die Kontrolle über das Übernatürliche behalten. Deswegen schweigen die meisten magischen Kinder über ihre Fähigkeiten.

Doch manchmal wird ein Geheimnis aufgedeckt ...

***

In der Dunkelheit der herannahenden Nacht raste der Jeep durch die verlassenen Straßen Londons. Regen prasselte unaufhörlich auf die Windschutzscheibe, die Wischerarme kamen kaum gegen die Wassermassen an. Gehetzt warf Sienna einen Blick in den Rückspiegel, in dem sie noch immer das grell leuchtende Paar Scheinwerfer erkennen konnte, das sie seit geraumer Zeit verfolgte. Gerade war sie noch mit den Zwillingen bei ihren Eltern gewesen und jetzt hörte sie den Schlag ihres Herzens in der Kehle widerhallen, weil der Wagen über den Asphalt flog. Sienna war sofort alarmiert gewesen, als das Auto vom Straßenrand gefahren und ihr gefolgt war. Sie hatte sich sagen wollen, dass es sich um einen Zufall handelte, aber mittlerweile war sie sich sicher, dass sie verfolgt wurden. Sie ahnte, wer den Wagen hinter ihr lenkte, doch wie hatte er herausfinden können, was sie war? Wusste er es überhaupt? Aber wieso sollte er sie sonst verfolgen?

»Es wird alles gut werden, hört ihr? Wir sind bald zu Hause, bei Daddy«, sagte die junge Frau, als ihr durch den kleinen Spiegel zwei ängstliche Augenpaare entgegenblickten. Danielle, deren kupferfarbenes Haar immer wieder von Straßenlaternen erhellt wurde, zog geräuschvoll ihre Nase hoch. Anabelle hingegen, die das dunkle Haar ihres Vaters geerbt hatte, war still.

Sienna umklammerte das Lenkrad fester, ihre Knöchel traten bereits weiß hervor. In ihrem Kopf rasten die Gedanken, sie versuchte sich einen Plan zurechtzulegen, wie sie dem Verfolger am besten entkommen könnte. Wie von selbst steuerte sie den Jeep in Richtung der Tower Bridge. Es war der schnellste Weg nach Hause und wenn sie erst einmal bei John war, würde sie sicher sein. Würden ihre Kinder sicher sein.

Als sie auf die majestätische Brücke fuhr, verlangsamte sie den Wagen etwas. Ein weiterer unsicherer Blick in den Rückspiegel zeigte ihr, dass der Wagen nicht mehr hinter ihnen war. Vielleicht hatte sie auch einfach zu viel hineininterpretiert, vielleicht hatte niemand sie verfolgt.

Sie traute sich, erleichtert aufzuatmen.

Wie aus dem Nichts tauchten die Scheinwerfer wieder hinter ihr auf. Doch plötzlich war der Fremde nicht mehr allein, schräg hinter ihm konnte Sienna die Silhouette eines weiteren Fahrzeuges ausmachen. Sie war so auf das fixiert, was hinter ihr lag, dass sie zu spät wieder nach vorne sah.

Als ihr Blick sich erneut auf die Straße richtete, war es zu spät. Geblendet von dem Fernlicht, das der Fahrer angeschaltet hatte, riss sie das Lenkrad herum und trat heftig auf die Bremse.

»Mommy!«, schrie Danielle panisch.

Sienna wollte ihr sagen, dass alles gut werden würde, doch sie hatte die Kontrolle über den Wagen verloren. Sie durchbrachen das Geländer der Brücke und Sienna spürte nur noch, wie die Räder den Kontakt zum Boden verloren. Die Themse kam immer näher, bis das Auto in das tiefschwarze Wasser stürzte.

Eins

Elf Jahre später

Gedankenverloren wartete ich im Wagen meines Dads. Ich blickte aus dem Fenster, sah dem Nieselregen dabei zu, wie er die Windschutzscheibe benetzte, und stieß ein Seufzen aus, als ich auf die Uhr blickte. Wir mussten in fünfzehn Minuten bei Merediths Geburtstag sein.

Ich ließ das Fenster herunter, als ich Dad an der Haustür erkannte.

»Wird das heute noch was?«, rief ich ihm zu. Ich konnte praktisch von hier aus sehen, wie er die Augen verdrehte. Ein Grinsen stahl sich auf meine Lippen, als er durch den Regen zum Wagen lief und einstieg.

»Was hat denn so lange gedauert?«

Er stieß ein Schnauben aus, während er den Motor startete und losfuhr. »Ich habe mit Kaffee gekleckert und musste mir ein anderes Hemd anziehen.«

Ich lachte, wodurch ich mir einen bösen Blick einfing. Dad war kaffeesüchtig und es war nicht der erste Fleck, den er durch das schwarze Gebräu verursacht hatte.

»Die Geschenke hast du mitgenommen, oder?«

»Jaaah«, antwortete ich in die Länge gezogen. »Meredith wird sich sicher freuen.«

Auf die Minute pünktlich kamen wir bei der Villa an. Die Villa war keine typische Villa, wie man sie vielleicht aus dem Fernsehen kannte. Sie hatte keine Dachterrasse mit Pool, keine Tiefgarage mit sechs Sportwagen, die niemand nutzte, und auch kein Tor mit Spracherkennung. Die Villa von Ren Yukimura war eher ein riesiges Gebäude mit Fahrstuhl, Fluren und vielen einzelnen Schlafzimmern, in denen die unterschiedlichsten Leute lebten. Meredith, die ebenfalls magische Fähigkeiten hatte, lebte seit Jahren hier. Ich wusste, dass sie mal eine kleine Wohnung in der Innenstadt gehabt hatte, doch das war lange her. Die Villa war der Rückzugsort für viele magische Kinder, die ihre Fähigkeiten nicht preisgaben. Ren Yukimura, der Besitzer, bot jedem Schutz und Hilfe an, wenn man seine Fähigkeiten entwickelte und noch lernen musste, damit umzugehen. Ich wusste, dass er in der obersten Etage ein eigenes Appartement mit seiner Tochter Saki bewohnte. Die übrigen Zimmer waren für alle magischen Kinder gedacht, die seine Hilfe annahmen.

Dad parkte den Wagen in der großen Einfahrt, wir stiegen aus und nahmen die Geschenke aus dem Kofferraum. Ich trug den Topf, in dem die wunderschöne Monstera-Pflanze stand, und verlagerte das Gewicht auf einen Arm.

»Hey, seit wann zupfst du denn so an dir herum?«, fragte ich meinen Dad feixend, als er auf dem Weg zur Tür ein weiteres Mal sein Hemd gerade strich, und betrachtete meinen hochgewachsenen Vater. Er war nicht der Typ dafür, ständig an sich oder seinem Outfit etwas verbessern zu wollen. Er war da – und wenn jemandem das nicht gefiel, dann war es halt so.

»Mache ich doch gar nicht«, brummte er zur Antwort und zwinkerte mir kurz zu. Sein hellgraues Hemd saß wirklich faltenfrei an seinem muskulösen Körper, ich wusste gar nicht, was er für ein Problem hatte.

Nachdem er die Klingel betätigt hatte, warteten wir ab. Kaum zwei Sekunden später öffnete eine strahlende Meredith die Tür.

»Happy Birthday!«, rief ich aus und umarmte sie etwas umständlich, da die Pflanze auf meinem Arm uns einen Strich durch die Rechnung machte.

»Danke. Wie schön, dass ihr zwei da seid. Komm, ich nehme dir das ab.«

Wir gingen ins Innere der Villa, wo bereits reger Betrieb herrschte. An den Wänden des Eingangsbereichs hingen altmodische Öllampen, die überhaupt nicht zu dem eigentlich sehr modernen Mobiliar passten. Ich zog den Mantel aus und hängte ihn an die Garderobe, mein Dad tat es mir gleich. Auch er umarmte das Geburtstagskind, allerdings einen Hauch länger als ich. Ein Schmunzeln trat auf meine Lippen und ich schob mich an den beiden vorbei, damit sie kurz für sich bleiben konnten.

Ich kam in den großen Wohnbereich der Villa, wo bereits alle versammelt waren: der Besitzer des Gebäudes, Ren, seine Tochter Saki, mein bester Freund Tyler und die übrigen Bewohner Dave, Ryan, Jack, Max und Emilia. Wir alle waren so unterschiedlich, wie man nur sein konnte, und doch hatten wir eine große Gemeinsamkeit, die uns verband: Wir waren magische Kinder. Menschen, die als Nachfahren der Magie geboren worden waren und bei denen sich im Laufe ihres Lebens besondere Fähigkeiten ausgeprägt hatten. Mein Dad war der Einzige, der keine magischen Kräfte hatte, und doch gehörte er zu dieser Familie wie jeder andere dazu.

»Hey, Charlie«, begrüßte Tyler mich und schloss mich ebenfalls in die Arme. Ich erwiderte seine Umarmung mit einem Lächeln auf den Lippen. Tyler zog mir einen Stuhl am Esstisch zurück, damit ich mich setzen konnte. Er war schon immer ein kleiner Gentleman gewesen. Der große, massive Tisch war bereits mit allerlei Köstlichkeiten gedeckt. Ich erkannte gefüllte Blätterteigtaschen, Focaccia, verschiedene Salate und vieles mehr.

Nachdem wir die Begrüßungsrunde hinter uns gebracht hatten und alle am Tisch saßen, stand Ren auf und tippte zweimal mit einem Löffel gegen sein Glas. Die Gespräche verstummten und er sah zu Meredith.

»Liebe Meredith, heute ist dein Tag, den wir mit dir feiern möchten. Ich denke, dass ich für uns alle sprechen kann, wenn ich sage, dass ich unheimlich froh bin, dich hier in der Villa an meiner Seite zu haben. Du bist immer für jeden von uns da, du bist die gute Seele dieses Hauses. Alles Gute zum Geburtstag.« Er hob das Glas und prostete Meredith und der Runde zu, was wir alle erwiderten. Ich sah zu ihr und erhaschte einen Blick auf die Tränen, die ihr im Augenwinkel hingen. Dad legte ihr eine Hand auf den Unterarm und flüsterte ihr irgendetwas zu, was ich nicht verstand, doch daraufhin lächelte sie.

***

»Oder als Emilia ihre Fähigkeiten noch nicht unter Kontrolle hatte und Ryan in einen Frosch verwandelt hat?«, jauchzte Tyler eine Weile später. Er lachte Tränen und auch ich musste mir eine aus dem Augenwinkel wischen. Mittlerweile waren wir mit dem großen Geburtstagsessen durch und schwelgten in gemeinsamen Erinnerungen. Emilia hatte die Fähigkeit, Dinge oder Menschen in Tiere zu verwandeln. Es war eine unglaubliche Kraft, die allerdings auch ihre Tücken hatte – wenn man sie nicht kontrollieren konnte. Zum Glück hatten wir alle hier inzwischen unsere Fähigkeiten im Griff. Ryan, der damals in einen Frosch verwandelt worden war, konnte seinen Körper mit einem Diamantpanzer überziehen, sodass er nicht verletzt werden konnte. Als er also ein Frosch gewesen war, hatte seine Fähigkeit sich aktiviert, um ihn zu schützen. Ich erinnerte mich noch genau, wie dieser kleine Diamant-Frosch auf dem Boden gesessen und leise gequakt hatte.

»Zum Glück konnte Ren das wieder geradebiegen. Stellt euch vor, ich wäre noch immer ein Frosch«, erwiderte Ryan lachend und nippte an seinem Glas. Meredith begann das dreckige Geschirr zu stapeln und den Tisch abzudecken.

»Komm, ich helfe dir.« Ich stand auf und brachte einen Stapel Teller in die Küche.

»Der Abend ist wirklich schön«, sagte Meredith und strich sich eine ihrer honigblonden Strähnen hinters Ohr. Sie trug sie heute in sanften Beachwaves, was hervorragend zu dem hellblauen Kleid passte.

»Finde ich auch.« Ich half ihr die Reste in den Mülleimer zu schmeißen und schließlich den Geschirrspüler einzuräumen. Das Lachen der anderen hallte zu uns herüber und ich schüttelte amüsiert den Kopf. Es war schön, ein Teil hiervon zu sein, auch wenn es nicht immer leicht mit meinen Kräften gewesen war.

Plötzlich spürte ich eine leichte Erschütterung in der Erde. Mein Herz stolperte über seinen eigenen Schlag und aufmerksam blickte ich nach draußen. Es war wie der Bass bei einem Livekonzert, der durch den Boden schoss und den Körper zum Vibrieren brachte. Es erschütterte jeden einzelnen meiner Knochen, blieb einen Herzschlag lang und verschwand wieder, als wäre es niemals da gewesen.

»Hast du das auch gerade gespürt?«, fragte ich Meredith. Diese blickte mich verwirrt an.

»Nein, was meinst du?«

Ich biss mir auf die Unterlippe und schüttelte gedankenverloren mit dem Kopf. »Ach nichts, alles gut.« Dann setzte ich wieder ein Lächeln auf.

»Wie wäre es, wenn du zu deinen Gästen gehst und ich aufräume, hm? Na los, an seinem Geburtstag sollte man Spaß haben!«

Sie ließ mich allein und ich stellte den Teller, den ich in den Händen hielt, auf der Küchenzeile ab. Mein Blick wanderte nach draußen, doch ich konnte nichts sehen. Hatte ich mir dieses Gefühl vielleicht nur eingebildet? Meredith hatte die Fähigkeit, andere magische Kinder aufzuspüren, wenn sie also nichts bemerkt hatte, dann konnte es doch nichts gewesen sein, oder? Ich versuchte in mich hineinzuhören, dieses Vibrieren zu reproduzieren und dem nachzugehen, doch da war nichts. Keine Signatur, der ich hätte folgen können, kein Hinweis auf irgendetwas Übernatürliches. Ich musste es mir eingebildet haben.

»Was machst du hier ganz allein?«, holte Tyler mich zurück aus meinen Gedanken. Ich blickte zu ihm und winkte schließlich mit dem letzten schmutzigen Teller, ehe ich diesen in den Geschirrspüler stellte.

»Aufräumen. Meredith muss das heute ja nicht machen.« Mit Schwung setzte mein bester Freund sich auf die Küchenzeile neben mich und sah mich einen Moment abschätzend an. »Hey, ist alles okay mit dir? Du siehst aus, als hättest du ein Gespenst gesehen.«

»Was soll schon sein?«, stellte ich die Gegenfrage und schüttelte den Kopf. Es war am besten, wenn ich diesen kurzen Moment nicht erwähnte. Was sollte es auch schon gewesen sein? Ich hatte es mir ganz sicher nur eingebildet und wollte niemanden in Unruhe versetzen. Nicht, wenn Meredith nichts gespürt hatte.

»Soll ich dich morgen von der Schule abholen?«

»Ich bin mit Katie verabredet. Wir wollten zusammen noch etwas lernen, du weißt ja, Abschlussjahr und so.«

Ty verzog das Gesicht und strich sich das kinnlange, schwarze Haar hinters Ohr. »Mann, bin ich froh, dass ich damit durch bin. Nur noch ein Jahr, dann ist die Ausbildung auch geschafft und ich bin endlich ein arbeitender Bürger«, scherzte er.

Tyler war zwei Jahre älter als ich und hatte nach der Highschool eine Ausbildung zum Tischler angefangen, anstatt aufs College zu gehen. Er war noch nie der Typ für die Schule gewesen und ein College war für ihn gar nicht infrage gekommen. In der Ausbildung musste er auch noch genug lernen und das reichte ihm vollkommen.

Erneut ging ein Vibrieren durch mich hindurch und ich blickte mich um. Doch auch Ty schien nichts davon mitbekommen zu haben. Was zur Hölle ging denn bitte hier vor sich?

»Charlie?«, sprach er mich an und ich erwiderte seinen fragenden Blick.

»Hast du das nicht gespürt? Da war eine Erschütterung.«

Tyler schüttelte den Kopf. »Nein, ich habe gar nichts gemerkt.« Er runzelte die Stirn und betrachtete mich einen Moment lang. »Hast du so was öfter?«

»Was? Dass ich seltsame Erschütterungen spüre, die sonst niemand bemerkt? Nein, ganz bestimmt nicht.« Ich warf den Spüler zu, stellte ihn an und ging nach draußen in den Garten der Villa. Es war bereits dunkler geworden, dicke Wolken türmten sich am Himmel und die untergehende Sonne zog nur noch wenige helle Streifen durch die Schwärze. Ich atmete die nach Regen duftende Luft ein und schloss für einen kurzen Moment die Augen. Meine Erdmagie war draußen in der Natur immer am stärksten. Vielleicht konnte ich hier herausfinden, wieso ich ein Beben spürte. Doch auch hier blieb alles still.

»Stimmt irgendetwas nicht?«

Ich drehte mich um und sah Saki an der Tür stehen. Ihre pastellrosa Haare trug sie heute offen, was selten vorkam. Saki war dafür bekannt, aufwendige Frisuren zu tragen.

»Ich dachte, ich hätte etwas gespürt.«

Sakis Augen leuchteten golden auf, was zeigte, dass sie ihre Fähigkeit benutzte. Auch sie konnte magische Signaturen aufspüren und herausfinden, um wen es sich dabei handelte. Ihre Fähigkeit war weitaus ausgeprägter als die von Meredith, denn Saki konnte das magische Kind bestimmen, wusste genau, was für eine Art Kraft sie vor sich hatte. Meredith hingegen konnte einer Signatur nur folgen und erst in direkter Nähe sagen, um was für eine Fähigkeit es sich handelte. Signaturen waren praktisch magische Fußabdrücke – jeder hinterließ einen Pfad, dem man folgen konnte.

»Ich kann nichts finden.« Saki legte den Kopf schief und sah mich genau an. »Was auch immer es war, ich glaube, es hatte keinen übernatürlichen Ursprung.«

Ich nickte gedankenverloren. »Lass uns wieder rein, ja?«

Den restlichen Abend verbrachten wir weiterhin ausgelassen. Ich versuchte das Gefühl zu vergessen und ließ mich von den Gesprächen mitreißen. Es war ein schöner Abend.

»Danke, dass ihr hier wart.« Meredith schloss mich nochmals in eine Umarmung, ehe sie mich losließ und anlächelte. Auch Dad zog sie in die Arme und hauchte ihm einen Kuss auf die Wange.

»Wir sehen uns. Gute Nacht«, wünschte mein Dad ihr, ehe wir zu seinem Wagen gingen und einstiegen. Ich sah ihn an, ganz unverfroren, doch er ignorierte mich gekonnt. Nur daran, dass er mit den Fingern auf das Lenkrad trommelte, erkannte ich, dass er genau wusste, dass ich ihn anstarrte.

»Charlie-Bee«, sagte er warnend und stieß den Atem genervt aus. »Was auch immer es ist, spuck es einfach aus.«

»Du und Meredith. Was läuft da?«

Dad stieß ein kehliges Lachen aus und fuhr sich, als wir an einer Ampel standen, kurz über das Gesicht und durch das Haar. Daraufhin standen die schwarzen Strähnen in allen Himmelsrichtungen ab.

»Nichts läuft da. Wir sind befreundet, das weißt du.«

»Ach so. Klar, dann habe ich wohl falsch geguckt«, erwiderte ich grinsend. Bevor er wieder losfuhr, warf er mir einen vernichtenden Blick zu, der mir das Grinsen allerdings auch nicht aus dem Gesicht wischen konnte. Es war nichts Verwerfliches dabei, wenn Dad eine neue Frau kennenlernte. Es war okay für mich – wenn es Meredith war, freute ich mich sogar für ihn. Mum war vor elf Jahren, als ich gerade einmal sechs Jahre alt gewesen war, gestorben und auch wenn ich sie noch jeden Tag vermisste, so würde ich mich besser fühlen, wenn Dad wieder jemanden an seiner Seite hatte. Einfach, damit er wieder glücklich werden konnte.

Der Rest der Fahrt verlief schweigend. Ich ritt nicht weiter auf dem Thema Meredith herum und Dad hatte natürlich auch nichts mehr dazu zu sagen. Als wir ankamen, spürte ich langsam, aber sicher die Müdigkeit in meinen Knochen.

»Ich werde mich direkt hinlegen. Morgen ist wieder Schule«, setzte ich Dad mit einem Seufzen in Kenntnis. Es war mein Abschlussjahr und ich war wirklich froh, wenn die Highschool beendet war und ich auf ein College gehen konnte.

»Schlaf gut, Charlie-Bee.« Dad setzte mir einen flüchtigen Kuss aufs Haar, zog Mantel und Schuhe aus und ging noch ins angrenzende Wohnzimmer. Nachdem ich mich aus meinem Mantel und den Schuhen geschält hatte, ging ich die Treppe nach oben in mein Zimmer. Ich war zwar ziemlich erschöpft, doch jetzt, als ich etwas zur Ruhe kam, begannen meine Gedanken sich wieder um die Erschütterung zu drehen. Ich schob sie beiseite, denn wenn nicht einmal Saki etwas gespürt hatte, dann war es auch sicherlich nur eine Einbildung gewesen. Und außerdem: Wer sollte die Macht haben, die Erde zum Vibrieren zu bringen? Zwar war ich der Erdmagie mächtig, doch diese Elementarmagie war die tückischste Fähigkeit der *Magus Feralis*. Sie war stark, viel zu stark für die meisten. Selbst wenn sie sich mal gezeigt hatte, dann hatte das magische Kind in den seltensten Fällen überlebt.

Wieso gerade ich es geschafft hatte, war ein Rätsel ... doch ich war unheimlich froh drum.

Zwei

»Es ist wirklich unglaublich, wie viel Regen es in London gibt!«, gab meine beste Freundin gerade von sich, während ich mit dem Kopf noch in meiner Tasche nach einem Notizzettel suchte.

»Meine Mutter hätte sich wirklich einen besseren Ort aussuchen können, als sie mich zur Welt gebracht hat.«

Ich konnte mir ein Schmunzeln nicht verkneifen und schaute zu dem blonden Lockenkopf hoch. Sie hatte die Arme verschränkt, die Stirn in Falten gelegt und lehnte gegen die steinerne Wand des Flures. Alles an ihr wirkte vollkommen unzufrieden.

»Hast du ihr das mal gesagt? Dass du lieber in San Francisco oder Miami geboren worden wärst?«

Sie pustete sich eine verirrte Locke, die nicht länger in ihrem monströsen Dutt bleiben wollte, aus der Stirn und zuckte mit den Schultern.

»Habe ich. Sie hat gelacht.«

Nun war es auch an mir zu lachen. Katie war wirklich unverbesserlich. Mit einem weiteren Blick in meine Tasche fand ich endlich den Notizzettel und stand wieder auf. Durch meine hohen Chelsea Boots überragte ich Katie sogar noch mehr als sonst, was sie mit einem grimmigen Blick zu mir bemerkte.

»Musst du eigentlich echt noch hohe Schuhe tragen? Ich sehe sowieso schon wie ein Zwerg aus neben dir.« Ihre Laune hatte offenbar wirklich ihren Tiefpunkt erreicht.

»Ach, was redest du Katie? Du hast doch gar keinen Bart«, gab ich mein Wissen über Zwerge – jedenfalls wenn man nach *Herr der Ringe* ging – an sie weiter.

»Haha!«, sagte sie genervt und streckte mir höchst erwachsen die Zunge raus. Ich quittierte ihre Geste mit einem Schmunzeln und strich mir eine Strähne hinters Ohr.

»Hey, Charlie«, ertönte plötzlich eine tiefe Stimme und ich blickte verwirrt auf. Mason, ungeschlagener Star des Fußballteams unserer Schule und nebenbei Mädchenschwarm der gesamten Westminster School, schenkte mir sein schönstes schiefes Lächeln und ging mit seinen Freunden an mir vorbei. Es wunderte mich, dass in seinem Arm keine hübsche Blondine war. Ich erwiderte seinen Gruß nur mit einem flüchtigen Lächeln und kümmerte mich dann wieder um die wichtigen Dinge des Lebens: meine Schulbücher, die darauf warteten, sortiert zu werden. Ich hatte gar nicht mitbekommen, wann das Chaos in meiner Tasche ausgebrochen war und die Bücher sich verselbstständigt hatten. Normalerweise war ich immer ein sehr organisierter Mensch, der die Bücher chronologisch nach Unterrichtsfach in seiner Tasche mit sich schleppte. Was brachte es mir, als Erstes Englisch zu haben und dann erst die Bücher durchforsten zu müssen? Wenn also Englisch das erste Fach war, lag das dazugehörige Material auch direkt vorne. Das war rein logisch.

»Erde an Charlie!« Katies Stimme war einige Oktaven höher gesprungen und ich sah verwirrt zu meiner besten Freundin.

»Mason *Mädchenschwarm* Smith hat dich gerade begrüßt!«

Ich zuckte mit den Schultern. »Ja, habe ich mitbekommen. Und?«

»Ich kann einfach nicht verstehen, dass du ihn immer noch verschmähst!« Sie seufzte theatralisch und fasste sich an die Stirn. Ich schüttelte lachend den Kopf und steckte das letzte Buch an seinen Platz. Dabei fiel mir auf, dass wir tatsächlich nur noch eine Stunde zu meistern hatten.

»Du weißt doch ganz genau, dass ich mich auf meinen Abschluss konzentrieren will. Außerdem ist Mason ein wandelndes Klischee, worauf ich einfach keine Lust habe. Ja, er sieht gut aus, ist attraktiv und sportlich. Aber er ist einfach nicht mein Typ und hilft mir definitiv nicht beim Lernen.«

»Beim Lernen für Englisch vielleicht nicht. Andere Sachen kann er dir sicher beibringen«, erwiderte sie prompt und wackelte anzüglich mit den Augenbrauen. »Er ist bestimmt einer der *Magus Feralis,* so einen Body kann kein normaler Mensch haben.«

Dass in unserer Gesellschaft magische Kinder – oder eher für die Außenstehenden *Magus Feralis* – lebten, war kein Geheimnis. Die Menschen wussten von uns, achteten uns aber nicht wirklich. Wenn wir als solche erkannt wurden, zwangen sie uns zu einer Registrierung unserer Fähigkeiten, zwangen uns, alles von uns preiszugeben, weil wir in ihren Augen eine potenzielle Gefahr sein könnten. Das war auch der Grund, weswegen Ren die Villa schützte, warum die dortigen magischen Kinder ihre Fähigkeiten verbargen. Nicht einmal andere *Magus Feralis* wussten, dass es uns gab. Waren wir erst einmal registriert, gab es kein Zurück mehr, keine Möglichkeit mehr, ein normales Leben zu führen.

Trotzdem gingen einige magischen Kinder immer noch mit ihren Fähigkeiten hausieren, eine Registrierung ihrer Kräfte war ihnen offenbar egal. Ich hingegen hatte gelernt, dass man sein Talent nicht an das schwarze Brett der Schule hängte, sondern vorsichtig mit seinen Kräften umging. Deswegen wusste nicht einmal Katie etwas von meiner magischen Herkunft.

Zur Antwort stöhnte ich resigniert und schulterte meine Tasche. »Bei dir ist Hopfen und Malz verloren, weißt du das eigentlich? Was sagt Max denn dazu, dass du so auf Mason abfährst?«

»Gar nichts! Außerdem ist Gucken ja wohl erlaubt, oder nicht?« Nun war sie es, die die Augen verdrehte und meine Moralpredigt mit einem genervten Stöhnen quittierte.

»Na los, sonst kommen wir zu spät«, wies ich sie grinsend an und schob sie durch die Schülermassen zum letzten Unterrichtsfach. Es war Mathe. Keine Ahnung, wie jemand Mathematik an das Ende eines Schultages setzen konnte, vielleicht wollten die Lehrer uns damit beweisen, dass sie die Macht hatten, unseren eigentlich gut laufenden Tag zum Ende hin doch noch zu versauen. Das war sicherlich die berühmte teuflische Ader, die jeder Lehrer in seinem Studium erhielt.

Wie erwartet zog sich der Unterricht wahnsinnig in die Länge. Während unser Lehrer über die Arten der Mathematik philosophierte und bei einer Gleichung mehr Buchstaben als Zahlen an der Tafel zu sehen waren, schaltete mein Gehirn automatisch ab. Ich blickte aus dem Fenster zu meiner Linken und betrachtete die Regentropfen, die heftig gegen die Fensterscheibe pras selten. Wind brachte die Bäume dazu, bedrohlich nach links und rechts zu schaukeln. Das Wetter war derzeit scheußlich. Mit Regen und dunklen Wolken kannte man sich in London aus, doch diesen November war es wirklich schlimm. Der typische Nieselregen war zu einem ausgewachsenen Platzregen mutiert und das sonst so leichte Lüftchen zu einem richtigen Sturm. Unweigerlich fragte ich mich, ob ich, wenn ich das Element Luft beherrschen würde, etwas an dem Wetter ändern könnte. Da ich aber weder Luft noch Wasser auf meiner Seite hatte, waren das nur unnötige Überlegungen. Meine Fähigkeiten lagen einfach woanders.

Es klingelte zum Ende der Stunde und uns wurden noch die Hausaufgaben zugerufen, die kaum jemand verstand, da alle ihre Sachen packten, um so schnell wie möglich aus dem Raum zu verschwinden. Ich schob meine Hefte und Schreibutensilien ebenfalls in meine Tasche und streifte mir meine Jacke über, ehe ich den Riemen schulterte und Katie nach draußen folgte.

Als wir am Haupteingang ankamen, aus dessen Türen Dutzende Schüler strömten, sah Katie seufzend zum Himmel hoch. Der Wind zerrte bereits durch die offenen Türen an unserer Kleidung und ich zog den Schal um meinen Hals etwas fester.

»Wieso hast du eigentlich noch kein eigenes Auto?« seufzte meine beste Freundin und ich konnte mir ein Schmunzeln nicht verkneifen. Katie stellte sich fürchterlich an, wenn es regnete und sie zu Fuß gehen musste. Sie sorgte sich ständig, dass ihr Make-up oder ihre Frisur dadurch zerstört wurden, ich aber genoss es, draußen herumzulaufen.

Aber Katie und ich hatten sowieso eine völlig unterschiedliche Auffassung von Mode und unserem Aussehen. Katie liebte es, die neusten Klamotten zu tragen und achtete stets darauf, dass sie mit dem Trend ging. Ich hingegen liebte meine weiten Wollpullover und Leggings und musste nicht täglich die perfekte Frisur haben, was man beispielsweise heute sehr gut daran erkannte, dass ich meine hellbraunen Haare offen trug. Ohne Haarspange, die die vordere Partie zurückhielt, ohne geflochtene Strähnen, die einen kleinen Eyecatcher erbringen könnten. Mein glattes Haar umrahmte einfach nur mein rundliches Gesicht. Katie hingegen hatte ihre Locken zu diesem kunstvollen Dutt aufgetürmt, dünne geflochtene Strähnen waren überall in der Frisur wiederzuerkennen. Es sah toll aus, keine Frage, aber mir war der Aufwand einfach zu hoch, dafür dass ich nur zur Schule ging.

»Weil ich nicht einmal eine knappe halbe Stunde zu Fuß nach Hause brauche. Weißt du, was solche Kurzstrecken der Umwelt antun? Würden alle mehr mit dem Fahrrad fahren oder zu Fuß gehen, anstatt für einen Weg von fünf Minuten das Auto zu nutzen, würde es unserer Erde schon weitaus besser gehen.«

»Und mir würde es weitaus besser gehen, wenn wir nicht durch diesen bescheuerten Regen zu dir laufen müssten!« Sie nutzte ein Buch, das wir gleich zum Lernen brauchen würden, um ihre Frisur vor dem Regen zu schützen, als wir uns hinaustrauten. Ich schüttelte lachend den Kopf und spannte meinen Regenschirm auf. Sogleich hakte sie sich bei mir unter, um auch ja jeden Zentimeter von sich zu retten.

Als wir an der Straße ankamen, stoppte ein dunkelgrüner Jeep direkt vor uns. Das Fahrerfenster wurde heruntergelassen und niemand geringeres als Max grinste uns an. Seine kobaltblauen Augen blitzten uns keck entgegen.

»Hat hier jemand ein Taxi gerufen?«, fragte er und Katie quietschte vergnügt.

»Du bist meine Rettung!«, rief sie, ehe sie um das Fahrzeug herumlief und sich auf den Beifahrersitz schmiss. Sie umfasste Max Gesicht mit den Händen und drückte ihm einen Kuss auf die Lippen.

»Na komm schon, Charles, du willst doch nicht wirklich durch den Regen laufen.« Max richtete seine Aufmerksamkeit wieder auf mich. Ich hasste ihn für den Kosenamen, doch daran hatte ich bislang nichts ändern können.

»Na gut.« Ich öffnete eine der hinteren Türen, schüttelte den Schirm aus und ließ mich auf die Rückbank gleiten. Noch ehe ich mich angeschnallt hatte, gab Max Gas und fuhr mit röchelndem Motor los. Der alte Geländewagen hatte wirklich schon bessere Tage gesehen, doch seine Eltern hatten ihm zum achtzehnten Geburtstag lieber einen alten, maroden Jeep geschenkt anstatt eines Neuwagens. Die ganzen Schnösel aus London fuhren natürlich irgendwelche Sportwagen und konnten somit allen anderen zeigen, dass sie uns Normalos um Welten voraus waren. In deren verwirrten Synapsen war das jedenfalls der Fall.

Innerhalb von wenigen Minuten waren wir bei mir zu Hause angekommen. Mit dem Auto war es wirklich ein Witz, und dafür extra den Motor anzuschmeißen, war für mich einfach lächerlich.

»Holst du mich nachher auch wieder ab?«, säuselte Katie ihrem Freund zu und beugte sich zu ihm. Ich schnappte mir meine Tasche und meinen Schirm, verabschiedete mich kurz mit einem Dank von Max, ehe ich ausstieg und zur Haustür eilte. Ich hatte bereits Jacke und Schuhe ausgezogen und war in die Küche gegangen, als Katie sich endlich zu mir gesellte. Während sie im Flur weiterhin über das Wetter fluchte, füllte ich den Wasserkocher und schaltete ihn an.

»Was möchtest du für Tee?«, fragte ich sie und blickte über die Schulter zu ihr, als sie durch den Flur in die Küche kam. Sie strich sich eine nasse Locke zur Seite und zuckte mit den Schultern.

»Yorkshire Tea?«

Ich nickte zur Bestätigung, dass ich den Tee dahatte, und förderte zwei Tassen zutage, in die ich jeweils einen Teebeutel versenkte. Nachdem ich das heiße Wasser aufgegossen hatte, holte ich noch etwas Gebäck aus dem Schrank und schob es Katie über den Küchentisch zu. Dad und ich hatten einen hohen Tisch mit Barhockern davor, was wir allein ihm zu verdanken hatten. Ich hätte lieber vernünftige Stühle mit Lehne gehabt, aber in diesem Punkt hatte ich absolut kein Mitspracherecht.

»Bringst du die schon ins Wohnzimmer?« Katie nickte, schnappte sich jedoch erst eine der kleinen Butterköstlichkeiten und schob sie sich in den Mund. Ich nahm die Tassen und folgte ihr von der offenen Küche rüber ins Wohnzimmer. Nachdem ich die Tassen abgestellt hatte, setzte ich mich vor dem niedrigen Tisch auf den Boden und zog meine Schultasche zu mir heran, um das Arbeitsmaterial zum Lernen herauszuholen.

»Ich habe übrigens ein Kleid gefunden in dieser süßen kleinen Boutique in der Innenstadt, wo wir letztens waren. Ich ärgere mich total, dass ich es nicht sofort gekauft habe! Mum hat doch bald Geburtstag und ich muss dringend etwas Neues haben, wenn wir brunchen gehen. Hast du Milch?«, setzte sie nach, als sie in ihren Tee schielte.

»Äh, ja, klar. Sorry«, erwiderte ich, stand auf und holte aus der Küche Milch und Zucker.

»Apropos Geburtstag«, nahm sie das Thema wieder auf, während sie einen großzügigen Schuss Milch in die Tasse goss und ich das Lehrbuch aufschlug. »Was wünschst du dir eigentlich?«

»Ich?«, fragte ich perplex und sah von meinem Buch auf. »Mein Geburtstag ist noch zwei Monate hin! Da denke ich doch noch nicht drüber nach, was ich mir wünsche«, gab ich lachend zurück und nippte selbst an der heißen Flüssigkeit, die mein Inneres wärmte.

»Deswegen denke ich für dich ja zwei Monate vorher dran. Also? Sollen wir shoppen gehen und gucken, was wir für dich finden? Vielleicht kann ich dich endlich zu diesem sexy Minikleid überreden, was deine Brüste so schön hervorhebt.«

Ehe ich es verhindern konnte, brach ein Lachen aus mir heraus. »Nein, das trage ich nicht, das habe ich dir schon tausend Mal gesagt! Aber ich könnte neue Schuhe gebrauchen, wo wir schon mal bei Kleidung sind.«

»Ich kaufe dir aber keine Schuhe mit Absätzen! Du bist sowieso schon viel größer als ich!« Mit erhobenem Zeigefinger und hochgezogenen Brauen schalt sie mich scherzend und ich prustete los, weil sie so einen irrwitzigen Anblick abgab.

Der Nachmittag verging wie im Flug und wir quatschten mehr über unwichtige Themen als zu lernen. Ich lachte Tränen, als Katie gerade lebhaft von einer peinlichen Begegnung mit einem Jungen erzählte, lange bevor sie mit Max zusammengekommen war, als mein Dad plötzlich im Wohnzimmer stand.

Er hob eine Augenbraue und blickte abwechselnd zwischen unseren Hausaufgaben und uns hin und her. »Wolltet ihr nicht lernen? Zu meiner Zeit war Mathe nicht so lustig.«

»Deine Zeit ist ja auch einfach schon ein bisschen länger her«, feixte ich, was ihn dazu veranlasste, ein schockiertes Schnauben auszustoßen.

»Oh, mitten ins Herz! Das hat gesessen«, erwiderte er und legte theatralisch die Hände an die Stelle, an der sein Herz schlug. »So habe ich dich nicht erzogen, junge Dame.«

Ich sprang auf die Füße und ging zu ihm rüber, um ihm einen Kuss auf die Wange zu drücken.

»Stimmt. Bekenne mich schuldig, verhaftest du mich jetzt?«

Er zog die Jacke seiner Polizeiuniform aus und schüttelte den Kopf. »Aktuell nicht, weil ich Feierabend habe, aber ich überlege es mir noch.«

Ich setzte gerade an, um einen weiteren Kommentar hinterherzuschieben, da erbebte für den Bruchteil einer Sekunde die Erde. Das Licht flackerte und ging aus, ehe es sich wieder einschaltete, und die Tassen auf unserem Tisch klirrten verdächtig. Der Hauch einer übernatürlichen Präsenz flog an mir vorbei und die gute Laune war wie weggeblasen.

»Was war das gerade?«, fragte Katie alarmiert und stand auf.

Dad schüttelte fragend seinen Kopf und auch ich hob eine Augenbraue.

»Was meinst du? Das Licht? Das hat ständig irgendwelche Macken, ich muss wirklich dringend den Elektriker anrufen«, gab mein Dad mit einem Seufzen und einem Blick auf die Deckenlampe zu verstehen.

»Nein, das war ein Erdbeben, habt ihr das nicht gespürt?«, beharrte sie und ich biss mir auf die Zunge. Dad warf mir einen vielsagenden Blick zu. Ganz langsam, sodass nur er es merkte, schüttelte ich den Kopf, um ihm zu verstehen zu geben, dass wir Katie nicht zustimmen durften. Natürlich hatte ich es gespürt – es fühlte sich an wie das Vibrieren am Vortag, das sich durch meinen ganzen Körper gezogen hatte.

»Nein, habe ich wirklich nicht. Hast du schon wieder zu viele Dramen und Weltuntergangsfilme geguckt?«, fragte ich und setzte ein künstliches Lachen hinzu, ehe ich zurück ins Wohnzimmer ging und meine Unterlagen vom Boden aufsammelte. Skeptisch blickte meine beste Freundin mich an.

»Ich weiß jedenfalls, was ich gespürt habe.« Sie machte sich ebenfalls daran, ihr Zeug zusammenzupacken.

»Soll ich dich fahren?«, fragte mein Dad, als Katie ihre Tasche schulterte und in den Flur stapfte.

Sie winkte mit ihrem Handy. »Nein, ich habe Max schon geschrieben, dass er mich um sieben Uhr abholen kann. Aber danke.« Sie schenkte meinem Dad ein kurzes Lächeln und ich gesellte mich zu ihr in den Flur, um sie zu verabschieden.

»Wir sehen uns morgen, ja?«

Katie nickte und umarmte mich. Ein Hupen ertönte von draußen und sie öffnete die Tür, um durch den Regen zu Max Wagen zu laufen. Ich atmete tief die kalte Luft ein, die mir entgegenwehte, und genoss die Abkühlung auf meiner erhitzten Haut. Erst als das Auto verschwunden war, schloss ich die Tür und ging zu meinem Dad in die Küche.

»Du hast es auch gespürt, oder?«, fragte ich.

Er nickte. »Natürlich. Was denkst du?«

Ich zuckte mit den Schultern, während ich die leeren Teetassen in die Spülmaschine räumte. »Ich weiß nicht, irgendetwas war seltsam. Willst du Lasagne?«

Dad nickte. »Ja, danke. Ich kann sie mir auch selbst in den Ofen schieben, Charlie. Du musst mich nicht bemuttern.«

Ein kurzes Lachen kam über meine Lippen, als ich die Auflaufform aus dem Kühlschrank zog und in den Ofen stellte.

»Ich bemuttere dich nicht. Außerdem habe ich auch Hunger.«

»Na gut. Denk nicht mehr so viel über diese Erschütterung nach, okay? Es wird sicherlich nichts gewesen sein«, versuchte er mich zu beruhigen, während er nach oben ging, um sich umzuziehen. Ich biss mir auf die Unterlippe und lehnte mich mit dem Rücken gegen die Küchenzeile. War es wirklich nichts gewesen? Dafür hatte es sich aber verdammt seltsam angefühlt, genau wie gestern. Und ich war wenig überzeugt davon, dass ich zwei Tage hintereinander halluzinierte.

Mein Handy vibrierte auf dem Wohnzimmertisch und ich ging rüber, um zu sehen, wer mir geschrieben hatte. Es war Saki.

Hast du irgendetwas gespürt?

Verwirrt runzelte ich die Stirn. Wenn sogar Saki jetzt etwas bemerkt hatte und mich danach fragte, konnte ich mir das Gefühl nicht eingebildet haben. Ich wollte gerade den Chat aufrufen, als das Gesicht von Tyler, meinem besten Freund, auf meinem Display erschien und ich den Anruf entgegennahm.

»Hey, was gibt's?«

»Brauche ich jetzt schon einen handfesten Grund, um meine beste Freundin anzurufen?«, stellte er die Gegenfrage und ich musste unweigerlich grinsen.

»Nein, aber ich dachte, du hättest mal irgendetwas Wichtiges erlebt, was du mir sofort erzählen musst.«

»Autsch. Wieso bist du so gehässig?«, erwiderte er lachend.

Ich ging zurück in die Küche und klemmte mir das Handy zwischen Wange und Schulter, um zwei Teller herauszuholen.

»Gibt es bei euch Essen?«

Ich runzelte die Stirn, als er die Frage stellte, und warf einen Blick aus dem Küchenfenster. Von hier konnte man direkt auf das Nachbarhaus gucken und somit sah ich meinen besten Freund, der grinsend am Fenster stand und mir zuwinkte.

»Du bist so ein Stalker! Es gibt Lasagne. Willst du rüberkommen?«

»Ich dachte schon, du fragst gar nicht. Bis gleich.«

Ehe ich antworten konnte, hörte ich schon, wie er den Anruf abbrach. Ich schüttelte leicht den Kopf über ihn und legte das Handy weg. Dabei vergaß ich die Nachricht von Saki total, weil es wenige Sekunden später schon an der Tür klingelte. Tyler war wohl durch den Regen gerannt, um nicht allzu nass zu werden.

»Hey«, begrüßte ich ihn und erwiderte die halsbrecherische Umarmung. Er schob mich ins Innere des Hauses und schüttelte prompt seine kinnlangen, schwarzen Haare aus. Ich quietschte erschrocken, als mich das kalte Regenwasser traf.

»Mann!«, tadelte ich ihn und schlug gegen seinen Oberarm. »Warn mich nächstes Mal doch vor!«

Er lachte und streifte Jacke und Schuhe ab, dann ging er in die Küche. Er fühlte sich hier ganz wie zu Hause. Tyler und ich waren zwar zwei Jahre auseinander, allerdings waren seine Eltern früh nach England gezogen, sodass wir quasi schon unser ganzes Leben lang nebeneinander wohnten. Seine Mutter, die gebürtige Londonerin war, hatte hierher zurückgewollt, nachdem sie in Südafrika Tylers Vater kennengelernt und schließlich auch geheiratet hatte. Der

war zum Glück einverstanden gewesen, denn dessen Eltern stammten selbst aus Großbritannien und so war es für ihn ein Stück weit, als würde er nach Hause kommen. Mittlerweile lebten sie schon seit sechzehn Jahren hier.

»Hast du morgen eigentlich schon was vor?«, fragte er und ich begann mit seiner Hilfe den Tisch zu decken.

»Nein. Wieso?«

»Weil du jetzt etwas vorhast.« Er schmunzelte. »Ich hol dich von der Schule ab und wir unternehmen was, okay?«

Ich nickte und nahm das Besteck aus der Schublade. Mein Dad kam in die Küche und begrüßte Tyler mit einem freundschaftlichen Schlag auf die Schulter.

»Schön, dich zu sehen, Ty.«

»Gleichfalls, John«, erwiderte dieser.

Als die Lasagne fertig war, stellte ich die heiße Auflaufform auf den Tisch.

Nachdem wir gegessen und aufgeräumt hatten, holte Dad ein altes Kartenspiel hervor, das wir schon in meiner Kindheit oft gemeinsam gespielt hatten. Es war zwar schon spät, doch ich ließ mich hinreißen. Der Abend verging wie im Flug und natürlich blieb es nicht nur bei einer Runde des Spiels.

Drei

Als ich die Augen aufschlug, verfluchte ich Tyler und meinen Dad, dass wir gestern Abend noch mit dem Kartenspiel angefangen hatten. Als ich nach der ersten Runde, die ich verloren hatte, gehen wollte, hatten beide mich so aufgezogen, dass ich nicht an einer Revanche vorbeikam. Wir waren völlig in unseren spontanen Spieleabend versunken gewesen, Dad und Tyler hatten gemeinsam Bier getrunken und so waren die Stunden vergangen, ohne dass einer von uns es wirklich bemerkt hatte. Das wiederum hieß, dass ich sehr viel später in mein Bett gekommen war, als ich vorgehabt hatte. Und nun, viel zu wenige Stunden später, klingelte mein Wecker. Ich stöhnte und bedeckte mein Gesicht mit einem der rosa Plüschkissen, als das Licht automatisch anging. Da ich manchmal echt ein mieser Morgenmuffel war, hatte Dad eine Zeitschaltuhr eingebaut, die die Deckenleuchte in meinem Zimmer um spätestens sechs Uhr früh anschaltete. Es war eine Vorsichtsmaßnahme von ihm, weil ich diverse Male schon völlig verschlafen hatte, wenn er bereits bei der Arbeit gewesen war.

Ich seufzte und stieß die Decke beiseite. Just in diesem Moment frischte der Wind auf und pfiff durch den Spalt meines gekippten Fensters. Sofort fröstelte ich und meine Arme wurden von einer fiesen Gänsehaut überzogen. Frierend und nun auch noch schlecht gelaunt tapste ich in mein angrenzendes Badezimmer und gönnte mir eine heiße Dusche, die dafür sorgte, dass meine Haut ganz rot wurde. Danach öffnete ich eine Musik-App auf meinem Handy und ließ Taylor Swift auf voller Lautstärke *Shake It Off* singen. Während die Musik mir half, meine Laune wieder etwas zu heben, summte ich mit und schminkte mich dezent, was meine karamellbraunen Augen gut hervorhob. Nach einem Blick in den Spiegel entschied ich, mein Haar heute wieder offen zu lassen, strich es hinter die Ohren und puderte meine Nase noch etwas, um die kleinen Sommersprossen abzudecken, ehe ich in mein Schlafzimmer tänzelte und mir Klamotten für den Schultag heraussuchte. Es dauerte etwas länger als gewöhnlich, bevor ich die Treppen nach unten lief und mich in der Küche zu meinem Dad gesellte.

»Vielleicht solltest du nicht studieren nach der Schule, Kleines, sondern eine steile Karriere als Musikerin hinlegen«, begrüßte mich mein Dad grinsend. Er trug noch seine karierte Schlafhose und ein weißes Shirt, was die vielen bunten Tattoos auf seinem ganzen Körper durchschimmern ließ. Auf seinem Arm blitzte mir eine Fratze mit herausgestreckter Zunge entgegen. Kleine Hörner zierten ihren Kopf und ein Auge war mit groben Stichen zugenäht. Sie sah grotesk aus, aber Dad liebte sie.

»O ja, danke für den Tipp! Und dann fahre ich durch die Weltgeschichte, nur mit einem Rucksack und meiner Gitarre und zeige allen, wie toll ich bin.«

Er lachte und nippte an seinem schwarzen Kaffee, den ich von meiner Position an der Küchenzeile aus riechen konnte. Er kochte ihn immer viel zu stark, weswegen ich von dem Gebräu stets die Finger ließ. Nachdem ich den Wasserkocher gefüllt hatte, stellte ich ihn an. Während das Küchengerät mein Wasser blubbernd zum Kochen brachte, lehnte ich mich gegen die Theke und wartete. Wenige Sekunden später konnte ich dessen heißen Inhalt in meine Tasse befördern.

»Jaah«, sagte Dad und lachte, was sich eher wie das verschluckte Bellen eines altersschwachen Rottweilers anhörte. »Vielleicht lieber nicht.«

Ich setzte mich ihm gegenüber an den Tisch und wärmte meine Hände an der dampfenden Tasse. Dad schob mir die Zeitung rüber und tippte auf die Schlagzeile, die mehr als deutlich zeigte, dass das Unwetter der letzten Tage noch nicht seinen Höhepunkt erreicht hatte. Ich seufzte und schüttelte den Kopf.

»Irgendwas ist komisch bei der Sache.«

Dad nickte. »Ja, das merke sogar ich und ich habe keine magischen Kräfte.«

Während ich den Beitrag las, zog ich mir den Teller mit Waffeln heran und zerrupfte eine, um sie zu essen. Mein Magen rebellierte etwas, ich hatte in dieser superfrühen Morgenstunde nie wirklich Appetit. Aber Dad achtete stets darauf, dass ich nicht mit leerem Magen aus dem Haus ging.

»Hm, vielleicht fällt die Schule ja aus«, überlegte ich laut, was Dad ein Glucksen bescherte.

»Träum weiter, Charlie-Bee. Nur wegen ein bisschen Wind und Regen werden die nicht den Unterricht absagen. Du wirst schön zur Schule gehen und das auch bis zur allerletzten Stunde. Du weißt, was ich vom Schwänzen halte.« Er zwinkerte mir zu, leerte seine Tasse und stand vom Tisch auf.

»Oh nimmst du mich mit?«, fragte ich sogleich, als ich auf die Uhr schaute.

Ja, ich mochte gerne laufen, dennoch nutzte ich die wenigen Tage, in denen Dad und ich zur selben Zeit losmussten, auch gern, um mich von ihm fahren zu lassen. Dann hatten wir immerhin ein kleines bisschen mehr Zeit miteinander.

»Klar. Nimm dir noch was für die Schule mit«, rief er, während er schon auf dem Weg nach oben war, um sich umzuziehen.

Ich nahm einen Schluck meines Tees, stand auf und fischte eine Brotdose aus dem Schrank, um ein paar Waffeln hineinzulegen. Als diese verstaut war, schlüpfte ich schon mal im Flur in meine Boots und nahm mir noch einen Tee in einem Thermobecher mit. Dann wartete ich auf Dad.

In der Straße, in der wir wohnten, herrschte schon reges Treiben, als wir nach draußen gingen. Unsere Nachbarn stiegen in ihre Fahrzeuge, ließen die eng aneinandergereihten Häuser hinter sich und fuhren zur Arbeit. Dad und ich taten es ihnen gleich, verließen das warme Haus und traten in den kalten Regen hinaus.

Das Wetter wurde tatsächlich immer schlimmer. Die Bäume wankten bedrohlich nach links, ihre Baumkronen schienen den Boden berühren zu wollen. Dunkle Wolken zierten den Himmel und ließen nicht vermuten, ob die Sonne bereits aufgegangen war oder nicht. Die Scheibenwischer von Dads Wagen hatten alle Hände voll zu tun, die Wassermassen, die auf uns niederprasselten, waren einfach zu stark. Während die Lichter vor uns in den Regenschlieren auf der Windschutzscheibe verschwammen, lauschte ich einem ruhigen Song aus dem Radio. Draußen herrschte das reinste Chaos, ein Hupkonzert ertönte und Dad musste mehr als einmal eine Vollbremsung hinlegen, um keinen Unfall zu verursachen. Laut fluchend ließ er sich darüber aus, dass manche Menschen ihren Führerschein wohl im Lotto gewonnen hätten. Ich sagte lieber nichts dazu und ließ ihn toben.

Schon bald kam die hochgebaute Schule in Sicht. Das Gebäude der Westminster School erinnerte mich stets an eine antike Kathedrale. Mit ihren Türmen hätte sie auch eine etwas andere Version von *Hogwarts* sein können. Als Dad vor dem Gebäude hielt, waren schon viele Schüler draußen und stürzten sich ins Innere der Schule, um dem Regen zu entfliehen.

Ich schnallte mich ab und zog meine Tasche auf den Schoß.

»Tyler holt mich nach der Schule ab und wir sind dann noch unterwegs. Wann hast du Feierabend?«

»Planweise um sechs Uhr. Aber du kennst den Job ja«, erwiderte er. Es kam selten vor, dass er tatsächlich mal pünktlich Feierabend hatte oder gar mal früher nach Hause kam.

»Bis dahin sind wir sicher wieder da. Pass auf dich auf«, verabschiedete ich mich bei ihm und stieg aus. Ich zog die Kapuze in meinem Nacken hoch auf meinen Kopf, hielt sie fest und rannte mit den anderen Schülern zum Haupteingang der Schule.

Als ein Blitz den fast schwarzen Himmel zerriss, zuckte ich unweigerlich zusammen. Ich blieb auf der obersten Stufe vor dem Eingang stehen und blickte in den Himmel, spürte eine seltsame Energie, die das Unwetter weiter anfachte. Das war definitiv nicht natürlich. Aber was war es dann? Ein magisches Kind, das Elementarmagie beherrschte? Das war praktisch unvorstellbar, denn diese Art von Kraft galt als ausgestorben. Niemand hatte die geballte Macht der Elemente bislang überlebt. Niemand bis auf mich. Also musste ich mir diese Energie, die ich nicht beschreiben konnte, einbilden und mein Empfinden spielte mir einen Streich.

Ich ließ mich von dem Schülerstrom ins Innere schieben und zog die Kapuze vom Kopf. Meine Jacke tropfte und die Jeans klebte unangenehm an meinen Waden. Ich seufzte. Na klasse, so fing der Tag doch richtig gut an.

Als Mr Miller, unser Biologielehrer, auch nach einer halben Stunde nicht erschienen war, ging die Tür auf und

Mrs Summers trat herein.

»Ruhe, bitte«, begann sie ihre Rede und blickte kurz auf einen Zettel. »Wie Sie vielleicht mitbekommen haben, ist

Mr Miller nicht aufgetaucht. Nun, er hatte einen Unfall wegen des Wetters. Nicht schlimm, es scheint ihm so weit gut zu gehen, dennoch ist er zur Beobachtung ein paar Tage im Krankenhaus. Da die Meteorologen berichten, dass der Sturm weiter zunehmen soll, fällt der restliche Unterricht zunächst aus. Sollte sich daran etwas ändern, werden Sie kurzfristig benachrichtigt.« Sie machte eine kurze Pause und nahm ihre Brille von der Nase. »Wenn es möglich ist, lassen Sie sich von einem Elternteil abholen.«

Ich unterdrückte ein genervtes Stöhnen und strich mir eine regenfeuchte Haarsträhne hinters Ohr. Das frühe Aufstehen, die Eile, ins Innere zu kommen, die nasse Hose – alles für die Katz. Konnte man nicht einen Abend vorher den Wetterbericht ansehen und entscheiden, dass die Schule ausfiel?

Während alle um mich herum jubelten und bereits ihre Sachen einpackten, räusperte sich Mrs Summers und verlangte so nach Aufmerksamkeit.

»Mr Miller hat mir eine Hausaufgabe für Sie aufgetragen. Sie alle schreiben bitte bis Ende der Woche einen zehnseitigen Aufsatz über das derzeitige Thema in Ihrem Unterricht. Zudem erledigen Sie diese Arbeitsblätter hier.« Sie ging durch die Reihen und verteilte drei aneinandergetackerte Zettel. Ein Stöhnen ging durch die Schüler und ich überflog den Text kurz.

»Nun wünsche ich Ihnen einen schönen Tag. Passen Sie auf Ihrem Nachhauseweg auf sich auf.« Mrs Summers verließ den Klassenraum und eilte vermutlich zum nächsten, wo sie weitere Aufgaben verteilen konnte. Ich seufzte und schob die Aufgaben zu meinem Block in die Tasche, ehe ich aufstand und dem Strom nach draußen folgte.

Anstatt direkt rauszulaufen, zog ich mein Handy aus der Tasche und schrieb Tyler, dass er mich jetzt schon abholen konnte. Prompt kam die Antwort, dass er sich auf den Weg machte, und ich lächelte.

Ich blieb unter dem schützenden Vordach des Eingangs stehen und wartete auf den alten grünen VW von Tyler. Als dieser in Sicht kam und er ein kurzes Hupkonzert veranstaltete, lief ich, so schnell ich konnte, durch den Regen zu seinem Wagen und sprang hinein.

»Was ein Wetter«, sagte er zur Begrüßung und schüttelte sich kurz. »Wie war dein Tag bisher?«

Ich schnaubte und deutete auf die Uhr. »Unnötig. Ich habe ungefähr vier Stunden zu wenig geschlafen, nur um dann zu erfahren, dass der Unterricht gar nicht stattfindet.«

Tyler biss sich auf die Unterlippe und achtete auf den Verkehr. Sein Blick blieb konzentriert, doch seine Lippen verzogen sich zu einem Grinsen. »Sieh es positiv, jetzt hast du wenigstens richtig viel vom Tag. Wollen wir was frühstücken und dann zur Villa?«

»Das klingt fantastisch.«

Ziemlich schnell mussten wir allerdings einsehen, dass ein reines Verkehrschaos herrschte. Offenbar vergaßen alle Menschen, wie man Auto fuhr, wenn es regnete. Tyler und ich entschieden uns, doch direkt zur Villa zu fahren und einfach dort Frühstück zu machen. Die anderen würden sich sicherlich freuen.

»Apropos Unwetter«, begann ich, als die Nachrichten im Radio wieder einmal davon berichteten. »Findest du auch, dass es sich komisch anfühlt? Als wäre es … irgendwie nicht natürlich?«

Zu meiner Überraschung nickte Tyler, was mir zeigte, dass mein Gefühl mich doch nicht getäuscht hatte. Einerseits brachte mir das etwas Erleichterung, weil nicht nur ich so empfand, doch gleichzeitig loderte mein Inneres noch einmal auf. Wenn es nicht nur mir so erging, dann musste hier definitiv irgendetwas los sein.

»Ja. Irgendetwas stimmt nicht, selbst die Tiere spüren das und sind ganz wuschig.« Ty, der die Fähigkeit hatte, seinen Geist in die verschiedensten Tiere zu versetzen und demnach jedes Lebewesen in unserer Nähe spürte, musste das Ungewöhnliche der Situation und die damit verbundene Unruhe sehr viel deutlicher empfinden als ich.

Ich konnte mir ein Lachen nicht verkneifen. Tyler sah mit zusammengezogenen Augenbrauen zu mir herüber und zuckte, so gut es ging, mit den Schultern. »Was?«

»Keine Ahnung, es klingt so witzig, wenn du wuschig sagst.«

Er stimmte in mein Lachen mit ein. »Das beschreibt den Zustand der Tiere aber ziemlich gut«, erklärte er mir und ich schmunzelte. Er hatte seine Fähigkeit bekommen, als er in der Schule von einer Gruppe Jungs verprügelt worden war. Seine Emotionen hatten sich auf die Vögel übertragen, sodass diese sich auf die Angreifer gestürzt und sie vertrieben hatten.

Als wir ankamen, blickte ich aus dem Fenster. Die Villa lag in ihrem strahlenden Weiß wie ein Lichtfleck vor dem düsteren Himmel. In den einzelnen Fenstern brannte bereits Licht und ich fühlte mich sofort ganz heimelig, denn dieses Gebäude war mein zweites Zuhause. Auch mir hatte Ren damals geholfen, als ich gerade einmal sieben Jahre alt gewesen war und plötzlich die Elementarmagie hatte beherrschen können.

Wir beeilten uns, zur Tür zu kommen und Saki öffnete uns. Ihre schmalen Augen betrachteten mich abschätzend, die pastellrosa Haare hatte sie heute in einer Minnie-Mouse-Schleife mitten auf ihrem Kopf drapiert.

»Wieso hast du gestern nicht mehr geantwortet?«, fragte sie mich direkt. Erst jetzt fiel mir ihre Nachricht wieder ein.

»Mist! Sorry, das habe ich total vergessen.« Ich schälte mich aus meiner Jacke und hängte sie an die Garderobe neben Tylers. »Was ist denn los?«

Saki zuckte mit den schmalen Schultern und strich sich den Pony aus den Augen. »Ich weiß es nicht genau. Aber das alles fühlt sich einfach nicht normal an.«

Ich verzog das Gesicht. Saki war bereits die Dritte, die es spürte. Und sie konnte die Fähigkeiten von magischen Kindern aufspüren, weswegen man ihrem Wort wirklich vertrauen konnte. Gerade als ich zu einer Antwort ansetzen wollte, erbebte die Erde und brachte mich um mein Gleichgewicht. Tyler griff nach meinem Arm und richtete mich wieder auf, sonst wäre ich gestürzt.

»Das war definitiv nicht normal«, sagte ich und machte mich von Tyler los. Ich eilte durch den Flur ins Wohnzimmer, riss die Terrassentür auf und trat ungeachtet des Regens in den Garten. Sofort wurde mein dünner Pullover völlig durchnässt, doch ich ging in die Knie, legte eine Hand in das nasse Gras und konzentrierte mich auf meine Fähigkeit – die Erde. Grashalme und

Blumen begannen sich um meine Finger zu schlingen und ich spürte die Kraft in mir, spürte wie mein gesamter Körper kribbelte. Die Pfützen vor mir spiegelten mein Gesicht, sodass ich das starke grüne Leuchten in meinen Augen sehen konnte. Wenn es ein magisches Kind war, das die Erde zum Beben brachte, musste ich es doch irgendwie spüren können. Doch egal, wie sehr ich mich darauf konzentrierte und mich auf eine Signatur einlassen wollte, da war nichts. Es war zu still.

Als ich den Kontakt mit der Erde abbrach, hörte der Regen schlagartig auf, als hätte jemand einen Wasserhahn abgedreht. Die Wolken klarten auf und sogar ein paar Sonnenstrahlen blitzten durch. Verwirrt stand ich auf und blinzelte in den Himmel. Was bitte war das jetzt wieder gewesen?

Vier

Vincent

Schreie hallten in meinem Kopf wider.

Ich konnte sie hören, sie wiederholten sich, als wäre ein Sprung in einer CD und als würde man sie nur abschalten können, wenn man den Strom abschaltete. Wenn man dem Spieler den Garaus machte.

Aber in diesem Fall war ich der Spieler und mein Verstand die CD mit Sprung. Ich presste die Hände auf die Ohren und kniff die Augen zusammen. Sah es wieder vor mir. Ich tauchte ab in die Vergangenheit, denn sie rief nach mir und zerrte mich mit sich, wie ein Sog, dem man nicht entkommen konnte, und ehe ich mich versah, spielte sich eine Erinnerung lebhaft vor meinem inneren Auge ab.

***

»Was ist in letzter Zeit nur los mit dir?«, schrie Wes, mein Bruder, mich gerade an. Es war kein guter Zeitpunkt, mit mir zu streiten, das spürte ich tief in mir. Irgendetwas stimmte nicht mit mir und ich konnte es unmöglich kontrollieren.

»Nicht jetzt, Wes«, murmelte ich und wollte die Treppen nach oben nehmen, die mich in mein sicheres Zimmer führen sollten. Ich konnte jetzt nicht auf Konfrontation mit meiner Familie gehen, weil ich wieder mal erst mitten in der Nacht und völlig fertig nach Hause gekommen war. Doch es war schlimm zurzeit … und ich konnte unmöglich ständig in ihrer Nähe sein.

Denn ich spürte, dass ich eine Gefahr war. Dass etwas nicht Natürliches in mir brodelte, dass der Sturm zunahm, wenn ich wütend wurde und dass ich diese Kraft in mir nicht kontrollieren konnte.

Ich hatte bereits von magischen Kindern gehört. Sie wurden zur Registrierung gezwungen und wurden genau beobachtet. Sie wurden von der Regierung schneller verdächtigt, wenn irgendetwas passierte, als sonst irgendjemand. Denn die magischen Kinder waren nicht natürlich, sie hatten besondere Fähigkeiten. Als Wes und ich klein gewesen waren, hatten wir uns oft ausgemalt, wie es wäre, übernatürliche Fähigkeiten zu entwickeln. Daran geglaubt hatte keiner von uns.

Und jetzt? Was passierte jetzt mit mir? Ich hatte keine Ahnung, woher diese Macht in meinem Inneren plötzlich kam, wieso ich die Elemente spüren konnte. Sie formen konnte.

»Doch, genau jetzt, Vincent! Du kannst nicht ewig vor uns davonlaufen!«, schrie er mich wütend an und riss mich an einem Arm die Treppenstufe hinunter.

Die Kraft in mir brodelte, Wut pumpte durch meine Adern und ich schubste ihn mit aller Kraft von mir.

»Du willst wissen, was los ist?«, brüllte ich und spürte die bereits vertrauten Flammen, die sich um meine Finger verteilten. Sie verbrannten mich nicht, sie spendeten mir Trost, flüsterten mir zu, dass sie die Einzigen wären, die mich verstehen könnten.

»In mir brodelt eine Kraft, die du niemals verstehen wirst!«

Meine Mutter erschien hinter Wes im Türrahmen des Wohnzimmers und blickte auf meine Hände. Angst trat in ihre blauen Augen und sie schlug sich die Hände vor den Mund.

»Vince, du musst zu einem Arzt, vielleicht kann man dir helfen«, flüsterte sie erstickt und ich spürte den Stich, den ihre Worte mir versetzten, überdeutlich in meiner Brust. Sie trafen mein Herz und verpassten ihm den ersten Riss.

»Mir kann keiner helfen, Ma. Ich bin nicht krank.«

»Doch, Vince, Baby. Wir kriegen das wieder hin«, sagte sie und kam auf mich zu, doch ich wich automatisch einen Schritt zurück. Deswegen verschwand ich so oft, deswegen hielt ich mich von meiner Familie fern.

»Vincent, bitte!« Wes war schneller bei mir, als ich reagieren konnte, und hatte mich festgehalten. »Wir suchen dir Hilfe«, flehte er und das war der Moment, der das Fass zum Überlaufen brachte.

»Mir kann niemand helfen!«, rief ich aus und ich spürte, wie die Kraft in mir explodierte. Es dauerte nur einen Herzschlag lang an, doch durch die Wucht des Feuers, das offenbar aus meinem gesamten Körper hervorstieß, wurden Wes und Mum

zurückgeschleudert. Ihre Körper fingen Feuer, ebenso wie das Haus binnen Sekunden von den Flammen zerfressen wurde.

Nur ich blieb übrig.

***

Keuchend kämpfte ich mich aus den Erinnerungen hervor und spürte im nächsten Moment, wie die Erde ein letztes Mal erbebte, ehe plötzlich alles still wurde. Der Regen hatte schlagartig aufgehört und ich blinzelte in den Himmel. Die Kraft in meinem Inneren war immer noch da, doch sie war leise, so leise, dass ich nicht fürchten musste, dass sie aus mir herausbrach. Jedenfalls nicht jetzt.

Doch der Moment, in dem ich die Kontrolle erneut verlieren würde, würde kommen, das wusste ich. Es war immer so gewesen und würde immer so sein. Denn meine Kräfte waren da, um zu zerstören.

»Wir werden ein Zeichen setzen«, sagte eine Frauenstimme hinter mir und ich drehte mich um. Ihre dunkle Gestalt ging fast in den Schatten unter, zwischen denen sie stand.

»Es wird Zeit, dass du deine Kräfte loslässt, Vincent. Es wird Zeit, dass du sie nicht länger unterdrückst. Und ich weiß auch schon wie.« Ein Grinsen verzog ihre schmalen Lippen und ließ ihr Gesicht eher wie eine Fratze wirken. Sie war keine schöne Frau, der Hass auf die Menschen und ihre Gesetze gegenüber den *Magus Feralis* hatte sie hässlich werden lassen. Doch sie war auch die Einzige, die mir hatte helfen wollen.

Und mir zeigte, was ich mit meinen Kräften alles anstellen konnte.

***

Charlie

Das Unwetter hatte in dem Moment, in dem ich meine Erdmagie benutzt hatte, schlagartig aufgehört und war auch nicht wieder zurückgekommen, die Wolken waren aufgebrochen und zeigten ganz vorsichtig ab und zu ein paar Novembersonnenstrahlen. Es nieselte noch öfter, aber das war für

London und die Jahreszeit völlig normal. Wir bekamen noch am selben Tag, an dem wir nach Hause geschickt worden waren, mittags den Anruf, dass wir die Schule wieder besuchen durften und schon bald redete niemand mehr über das vergangene Wetterphänomen.

Doch irgendwie fühlte ich mich aufgewühlt. In meinem Inneren wütete ein Sturm aus Emotionen, die ich nicht zuzuordnen wusste, geschweige denn stillschalten konnte. Nach der Schule war es sogar so heftig, dass meine Finger begannen zu zittern und die Rankentattoos, die der Menschheit eigentlich stets verborgen blieben, erschienen ganz blass unter meiner Haut. Ich stopfte die Hände in die Taschen meines Mantels und beeilte mich, fortzukommen. Nicht einmal auf Katies Zurufe reagierte ich, denn ich war so in Gedanken und meiner aufkommenden Panik gefangen, dass ich einfach nur nach Hause und in unseren Garten wollte.

Als ich ankam, warf ich meine Tasche und meine Jacke beiseite, durchquerte die Küche und drückte die Hintertür, die in den Garten führte, auf. Wir hatten nur ein Stückchen Grünfläche, dessen Großteil auch noch von einer Trauerweide eingenommen wurde, doch die Nähe der Natur beruhigte mich bereits mit dem ersten Schritt auf das weiche Gras.

Ich setzte mich auf den Boden, ignorierte die Feuchte vom Rasen, die meine Hose hinaufkroch, und atmete tief durch, ehe ich die Augen schloss und mich ganz auf mich und meine Kraft einließ. Für den Bruchteil einer Sekunde merkte ich noch, dass der Wind auffrischte und der Regen stärker wurde, doch dann tauchte ich ab in meine Erdmagie.

Stille.

Alles um mich herum war vollkommen still. Ich war in einer Blase gefangen, spürte den kalten Wind nicht, der eigentlich an meinem Haar zerren müsste und hörte das Prasseln des Regens nicht.

Ruhe.

Innere wie auch äußerliche Ruhe hatte mich endlich ausgefüllt und ich spürte nur noch die warme, vertraute Magie, die an meinen Händen am stärksten war. Würde ich die Augen aufschlagen, würde ich die grünlich wabernde Magie um mich herum sehen, die Ranken und Gräser, die meine

Finger hinaufkrochen. Die Erde brachte mir Ruhe, ließ mich zu mir selbst zurückfinden und schenkte mir die Ausgeglichenheit, die ich an manchen Tagen bitter nötig hatte. Das Zittern in meinen Händen hörte auf und der Sturm in meinem Inneren begann sich langsam, aber sicher zu legen.

Dann hörte ich, wie Kies unter Rädern knirschte, und schlug die Augen auf. Einen Moment hielt ich die Erdmagie noch fest, dann entließ ich sie zurück in die Natur und stand von meinem Platz unter der riesigen Trauerweide auf. Dad hatte sie schon vor Jahren abholzen wollen, doch das hatte ich bisher immer gut verhindern können. Sie war mein Ruhepol hier in der Stadt geworden, ebenso wie die uralte weiße Eiche im Garten der Villa.

Ich kam durch die Hintertür in unser Haus und traf in der Küche auf meinen Dad. Er trug noch seine Uniform vom Dienst bei der Polizei und stellte gerade eine Tüte mit duftendem Essen ab.

»Hey, Dad«, begrüßte ich ihn und schob ihn zur Seite, damit ich die Boxen mit chinesischem Essen aus der Tüte ziehen konnte. Er öffnete den Gürtel, an dem seine Dienstwaffe befestigt war, und hängte ihn zu seiner Jacke an die Garderobe. Ich warf ihm einen tadelnden Blick zu.

»Haben wir nicht den Deal, dass du deine Waffe nicht zugänglich aufbewahrst?«

Ehe er allerdings etwas dazu sagen konnte, leuchtete mein Handy auf. Es war eine Nachricht von Ren, dass ich sofort in die Villa kommen sollte. Gleichzeitig begann das Handy meines Dads zu klingeln. Er nahm ab und seine buschigen Augenbrauen zogen sich augenblicklich zusammen. Ich tippte eine Antwort an Ren, dass ich mich auf den Weg machen würde. Es musste irgendetwas passiert sein, sonst würde er zu dieser Uhrzeit nicht mehr schreiben.

»Ich muss noch mal los«, sagte mein Dad, nachdem er den Anruf beendet hatte, und stand auf. Mit einem Griff hatte er seine Jacke und den Waffengurt an sich genommen.

»Kannst du mich zur Villa mitnehmen?«

Er nickte und ich nahm auch meine Jacke von der Garderobe, um ihm nach draußen zu folgen.

***

»Gut, dass du da bist«, begrüßte Tyler mich, als er mir die Tür öffnete.

»Was ist denn passiert?«, fragte ich, während ich ihm ins Wohnzimmer folgte. Ren war dort mit Dave und Saki und den weiteren magischen Nachfahren. Sie sahen sich gerade eine digitale Karte von London auf einem der riesigen Bildschirme an.

»Es gab eine Explosion, die vermutlich nicht ganz natürlich gewesen ist«, klärte Dave mich auf, als ich hineinkam. Seine dunklen Augenbrauen waren zusammengezogen und er wirkte angespannt.

»Ihr meint, dass es vielleicht ein magisches Kind gewesen sein kann?« Entrüstet blickte ich zu den anderen.

Saki nickte bestätigend. »Wir müssen hin und die Energiesignatur prüfen.«

»Ihr drei werdet gehen. Die Polizei wird jeden Moment da sein, wenn sie es nicht schon längst ist. Beeilt euch, findet heraus, was es mit dieser Explosion auf sich hat.« Ren deutete mit seinem Zeigefinger auf Dave, Saki und mich. Aufgrund unserer Fähigkeiten waren wir das perfekte Team, was eben solche Vorfälle überprüfen konnte.

Saki würde herausfinden können, um wen es sich bei der Explosion handelte. Dave war ein Telepath, konnte Gedanken kontrollieren und sich und andere Personen mittels seiner Kraft an andere Orte teleportieren. Er würde die Polizei täuschen können, wenn es sein musste, und würde Saki in das Gebäude bringen. Und ich? Tja, ich war mit meiner stark ausgeprägten Elementarmagie der Schutz von den beiden. Falls wir in Schwierigkeiten geraten würden, konnte ich uns beschützen.

Aufregung machte sich in mir breit, als Dave ein Portal erschuf, das uns direkt an den Unfallort bringen würde. Ein Blick durch das Portal zeigte bereits die Straße und das teils zerstörte Gebäude.

»Seid ihr so weit?«, fragte Dave an Saki und mich gewandt. Seine schwarzen Haare tanzten im Wind des Portals. Saki war die Erste, die nickte und schließlich hindurchging. Sie wurde in einem Strudel aus silberner Magie mitgerissen und war verschwunden. Ich atmete tief durch und folgte ihr. Ein

Kribbeln ging durch mich hindurch, wie jedes Mal, wenn ich portalierte. Der Wind wurde stärker, das Haar peitschte mir ins Gesicht und ich wurde von der Kraft mitgerissen. Auf der anderen Seite trat ich auf die Straße und stand neben Saki, etwa eine Querstraße von dem explodierten Gebäude entfernt. Falls die Polizei schon da war, konnten wir nicht einfach direkt vor dem Haus wie aus dem Nichts auftauchen.

»Spürst du etwas?«, fragte ich Saki. Sie machte eine unbestimmte Kopfbewegung, ehe sie sich den zerzausten Pony wieder glatt strich.

»Wir müssen näher ran.«

Ich folgte ihr die Straße hinunter, bis wir an dem besagten Gebäude waren. Aus der Ferne konnte ich die Polizeisirenen schon hören, die die herannahenden Fahrzeuge ankündigten. Plötzlich blieb Saki wie angewurzelt stehen und hielt ihre Hände mit gespreizten Fingern etwa auf Hüfthöhe von sich.

»Es war ein magisches Kind«, teilte sie uns mit. Ein Blick zu Dave verriet mir, dass er ebenso verwirrt war wie ich. Wieso sollte ein magisches Kind seine Kraft missbrauchen und ein Gebäude in die Luft jagen? Oder war es ein Unfall gewesen? Ein Nachfahre, der seine Kräfte gerade erst bekommen hatte? Aber wer konnte das gewesen sein?

»Ich muss ins Gebäude. Von der Straße aus spüre ich nur diese ... gewaltige Kraft. Ich glaube, es war ein Unfall, er oder sie wollte das Haus nicht in die Luft jagen.«

»Meinst du, es ist die gleiche Person wie damals?«, fragte Dave an Saki gewandt und sie presste die schmalen Lippen aufeinander. Ihre Haut war blass, die Augen auffällig geschminkt. Dann zuckte sie allmählich mit einer Schulter und neigte den Kopf etwas zur Seite, als würde sie etwas hören, was nur für ihre Ohren bestimmt war.

»Ich bin mir nicht sicher. Der Brand damals ...« Sie ließ den restlichen Satz in der Luft hängen, denn wir alle hatten dieselben Bilder wieder im Kopf.

Vor zwei Jahren hatten wir einen ähnlichen Fall gehabt. Ein Einfamilienhaus war vollkommen abgebrannt. Saki hatte die Signaturen damals nicht mehr feststellen können, die Flammen hatten alles zerstört. Ein paar Tage später hieß es, dass eine ganze Familie in diesem Haus gestorben war, keiner konnte gerettet werden. Die offizielle Version lautete, dass es ein Kabelbrand gewesen sein musste, doch Saki, Dave und ich waren damals vor Ort gewesen und sie hatte gespürt, dass dort ein magisches Kind gehandelt hatte. Welches, hatten wir allerdings nie herausfinden können und bis heute dachte jeder von uns, dass es ebenfalls in den Flammen gestorben war. Doch dieses Ereignis hier war zu ähnlich. Es fühlte sich zu sehr wie damals an.

»Das ist mein Dad«, sagte ich, als ich mich aus den Erinnerungen hervorgekämpft hatte und den Streifenwagen meines Vaters sah. Wir mussten unbedingt in das Gebäude. Dieses magische Kind durfte nicht noch einmal entkommen. In schnellen Schritten war ich bei meinem Dad. Er schmiss gerade die Tür des Fahrzeuges zu und fuhr sich durch das schwarze Haar. Als er mich sah, schaute er sich sofort gehetzt um. Doch seine Kollegen waren noch nicht eingetroffen.

»Wir müssen in das Gebäude, Dad.«

»Charlie, das ist zu gefährlich. Es wird hier gleich vor Polizisten wimmeln. Außerdem ist das Gebäude einsturzgefährdet, es ist nicht sicher.« Wie um seine Worte zu untermalen, krachte in dem Moment ein schwarzer maroder Holzbalken in die Tiefe.

Ich biss mir auf die Unterlippe. »Saki kann die Magie nicht bestimmen, wenn sie nicht im Gebäude ist. Verschaff uns etwas Zeit, okay? Wir sind, so schnell es geht, wieder draußen«, flüsterte ich eindringlich und legte ihm kurz eine Hand auf den tätowierten Arm, ehe ich zurück zu Saki und Dave rannte. Die Szenerie wurde in rotblaues Licht gehüllt und ich griff nach Daves ausgestreckter Hand, als ich bei ihm ankam. In einem Strudel aus Magie riss Dave uns mit sich und keine Sekunde später standen wir in dem teils zerstörten Gebäude.

Saki zog scharf die Luft ein.

»Was ist? Was spürst du?«, fragte Dave und legte ihr eine Hand auf die Schulter. Sorge stand in seinen dunklen Augen, als er sie stützte. Ich konnte zwar nicht bestimmen, welche Art Magie es war, die hier gewütet hatte, doch ich spürte die Kraft dahinter. Es war eine enorme Macht, die sich auf uns legte und uns zu erdrücken drohte.

»Es … es ist jemand mit Elementarmagie«, presste sie schließlich hervor und sah mich an. Ich stolperte einen Schritt zurück, als hätten ihre Worte mir eine Backpfeife gegeben.

Elementarmagie galt doch als ausgestorben. Niemand hatte sie in sich halten können, weil sie zu Anfang mit der geballten Macht aller Elemente im menschlichen Körper wohnte. Ich selbst hatte ja nur knapp überlebt und es geschafft, die Magie in mir zu kontrollieren. Und das auch nur, weil ich so viel Hilfe gehabt hatte. Ich nahm doch an, seit Jahren die Einzige mit Elementarmagie zu sein, die Einzige meiner Art.

»Das ist nicht möglich«, flüsterte ich, erschlagen von dieser Information. Hätte ich es nicht merken müssen, wenn jemand mit meiner Art von Magie nach London gekommen war? Hätte ich es nicht … spüren müssen? Meine Gedanken fuhren Achterbahn – hatte ich es vielleicht bemerkt? Was war mit dem seltsamen Sturm gewesen? Und den kleinen Erschütterungen? Hatte ich nicht da schon nach einer Verbindung zu den Elementen gesucht?

»Ich bin mir ganz sicher, Charlie«, sagte Saki nun mit fester Stimme. »Es gibt noch jemanden mit Elementarmagie und ich fürchte, er kann sie nicht ganz kontrollieren.«

»Die Polizei kommt. Wir müssen weg, los.«

Wie automatisch ging ich auf das Portal zu, welches Dave erschaffen hatte. Meine Gedanken rasten und ich fühlte den Drang, das magische Kind zu finden, mehr denn je. Irgendwie fühlte ich mich verantwortlich, ihm oder ihr zu helfen. Damals hatte ich mir nichts sehnlicher gewünscht, als jemanden zu haben, der mit meiner Magie umzugehen wusste. Der meine Angst verstand und meinen Schmerz, wenn die Magie drohte auszubrechen. Zugegeben, ich hatte dann Ren, Meredith und all die anderen gehabt, die mir halfen meine Macht in mir zu tragen und durch sie konnten sich meine Fähigkeiten zu denen ausbauen, die ich nun hatte. Doch als ich mit sieben Jahren erstmalig auf die geballte Macht aller Elemente hatte zugreifen können, hätte ich jemanden gebraucht, der mir alles erklärte. Der wusste, wie es war, diese Fähigkeit in sich zu tragen.

***

Zurück in der Villa fühlte ich mich immer noch so, als hätte mir jemand eine saftige Ohrfeige verpasst. Es war wie ein Schlag ins Gesicht, dass es jemanden mit derselben Magie gab. Aber wieso eigentlich? Es war doch klar, dass *Magus Feralis* immer wieder auftauchten, dass sich irgendwann ihre Fähigkeiten zeigten. Wieso warf es mich so aus der Bahn, dass es jetzt plötzlich jemanden mit Elementarmagie gab?

Weil du seit zehn Jahren auf genau diesen Moment gehofft hast und er jetzt da ist, flüsterte ein kleiner Gedanke in meinem Hinterkopf. Ich hatte es mir gewünscht, keine Frage. Trotzdem schob ich diese Gedanken jetzt beiseite, denn ich musste einen klaren Kopf bewahren.

»Es ist jemand mit Elementarmagie«, berichtete Dave gerade, als Ren und Meredith auf uns zukamen. Das Portal hatte uns in den Eingangsbereich der Villa gebracht und ich fuhr mir kurz über das Gesicht, um das Chaos in meinem Inneren zu sortieren.

»Was?«, fragte Meredith entrüstet. Die blonde Frau war in wenigen Schritten bei Saki und umfasste ihre Hand. Durch die Berührung spürte Meredith das, was sie gespürt hatte. Meredith hatte meinem Dad damals geholfen, als meine Fähigkeiten zum Vorschein gekommen waren. Sie hatte mich zu Ren gebracht und wollte damals eigentlich meinen Dad von der Villa fernhalten, da es nicht üblich war, dass sich Menschen hier aufhielten. Die meisten Eltern kamen nicht damit zurecht, dass ihr Kind magische Fähigkeiten besaß, so wie auch den anderen Menschen die *Magus Feralis* unheimlich vorkamen. Deswegen wusste auch niemand von meinen menschlichen Freunden, dass ich ein magisches Kind war.

Dad hatte sich damals allerdings nicht ausschließen lassen. Es war ein Jahr nach dem Tod meiner Mum und meiner Schwestern gewesen, er hatte mich nicht auch noch verlieren wollen. Ich war unheimlich froh, dass ich meine Kräfte nicht vor ihm verstecken musste. Dass ich immer mit ihm reden konnte und ihm nichts zu verheimlichen brauchte.

»Wir müssen ihn oder sie unbedingt finden. Wenn der- oder diejenige noch mehr Unruhe stiftet, dann können wir unser Geheimnis vielleicht nicht mehr verbergen. Und die Menschen dürfen in keinem Fall von uns erfahren.« Ren sah besorgt aus. Die dunklen Augen des Japaners waren auf seine Tochter gerichtet. »Kannst du seine Signatur noch spüren, *Musume*?«

Saki schüttelte den Kopf. »Nein, keine Chance. Es ist als wäre er oder sie verschwunden.«

Ich biss mir auf die Unterlippe. »Vielleicht kann ich es versuchen«, warf ich vorsichtig ein. Meredith sah mich an, die Augenbrauen zusammengezogen. Sie kam auf mich zu und nahm meine Hände in die ihren.

»Bist du dir sicher?« Der Blick aus ihren graublauen Augen zeigte die Sorge um mich. In den letzten Jahren war sie für mich eine gute Freundin geworden. Sie unterstützte mich und vor allem war sie auch eine Stütze für Dad.

Ich nickte entschlossen. »Die Erde wird mir sicher helfen.« Ich löste den Griff von Meredith und verließ den Eingangsbereich. Im Garten der Villa würde ich meine Kraft am besten ausbreiten und nach ihm oder ihr suchen können. Hoffte ich zumindest. Ich hatte bisher nie versucht, jemanden mittels meiner Magie zu finden, denn schließlich hatte es nie jemanden wie mich gegeben. Andere Fähigkeiten konnte ich mit den Elementen nicht finden.

Ich atmete tief durch, als die kalte Abendluft mich erfasste. Mein Weg führte mich über die Holzbrücke, die den riesigen Teich von Ren teilte. Ich ließ kahle Gerippe von japanischen Judasbäumen und kleineren Ahornpflanzen hinter mir, bis ich etwa in der Mitte des Gartens ankam, wo die uralte weiße Eiche stand. Die Nässe des Grases ignorierend setzte ich mich im Schneidersitz auf den Boden und schloss die Augen. Ich legte beide Hände auf den Rasen und ließ mich ganz von der Erdmagie ausfüllen. Sie war mein stärkstes Element, das, auf welches ich mich immer verlassen konnte. Sie hatte mir geholfen, die Kraft in mir zu halten. Für mich war es deshalb ganz klar gewesen, dass die Erde sich irgendwann setzen würde. Mit der Zeit kristallisierte sich ein Element zwischen allen heraus, das einem gehorchte.

Durch meine geschlossenen Lider konnte ich das grünliche Licht wahrnehmen, welches unweigerlich durch die Benutzung der Erdmagie mit sich kam. Ich konzentrierte mich, streckte alle Fühler aus und suchte nach einer

Signatur, die meiner ähnlich war. Fast hätte ich aufgelacht, als ich tatsächlich eine Spur fand und dieser folgte. Ich tastete mich weiter voran, wollte dem Signal folgen, konnte die Silhouette eines Mannes sehen, doch urplötzlich wurde meine Kraft blockiert und ich zurückgestoßen. Keuchend öffnete ich die Augen, als meine Magie wie ein Gummiband zu mir zurückschnappte und die geballte Macht in meinen Körper kam. Schwindel erfasste mich und ich krallte mich in das Gras, damit ich Halt fand, während meine Welt sich drehte. Ich fühlte Blut aus meiner Nase tropfen und ich wischte mir mit dem Handrücken über die Oberlippe – ein roter Streifen zeigte sich auf meiner Haut.

»Charlie! Ist alles in Ordnung?« Ty war bei mir und packte mich an den Schultern. Ich sah zu ihm auf und langsam, aber sicher klärte sich meine Sicht.

»Ja, mir geht es gut. Er ... er hat mich blockiert. Ich hatte sein Signal, doch er hat mich einfach von sich gestoßen. So etwas habe ich noch nie gespürt.«

»Komm, ich bring dich nach Hause.«

»Nein, ich muss es noch mal versuchen«, wehrte ich mich. Tyler umfasste meine Hände und zwang mich, ihn anzusehen.

»Charlie, es reicht. Du hast eine große Macht, keine Frage, aber vielleicht ist das zu viel für dich. Lass es für heute gut sein, okay?«

Ich presste die Kiefer aufeinander und ließ mich von Tyler auf die Füße ziehen. Mit einem leisen Seufzen gab ich mich geschlagen. Meine Knie waren butterweich und ich spürte die Magie immer noch in mir vibrieren, weil sie so unerwartet zu mir zurückgekommen war. Ty hatte recht. Es würde niemandem etwas bringen, wenn ich mich jetzt völlig verausgabte. Also folgte ich ihm in die Villa.

»Nichts«, beantwortete ich die ungestellte Frage, als wir bei Meredith und den anderen ankamen. »Er hat mich blockiert, als hätte er gespürt, dass ich nach der Signatur suche. Ich habe seine Silhouette schon gesehen, doch dann hat er mich abgewehrt. Ich werde es weiter versuchen«, versprach ich und verabschiedete mich schließlich von den anderen. Draußen stieg ich in Tys Wagen, der mich nach Hause brachte.

Als wir ankamen, stand der Range Rover meines Dads bereits am Fußgängerweg. Tyler warf mir einen weiteren besorgten Blick zu, während ich mir das hellbraune Haar aus dem Gesicht strich.

»Es geht mir wirklich gut, Ty«, bestätigte ich seine stumme Frage. Er stieß ein Seufzen aus.

»Ja, ich weiß. Ich habe mich nur echt erschrocken, als dir Blut aus der Nase kam, weißt du?«

Ich griff nach seiner Hand und drückte sie sanft. Ich war froh, so einen Freund wie ihn zu haben.

»Es ist wirklich alles in Ordnung. Wir sehen uns morgen, ja?«

Er nickte. »Na klar. Gute Nacht.«

Ich ließ den Sicherheitsgurt aufrollen und stieg aus seinem alten *Golf 1* aus. Noch einmal drehte ich mich um und winkte ihm kurz, ehe er losfuhr und ich nur noch die Rücklichter des Wagens am Ende der Straße sah.

»Hey, Dad, ich bin wieder da«, rief ich ins Haus, als ich die Tür hinter mir schloss und meine Schuhe von den Füßen streifte. Achtlos warf ich sie in eine Ecke, ehe ich ins Wohnzimmer ging, wo ich auf meinen Dad traf.

»Habt ihr was herausgefunden?«, fragte ich ihn direkt, doch er schüttelte den Kopf.

»Es gibt nicht einmal einen Hinweis, dass irgendwer in dem Gebäude war. Alles deutet auf ein einfaches Gasleck hin. Wir können von Glück reden, dass die Anwohner nicht dort waren.«

»Aber ich bin mir ganz sicher, dass jemand die Explosion ausgelöst hat! Saki hat es gespürt und … ich auch, Dad.«

»Ich weiß, Kleines. Ich glaube dir, aber die Polizei geht nach den Beweisen, die sie findet, und das sind gar keine. Du weißt, dass ich nichts ausrichten kann, solange ich das Geheimnis wahren soll.«

Ich seufzte und fuhr mir durch das Haar. Er hatte natürlich recht. Die Menschen mussten davon ausgehen, dass es eine normale Ursache gewesen war. Sonst würde es zu Aufruhr kommen und die Gesetze für die magischen Kinder würden sich noch weiter verschärfen.

Doch wenn ich keine Hilfe von meinem Dad erwarten konnte, dann mussten wir den Täter irgendwie allein finden. Denn nichts war mir im Moment wichtiger, als das magische Kind zu finden, das dieselbe Magie hatte wie ich.

»Wisst ihr, welches magische Kind es war?«, fragte mein Dad und ich schüttelte den Kopf.

»Nein, noch nicht. Aber wir finden es heraus«, erwiderte ich bloß. Ich war zu müde und ausgelaugt, um Dad jetzt alles haarklein zu erzählen. Die Magie, die ich eingesetzt hatte, hatte mir meine Kraft geraubt und ich wollte nur noch schlafen.

»Ich geh ins Bett. Gute Nacht.«

Dad drückte mir kurz einen Kuss auf das Haar. »Schlaf gut, Charlie-Bee. Mach dich nicht verrückt.«

Ich nickte, ehe ich die Treppen nach oben ging.

Fünf

Kaltes Wasser umschloss mich. Ich hatte das Gefühl, zu fallen und doch wieder nicht. Vielleicht schwebte ich auch, doch der Druck auf meinem Körper war zu groß, als dass es wirklich so hätte sein können. Mit aller Kraft riss ich die Augen auf – und starrte in die tiefe Dunkelheit unter Wasser. Panik fraß sich in meine Eingeweide, ich wollte nach oben, ich ruderte mit den Armen, wollte schreien, doch das Wasser hielt mich davon ab. Dann, ganz plötzlich, sah ich den Kegel eines Scheinwerferpaares. Ich ließ mich von dem Wasser treiben, hörte auf mich zu wehren und erkannte den Wagen meiner Mutter. Erkannte Danielles kupferfarbenes Haar und Anabelle, deren bleicher, toter Körper nur noch vom Anschnallgurt gehalten wurde.

Und dann war ich schlagartig wach.

Anders als sonst schreckte ich nicht hoch, war nicht schweißgebadet oder völlig außer Atem. Ich öffnete einfach nur meine Augen, blieb in meinem kuschligen Bett liegen und starrte für den Moment an die Decke. Diese Art von Träumen hatte ich oft, seit der Wagen meiner Mum verunglückt war. Seit meine Schwestern und sie im Inneren ertrunken waren. Ich atmete tief durch und richtete mich schließlich auf. Es war eigentlich noch zu früh, um mich für die Schule fertig zu machen, aber wenn ich schon mal wach war, würde es sicherlich nicht schaden. Ich fuhr mir übers Gesicht und durch das Haar, verharrte kurz und wollte die Bilder, die sich immer noch in meinem Kopf befanden, irgendwie ausradieren.

Nach einer viel zu heißen Dusche ging es mir bereits etwas besser. Ich zog Jeans und meinen hellrosa Lieblingspullover an, föhnte die Haare und ging nach unten in die Küche, wo mein Dad bereits in seiner Uniform saß.

»Guten Morgen«, begrüßte er mich und blickte von der Zeitung zur Uhr. Er hob eine Augenbraue. »Du bist früh wach.«

Ich zog die Ärmel meines Pullovers über meine Hände und zuckte unbestimmt mit einer Schulter.

»Konnte nicht so gut schlafen«, wich ich ihm aus und machte mich daran, mir einen Tee zu kochen.

»Du auch? Oder bleibst du bei Kaffee?«

»Kaffee«, antwortete er und winkte mir mit seiner offenbar leeren Tasse zu. Ich verdrehte kurz die Augen, lächelte jedoch. Nachdem ich mir eingeschenkt und den dampfenden Becher auf dem Tisch abgestellt hatte, schnappte ich mir die Kaffeekanne und füllte auch Dads Tasse.

»Du trinkst zu viel davon. Das ist ungesund, weißt du?«, sagte ich und stellte die Kanne vor ihm ab. Ich setzte mich auf den Barhocker ihm gegenüber und klaute ihm einen Toast vom Frühstücksteller.

»Weiß ich. Du sagst es mir ungefähr dreimal die Woche«, witzelte er und legte schließlich die Zeitung beiseite. Einen kurzen Moment sah er mich skeptisch an und ich wusste, was gleich folgen würde.

»Wieder diese Träume, Kleines?«

Ich nickte halbherzig. »Es ist nicht so schlimm.«

»Vielleicht solltest du doch mal mit jemand ... Professionellem darüber sprechen. Nicht nur mit mir oder Katie.«

Ich hatte es gewusst. Irgendwann standen wir immer an diesem Punkt, an dem er mir sagte, dass ich einen Therapeuten aufsuchen sollte, um das Geschehene zu verarbeiten. Dabei wusste ich selbst nicht einmal, wieso ich manchmal noch davon träumte. Ich war nicht mit im Wagen gewesen und es waren bereits elf Jahre vergangen.

»Nein, Dad, hör zu. Es geht mir gut, ja? Die Träume sind viel seltener geworden, versprochen.«

Er blickte mich weiterhin skeptisch an. Die schwarzen Haare, die an den Seiten abrasiert waren, glichen heute einem einzigen Durcheinander. Sein Bart war grau meliert und kleine Lachfältchen waren stets in seinen Augenwinkeln zu sehen. Die breite Nase erinnerte eher an einen Boxer, sie war etwas schief, was mit seinem Job als Polizist zusammenhing. Er hatte nicht nur einmal einen Nasenbruch erlitten.

»Du redest mit mir, wenn dich etwas bedrückt, okay?«

Ich stieß ein extralautes Seufzen aus, um die Situation etwas zu entspannen. Dann verdrehte ich die Augen.

»Jaah, na klar. Wann bist du nur so schrullig geworden?«

Ein Lachen brach seinerseits an die Oberfläche. »Schrullig? Ich? Du wirst ganz schön frech, Charlie-Bee«, erwiderte er lachend. Schrullig war tatsächlich nicht das richtige Wort für ihn, allerdings schadete es nicht, ein bisschen herumzualbern.

»Musst du nicht los?«, fragte ich dann und deutete auf die Uhr oberhalb der Küchenzeile. Er folgte meinem Blick und stieß einen Fluch aus, ehe er aufsprang und hastig seinen Kaffee in einem Zug leerte.

»Wir sehen uns heute Abend. Pass in der Schule auf und tu nichts, was ich nicht auch tun würde!« Er drückte mir einen flüchtigen Kuss auf den Scheitel, ehe er aus dem Haus ging.

Nur das Radio spielte noch leise Musik und ich fuhr mir müde durch das Haar. Laut der Küchenuhr hatte ich noch eine Dreiviertelstunde, ehe ich losmusste. Also entschied ich mich dafür, hier noch ein wenig aufzuräumen.

Nachdem das erledigt war, nahm ich mir noch einen Schwarztee mit und machte mich dann auf den Weg zur Schule. Draußen herrschte kaltes Wetter, Wind zerrte an meinen Haaren und ich spürte schon die ersten feinen Regentropfen auf meiner Nase. Seufzend zog ich die Haustür zu und schlug den Kragen meines Mantels hoch, um Schutz vor der Kälte zu finden. Nachdem ich mir die Kopfhörer in die Ohren gesteckt hatte, ließ ich mich von James Blunt begleiten. Die Westminster School war nicht allzu weit entfernt von unserem Haus, dennoch zog sich der Weg heute wie Kaugummi. Londons Straßen waren nebelverhangen, die Kälte kroch mir die Beine hinauf und ich spürte die Gänsehaut ganz deutlich. Ein Blick auf mein Handy verriet mir, dass ich eine Nachricht von Katie hatte.

Gerade als ich antworten wollte, rempelte mich ein Typ an und ich verlor das Handy aus den Händen. Es segelte zu Boden, riss mir die Kopfhörer aus den Ohren und das Display zersprang.

»Hey!«, rief ich wütend und drehte mich zu dem ungehobelten Kerl um. Seine dunkle Gestalt ging bereits weiter.

»Kannst du nicht mal Entschuldigung sagen?!« Ich warf die Arme in die Luft, ehe ich das Handy von der Straße nahm.

Als er kurz einen Blick über die Schulter warf, spürte ich plötzlich eine übernatürliche Kraft. Sein dunkelblondes Haar hing ihm ins Gesicht und seine Augen schienen blau aufzuleuchten, als der Regen sich verstärkte und noch mehr Kälte mit sich brachte. Ohne abzuwarten, bog er um eine Kurve. Mein Innerstes vibrierte, ich spürte die Welle der Macht, die mich mit sich reißen wollte. Alle Elemente waberten um ihn herum, seine Kraft war deutlich spürbar. Fast war es, als würde ich wieder in dem zerstörten Gebäude stehen und unter dem Druck der Energie zusammenbrechen. Ein Keuchen brach aus mir heraus, als er außer Sichtweite war und die übernatürliche Kraft mit sich genommen hatte.

»Warte!«, rief ich mit der Gewissheit, dass es sich um denjenigen handelte, der dieselben Kräfte haben sollte wie ich, und rannte ihm trotz butterweicher Knie hinterher. Ich streckte die Hand nach ihm aus und fasste ihn am Arm, um ihn aufzuhalten. Ein elektrischer Schlag fuhr durch mich hindurch und ich zuckte zurück. Auch er blieb stehen und der Regen hörte für den Moment schlagartig auf.

»Du hast Elementarmagie in dir«, stellte ich mit wild klopfendem Herzen fest. Der Fremde drehte sich halb zu mir um. Seine Gesichtszüge waren markant, ein Bartschatten lag um sein Kinn und auf seinen Wangen, doch viel mehr konnte ich in der morgendlichen Dunkelheit nicht erkennen. Die nächste Straßenlaterne war zu weit weg, als dass sie die Schatten, die seine Kapuze warf, hätte erhellen können.

»Was geht dich das an?«, fragte er und wandte sich zum Gehen.

Perplex blieb ich stehen. Wollte er denn keine Hilfe?

»Ich kann dir helfen, deine Kräfte zu kontrollieren«, rief ich ihm hinterher und setzte mich in Bewegung. Er ignorierte mich und lief einfach weiter, bog um eine Ecke und ich begann zu laufen, um ihn einzuholen.

Er hatte vielleicht fünf Meter Vorsprung, doch als ich um die Ecke bog, war nur noch ein verschwindender Wirbelwind zu sehen. Mein Herz raste in meiner Brust und ich sah mich hektisch um. Er war wie vom Erdboden verschluckt. Verdammt! Wie konnte das sein?

Ich fuhr mir durch mein Haar und drehte mich noch einmal um die eigene Achse. Doch natürlich blieb der Fremde verschwunden. Ich stieß einen Fluch aus, doch auch der brachte ihn nicht zurück. Mir blieb wohl nichts anderes übrig, als aufzugeben und zur Schule zu gehen. Nachdem ich meine Kopfhörer entknotet hatte und feststellte, dass das Handy trotz des Risses noch funktionierte, fiel mein Blick auf die Uhr. Shit! Die Aktion hatte mich Zeit gekostet und jetzt würde ich auch noch zu spät kommen! Ohne weiter zu trödeln, lief ich los und beeilte mich, zum Unterricht zu kommen.

Natürlich waren die Flure der Westminster School wie leer gefegt, als ich ankam. Mein Herz raste in meiner Brust, als wäre ich einen Marathon gelaufen – und irgendwie stimmte das ja auch ein bisschen – und meine Lungen brannten bei jedem Atemzug. Ich brauchte eine kurze Verschnaufpause, ehe ich zu meinem Klassenraum ging. Vor der Tür atmete ich noch einmal tief durch. Zum einen, um meine noch immerwährende Atemlosigkeit unter Kontrolle zu bekommen, zum anderen, um die Gedanken an den mysteriösen Kerl beiseitezuschieben. Es brachte mir nichts, mir jetzt den Kopf über ihn zu zerbrechen, wenn ich aktuell eh nichts ändern konnte.

»Miss Monroe, wie schön, dass Sie uns auch noch beehren«, begrüßte Mrs Summers mich, als ich eintrat.

Zerknirscht sah ich sie an. »Entschuldigen Sie die Verspätung, mir ist etwas dazwischengekommen.«

Unter dem funkensprühenden Blick meiner Lehrerin eilte ich zu meinem Platz und ließ mich auf dem Stuhl nieder. Wenn Mrs Summers etwas hasste, dann waren es Schüler, die zu spät kamen oder ihren Unterricht nicht wertschätzten. Ich strich mir eine Haarsträhne hinters Ohr und zog meinen Block und eine kleine Federtasche hervor.

Ich spürte das Vibrieren meines Handys in der Hosentasche und lugte zu

Mrs Summers nach vorn, die etwas an die Tafel schrieb. Vorsichtig zog ich es hervor und blickte auf das Display. Eine Nachricht von Katie. Ich drehte mich um und sie blickte mich zwei Reihen hinter mir fragend an.

Offenbar sah sie die Spiderman-App auf meinem Handy und schickte eine Nachricht hinterher.

Katie: Was ist mit deinem Handy passiert??

Mit flinken Fingern tippte ich eine Antwort.

Charlie: Ein Typ hat mich angerempelt und dabei ist es mir runtergefallen. Mistkerl.

Katie: Uh, là, là. War er heiß?

Ich drehte mich zu ihr um und schüttelte vehement den Kopf, während sie anzüglich mit den Augenbrauen wackelte. Sie war einfach unverbesserlich. Ohne noch etwas darauf zu erwidern, schob ich mein Handy zurück in die Tasche und stützte das Kinn auf meine Handfläche, nachdem ich den Arm auf dem Tisch angewinkelt hatte. Meine Gedanken verselbstständigten sich und ich musste erneut an das blaue Aufleuchten der fremden Augen denken. Hatte er vielleicht gespürt, dass ich so wie er war? Dass wir dieselbe Art Magie in uns trugen?

»Miss Monroe? Auf ein Wort, bitte«, hörte ich Mrs Summers sagen und wurde aus meinen Gedanken gerissen. Ich hatte das Klingeln gar nicht gemerkt und registrierte, dass die meisten Schüler die rettende Sicherheit des Schulflurs bereits erreicht hatten. Katie warf mir einen mitfühlenden Blick zu und ich sah ihr sehnsüchtig hinterher, als sie ohne Weiteres aus dem Klassenzimmer lief.

»Sie wirken unkonzentriert. Ist alles in Ordnung?«

Irritiert blinzelte ich meine Lehrerin an. Ich hatte mit allem gerechnet, aber nicht damit, dass sie sich sorgte.

»Äh, ja. Alles toll. Entschuldigen Sie bitte, dass ich zu spät gekommen bin. Das wird mir nicht noch einmal passieren.«

Mrs Summers musterte mich über den Rand ihrer Flügelbrille, ehe sie skeptisch nickte und ihre Unterlagen auf dem Schreibtisch zusammenklaubte.

»Das hoffe ich. Ansonsten benachrichtige ich Ihren Vater.«

»Das wird ganz bestimmt nicht nötig sein.«

»Gut. Und nun kommen Sie nicht zum nächsten Unterricht zu spät, Miss Monroe«, schalt sie mich mit dem gewohnten tadelnden Ton in ihrer Stimme. So kam sie mir schon sehr viel normaler vor. Ich nickte kurz, ehe ich zusah, dass ich hier herauskam.

»Na, was wollte der Drachen?«, fragte Katie mich, als ich auf den Flur trat.

Ich verdrehte die Augen und seufzte theatralisch auf. »Mir sagen, dass ich zum nächsten Unterricht nicht zu spät kommen soll.« Ein kurzes Lachen kam mir über die Lippen, als Katie ein Schnauben von sich gab. Sie dachte sicher dasselbe wie ich: Wenn Mrs Summers mich aufhielt, wie sollte ich da nicht zu spät zum Unterricht kommen?

»Erzähl mir lieber von dem Typen, der dein Handy zerstört hat.«

Als ich Katie anblickte, sah sie mich mit ihren hellgrauen Augen an und trug ein anzügliches Grinsen auf den Lippen. Ich stöhnte auf, blieb an meinem Spind stehen und zog die Bücher heraus, die ich für die nächsten zwei Stunden brauchen würde.

»Das war nur irgendein Idiot, der mich angerempelt hat. Wegen ihm habe ich das Handy fallen lassen, mehr nicht. Ich habe nicht mal richtig gesehen, wie er aussah.«

Wenn ich ehrlich war, hatte ich es gesehen. Hatte die markanten Gesichtszüge ganz kurz unter der schwarzen Kapuze ausmachen können, als er mir einen Blick über die Schulter zugeworfen hatte. Hatte seine Augen sehen können und die dunkelblonden Strähnen, die in seine Stirn gefallen waren. Bei seinem Anblick hatte ich es gewusst. Gewusst, dass er derjenige war, der die Magie der Elemente in sich trug. Und seitdem ging er mir einfach nicht mehr aus dem Kopf.

»Vorsicht!«, rief Katie plötzlich und riss mich in der nächsten Sekunde schon zur Seite. Ich blieb mit dem Fuß an meiner Tasche hängen und knallte unsanft gegen den Spind. Genau dort, wo wir vor dem Bruchteil einer Sekunde noch gestanden hatten, segelte eine Handvoll Bücher an uns vorbei. Fassungslos blickte ich zu Pascal, der der Übeltäter für diese Aktion gewesen war. Er war ebenfalls ein *Magus Feralis*, doch anders als ich prahlte er gerne mit seinen Fähigkeiten. Er war ein Telepath und konnte Dinge mit der Kraft seiner Gedanken bewegen. So hatten auch diese Bücher in einem Streit das Fliegen gelernt.

»Kannst du nicht aufpassen?« Katie war wütend und richtete sich wieder auf, ihr funkensprühender Blick war auf Pascal gerichtet, der nun seinen Kopf in unsere Richtung drehte. Seine Lippen verzogen sich zu einem schelmischen Grinsen, anstatt Reue zu zeigen.

»Süße, das nächste Mal treffe ich dich«, erwiderte er, zwinkerte ihr zu und verschwand in der Schülermenge. Ich rieb mir das pochende Handgelenk, das meinen Sturz wohl nicht ganz unbeschadet überstanden hatte.

»Hey, alles okay? Dieser Arsch einfach.« Katie schüttelte den Kopf und deutete auf mein Handgelenk. »Wollen wir damit zur Schulärztin gehen?«

»Nein, das geht schon. Ist halb so wild«, winkte ich ab und strich mir eine Strähne hinters Ohr. Pascal war einer der wenigen, die sich nicht bedeckt hielten. Da ich mal ein Gespräch mit seiner Mutter vor der Schule mitbekommen hatte, wusste ich, dass er registriert war und seine Eltern nicht begeistert davon waren, wie er mit seinen Fähigkeiten umging.

Ich war mir nicht sicher, ob Pascal von der Villa wusste, doch eigentlich war Ren in dieser Sache ziemlich zuverlässig – er wollte kein magisches Kind auf der Straße stehen lassen. Warum Pascal aber nie bei uns aufkreuzte, war mir schleierhaft. Jeder von uns würde ihm helfen, ihm die Regeln näherbringen und ihm raten, sich etwas bedeckter zu halten. Schließlich gab es Gesetze für die *Magus Feralis* – nicht nur, dass wir uns registrieren mussten, sondern auch, dass wir unsere Fähigkeiten nicht einfach zum Spaß einsetzen sollten. Wir durften keine Menschen gefährden und kein dummes Machtspielchen spielen, nur um zu zeigen, was für tolle Fähigkeiten uns die Natur geschenkt hatte. Die *Magus Feralis* wurden in London höchstens geduldet – aber niemals akzeptiert.

Mein Blick glitt durch den Schulflur, als ich Max auf uns zukommen sah. Seine kobaltblauen Augen trafen meine und ich durchlebte die gestrigen Ereignisse erneut. Max telepathische Fähigkeiten waren unheimlich stark ausgeprägt. Er konnte unter anderem Gedanken lesen und nun sah er in meinen, was gestern passiert war.

»Erde an beste Freundin?!« Katie holte mich zurück aus dem Strudel, in dem ich durch Max gefangen war, und ich blinzelte mehrmals, um die Bilder loszuwerden.

»Sorry, was?«

»Oh, Max ist wieder da.« Nun war es an Katie, abgelenkt zu sein. Sie ging die letzten Schritte auf den hochgewachsenen Sportler zu und küsste ihn. Ein kurzes Lächeln stahl sich auf seine Lippen, doch er hatte ganz offenbar mich als Ziel.

»Hey, können wir kurz reden?«

»Muss ich mir Sorgen machen?« fragte Katie gespielt entrüstet und zwinkerte uns zu. Durch ihre wilden blonden Locken, die hellgrauen Augen und die Sommersprossen in ihrem Gesicht sah sie aus wie ein Engel. Sie stellte sich auf Zehenspitzen, um Max einen Kuss auf die Wange zu geben.

»Wir sehen uns später, ja?«, sagte sie und ließ uns allein.

»Bis dann, Babe«, murmelte er, sah ihr kurz hinterher und schnappte sich dann meinen Arm, um mich ein Stück den Flur herunterzuziehen. Wir verschwanden in einem verlassenen Klassenzimmer.

»Was ist passiert?«

Es brachte nichts, ihm etwas zu verschweigen, denn würde er etwas wühlen, würde er jedes Detail in meinem Kopf finden. Da wir jedoch befreundet waren, hatte er allerdings Kopfverbot. Also erzählte ich ihm haarklein, was gestern während seiner Abwesenheit passiert war. Max hatte sich in den letzten Tagen in einem Fußballcamp befunden. Soweit ich wusste, war sein Team noch an dem Abend losgefahren, an dem die erste Erderschütterung zu spüren gewesen war. Als ich endete, fuhr er sich über das Gesicht.

»Jemand mit Elementarmagie … krass. Wie geht's dir damit?«

Ich zuckte mit einer Schulter und strich mir kurz über die Oberarme. Irgendwie war mir schon den ganzen Tag kalt.

»Ich weiß ehrlich gesagt nicht, wie ich damit umgehen soll. In jedem Fall will ich ihm helfen. Saki meint, er hätte seine Kräfte nicht vollständig unter Kontrolle, sie hat die geballte Kraft von allen vier Elementen gespürt. Ich will ihm helfen, mit seiner Macht so umzugehen, dass seine Stärke sich herauskristallisieren kann.«

Max nickte und fuhr sich durch das braune Haar. Er sah ebenso verwirrt aus, wie ich mich fühlte.

»Wir müssen zum Unterricht. Kommst du nachher in die Villa?«

»Ja, auf jeden Fall. Wenn ich irgendwie helfen kann –«

Ich nickte. »Kannst du bestimmt. Komm schon.«

Der ganze Tag zog sich unheimlich in die Länge. Ich hatte das Gefühl, alle fünf Minuten auf die Uhr zu schauen und immer dann, wenn ich dachte, es wäre mindestens eine halbe Stunde vergangen, waren es höchstens ein paar Millimeter gewesen, die sich der Zeiger bewegt hatte. Irgendwann klingelte es aber tatsächlich zum Schulende und ich sah zu, dass ich aus dem Gebäude kam. Bevor ich allerdings den Weg zur Villa einschlagen konnte, hielt Katie mich auf.

»Hey, wo willst du denn so schnell hin?«, fragte sie. Ich biss mir auf die Unterlippe und runzelte leicht die Stirn. Sie deutete meinen unwissenden Blick richtig, denn sie schüttelte fassungslos den Kopf.

»Wir wollten doch zusammen in die Innenstadt wegen des Geschenks für meine Mum«, erinnerte sie mich. »Hast du das vergessen?«

Verdammt! Ich strich mir das Haar aus der Stirn und schob den Drang, zur Villa zu gehen, beiseite. Das war jetzt wichtiger.

»Nein, habe ich nicht«, log ich. »Komm, lass uns los.« Ich hakte mich bei ihr unter und zog sie mit zum Bus, der uns in die Innenstadt bringen würde. Kurz warf ich einen sehnsüchtigen Blick in die andere Richtung – die, die mich zur Villa hätte bringen sollen. Nun würde die Suche nach dem magischen Kind warten müssen.

Katie war zum Glück nicht nachtragend. Ziemlich schnell vertiefte sie sich in ein Gespräch, plapperte wild drauflos und ich hörte nur mit halbem Ohr zu. Zeitweise gab ich ein zustimmendes Geräusch oder schenkte ihr einen empörten Blick, während meine Gedanken um ganz andere Dinge kreisten. Dennoch versuchte ich mein Bestes, mich auf Katie und unseren Nachmittag in der Stadt zu konzentrieren.

Erst als es schon dunkelte und der Nieselregen stärker wurde, verabschiedeten wir uns. Doch anstatt dass ich direkt nach Hause ging, schlug ich den Weg zur Villa ein. Ich musste wenigstens nachfragen, ob es irgendetwas Neues gab. Den ganzen Tag über hatte ich nichts spüren können, aber meine Wahrnehmung für diesen Kerl war auch viel schwächer als die von Saki.

Ich kam gleichzeitig mit Dave an der Villa an.

»Hey«, begrüßte ich ihn. »Gibt's was Neues?«

»Bislang nicht. Saki konnte den ganzen Tag nichts Ungewöhnliches feststellen.« Er fuhr sich durch das dunkle Haar. Dabei sah er weitaus müder aus, als er vermutlich erscheinen wollte.

»Ich aber«, berichtete ich ihm. »Ich glaube, er ist mir heute Morgen begegnet.«

Gerade als Dave etwas erwidern wollte, spürte ich, wie die Erde erbebte. Die Erschütterung ließ Dave beinahe das Gleichgewicht verlieren, doch ich griff reflexartig nach seinem Arm, um ihn zu stützen. Zwar war ich selbst oftmals tollpatschig und verlor gerne mal mein Gleichgewicht, doch nicht heute Abend. Meine Erdmagie stabilisierte mich und für den Bruchteil einer Sekunde starrten Dave und ich einander an.

»Er ist es«, keuchte ich dann, als ich die Heftigkeit der Erde spürte. Dave zog mich mit ins Innere der Villa, wo Saki und Ty uns bereits entgegenkamen. Vergessen war die Begegnung am Morgen.

»Die Signatur kommt von der Tower Bridge. Wir dürfen keine Zeit verlieren.« Sakis rosafarbenen Haare waren auf ihrem Kopf in zwei Dutts zusammengefasst. Die dunklen Augen blickten in weite Ferne, als wäre sie schon längst an der Tower Bridge und nicht mehr hier.

Plötzlich spürte ich, wie die Kraft des Wassers mich schier zerdrücken wollte. Obwohl ich, seit sich meine Magie gesetzt hatte, keine große Verbindung zum Wasser hatte, spürte ich die Kraft, die dahintersteckte, heftig. Als wolle eine Flutwelle über London zusammenbrechen.

»Ich glaube, er will eine Flutwelle losreißen!« Drei Augenpaare lagen direkt auf mir. Ich sah meinem besten Freund ins Gesicht, sah, wie seine Augen sich verdrehten und vollkommen weiß wurden. Er nutzte nun seine Fähigkeit, Tiere zu beherrschen und seinen Geist in sie hineinzuversetzen. Somit konnte er jetzt durch ihre Augen blicken, ihren Körper nutzen. Ich vermutete, dass er sich in die Vögel versetzte, dass er über die Stadt flog, bis er zur Tower Bridge kam. Tyler konnte früher als wir alle sehen, was der Kerl anstellte. Als er wieder bei uns war, nickte er bestätigend.

»Er kontrolliert das Wasser. Wir müssen los!«

***

Unser einziges Glück war, dass zu dieser Zeit nicht mehr ganz so viele Menschen unterwegs waren. Dennoch gab es ein paar wenige, die zu nah an der Brücke und somit an der möglichen Flutwelle waren. Dave, dessen Fähigkeiten weitreichend und uralt waren, hielt für die Passanten die Zeit an. Er war Teil einer der ersten Familien, die übernatürliche Fähigkeiten entwickelt hatten.

Um die Menschen und auch uns zu schützen, durfte niemand etwas von dieser Situation mitbekommen. Meine Lungen brannten, als ich auf den Kerl zurannte, der am Geländer der Tower Bridge stand und mit seinen ausgestreckten Händen das Wasser kontrollierte. Er war stark, keine Frage.

»Hör auf!«, schrie ich, als ich in unmittelbarer Nähe zu ihm stand. Er drehte das Gesicht zu mir, seine Augen blitzten in einem unnatürlichen Hellblau auf, was die Wassermagie in ihm deutlich zeigte. Dann riss er die Arme in die Höhe, das Wasser gehorchte ihm und wollte in einer riesigen Flutwelle über mir zusammenbrechen. Ich rief die Erdmagie in mir, riss ebenfalls einen Arm hoch und zerrte eine übernatürliche Wurzel aus dem Boden. Ehe die Welle uns alle von der Brücke fortspülen konnte, zerteilte die Wurzel sie, sodass nur vereinzelt größere Wassermassen zu Boden klatschten.

Das Wasser zog sich augenblicklich zurück und wurde schlagartig ruhig – das Blau in seinen Augen erlosch.

»Das ist nicht möglich«, hörte ich ihn flüstern. Auf seinem Gesicht stand pure Fassungslosigkeit, als würde er nicht verstehen können, was geschehen war. Und vielleicht war es auch genauso.

»Du musst damit aufhören. Ich kann dir helfen«, sagte ich ruhig und ging ein paar Schritte auf ihn zu. Das Haar, was an den Seiten kurz rasiert und auf dem Kopf länger war, fiel ihm jetzt in die Stirn und reichte fast bis zu seiner Nase.

»Es gibt niemanden wie mich.« In seinem Blick veränderte sich etwas und ich spürte, dass ich ihn verlor. Meine Gedanken rasten – was konnte ich tun, um ihn hierzubehalten? Um ihm zu zeigen, dass seine Kräfte für mehr da waren als Chaos.

»Ich bin genau wie du. Aber deine Kräfte geraten außer Kontrolle, sie müssen sich festigen. Bitte, ich kann dir helfen«, versuchte ich es erneut und trat einen weiteren Schritt auf ihn zu. Hätte ich die Hand nach ihm ausgestreckt, ich hätte ihn berühren können. In seinen Augen schimmerte etwas auf, sein Gesichtsausdruck änderte sich und wurde zu einer harten Maske.

»Keiner kann mir helfen.« Wind erfasste uns und binnen Sekunden war er in einem Wirbelsturm gefangen und wurde fortgetragen. Ich wankte vor der Heftigkeit des Elements einen Schritt zurück. Saki war bei mir und fasste mich an den Schultern, während ich fassungslos auf die Stelle starrte, an der er eben noch gewesen war. Ich bekam nur am Rande mit, dass Dave die Menschen entließ und das ganz normale Leben weiterging, als wäre nichts passiert.

»Er trägt die geballte Macht von allen Elementen in sich.« Meine Stimme war mehr ein Flüstern, doch ich wusste sowieso nicht, ob ich die Feststellung nur für mich oder für die anderen gemacht hatte.

Eins war jetzt auf jeden Fall noch mal klar geworden: Wenn er nicht lernte, mit dieser Macht umzugehen, damit sich ein Element herauskristallisieren konnte, dann würde er daran zugrunde gehen. Ich wollte das verhindern. Wollte ihm helfen, seine Affinitäten zu finden und ihm den Umgang mit den Elementen beibringen. Es war nicht so, dass er die Elemente gar nicht beherrschte, das hatte ich mit eigenen Augen an der Flutwelle oder dem Wirbelsturm sehen können. Doch ein menschlicher Körper konnte nicht auf ewig mit dieser Kraft leben.

Ich wollte gar nicht daran denken, was mit ihm geschehen würde, wenn ich ihm nicht helfen konnte.

***

Vincent

Der Wind trug mich zurück zum Highgate Friedhof. Dunkelheit umfing mich, als ich in eine der Krypten ging. Einen Herzschlag lang hielt ich inne und atmete tief durch. Dieses Mädchen war wie ich ... Sie hatte die Welle einfach mit ihrer Erdmagie geteilt. Aber wie war das überhaupt möglich? Bislang war mir immer gesagt worden, dass ich der Einzige war, der diese Art Magie in sich trug. Dass es niemanden sonst gab, der die Elementarmagie überlebt hatte. Hätte mir klar sein müssen, dass es irgendwann doch jemanden geben könnte? Wenn es bei mir funktionierte, dann konnte auch jemand anderes mit dieser Macht geboren werden. Hundert Fragen hatten sich in meinem Kopf eingenistet, doch ich schob sie beiseite und konzentrierte mich auf die kalte Krypta. Meine Finger suchten nach der kleinen Vertiefung an einem der Steine, fanden sie und verübten einen schwachen Druck auf die Stelle aus. Das Ächzen von Steinen war zu hören und links von mir erschien eine Treppe, die mich hinab in die Tiefe führen würde.

Die Macht der Elemente wütete in meinem Inneren, es war fast wie ein Rausch, zu wissen, dass ich alles kontrollieren konnte.

»Gab es Komplikationen?«, fragte eine Frauenstimme, als ich die Treppen hinter mir gelassen hatte. Vereinzelte Fackeln erhellten das unterirdische Gefängnis, in dem wir abwarteten. Uns ruhig verhielten, nicht finden ließen. Doch das würde bald ein Ende haben.

»Auf der Brücke war ein Mädchen. Sie war wie ich, konnte die Erde beherrschen.« Bei dem Gedanken an sie regte sich ein Gefühl, das ich nicht bestim men konnte. Waren es Zweifel gegenüber der Frau, die mich aufgenommen hatte? Ich wusste es nicht.

»Bist du dir sicher?«

Ich nickte. »Sie sagte, sie könne mir helfen. Dass sich meine Kräfte festigen müssten. Was meinte sie damit?«

Die Frau zuckte mit den Schultern, doch ich spürte Skepsis in mir aufwallen. Sie sagte mir nicht die Wahrheit.

»Du hast die Macht über alle vier Elemente. Niemand wird dich aufhalten können, Vincent. Deine Wut ist grenzenlos und wird uns ein ganz neues Leben ermöglichen. Wenn die Menschen erst einmal wissen, wie viele magische Kinder es gibt und wozu wir fähig sind, werden wir uns nicht mehr zwischen Gräbern verstecken müssen. Sie werden uns fürchten.«

Der Blick aus ihren stechend blauen Augen trug eine Spur Wahnsinn in sich und tief in mir schrie eine Stimme, sagte mir, dass das Mädchen von der Brücke mir helfen könnte. Dass das hier falsch war. Doch ich erstickte sie, sodass ich sie nicht mehr hören konnte.

Sechs

»Ihr habt dennoch sehr gute Arbeit geleistet. Kein Mensch wurde verletzt, keiner hat von uns erfahren. Das ist viel wert«, beschwichtige Meredith uns gerade.

Wir waren zurück in der Villa und Dave berichtete, was sich an der Tower Bridge zugetragen hatte. Meine Gedanken waren allerdings immer noch dort, kreisten um diesen mysteriösen Kerl, der doch auch so fassungslos gewesen war, dass es jemanden wie ihn gab. Wir beide hatten geglaubt, mit unseren Kräften allein zu sein und nun war da jemand, der das gleiche Schicksal teilte. Aber was, wenn er partout keine Hilfe annehmen wollte? Wenn ich ihn nicht würde retten können? Es war klar, dass wenn er so weitermachte, die Menschen über kurz oder lang davon Wind bekommen würden. Davon, dass es mehr Leute mit Fähigkeiten gab, als sie bisher gedacht hatten. Und wieder dachte ich an die fatalen Folgen, die dies mit sich bringen würde, die Registrierung unserer Fähigkeiten, die Angst der Menschen. Angst vor etwas Unbekanntem, etwas, das vielleicht gefährlich war.

»Charlie?«

Ich hob den Blick und sah Meredith in die graublauen Augen. Auf ihrer Stirn lagen kleine Sorgenfalten. Sie strich sich das schulterlange honigblonde Haar hinters Ohr und lächelte mich mild an.

»Du solltest nach Hause gehen und dich ausruhen. Wenn die Signatur fort ist, können wir ihn sowieso nicht finden«, sagte sie und legte mir eine Hand auf die Schulter.

»Rufst du mich an, wenn es etwas Neues gibt?«

Meredith nickte. »Natürlich. Und jetzt ab nach Hause.«

Ich verkniff mir ein Seufzen, auch wenn ich genau wusste, dass Meredith recht hatte. Es war unnötig, hier herumzusitzen, wenn wir ihn eh nicht finden konnten. Seine Signatur war nicht nur abgeschwächt und schwer auf zuspüren, sie war einfach vollständig fort. Als hätte der Wirbelsturm, der ihn davongetragen hatte, alles ausradiert.

Als ich nach draußen ging, legte Ty seinen Arm um meine Schulter und drückte mich kurz an sich. Er wusste sicherlich genau, was in mir vorging.

»Mach dir nicht zu viele Gedanken, okay? Wir finden ihn.« Seine Worte prallten an mir ab, auch wenn ich ihm ein schwaches Lächeln schenkte, damit er wenigstens dachte, diese Floskeln würden mir helfen. Gemeinsam traten wir den Weg nach Hause an und als wir ankamen, wartete Ty wie immer am Gartentor, bis ich an der Haustür angekommen war. Ich drehte mich noch einmal zu ihm und winkte, ehe ich die Tür aufschloss und er zu seinem nebenstehenden Elternhaus ging. Er war zwar schon vor geraumer Zeit ausgezogen und lebte in einer kleinen Wohnung, dennoch nahm er jede Gelegenheit wahr, seine Familie zu besuchen.

»Charlie, bist du es?«

»Jaah«, rief ich ins Innere des Hauses, derweil ich mir die Schuhe von den Füßen zog. Nachdem ich meine Jacke und meinen Schal aufgehängt hatte, ging ich ins Wohnzimmer, wo mein Dad auf der Couch saß und ein Bier trank. Ich ließ mich auf den Platz neben ihm fallen und stieß die Luft mit einem Seufzen aus.

»Was ist passiert?«

Ich verbarg das Gesicht für einen kurzen Moment in beiden Händen, ehe ich mit den Fingern durch mein Haar strich und kurz die Augen schloss. Wo sollte ich da bloß anfangen?

»Es gibt einen jungen Mann mit Elementarmagie.«

»Was? Wird er es überleben?«, fragte mein Dad verwirrt. Natürlich wusste er auch, wie selten diese Art von Magie geworden war und dass es wie ein Überlebenskampf war, diese in sich zu halten. Er schaltete den Fernseher aus und drehte sich mit dem Oberkörper zu mir. Ich winkelte ein Bein an und zog es an meinen Körper, um das Kinn auf dem Knie abzulegen.

»Ich weiß es nicht. Die Elemente sind einfach zu mächtig für den menschlichen Körper. Und er lässt sich von seinen Gefühlen leiten, Dad. Ich glaube, er trägt noch die geballte Macht aller Elemente in sich und wenn das so weitergeht und er nicht lernt, damit umzugehen, dann stirbt er.«

Stille. Ich fühlte den Blick meines Dads tonnenschwer auf mir liegen und schloss die Augen.

»Du weißt, dass er gefährlich ist und möglicherweise gar keine Hilfe will.«

Natürlich wusste ich das. Doch wenn ich daran dachte, wie sehr es ihn mitgenommen hatte, dass ich genau so war wie er, dann musste ich es einfach versuchen.

»Ich glaube, es hat ihm nie jemand gezeigt, wie er lernt mit seinen Fähigkeiten umzugehen. Was geschieht, wenn er sie kontrollieren kann, dass diese Macht nicht ständig da ist. Wenn die Elemente erst einmal an Kraft verlieren und sich eines herauskristallisiert –« Ich ließ den restlichen Satz in der Luft hängen.

Wenn das geschafft wäre, dann ginge es ihm schon sehr viel besser. Dann hätte er eine gute Chance, diese Kraft zu überleben. So, wie ich sie damals überlebt hatte. Ich erinnerte mich noch zu gut an die körperlichen Schmerzen, die die Elemente irgendwann verursacht hatten. Wenn die Macht zu groß war, dann brach sie wortwörtlich aus einem heraus. Ich hatte unheimlich viel Glück gehabt, Ren hatte damals immer meine Schmerzen gelindert, sodass meine Haut nur einmal aufgeplatzt war, als die Feuermagie entfliehen wollte. Ich sah das rote Leuchten der Magie immer noch ganz genau vor mir, spürte die Panik immer noch tief in mir. Eine Zeit lang war es mir wirklich schlecht ergangen, doch ich hatte es trotz allem überlebt. Und jetzt hoffte ich, dass der andere *Magus Feralis* es ebenso überlebte.

Ich blickte meinen Dad an. Seine dunklen Augen musterten mich aufmerksam.

»Wenn ich ihm nicht helfe, wird er vielleicht ganz London verwüsten und unser Geheimnis lüften. Ich will nicht, dass er stirbt, weil ich ihm nicht geholfen habe, verstehst du? Ich muss ihn finden.«

»Ich versteh dich, Kleines«, gab er mit einem Seufzen zurück und zog mich in seine Arme. »Ich verstehe dich.«

***

Am nächsten Morgen war ich sehr viel später dran als den Tag zuvor. In der Nacht hatten mich zwar keine Albträume wegen meiner Mutter und meiner Schwestern geplagt, dennoch hatte ich so lange wachgelegen und über den Kerl nachgedacht, dass ich erst gegen drei Uhr morgens völlig erschöpft eingeschlafen war. Jetzt lief ich in die Küche, wo mein Dad saß. Das Frühstück war bereits fertig, er überflog die Zeitung und eine dampfende Kaffeetasse stand vor ihm auf dem Tisch. Genau die war mein Ziel, auch wenn ich Kaffee nicht ausstehen konnte.

»Morgen« murmelte ich, griff nach seiner Tasse und nahm einen großen Schluck. Ich brauchte definitiv Koffein und auch wenn ich wegen des bitteren Geschmacks das Gesicht verzog, hoffte ich, dass es seinen Sinn erfüllte.

»Wo willst du denn hin?«, fragte er mit einem Blick zur Uhr, als ich mir meine Stiefel im Flur anzog und den Schal umband.

»Ich ... ehm. Ich werde diesen Typen suchen.«

Dad zog eine schwarze Augenbraue in die Höhe und betrachtete mich. Demonstrativ zeigte er auf die Wanduhr. »Die Schule beginnt in einer halben Stunde. Also, nein. Du wirst diesen Typen nicht suchen.«

»Daaad –«

»Da gibt es keine Diskussion, Charleen. Auch wenn du irgendwelche Superkräfte hast, wirst du nicht anfangen zu schwänzen. Ein Highschool-Abschluss gehört nun mal zu dem langweiligen Menschenleben dazu, das du zu führen hast, solange du unter meinem Dach lebst. Verstanden?«

Entwaffnet stand ich im Flur und blickte ihn an. Der Ausdruck in seinem Gesicht ließ keinerlei Widerstand zu und ich legte den Kopf in den Nacken, um genervt zu stöhnen.

»Mann! Dann gehe ich eben zur Schule!« Ich fühlte mich wie eine nörgelige Fünfjährige, die keine Zuckerwatte bekam. Mein Dad schien es genauso zu empfinden, denn seine Lippen verzogen sich zu einem Grinsen. Er nahm den letzten Schluck aus seiner Kaffeetasse und stand auf.

»Hol deine Tasche, ich fahre dich.«

Als wir an der Westminster School ankamen, regnete es. Ich ließ den

Sicherheitsgurt zurückfahren und setzte meine Mütze auf. Die warme Heizungsluft wehte mir entgegen und ich bekam eine Gänsehaut, wenn ich nur daran dachte, in den kalten Schauer hinauszugehen.

»Wir sehen uns heute Abend.«

»Bis dann, Dad«, verabschiedete ich mich und stieg aus dem Wagen. Ich beeilte mich, über den Platz zum Gebäude zu gelangen, um mich ins Trockene zu retten. Es war Max, der meinen Plan vereitelte.

»Hey, Charlie! Was war los? Ich konnte nicht zur Villa kommen ...«

»Der Elementarer hat wieder sein Unwesen getrieben. Wo warst du?«, fragte ich im selben Atemzug und er strich sich durchs regenfeuchte Haar.

»Katie«, gab er zurück. »Sie schöpft Verdacht, wenn wir so oft miteinander rumhängen.«

»Wenn man vom Teufel spricht«, murmelte ich, als ich den blonden Lockenschopf meiner besten Freundin sah. Sie kam zu uns gelaufen.

»Guten Morgen, ihr zwei«, begrüßte sie uns und griff direkt nach Max' Hand. »Wollen wir nicht lieber rein? Es ist so nass!«

»Ja, natürlich. Wir haben nur auf dich gewartet«, erwiderte ich und lächelte sie an. Max warf mir kurz einen vielsagenden Blick zu und ich zwang mich, eine unbekümmerte Miene zu wahren und ins Gebäude zu gehen.

»Habt ihr das Video von gestern Abend schon gesehen?«, fragte sie, als wir im Inneren waren und ich runzelte fragend die Stirn.

»Na, die Themse hat völlig verrücktgespielt. Jemand hat es unten am Ufer gefilmt.« Sie zückte ihr Handy, tippte kurz darauf herum und drehte schließlich das Display zu mir um, sodass ich das sehen konnte, was ich gestern live und in Farbe miterlebt hatte: Die Themse, die heftige Wellen schlug.

»Außerdem soll irgendwo ein Wirbelsturm gesichtet worden sein. Krass, oder? Solche Wetterphänomene gibt es doch gar nicht in England! Wären wir nur etwas länger in der Stadt geblieben, hätten wir es vielleicht aus nächster Nähe sehen können, Charlie.« Katie seufzte, als wäre es durchaus schade, dass sie den Sturm nur auf dem Handy betrachten konnte. Mir rutschte das Herz jedoch in die Hose. Wenn irgendwer das unruhige Wasser am Ufer gefilmt hatte, hatte dieser Jemand uns dann auch gesehen? Mich, wie ich die Wurzel heraufbeschwor und eine Flutwelle teilte? Meine Hände wurden plötzlich ganz feucht.

»Was ist denn noch auf dem Video zu sehen?«, fragte ich und konnte das leise Zittern in meiner Stimme nicht verbergen.

»Nichts Interessantes. Das Handy hat wohl den Geist aufgegeben, denn plötzlich bricht es ab. Hey, geht es dir nicht gut? Du bist ganz blass«, fügte Katie hinzu, als sie den Blick hob und mich ansah. Ich versuchte mich an einem Lächeln.

»Ich habe schlecht geschlafen und etwas Kopfschmerzen. Geht bestimmt bald weg.« Ich spürte deutlich den Blick von Max auf mir und gab ihm in meinen Gedanken zu verstehen, dass das auf dem Video der Vorfall von gestern war. Zum Glück klingelte es in dem Moment zur ersten Stunde.

»Oh, schon so spät! Ich muss los, bis später«, rief ich meinen Freunden zu, während ich zum Klassenraum lief. Dieses Video war der reinste Albtraum. Mein Herz klopfte immer noch irgendwo in der Gegend meiner Mandeln, obwohl ich genau gesehen hatte, dass man weder das fremde magische Kind noch einen von uns hatte sehen können. Das Handy musste abgebrochen haben, als Dave die Menschen geschützt hatte.

Der Unterricht war die pure Folter. Genau wie gestern verging die Zeit überhaupt nicht. Die dunklen Wolken türmten sich immer stärker und finsterer am Himmel, Wind kam auf und ich spürte deutlich, dass das Unwetter draußen keines natürlichen Ursprungs war. Mein Blick glitt aus dem Fenster links von mir. Regen prasselte heftig gegen die Fensterscheiben, Wind peitschte die Tropfen unkontrolliert in jegliche Richtungen. Die knorrigen Äste wintertoter Bäume wiegten sich bedrohlich im Sturm, einer schaffte es nicht, brach ab und schlug gegen das Fenster. Ich zuckte zusammen und riss mich von dem Anblick los, sodass ich das Aufblinken meines Handys sah. Es war eine Nachricht von Tyler.

Ty: Er ist wiederaufgetaucht. Ren will ihn in die Villa schaffen, Ryan & Co. sind unterwegs zu ihm.

Ein Keuchen verließ meine Lippen und ich starrte auf den Text. Verdammt!

»Charleen?!« Die Stimme unseres Lehrers hallte durch den Klassenraum und ich sah erschrocken hoch.

»E-entschuldigen Sie, mir geht es nicht gut«, sagte ich und klaubte meine Sachen vom Tisch. »Ich muss an die Luft.«

Ohne irgendetwas abzuwarten, riss ich meine Jacke von der Stuhllehne und stürmte aus dem Raum. Im Laufen zog ich meine Jacke an und rannte durch den Flur, um nach draußen zu gelangen. Dort fing mich Max ab.

»Hast du die Nachricht auch bekommen?«

Ich nickte, während ich schon Tys Nummer wählte. Er nahm nach dem ersten Klingeln ab.

»Wo sind sie?«, fragte ich augenblicklich.

»Am Trafalgar Square. Trotz des Sturms sind viele Menschen unterwegs und in Gefahr. Wenn es ausartet ...« Tyler ließ die Worte unausgesprochen zwischen uns hängen. Mein Herz setzte einen Schlag aus und ich schluckte hart, um den Kloß loszuwerden.

»Ich fahr dich«, warf Max ein und ich nickte ihm kurz zu, ehe ich mich wieder auf Ty konzentrierte.

»Nimm Saki und Dave mit, okay? Wir treffen uns da. Versuch Ryan aufzuhalten, ihm darf nichts geschehen. Vielleicht kann ich helfen.« Während ich noch mit Ty sprach, rannten Max und ich bereits zum Parkplatz. Er war mit seinem Motocross da und ich verfluchte das Ding innerlich, doch mir blieb keine andere Wahl. Ich beendete das Gespräch, setzte den Helm auf, den Max mir hinhielt, und stieg auf die Horrormaschine. Meine Finger krallten sich in den Stoff seiner Jacke, während er Gas gab und losfuhr. Der Wind zerrte an unseren Klamotten und eisige Kälte kroch mir die Arme und Beine hinauf.

Es war nicht weit bis zum Trafalgar Square, doch als wir ankamen, herrschte bereits Chaos.

»Ich sage es dir ein letztes Mal. Halte den Sturm auf!«, brüllte Ryan gerade. Das Wasser im Springbrunnen war unruhig, türmte sich bedrohlich auf und schwappte wieder zurück in seinen vorgesehenen Bereich. Am Rande bekam ich mit, wie Dave, Tyler und Saki auftauchten, doch das, was vor mir geschah, forderte meine ganze Aufmerksamkeit.

Noch bevor die Maschine von Max ganz zum Stehen kam, war ich abgesprungen und hatte mir den Helm vom Kopf gerissen, den ich achtlos auf den Boden fallen ließ. Ein Knistern ertönte – und Ryans Körper war ganz in Diamant gehüllt. Der Blonde erschuf einen Feuerball in seiner Hand und warf ihn auf Ryan, dieser konnte gerade so ausweichen und ließ die unzerstörbaren Kristalle in seiner Hand zu einem Speer heranwachsen.

»Stopp!«, schrie ich und stellte mich zwischen Ryan und den Elementarer. Die Synapsen in meinem Kopf hatten sich untereinander nicht abgesprochen und ich hatte ehrlich gesagt keine Ahnung, was genau ich hier tat. Wieso ich mich zwischen die beiden stellte und wieso ich davon ausging, dass ich irgendetwas aufhalten konnte. Doch in diesem Moment dachte ich nicht wirklich nach, sondern handelte instinktiv.

»Bitte, es bringt doch niemandem etwas, wenn wir uns bekriegen! Ich kann dir helfen, deine Kraft zu zügeln. Die Elemente werden dir nicht immer komplett zur Verfügung stehen und dann wird es leichter. Ich habe dasselbe durchgemacht wie du, also lass mich dir helfen.«

Der Sturm bekam neue Kraft und zerrte so heftig an mir, dass ich einen Schritt zur Seite tat. Der Regen hatte mich bereits bis auf die Knochen durchnässt, ich blinzelte einzelne Tropfen fort, die meine Sicht verschleierten.

»Es wird nicht leichter. Diese Kräfte sorgen für Zerstörung. Nur für Zerstörung.« Einen Atemzug lang war nur der Wind zu hören, dann schimmerten die Augen meines Gegenübers in einem geisterhaften Weiß, ehe ein Blitz vom Himmel krachte und er diesen nach vorn katapultierte. Er hatte mehr Macht über dieses Unwetter, als ich gedacht hatte.

Alles passierte viel zu schnell. Ehe ich mit einem Element reagieren konnte, raste der Blitz auf mich zu. Ich hörte jemanden meinen Namen schreien, sah Ryans funkelnden Diamantkörper neben mir, doch dann traf mich ein heißer Schmerz an der Schulter und ich wurde von der Heftigkeit des Blitzes nach hinten geschleudert.

Ich merkte nicht mehr, wie ich auf dem Boden aufkam.

Sieben

Mein Kopf war bleischwer, als meine Wahrnehmung zurückkam. Ich spürte etwas Heißes an meiner Schulter, als hätte ich zu lange in der Sonne gelegen und mich nicht eingecremt. Die Haut spannte und als ich langsam die Augen aufschlug, sah ich meinen Dad. Ich blinzelte ein paarmal, ehe meine Sicht wieder richtig klar wurde. Dann tauchte auch Tyler in meinem Blickfeld auf.

»Was ist passiert?«, fragte ich und setzte mich vorsichtig in dem Bett auf. Ich bewegte probehalber meine Schulter und neigte den Kopf zur Seite. Doch alles, was ich sah, war ein schmaler Verband, der die Ursache des unangenehmen Gefühls verdeckte.

»Die Kräfte dieses Kerls sind völlig außer Kontrolle geraten, er hat mit diesem Blitzschlag fast alle magischen Kinder außer Gefecht gesetzt. Ryan wurde von seiner Diamanthülle geschützt und konnte den Angriff auf ihn zurücklenken, wodurch der Elementarer bewusstlos wurde und Ryan ihn festnehmen konnte. Er ist unten in einer Zelle.« Es war Ty, der mir Bericht erstattete. Ich sah meinen besten Freund an, müde noch, aber meine Gedanken begannen bereits hochzufahren. Wenn er unten in einer Zelle war, konnte ich mit ihm sprechen. Ich schlug die Decke zur Seite und schwang die Beine über den Rand des Bettes. Da schaltete sich mein Dad ein.

»Hey, Charlie, was hast du vor? Der Angriff war ziemlich heftig, okay? Du kannst noch nicht aufstehen.« Seine besorgten dunklen Augen blickten mich an und ich legte eine Hand auf seine, die er an meinem Unterarm positioniert hatte.

»Ich muss mit ihm reden«, erwiderte ich und sah ihm fest in die Augen. Natürlich machte er sich nur Sorgen, das wusste ich. Und verstand es auch.

»Er ist gefährlich, Kleines. Und vielleicht will er deine Hilfe gar nicht. Seine Kräfte sind wirklich unheimlich stark. Du musst in Betracht ziehen, dass er sie so oder so nicht überleben wird.«

Ich ließ den Blick auf seinen Arm sinken. Das hämische Grinsen zweier Theatermasken starrte mir entgegen und es schien, als würden sie mich auslachen wollen. Weil ich versagte, obwohl ich noch gar nicht richtig angefangen hatte. Ich atmete tief durch und blickte wieder hoch.

»Vielleicht hast du recht, Dad. Vielleicht kann ich ihm nicht helfen. Aber das weiß ich nicht, wenn ich es nicht wenigstens versuche.« Bestimmt drückte ich seine Hand und stand auf. Meine Schulter protestierte ein wenig, doch es fühlte sich nicht so schlimm an, wie ich gedacht hatte.

Mein Handy vibrierte in meiner Hosentasche und ich zog es heraus. Nachrichten von Katie, voller Besorgnis:

Alles okay?

und

Wo zur Hölle bist du?!

Anstatt ihr zu schreiben, rief ich sie kurzerhand an und verlangsamte mein Tempo etwas, um Zeit für meine beste Freundin zu haben.

»Charlie?«

»Ja, hey. Sorry, dass ich mich nicht gemeldet habe«, antwortete ich und verzog zerknirscht das Gesicht.

»Verdammt, ich dachte schon, es wäre sonst was passiert! Der Sturm war so heftig und dann bist du einfach aus dem Unterricht gegangen. Ich habe mir echt Sorgen um dich gemacht.«

Ich legte die Hand an meine Stirn und fuhr mir kurz durchs Haar. »Ich weiß, es war blöd, mich nicht zu melden. Mir gings in der Schule nicht gut und ich habe total lange geschlafen, als ich zu Hause war«, log ich und biss mir dabei auf die Unterlippe.

Ich hasste es, Katie immer und immer wieder etwas vorlügen zu müssen, aber ich konnte ihr die Wahrheit einfach nicht sagen. Ich hatte Angst, dass sie mich dann anders ansehen würde, wenn sie wüsste, dass ich einer dieser Freaks war, wie manche an der Schule zum Beispiel Pascal benannten. Klar, wenige Menschen fanden es total faszinierend, dass es Übernatürliches in unserer Welt gab, doch ich hatte einfach zu viel Angst, den Schutz der Unwissenheit zu verlassen. Wenn niemand wusste, was ich konnte, dann konnte auch niemand Angst vor mir haben. Dann konnte man mich nicht zu einer Registrierung zwingen und meine Fähigkeiten genau unter die Lupe nehmen. Nicht einmal Max hatte Katie je etwas von seinen Fähigkeiten gesagt und die beiden waren schon seit fast zwei Jahren ein Paar.

»Geht es dir denn mittlerweile besser? Soll ich vorbeikommen oder dir etwas aus der Apotheke holen?«, fragte sie besorgt.

»Nein, es ist alles gut, danke für das Angebot. Ich werde mir einen Tee kochen und mich nur noch vor den Fernseher schmeißen. Wir sehen uns in der Schule, ja? Mach dir keine Sorgen. Bis dann.« Nachdem sie sich verabschiedet hatte, schob ich mein Handy zurück in meine Gesäßtasche und atmete tief durch, ehe ich die Treppen nach unten in den Keller nahm.

Erinnerungen flammten vor meinem inneren Auge auf und ich sah mich als kleines Mädchen, wie ich selbst hier in einer der Zellen gehaust hatte. Damals wusste ich nicht, was mit mir geschah, es war die Zeit, in der ich absolut keine Kontrolle über die Elemente gehabt hatte – wie denn auch? Ich war gerade einmal sieben Jahre alt gewesen und hatte eine unheimliche Angst vor dem gehabt, was mit mir passiert war. Dad, der durch Meredith an Ren gelangt war, hatte stets was dagegen gehabt, wenn er mich bloß durch die magisch verstärkte Scheibe der Zelle hatte sehen können. Und ich als kleines Mädchen hatte es gehasst. Aber es war das einzig Richtige gewesen, um mich und meine Mitmenschen zu schützen. Dadurch hatte ich lernen können, mit meinen Fähigkeiten umzugehen, als sie besonders stark gewesen waren. Dadurch hatte ich niemanden verletzt und rückblickend war es das Beste, was ich hatte tun können.

Mein Weg führte mich durch einen schmalen Flur, bis dieser in einem großen Raum endete, wo rundherum Zellen eingerichtet worden waren. Durch das Panzerglas konnte ich den jungen Mann sehen, der mich am Trafalgar

Square außer Gefecht gesetzt hatte. Er schaute hoch, als er eine Bewegung wahrnahm und ein missbilligender Ausdruck trat auf sein Gesicht.

»Es war klar, dass du herkommst«, gab er schnaubend von sich und trat an das Glas heran. Saki hatte mal erzählt, dass ihr Vater die Zellen mit einem Schutz vor magischen Fähigkeiten versehen hatte, um sicherzustellen, dass dort niemand herauskam, egal was für Kräfte derjenige hatte. Ich vertraute ihren Worten jetzt einfach und stellte mich nur mit einem Abstand von zwei Schritten vor ihn.

»Willst du mir jetzt wieder sagen, dass du mir helfen kannst?« Sein abfälliger Ton traf mich und ich verschränkte die Arme vor der Brust.

»Ich bin hier, weil ich dich verstehen will. Dich und deine Kräfte.«

Er sah mich direkt an und das erste Mal konnte ich die kleinen Details in seinem Gesicht ausmachen. Den Dreitagebart an seinen Wangen und dem Kinn, der dasselbe Dunkelblond trug wie die rasierten Seiten an seinem Kopf. Das etwas längere Deckhaar war einige Nuancen heller. Doch was mich tatsächlich faszinierte, waren seine Augen: das Rechte war von einem strahlenden Blau, während die untere Hälfte der linken Iris von einem dunklen Braun verschluckt wurde. Es war wunderschön.

»Meine Kräfte ähneln deinen, trotzdem sind wir komplett verschieden. Diese Fähigkeiten sind nicht dazu da, um hübsche Blumen zu zaubern, sie sind dazu da, um Macht zu zeigen. Früher oder später wirst du alles verlieren, wenn du weiterhin daran glaubst, dass du allen helfen kannst.«

Fassungslos starrte ich ihn an. Wie konnte er der Meinung sein, dass unsere Fähigkeiten durch und durch böse waren? Ich öffnete den Mund, um etwas zu sagen, doch die Worte wollten keinen Weg nach draußen finden. Ich rief mich zur Ruhe und streckte die Hand nach der Glasscheibe aus. Ein warmes Kribbeln durchfuhr meine Handfläche, wegen des Zaubers, der auf der Zelle lag.

»Du hast völlig falsche Ansichten. Ich kann dir zeigen, wie man mit dieser Kraft umgeht. Sie zerstört nur, wenn man sie falsch einsetzt.«

Der Typ, dessen Namen ich noch immer nicht kannte, sah mich abwartend an und die Andeutung eines Lächelns stahl sich auf seine Lippen. Er hob die Hand und je näher er der meinen kam, die noch immer auf der Scheibe ruhte, desto mehr fühlte ich das heftige Kribbeln. Es knisterte um uns herum und ich spürte die Kraft in meinen Adern, sie erfüllte mich und sammelte sich automatisch in meiner Hand, ohne dass ich etwas dagegen tun konnte. In dem Moment, in dem er seine Hand auf die Scheibe senkte, entlud sich das Knistern zwischen uns und schleuderte uns beide nach hinten. Er stieß gegen die hintere Zellenwand, während ich ins Leere fiel und schmerzhaft auf meinem Hintern landete. Was war das gewesen? Mein Atem ging unregelmäßig und auch er sah fassungslos auf seine Hand. Als hätte er das selbst nicht gewollt.

Gerade als ich mich in eine sitzende Position aufrichtete, hörte ich Schritte, kurz darauf tauchte Dave neben mir auf.

»Alles okay?«

»Ja! Wieso fragt mich das nur jeder?«, gab ich gereizter zurück, als ich es beabsichtigt hatte, und rappelte mich wieder auf. Ich stieß Daves Hände weg, als er mir helfen wollte.

»Entschuldige«, murmelte ich, sah nicht noch einmal zurück und floh aus dem Keller. Als ich oben ankam, hatten Meredith, Ren und mein Vater sich im Arbeitszimmer versammelt und schauten auf einen Bildschirm.

»Hey, ist alles –«

»Wenn du mich jetzt fragst, ob alles okay ist, drehe ich durch«, unterbrach ich meinen Dad und schüttelte warnend den Kopf. Mein Hintern schmerzte etwas, doch viel mehr war mir nicht passiert.

Ich ging auf sie zu und spähte ebenfalls auf den Monitor – er zeigte Dave unten bei der Zelle. Es sah aus, als würde er ein Verhör mit dem Fremden durchführen und ich verschränkte die Arme vor der Brust, während ich mich gegen einen Schreibtisch lehnte.

»Dieser Elementarer kann unmöglich allein handeln«, warf Meredith in den Raum und strich sich eine Strähne hinters Ohr. Ich betrachtete sie für einen kurzen Augenblick und bemerkte, dass sie recht nah an Dad stand, was mir ein schwaches Lächeln entlockte.

»Das glaube ich auch nicht. Aber welche magischen Kinder sind es? Sind es Londoner oder kommen sie von außerhalb? Und wieso können sie sich vor euch verstecken?«, fragte mein Dad und blickte Ren an.

Dieser zog die Stirn kraus und schien auch keine passende Antwort parat zu haben. Doch bevor wir das Gespräch weiterführen konnten, verlangte der Monitor nach unser aller Aufmerksamkeit. Denn das, was der Kerl sagte, war irgendwie besorgniserregend.

»Weißt du, woher die magischen Kinder ihre Kräfte haben?«, fragte er Dave gerade und das mulmige Gefühl, dass diese »Befragung« gerade aus dem Ruder lief, beschlich mich. Dave zuckte locker mit den Schultern und verschränkte die Arme vor der breiten Brust.

»Nein, klär mich ruhig auf«, sagte er.

»Von uralten Hexenmeistern, die dunkles Blut in sich tragen. Es sind Geschöpfe der Unterwelt, die ihre Kräfte haben, um Zerstörung und Unheil zu säen. Es liegt also nicht in unserer Natur, Gutes damit zu bewirken.«

»Oh, natürlich. Die Unterwelt, klar.« Daves Stimme klang zwar blechern durch den Monitor, doch sie triefte nur so vor Sarkasmus. »Und warum sind diese sogenannten Hexenmeister nicht hier?«

Der Blonde gab ein abfälliges Schnauben von sich, das halb wie ein Lachen klang. »Wir sind hier. Wir, ihre Nachfahren, sind hier, um die Welt auf die Hexenmeister vorzubereiten. Wenn die Menschen erst einmal wissen, dass viel mehr magische Kinder existieren, werden sie sich automatisch unterordnen. Uns wird nichts mehr im Weg stehen, wir werden frei sein und die Menschen werden nicht mehr versuchen unseresgleichen zu töten.«

Mein Verstand schaltete ab und ich hörte Dave gar nicht mehr zu. Mein Blick glitt etwas perplex zu Meredith und den anderen. Diese schüttelte jedoch auch geschockt den Kopf.

»Es wurde versucht, jemanden von uns umzubringen?«, fragte Meredith.

»Es scheint mir nicht sehr wahrscheinlich zu sein, aber unmöglich ist es nicht«, gab Ren von sich. »Seit ... jenen Ereignissen leben wir zwar im Verborgenem, aber einige magische Kinder haben die Entscheidung getroffen, ihr Geheimnis preiszugeben. Die Menschen wissen nichts von uns hier in der Villa, aber möglicherweise haben sie es bei jemanden versucht, dem das Geheimnis gleich ist.«

Mein Dad war einer der wenigen Menschen, die von der Villa wussten.

Dadurch, dass er damals live miterlebt hatte, wie ich meine Kräfte entwickelt hatte. Er hatte mir zunächst selbst helfen wollen, unheimlich viel über solche Fähigkeiten recherchiert und war doch nicht weitergekommen. Bis Meredith auf ihn aufmerksam geworden war und ihm Hilfe angeboten hatte. Als man mich dann in die Villa geholt hatte und mich dortbehalten wollte, wehrte Dad sich dagegen und bestand darauf, Teil des Ganzen zu werden. Oft wussten die Eltern, die ein magisches Kind in ihrer Familie hatten, nicht, wie sie damit umgehen sollten. Sie überließen Ren ihren Sohn oder ihre Tochter, weil sie Angst vor dem Übernatürlichem hatten. Ich war froh, dass mein Dad anders gehandelt hatte, ebenso wie Tylers Familie ihn niemals verstoßen hatte.

Plötzlich kam Max gefolgt von Saki und Ty ins Arbeitszimmer.

»Wir wissen, wer dieser Typ ist«, sagte Max triumphierend. »Ich habe ein bisschen in seinen Gedanken gewühlt«, fuhr er fort, bevor Saki einen Schritt vortrat und berichtete, was sie herausgefunden hatte. »Sein Name ist Vincent Graymore. Seine ganze Familie starb vor zwei Jahren bei einem Hausbrand, er war zu dieser Zeit nicht zu Hause und ist daher der einzige Überlebende der Graymore-Familie.«

Plötzlich machte sich ein neues Gefühl in meiner Brust bemerkbar: Mitleid.

Er hatte seine Familie verloren. Ich wusste, wie es war, geliebte Menschen zu verlieren, doch ich war unheimlich froh, meinen Dad noch zu haben. Vincent hatte niemanden mehr und das musste schrecklich sein.

Kam daher vielleicht sein Hass? Sein Wunsch, dass die Menschen von uns magischen Kindern erfuhren? Irgendetwas sagte mir, dass da noch mehr hinter steckte, ich war mir nur nicht sicher was. Und wie ich es herausfinden sollte.

»Gut, immerhin wissen wir jetzt, mit wem wir es zu tun haben. Dennoch denke ich nicht, dass wir heute noch viel mehr aus ihm herausbekommen. Vincent wird nicht ausbrechen können, die Zelle ist magisch verstärkt und ihr werdet jetzt alle unbesorgt nach Hause gehen, ist das klar? Falls etwas passieren sollte, sind Meredith und ich hier.« Rens Stimme ließ keinen Widerspruch zu.

Er ließ es zwar nicht heraushängen, aber jeder wusste, dass er so was wie unser Oberhaupt war. Schließlich war es seine Villa und er hatte sich ganz den magischen Kindern verschrieben.

In diesem Moment trat Dave in den Türrahmen. »Ich werde auch bleiben. Nur zur Sicherheit.« Er warf Ren und Meredith einen kurzen Blick zu und beide nickten.

»Wir sehen uns dann morgen«, verabschiedete sich Meredith und brachte uns zur Tür. Ich schob mich nach draußen und zog augenblicklich meinen Mantel enger um mich, den ich im Flur angezogen hatte. Meine Gedanken waren ein reines Achterbahnchaos, weswegen ich noch gar nicht daran denken konnte, heimzufahren und zu schlafen, als wäre nichts passiert. Die Wunde an meiner Schulter brannte, als schiene sie mir zu sagen, dass sie mich sowieso nicht würde schlafen lassen, also drehte ich mich zu meinem Dad um, der sich gerade aus einer Umarmung von Meredith löste und ihr eine gute Nacht wünschte.

»Fährst du schon vor? Ich würde gerne noch etwas spazieren gehen.«

Mit zusammengezogenen Augenbrauen betrachtete er mich einen Moment. Ich wusste, dass es ihm missfiel, mich allein zu lassen, aber es würde nichts nützen. Ich brauchte etwas Zeit für mich.

»Komm nicht zu spät nach Hause, okay? Und wenn ich dich abholen soll, rufst du mich an.«

Ich nickte und hob kurz die Hand zum Winken, ehe ich beide Hände in die Taschen meines Mantels stopfte und loslief. Es tat unheimlich gut, für mich zu sein. Ich musste nicht auf meinen Gesichtsausdruck achten, mich nicht zur Ruhe und zu einem Lächeln zwingen, wenn ich am liebsten aus der Haut gefahren wäre, und wurde nicht schräg angeguckt, wenn ich so in Gedanken versunken war, dass ich nicht antwortete. Wie von selbst trugen meine Beine mich zurück zum Trafalgar Square. Ich strich mir einige Haarsträhnen aus dem Gesicht, die vom Wind hervorgezerrt wurden, und setzte mich auf den Rand des großen Brunnens. Einen Moment lang betrachtete ich bloß meine Umgebung, bis eine Silhouette in meinem Augenwinkel auftauchte und sich neben mich setzte. Es war Ty. Er hatte natürlich geahnt, dass ich hierher zurückkehren würde.

Gemeinsam schwiegen wir. Ich war ihm unheimlich dankbar, dass er mich nicht dazu zwang, mit ihm zu reden. Er wusste, dass ich manchmal meine Zeit brauchte.

Dann atmete ich tief durch. »Ich fühle mich verantwortlich, ihm zu helfen, verstehst du? Jetzt, wo es noch jemanden mit Elementarmagie gibt, der sie noch nicht komplett kontrollieren kann, muss ich einfach etwas tun.« Ich musste jetzt wieder daran denken, wie ich Meredith und Ren zwar stets an meiner Seite gehabt hatte, doch auch für die beiden war die Elementarmagie etwas Neues gewesen. Sie hatten nicht gewusst, dass ich irgendwann nur ein einziges Element beherrschen würde, sie hatten mir die Angst nie vollständig nehmen können.

»Ich weiß. Und ich bin auch nicht hier, um dir das auszureden, Charlie.« Er sah mich aus seinen dunklen Augen, die jetzt in der Nacht fast schwarz wirkten, an. Seine schulterlangen Haare hatte er zu einem Dutt zusammengefasst, einzelne Strähnen hingen ihm dennoch in die Stirn.

»Wenn ich dir irgendwie helfen kann, bin ich für dich da, okay? Ich finde es nicht gut, weil dieser Vincent ziemlich zwielichtig ist, aber ich weiß, dass ich dich nicht davon abhalten kann. Deswegen helfe ich dir, du musst da nicht allein durch.«

Ein Lächeln entstand auf meinen Lippen und ich lehnte mich gegen seine Schulter, während er einen Arm um mich legte.

»Danke, Ty«, flüsterte ich und schloss für einen kurzen Moment die Augen.

»Ich bring dich nach Hause«, sagte er nach einer Weile, in der wir schweigend nebeneinandergesessen hatten. Ich nickte und sprang vom Brunnenrand hinunter, um Tyler zu seinem Wagen zu folgen. Erst jetzt merkte ich, wie durchgefroren ich eigentlich war, und schüttelte mich vor Kälte. Ty schob den Heizungsregler auf die höchste Stufe und ich hoffte, der Senior-VW würde sein Inneres schnell erwärmen.

Zu Hause brannte noch immer Licht im Inneren. Es war klar gewesen, dass Dad auf mich wartete. Ich verabschiedete mich von Ty, stieg aus dem Wagen und lief den verwachsenen Weg zu unserem Haus entlang. Die Büsche und Blumen brauchten dringend wieder ein bisschen Pflege, doch weder mein Dad noch ich waren Fan von der Gartenarbeit – und das, obwohl ich Erdmagie beherrschte.

»Bin wieder da«, rief ich ins Haus, als ich die Tür schloss und mich von Schuhen und Mantel befreite. Dad kam in den Flur und lehnte sich mit seiner rechten Schulter gegen die Wand. Die Arme verschränkte er vor der breiten Brust.

»Wie geht's dir, Charlie-Bee?«

Ich zuckte mit den Schultern. »Müde. Nicht bereit, jemals wieder aus meinem Bett zu kommen, wenn ich erst mal drin liege.«

Er betrachtete mich abschätzend. Natürlich war mir klar, dass das nicht die Antwort war, die er hatte hören wollen. Ich seufzte und fuhr mir kurz mit beiden Händen über das Gesicht. Meine Aussage war nicht mal gelogen – ich war wirklich erschöpft.

»Ich fühle mich hilflos. Und habe ganz dringend das Bedürfnis, Vincent zu helfen. Ich weiß nur nicht wie.« Ich verzog die Lippen zu einem kurzen Lächeln, das keinerlei Freude ausstrahlte, sondern eher meine ganze Verzweiflung. Dad stieß sich von der Wand ab und legte mir eine Hand an die Schulter.

»Wir sind alle für dich da, Charlie. Du musst ihm nicht allein helfen.«

Ich nickte und drückte kurz seine Hand. »Genau das hat mir Tyler auch eben gesagt«, erwiderte ich mit einem Lächeln, das nun dankbar statt verzweifelt wirkte.

Keiner hielt viel von Vincent und ich verstand das auch, schließlich hatte er sich bislang nicht von seiner besten Seite gezeigt. Aber das hieß nicht, dass er sich nicht würde ändern können.

***

Obwohl ich wirklich müde war, wälzte ich mich nur unruhig in meinem Bett hin und her. Meine Gedanken fuhren Achterbahn und hielten wohl nicht viel von Nachtruhe, sodass ich einfach kein Auge zutat. Denn zwischen all die vorherigen Fragen rund um Vincent hatte sich jetzt ja auch noch das Mitleid gemischt, weil er seine ganze Familie verloren hatte.

Irgendwann setzte ich mich auf und blickte aus dem Fenster zu meiner Rechten. Der Mond stand strahlend hell am Himmel und die Nacht war fast wolkenlos, sodass ich die funkelnden Sterne sehen konnte. Ich griff nach meinem Handy und ließ das Display zum Leben erwachen. Drei Uhr sechsundzwanzig. Na klasse.

Da ich wusste, dass es keinen Sinn machte, sich wieder hinzulegen, stand ich auf und zog mir Jeans und Pullover an. Vielleicht konnte ich doch noch mal mit Vincent sprechen.

Allerdings hatte ich diese Rechnung ohne meinen Dad gemacht. Als ich im Flur stand und, so leise es mir möglich war, die Stiefel anzog, schaltete sich plötzlich das Licht an und mein Dad stand erneut vor mir. Müde blickte er mich an.

»Charlie …«, begann er, doch ich unterbrach ihn sofort.

»Ich muss irgendetwas tun, Dad. Ich kann hier nicht herumliegen und es nicht wenigstens versuchen.«

Mir war selbst schleierhaft, woher dieser starke Drang kam, diesem Vincent zu helfen. Bisher war er nicht sehr offen für Hilfe gewesen, doch ich hoffte einfach, dass ich irgendwann zu ihm durchdringen konnte. Einen Moment herrschte Stille zwischen uns, dann kniff Dad sich in den Nasenrücken und stieß ein Seufzen aus.

»Ich zieh mich an, dann fahre ich dich.« Er drehte sich um und nahm die Treppen ins Obergeschoss, ehe ich antworten konnte. Ein Lächeln stahl sich auf meine Lippen. Dad war der Beste, keine Frage.

Zehn Minuten später saßen wir in seinem Range Rover und steuerten die Villa an. Die Straßen waren wie leer gefegt, zu dieser Uhrzeit war unter der Woche einfach niemand mehr unterwegs. Dad hielt den Wagen direkt vor der Tür der Villa an und ich legte die Hand an den Türgriff.

»Warte«, hielt er mich auf und ich schaute ihn an. Seine Hände umschlossen noch immer das Lenkrad und er blickte stur aus der Frontscheibe des SUVs.

»Ich lasse dir viel durchgehen, weil ich dir vertraue und ich möchte, dass du aus deinen Entscheidungen und Fehlern lernst. Aber diese Sache hier …

dieser Vincent. Er hat dich schon einmal verletzt, weil seine Kräfte eine Nummer zu groß für ihn sind.«

Erst jetzt sah er mich an. Die Sorge, die in seinen Augen lag, schien mich fast erschlagen zu wollen. »Versprich mir, dass du es gut sein lässt, wenn er deine Hilfe nicht will. Nicht alle Menschen können gerettet werden, verstehst du?«

Ergriffen nickte ich. Ein Kloß hatte sich in meinem Hals gebildet und verhinderte, dass ich etwas sagen konnte. Stattdessen beugte ich mich zu ihm und umarmte ihn fest.

»Ich bin vorsichtig«, flüsterte ich, ehe ich aus dem Wagen ausstieg. Auf dem Weg zur Tür konnte ich Meredith an einem Fenster sehen und noch bevor ich geklingelt hatte, öffnete sie mir und lächelte mich müde an.

»Mir war klar, dass du noch mal vorbeikommen würdest.«

Ich verzog das Gesicht. »Sorry, wenn ich dich vom Schlafen abhalte.«

Meredith winkte nur ab und wartete auf meinen Vater, der kurz nach mir ins Innere der Villa trat. »Hey, John«, hörte ich sie leise Dad begrüßen und warf doch noch mal einen Blick über die Schulter. Er berührte sie kurz am Arm und trug ein schwaches Lächeln auf den Lippen. Als Meredith die Tür geschlossen hatte, schaute sie mich an.

»Dave ist unten und hält Wache.«

Ich nickte und lief die Treppen nach unten. Meine Schulter protestierte etwas, als ich eine Tür aufstieß, doch es war mir egal.

»Hey. Kannst du mich einen Moment mit ihm allein lassen?«, fragte ich Dave, als ich in dem runden Raum angekommen war. Er sah nicht sehr begeistert auf.

»Er ist nicht sehr redselig, Charlie. Sei vorsichtig, okay?«

Ich nickte und wartete, bis ich seine Schritte nicht mehr hören konnte. Dann atmete ich tief durch und sah das erste Mal zu Vincent. Er lag auf der Liege an der linken Seite der Zelle und starrte an die Decke. Seinen linken Arm hatte er hinter dem Kopf verschränkt und ein Bein angewinkelt. Er sah eher so aus, als würde er Urlaub machen, anstatt in einer Zelle gefangen zu sein.

Ich zog mir einen Stuhl heran und platzierte ihn vor dem Glas, ehe ich mich setzte. Vincents Blick huschte zu mir herüber.

»Was willst du hier?«, fragte er mit einem genervten Unterton in seiner Stimme. In einer fließenden Bewegung setzte er sich auf und stützte die Hände an den Rand der Liege. Ich betrachtete ihn für den Bruchteil einer Sekunde – mittlerweile hatte er die schwarze Lederjacke ausgezogen und trug nur noch ein weißes T-Shirt. »Wenn du wieder mit deinem Helferscheiß kommst, kannst du direkt wieder gehen.«

»Ich habe das mit deiner Familie gehört«, begann ich unbeirrt und ließ seinen Angriff nicht an mich heran. Sein Kopf ruckte nach oben und er sah mich einen Atemzug lang verwundert an.

»Es tut mir leid, was dir passiert ist. Ich weiß, wie es sich anfühlt, Familienmitglieder zu verlieren.« Ich versuchte so viel Feingefühl und Betroffenheit in meine Stimme zu legen, wie es mir möglich war. Dabei war dies nicht einmal vorgegaukelt – durch den Tod meiner Mutter und meiner Schwestern wusste ich genau, was er durchmachte.

»Du hast doch keine Ahnung!«, presste er hervor und ballte die Hände zu Fäusten. Das Thema nahm ihn mit und die Alarmglocken in meinem Kopf schrillten. Ich wusste, dass ich mich auf sehr dünnem Eis befand, und mit jedem weiteren Wort konnte es brechen. Was dann geschehen würde, konnte ich nur erahnen.

»Es ist nicht deine Schuld. Du hättest es nicht verhindern können.«

»Hör auf«, murmelte er. »Hör auf!« Seine Stimme war laut geworden und das Gebäude erzitterte. Zu spät sah ich die Blitze an seiner Hand wabern, zu spät realisierte mein Gehirn, dass das Licht flackerte. Binnen Sekunden knallte ein Blitz durch den Keller, es wurde dunkel und ich spürte die Wucht, die mich vom Stuhl riss. Ich hob die Hand zum Schutz, landete jedoch erneut hart auf meinem Rücken. Meine Handfläche brannte und als das Licht wieder anging, sah ich die leichte Verbrennung auf der Haut. Er hatte mich mit einem Energieblitz getroffen. Wie war das möglich gewesen, wenn die Zelle doch gar keine Magie durchließ?

Als sein Blick auf mich fiel, weiteten sich seine Augen und er fuhr mit den

Händen in sein Haar. Seine Finger verkrampften sich und er schüttelte vehement den Kopf.

»Das habe ich nicht gewollt«, flüsterte er so leise, dass ich glaubte, es mir eingebildet zu haben.

Schritte ertönten und ich spürte plötzlich Hände, die mir aufhalfen.

»Charlie! Verdammt, geht es dir gut?« Es war mein Dad. Ich nickte, konnte den Blick jedoch nicht von Vincent abwenden.

»Ja. Es geht mir gut.« Meine Stimme war sehr viel fester, als ich geglaubt hatte. Vincent schloss die Augen und wandte sich von uns ab, ging zur hinteren Zellenwand. Ich hatte keine Ahnung, was in ihm vorging.

»Komm, wir müssen das säubern«, sprach Meredith mich an und zog mich an meinem gesunden Arm von der Zelle fort. Ich folgte ihr widerstandslos, auch wenn ich noch einmal zurück zu Vincent sah. Er stieß einen verzweifelten Schrei aus und schlug mit der Faust gegen die Steinwand.

Dad war vollkommen außer sich. Als wir oben im Wohnzimmer waren, versorgte Meredith die Brandwunde. Ren stand am Kamin und schien uns gar nicht zu bemerken. Trotz der späten oder bald auch frühen Stunde, war sein schwarzes Haar perfekt gestylt. Seine dunklen Augen blickten in das Feuer und das Seidenhemd mit dem filigranen Blumenmuster saß faltenfrei an seinem schmalen Körper.

Erst jetzt sickerte der Schmerz durch meinen Körper und ich zuckte zusammen, als das scharfe Desinfektionsmittel meine wunde Haut traf.

»Es wird heilen«, versprach Meredith und schenkte mir ein schwaches Lächeln. Ich nickte.

»Du wirst nie wieder zu diesem Kerl gehen! Ich werde dafür sorgen, dass er hinter Gitter kommt und das Gefängnis nie wieder verlässt!« Dad brüllte, während er auf und ab ging. Ich sah zu ihm, konnte erkennen, wie die Venen an seinem Hals deutlich hervortraten, weil er sich so aufregte.

»Dad«, sprach ich ihn an, doch er fuhr in einem Schwall aus Flüchen fort. »Dad!« Meine Stimme war lauter geworden und endlich hielt er inne.

»Es ist meine eigene Schuld, ich habe den Blitz nicht kommen sehen. Vincent wollte mich nicht verletzen, da bin ich mir sicher. Er lässt sich von seinen

Gefühlen leiten und dann bricht die Magie aus ihm heraus.« Mein Blick glitt zu Meredith, die noch immer vor mir saß. »Er kann sie vielleicht teilweise kontrollieren, so wie am Trafalgar Square oder an der Brücke. Aber sie gehorcht ihm nicht komplett. Ich glaube, er will das, was er tut, manchmal gar nicht.«

Plötzlich kam wieder Leben in Ren und er wandte den Blick vom Feuer ab. In einer fließenden Bewegung drehte er sich zu uns um.

»Was, wenn er es doch gewollt hat, Charleen? Dass er seine Kräfte nicht vollständig beherrscht, steht außer Frage. Dennoch: Was macht dich so sicher, dass er nicht einfach böse ist und das, was er tut, auch genauso tun will?«

Ich sah Ren einen Moment an.

»Ich glaube, dass niemand einfach böse ist. Und ich habe den Ausdruck in seinen Augen gesehen, als er mich getroffen hat. Da war Entsetzen und … Schuld. Das empfindet niemand, der böse Dinge tun will.«

Auf diese Worte hin schwieg Ren. Auch mein Dad hörte auf herumzulaufen und sein Gesicht hatte wieder eine normale Farbe angenommen. Meredith legte mir einen Verband an die Hand und klatschte ihre Hände dann geräuschvoll auf die Oberschenkel, um die erdrückende Stille zu füllen.

»So, fertig. Das wird schnell heilen, Charlie, du brauchst dir keine Sorgen machen.«

Keine Viertelstunde später saß ich wieder in Dads Wagen und sah aus dem Fenster. Er hatte darauf bestanden, nach Hause zu fahren. Ich sollte mich ausruhen und schonen, wenigstens die paar Stunden noch, die ich bis zum Schulbeginn hatte. Als ich mich zu ihm drehte, sah ich seine Anspannung deutlich.

»Es geht mir gut, Dad.«

Er schnaubte. »Natürlich. Dieser Kerl hat dich innerhalb kurzer Zeit zwei Mal verletzt, Charlie. Am liebsten würde ich ihn wegen Körperverletzung anzeigen und hinter Gitter bringen!«

»Dad«, seufzte ich und richtete mich im Sitz etwas auf. »Du weißt, dass das nicht nötig ist. Ich werde einfach besser auf mich aufpassen, versprochen. Er wird mir nichts mehr tun.«

Anstatt zu antworten, ließ er nur ein weiteres Schnauben verlauten, als würde er mir nicht glauben. Ich biss mir kurz auf die Zunge. Irgendwie musste ich ihn davon überzeugen, dass Vincent nichts für seinen Kontrollverlust konnte und es mir damals auch so hätte ergehen können. Dass ich aktuell noch nicht wusste, wie ich Vincent davon überzeugen sollte, dass seine Kräfte auch Gutes vollbringen konnten, schob ich einfach mal beiseite.

»Ich muss irgendwie zu ihm durchdringen. Er denkt, dass seine Kräfte nur für Zerstörung sorgen können. Wenn er erst einmal sieht und lernt, dass dem nicht so ist, verändert ihn das sicherlich.«

»Eigentlich ist das nicht deine Baustelle, Charlie-Bee«, gab mein Dad zurück, diesmal sehr viel ruhiger.

»Ich weiß, ich bin nicht für ihn verantwortlich. Aber ich kann seine Situation verstehen. Du weißt doch, wie sehr ich damals jemanden gebraucht hätte, der mir erklärte, dass die Macht mit der Zeit abflacht und nur ein einzelnes Element bestehen bleibt. Ich will einfach, dass er weiß, dass unsere Kräfte auch Leben schenken können und nicht aus der Unterwelt kommen.«

Ich konnte mir einfach nicht vorstellen, dass wir Nachfahren von Hexenmeistern sein sollten, die aus der Unterwelt stammten. Das war doch absurd, oder?

Dads Stirn legte sich in Falten. »Unterwelt?«

»Ja, das hat Vincent doch bei der Befragung gesagt«, erinnerte ich ihn. »Dass die magischen Kinder ihre Kräfte von Hexenmeistern hätten und in Verbindung mit der Unterwelt ständen. In uns würde dunkles Blut fließen und wir wären dazu verdammt, schlechte Dinge mit unseren Kräften zu tun.«

Ein heiseres Lachen, das eher nach einem Husten oder Bellen klang, drang aus Dads Kehle und er schüttelte den Kopf.

»Unterwelt, Hexenmeister. Das wird immer verrückter.«

Ich stimmte in sein Lachen mit ein. »Irgendwie schon, oder?«, erwiderte ich.

Das alles klang verrückt. Aber was, wenn Vincent doch recht hatte? Ich konnte mir nicht erklären, woher die magischen Kinder ihre Kräfte hatten. Was, wenn es wirklich eine Art Unterwelt gab und wir dunkles Blut in uns trugen?

Machte uns unsere Herkunft dann automatisch zu etwas Schlechtem, auch wenn wir selbst gar nichts für unsere Vorfahren konnten?

Acht

Vincent

Der Feuerball in meiner Hand fühlte sich warm und vertraut an. Auch wenn das Element nicht mein liebstes war, war es die einfachste Möglichkeit, meine Energiesignatur aufrechtzuerhalten, um gefunden zu werden. Denn allein würde ich aus der magisch verstärkten Panzerglas-Zelle nicht rauskommen. Mit meiner Kraft konnte ich zwar offenbar auch außerhalb dieser Zelle etwas anrichten – das hatte ich bei dem Mädchen gesehen –, dennoch war das nicht meine Intention. Es brachte mir rein gar nichts, wenn alle bewusstlos herumlagen und ich trotzdem nicht hier rauskam. Also warf ich den Feuerball in meiner Hand nach oben und fing ihn wieder auf, als wäre es kein tödliches Element, sondern ein Spielball.

Je länger ich wartete, desto mehr fuhren meine Gedanken Achterbahn. Ich dachte an das Mädchen. Sie hatten sie Charlie genannt, als sie hereingestürzt waren, weil ich sie verletzt hatte. Und Scheiße, das hatte ich nicht gewollt. Ich konnte es kaum beschreiben, aber manchmal nahm die Kraft der Elemente überhand und dann verlor ich die Kontrolle über sie. Das hatte ich vor zwei Jahren mit ansehen müssen, ohne etwas dagegen tun zu können. Damals hatten mir meine Kräfte nicht gehorcht, gemacht was sie wollten. Mittlerweile war ich schon besser darin, die Elemente nach meinem Willen zu kontrollieren, doch ich spürte deutlich, dass die Kraft herausbrechen wollte. Als wäre mein Körper nicht stark genug.

Plötzlich bemerkte ich die Anwesenheit einer weiteren Person. Keine Sekunde später drang das Knistern der Magie zu mir und ich hörte aus den oberen Etagen ein Poltern.

Gut. Sie war hier.

Mein Blick glitt zu dem Kerl, der Wache hielt. Ich meinte, sein Name wäre Dave, doch ganz sicher war ich mir nicht. Es konnte mir auch egal sein, schließlich würde ich diese Leute nie wiedersehen, wenn ich hier erst einmal raus war. Er warf mir einen vernichtenden Blick zu, als würde er ahnen, dass ich schuld daran war, dass sie angegriffen wurden. Ich jedoch stand einfach weiterhin vor dem Panzerglas und stierte nach draußen, wartete ab, dass sie mich endlich aus dieser verdammten Zelle holte.

Nachdem Dave aus meinem Blickfeld verschwunden war, dauerte es nur wenige Sekunden, ehe ein roter Schleier auftauchte und ein weiteres Poltern ertönte. Dann bog sie in den Flur ein und kam direkt auf mich zu. Ich kannte ihren Namen nicht, doch das war sowieso nicht wichtig. Ihre kupferfarbenen Haare leuchteten im Schein der Deckenlampe und sie grinste mich durch die Scheibe meiner Zelle an.

»Braucht hier jemand Hilfe?«, fragte sie kess und ich verdrehte genervt die Augen. Die Flamme in meiner Hand war längst erloschen.

»Mach die verdammte Tür auf.«

Sie seufzte theatralisch und legte den Kopf kurz schief, um mich zu betrachten. »Immer so griesgrämig, Vincent. Was soll denn das?« Ein zuckersüßes Lächeln erschien auf ihren Lippen, ehe sie wieder aus meinem Sichtfeld verschwand. Ich hörte das Klicken des Schlosses und drehte mich zur linken Seite. Die verstärkte Metalltür schwang auf und sie lehnte sich mit verschränkten Armen dagegen.

»Bist du so weit? Oder brauchst du eine Einladung?«

Ich erstickte das Schnauben, welches aus mir herausbrechen wollte, und setzte mich in Bewegung. An der Tür schob ich sie beiseite.

»Lass uns von hier verschwinden«, sagte ich und beeilte mich, den Flur hinter mir zu lassen. Ich sah kurz zu Dave, der am Boden lag, riss den Blick allerdings wieder von ihm los und nahm die Treppen nach oben in die Freiheit.

***

Charlie

Der nächste Morgen war der reinste Höllentrip. Ich hatte kaum geschlafen, nachdem Dad und ich wieder zu Hause angekommen waren. Vermutlich wäre es effektiver gewesen, wenn ich einfach wach geblieben wäre, anstatt mich die verbliebenen drei Stunden herumzurollen. Jetzt war ich mehr als ausgemergelt und bevor ich zur Schule aufgebrochen war, hatte ich mir sogar etwas von Dads ekelhaftem Kaffee in einem Thermobecher mitgenommen. Ich war echt am Ende mit den Nerven.

Gerade als ich meine Bücher im Spind sortierte, erhaschte ich aus dem Augenwinkel einen blonden Lockenkopf, der auf mich zugestürmt kam.

»Charlie!«, rief meine beste Freundin und ich blickte irritiert zu ihr. Ihr Tonfall sprühte vor purer Erleichterung.

»Wo warst du gestern? Nachdem du angerufen hattest, habe ich mir Sorgen gemacht und dir gefühlt noch eintausend Nachrichten geschickt!« Sie zog mich in eine kurze Umarmung und betrachtete mich dann von oben bis unten, als würde sie sehen wollen, dass ich noch ganz war. Ich biss mir auf die Zunge. Was hatte ich ihr denn am Telefon noch gleich gesagt?

»Sorry, gestern war das reinste Chaos. Ein Bekannter hatte ... Probleme und ich wollte ihm helfen. Ich war bis spät unterwegs.« Das war wenigstens nicht mal ganz gelogen.

Katie entwich ein Schnauben und sie verschränkte die schmalen Arme vor der Brust.

»Wolltest du dich nicht ausruhen? Dein Helfersyndrom ist fast schon krankhaft! Du musst mehr auf dich achten, Charlie. Sonst wirst du bald noch umkippen«, schimpfte sie. Sie klang wie eine alte Frau, die ihr Enkelkind maßregelte. Dennoch wusste ich, dass sie sich wirklich nur Sorgen um mich machte. Katie hatte nur die Eigenschaft, dies manchmal etwas lauter und wütender zu zeigen.

Ich pustete mir eine Strähne aus dem Gesicht und strich sie anschließend hinters Ohr. Dann schloss ich den Spind und hievte meine Tasche auf eine Schulter.

»Mir geht es gut. Das gestern war nur ein kurzer Zwischenfall, jetzt ist alles wieder in Ordnung.«

Ihr Blick wurde weicher, als ich meine Hand an ihren Oberarm legte. Sie lockerte ihre verbissene Körperhaltung und seufzte.

»Ich mache mir doch nur Sorgen«, erwiderte sie und ich schenkte ihr ein aufmunterndes Lächeln. Es fühlte sich so falsch an, Katie immer und immer wieder zu belügen. Mein schlechtes Gewissen wuchs ins Unermessliche.

»Ich weiß. Aber mir geht es wirklich gut, du brauchst dir keine Sorgen zu machen.«

Bevor es zum Unterricht klingelte, gingen wir gemeinsam den Flur entlang. Katie hakte das Thema zum Glück ab und referierte über irgendein Kleid, was sie beim Geburtstag ihrer Mutter tragen wollte, doch ich hörte nur mit halbem Ohr zu. Dann verstummte sie jedoch und ich blickte verwirrt auf, um zu sehen, was sie dazu gebracht hatte, nicht mehr zu reden. Ihre Miene erhellte sich und ich folgte ihrem Blick – Max kam auf uns zu. Er allerdings sah nicht ganz so begeistert aus.

»Hey, Babe«, schnurrte Katie und schmiegte sich an seine Seite. Sie lächelte ihn verliebt an, er hingegen schien sie kaum zu beachten.

»Können wir reden?« Die Ernsthaftigkeit in seiner Stimme und die undurchdringliche Maske dazu versetzten mir einen Schlag in die Magengrube. Ein ungutes Gefühl beschlich mich und ich fürchtete, dass irgendetwas Schlimmes passiert war.

»Ist alles in Ordnung?« Katie löste sich von Max und zog die Augenbrauen zusammen. Erneut trat Sorge in ihre Augen, doch dieses Mal lag auch ein Hauch Misstrauen in ihnen. Ich legte ihr kurz eine Hand auf die Schulter.

»Ich bringe ihn dir gleich wieder, ja?« Ein weiteres falsches Lächeln ging in ihre Richtung.

»Ja, na klar. Sorry, K, ich bin gleich ganz für dich da«, erwiderte Max und beugte sich zu ihr herunter, um ihr einen Kuss auf die Stirn zu geben. Dann folgte ich ihm den Gang hinunter, wo wir uns ein ruhiges Fleckchen suchten, um ungestört zu reden. Die Schulglocke würde jeden Moment ertönen, weswegen die Flure bereits fast leer waren. Vereinzelte Schüler rannten mit Büchern unter den Arm geklemmt durch die Korridore, um rechtzeitig zum Unterricht zu kommen. Ich öffnete die Tür zu einem leeren Klassenzimmer und schob mich ins Innere. Max folgte mir.

»Was ist passiert?«, fragte ich mein Gegenüber.

Max fuhr sich durch das dunkelblonde Haar, er sah abgekämpft aus, was Sorge in mir wachsen ließ. Seine kobaltblauen Augen huschten noch einmal durch den Gang, um sicherzustellen, dass wir auch wirklich allein waren.

»Die Villa wurde angegriffen«, berichtete er mir dann hastig. »Vincent wurde befreit, er hatte Hilfe, aber wir wissen nicht, wie viele es waren. Saki prüft die Signaturen, um herauszufinden, um welches magische Kind es sich handelt.«

Mir stockte der Atem. Weitere unentdeckte magische Kinder, die wir nicht kannten?

»Es gibt noch mehr?«, fragte ich ungläubig und schüttelte den Kopf. Vielleicht war es naiv zu glauben, dass sich alle magischen Kinder aus London in der Villa zusammengefunden hatten. Vincent war das beste Beispiel, dass dem eben nicht so war.

»Niemand weiß, ob sie aus London oder von außerhalb kommen. Letzteres würde noch mehr Fragen aufwerfen, denn wieso sollten sie dann in London so ein Chaos veranstalten und nicht in ihrer Heimat? Außerdem: Warum gerade jetzt? Wieso wollen sie jetzt, dass die Menschen von unserer Existenz erfahren, wieso wollten sie das nicht schon vorher?« Er raufte sich das Haar und ich konnte seine Resignation gut verstehen. Dasselbe Gefühl hatte sich in meiner Brust breitgemacht.

»Es gibt so viele offene Fragen«, sprach ich unser beider Gedanken aus und fuhr mir über die Stirn. Kopfschmerzen kündigten sich durch ein leichtes Pochen an. »Lass uns zur Villa, okay? Vielleicht können wir irgendwie helfen.«

Max nickte. Doch wir beide hatten wohl die Schulglocke überhört, denn als wir auf den Gang traten und Richtung Ausgang liefen, ertönte plötzlich die Stimme von Mrs Summers.

»Wo wollen Sie hin?«

Mist!

Fast synchron drehten Max und ich uns um. Ein völlig verzerrtes Lächeln prangte auf meinen Lippen.

»Wir … ehm. Zum Unterricht.« Große, blöde Lüge.

»Sie kommen mit mir, Miss Monroe.«

Max legte seine Hand an meinen Oberarm und zog meine Aufmerksamkeit so auf sich.

»Ich werde sehen, wie ich helfen kann. Ich halte dich auf dem Laufenden.«

»Oh, Mr Johnson. Sie begleiten uns natürlich auch in mein Büro.« Die seidenweiche Stimme von Mrs Summers drang zu uns und vereitelte unseren Plan. Max stieß einen leisen Fluch aus.

»Ist das wirklich notwendig?«

Ich stieß meinem Freund den Ellbogen in die Seite. Unsere Lehrerin war nicht gerade dafür bekannt, Ausnahmen zu machen. Und wenn man versuchte, sich irgendwie rauszureden, wurde die Strafe nur noch schlimmer. Und ihr Blick durch die rostrote Flügelbrille sagte einfach alles. Ergeben seufzte ich und folgte ihr, während sie auf ihren farblich zur Brille passenden Pumps davontippelte. Die Absätze hallten unnatürlich laut und nervig von den Wänden der leeren Flure wider.

In ihrem Büro setzten wir uns. Mrs Summers nahm hinter ihrem Schreibtisch Platz und lehnte die Fingerspitzen aneinander, während sie uns mit einem abschätzenden Blick musterte.

»In letzter Zeit ist häufiger aufgefallen, dass Sie beide den Unterricht schwänzen. Und wenn ich es richtig mitbekommen habe, wollten Sie gerade eben nicht zum Unterricht gehen, sondern in irgendeine kuriose Villa?«

Max sah unsere Lehrerin empört an. »Sie haben uns belauscht?!«

Ich musste mir auf die Lippe beißen, um nicht zu lachen. Max klang so vorwurfsvoll, als hätte Mrs Summers ein Hundebaby ertränkt und er dabei zusehen müssen.

»Das tut hier nichts zur Sache, Mr Johnson«, ermahnte sie ihn. Ich atmete tief durch und lehnte mich etwas nach vorn.

»Hören Sie, Mrs Summers, es tut uns unglaublich leid. Wir wollten nicht gehen. Sie haben vollkommen recht, in dem Gespräch ging es um eine Villa, die von Ren Yukimura, kennen Sie die? Jedenfalls wären wir selbstverständlich erst nach dem Unterricht dort hingegangen. Es ist unser Abschlussjahr, Sie glauben doch nicht wirklich, dass wir das aufs Spiel setzen würden.« Ich ließ meine Stimme so versöhnlich und schmeichelnd klingen, wie ich es nur konnte. Ein unschuldiges Lächeln umspielte meine Lippen und ich hoffte einfach, dass sie darauf reinfallen würde.

Einen Augenblick sah sie mich argwöhnisch an. »Nichtsdestotrotz werden Sie beide kommende Woche nachsitzen müssen. Mr Johnson, Sie helfen unserem Hausmeister und Miss Monroe, Sie werden sich täglich nach dem Unterricht bei Mr Narrow melden.«

Ich presste die Kiefer aufeinander und unterdrückte den Drang, mit den Zähnen zu knirschen. Verdammt! Eine Woche nachsitzen, mein Dad würde mich umbringen!

»Und jetzt gehen Sie bitte in den Unterricht.«

»Ja, Mrs Summers. Schönen Tag noch«, murmelte ich zum Abschied und zog Max mit nach draußen. Aufgebracht warf er die Arme in die Luft.

»Verdammt!«, fluchte er, doch ich zog bloß mein Handy aus der Tasche und tippte eine Nachricht an Ty, dass ich nicht früher aus der Schule kam und erst am Nachmittag würde helfen können.

Alles, was Ty darauf zu schreiben hatte, war ein *Melde mich später.* Dann verschwand sein Onlinestatus und ich schnaubte wütend. Wie konnte er mich so im Unklaren lassen?

»Sehen wir uns später beim Mittagessen?«, fragte ich Max, als ich mein Handy weggesteckt und ihn wieder angesehen hatte. Wir beide hatten unterschiedliche Fächer und würden uns nicht früher wiedertreffen. Er zuckte nur mit den Schultern und machte sich davon. Ich seufzte, lief den Flur entlang zu meinem Klassenraum und legte die Hand an die Türklinke. Insgeheim hoffte ich, dass dieser Schultag so schnell wie möglich umgehen würde.

Natürlich hatte ich kein Glück. Der ganze Tag zog sich wie zäher Honig, der seinen flüssigen Zustand langsam, aber sicher verlor. Beim Mittagessen sah ich weder Katie noch Max und wurde von Alice, einer Mitschülerin aus meinem Biologiekurs, zugetextet, während ich auf mein Handy starrte und Tyler zum Teufel wünschte, weil er mich weiterhin im Dunkeln ließ. Und so blieb es den ganzen Tag.

Als es endlich am Ende der letzten Stunde klingelte, packte ich meine Sachen in Windeseile zusammen und verließ schon fast fluchtartig den

Raum. Nieselregen begrüßte mich draußen, doch das war mir ganz egal, solange ich hier wegkam. Allerdings hatte ich diese Rechnung wohl nicht mit Katie gemacht.

»Charlie!«, rief sie über den Hof zu mir und ich blieb irritiert stehen und wartete, bis sie bei mir ankam.

»Hey, was gibt es? Ich muss los …«

»Du musst los? Hast du schon wieder vergessen, dass wir lernen wollten?«

Mist. Durch das ganze Chaos in der Villa hatte ich es tatsächlich vergessen. Derzeit vernachlässigte ich meine beste Freundin wirklich, aber ich hatte jetzt keinen Kopf, mich mit ihr hinzusetzen und zu lernen. Die Villa war wichtiger.

Meine Gedanken rasten und ich überlegte mir eine Ausrede.

»Das war heute? Mist, Katie, es tut mir so leid«, erwiderte ich und seufzte. »Dad macht heute früher Feierabend, weil wir den Abend zusammen verbringen wollten.«

Ich konnte in ihren Augen deutlich sehen, dass es sie verletzte, dass ich sie einfach vergessen hatte – wieder einmal. Vor ein paar Tagen, als wir in die Stadt gegangen waren, hatte ich es noch irgendwie retten können, aber jetzt war ich in eine Ecke gedrängt und spürte nur die kalte Wand in meinem Rücken. Aber das, was in der Villa passiert war, war wichtiger. Ich musste einfach dorthin.

»Oh, okay. Und weißt du, wo Max ist? Er hat sich nicht mehr blicken lassen, seit ihr gesprochen habt.«

»Nein, weiß ich nicht«, erwiderte ich. Die nächste dicke Lüge. Natürlich wusste ich, dass er wahrscheinlich schon auf dem Weg zur Villa war.

Plötzlich trat ein anderer Ausdruck in ihre Augen, den ich zunächst nicht ganz deuten konnte. Doch dann war es mir klar: Eifersucht. Eifersucht blitzte in ihren Augen auf.

»Ihr redet in letzter Zeit viel miteinander und schließt mich immer häufiger aus. Ist alles okay zwischen uns?«

Ich biss mir auf die Unterlippe und überlegte fieberhaft, was für eine Ausrede ich mir einfallen lassen könnte. Ich konnte ihr ja schlecht die Wahrheit sagen – dass Vincent aus einer eigentlich magisch verstärkten Zelle fliehen konnte und London jetzt wieder in Gefahr schwebte. Max und ich waren Teil von übernatürlichen Menschen mit supercoolen Fähigkeiten und versuchten Vincent aufzuhalten und herauszufinden, wer hinter den ganzen Katastrophen steckte.

»Ehm. Ja klar, ist alles okay. Max und ich planen … –« In dem Moment klingelte mein Handy.

»Entschuldige, das muss Ty sein«, wich ich ihr nun gekonnt aus und zog mein Handy aus der Jackentasche. Tatsächlich war es Tyler und ich nahm den Anruf entgegen.

»Hey, was ist los?«, fragte ich sofort.

»In der Nacht ist eine unbekannte junge Frau mit Fähigkeiten hier eingedrungen und hat Vincent befreit. Du solltest am besten schnellstmöglich in die Villa kommen, Saki muss dich sehen.«

Verwirrt darüber, dass Saki ausgerechnet mich brauchte, nickte ich nur mechanisch. »Ich beeile mich.«

Dann beendete ich das Gespräch, stopfte das Handy zurück in die Jackentasche und sah entschuldigend zu Katie.

»Es tut mir leid, ein Notfall mit Ty. Ich muss sofort los. Wir schreiben, ja?« Die letzten Worte rief ich ihr nur noch über die Schulter hinweg zu, denn ich war schon dabei, zur Bushaltestelle zu laufen.

Darüber, dass ich mich dabei nur weiter in Lügen verstrickte, konnte ich jetzt nicht nachdenken.

Neun

Nach einer Fahrt von zwanzig und einem weiteren Fußmarsch von zehn Minuten kam ich endlich bei der Villa an. Während der Busfahrt hatte ich meinem Dad geschrieben, dass ich in der Villa war, aber zum Abendessen zurück sein würde. Ich wollte nicht, dass er sich Sorgen machte. Das hatte er dank der Situation mit Vincent schon zu häufig getan.

Als die Villa in Sicht kam, spürte ich Erleichterung. Meine Nerven waren aufs Äußerste gespannt, die Unwissenheit, was genau vorgefallen war, schien mich zerquetschen zu wollen. Und das alles warf so viele neue Fragen auf. Wer war die Frau, die Vincent befreit hatte? Was hatte sie für Fähigkeiten? Wie stand sie in Verbindung mit ihm? War sie Teil einer Gruppe? Handelte sie allein? War sie vielleicht der Kopf des Ganzen?

Mein Kopf drohte zu zerplatzen, weil ich keine dieser Fragen beantworten konnte. Und ich fürchtete, dass der Vorfall nur noch mehr aufwerfen würde, wenn ich mich erst mal im Gebäude befand und sah, was wirklich geschehen war.

Als ich mich der Tür näherte, beschleunigte sich mein Herzschlag. Die Villa war mein zweites Zuhause und jetzt war sie angegriffen worden. Zugegeben, ich hatte Angst vor dem, was mich erwartete. Ty hatte zwar mit keinem Wort erwähnt, dass jemand verletzt worden war, doch was, wenn er es mir einfach nur nicht am Telefon hatte sagen wollen? Wenn Vincent oder die unbekannte Frau irgendetwas getan hatten? Meine Kehle schnürte sich zu und ich spürte den Kloß in meinem Hals, der sicherlich so groß war wie eine Orange.

Die Tür war nur angelehnt und ich malte mir bereits die schlimmsten Horrorszenarien aus, als ich mit einem tiefen Atemzug diese vorsichtig aufstieß. Ich wusste nicht, was ich erwartete – vielleicht Berge an Leichen im Eingangsbereich, Blutlachen, sonst irgendetwas. Aber als die Tür quietschend aufschwang, war da nichts. Nur der staubfreie Eingangsbereich der Villa. Ich trat einen Schritt in den Flur und sah mich um.

»Hallo?«, rief ich ins Innere und schloss die Tür hinter mir. Schritte ertönten, wenig später kamen Ren und Saki aus einem der Räume links von mir. Erleichterung durchflutete mich, als ich sah, dass die beiden völlig unversehrt waren.

»Schön, dass du da bist, Charlie.« Ren trat an mich heran und legte mir eine Hand an die Schulter. Trotz der Ausnahmesituation war Ren wieder perfekt gestylt und ich beneidete ihn dafür, dass ihn nichts aus der Ruhe bringen konnte.

»Komm mit.« Saki, deren Haare in einem langen Fischgrätenzopf steckten, drehte sich um und ging die Treppe hinunter, die uns in den Keller führen würde.

Ich schenkte Ren noch ein kurzes Lächeln, dann sagte ich mich von ihm los und folgte seiner Tochter. Schon am Anfang der Treppe fand ich die dunkelroten Magiespuren an den Wänden, die wie Spritzer aussahen. Als hätte man einen Becher Kaffee gegen die Wand geworfen, verteilten sich die Spuren an der grauen Fassade. Ehrfürchtig fuhr ich mit den Fingerspitzen darüber und spürte bereits die Kraft, die dahintersteckte. Doch was war es für eine Fähigkeit? Ich hatte selten zuvor so etwas gesehen. Rens Kräfte waren vielleicht ähnlich, er konnte Magie heraufbeschwören und sie nach seinen Vorstellungen formen und einsetzen.

»Was ist das für eine Fähigkeit?«, fragte ich dann an Saki gewandt, als wir unten angekommen waren und die Spuren sich an den Wänden immer weiterzogen.

Die junge Frau vor mir schüttelte schwach den Kopf, als würde sie selbst nicht genau wissen, was es war.

»Es sieht aus wie eine uralte Energiemagie. Aber die gibt es in dieser Form überhaupt nicht mehr, deswegen kann ich es nicht genau sagen. Ich habe so etwas noch nie zuvor gespürt«, gab sie zu und blieb vor mir stehen. Sie drehte sich um und griff nach meiner Hand. Die Berührung entfachte kleine Blitze an unseren Händen und ich zuckte erschrocken zurück. Energie war ein verlorenes Element, das es schon seit Jahrhunderten nicht mehr gab – selbst wenn ein magisches Kind mit Elementarmagie geboren wurde, konnte es nur auf die vier Elemente zugreifen.

»Interessant« sagte Saki und ließ meine Hand los. Ihre schmalen, dunkel geschminkten Augen blickten mich an. »Die Magie ist ähnlich zu deiner, doch trotzdem völlig anders. Es gibt offenbar noch sehr viel mehr über magische Kinder zu lernen.«

Sie machte eine kurze Pause und sah sich in dem Raum um. Die Zelle, in der Vincent sich gestern noch befunden hatte, lag unbeschädigt vor uns. Nur die Seitentür stand offen, als hätten sie einen Schlüssel genutzt.

»Fakt ist, dass niemand die Frau kennt. Und dass sie Vincent hier rausgeholt hat. Dave hat sie gesehen, bevor er bewusstlos wurde. Das ist auch so ein Teil der Geschichte, der seltsam ist. Sie hat niemanden verletzt, nur außer Gefecht gesetzt. Als würde sie nicht wollen, dass einem von uns ernsthaft etwas geschieht.«

Das alles glich einem großen ungelösten *X-Factor*-Fall. Keiner konnte sagen, ob die Surrealität dieses Vorgehens wahr war oder doch nur eine eigens ausgedachte Geschichte.

»Ich verstehe es einfach nicht«, gab ich mit einem Seufzen zu und fuhr mir durch das lange Haar. Ein paar Strähnen blieben in dem Verband meiner Hand hängen und es ziepte unangenehm an meiner Kopfhaut. »Wir sitzen doch alle im selben Boot, wir sind alle magische Kinder.«

»Diese anderen magischen Kinder wollen unsere Identität ans Licht bringen. Sie wollen sich nicht länger verstecken und ich befürchte, dass uns eine Zeit bevorsteht, die es vor Jahren schon einmal gab.« Rens Stimme ertönte hinter mir und ich drehte mich zu ihm, Dave, Tyler, Meredith und Ryan um, die aufgetaucht waren. Ich hatte ihre Schritte gar nicht wahrgenommen. Doch Rens Worte gaben mir zu denken.

»Erzähle es uns, Ren« drängte ich ihn zaghaft.

Jeder hier in der Villa wusste, dass es ein Kapitel in unserer Geschichte gab, über das niemand sprach. Jeder wusste, dass es noch einen Grund gab, weswegen die Menschen nichts von uns magischen Kindern erfahren durften. Doch an Rens Blick erkannte ich, dass er uns nicht die ganze Wahrheit erzählt hatte. Damals hatten die Menschen Angst vor den magischen Fähigkeiten bekommen. Angst war schon immer eine Emotion, die viel Schlechtes in einem hervorbringen konnte. Ich ahnte, dass in den Menschen damals sehr viel Schlechtes zum Vorschein gekommen war, wenn es dazu geführt hatte, dass wir uns am besten nicht in der Öffentlichkeit zeigen sollten.

Für den Bruchteil einer Sekunde huschte so was wie Traurigkeit über Rens Gesicht. Doch anstatt dass sie verging, kehrte sie zurück, als er den Blick hob und mich ansah. Ich wusste, dass er nicht nur mir die Geschichte erzählte, obwohl er seine Augen nicht von mir löste, sondern von uns allen.

»Ihr wisst, dass es die magischen Kinder schon viele Jahrhunderte gibt. Woher unsere Magie und unsere Fähigkeiten kommen, ist nicht ganz klar, doch es gibt die wildesten Geschichten und Legenden – eine davon verrückter als die andere. Eine von diesen Geschichten hat Vincent uns bereits erzählt«, begann er.

Ich dachte an den Moment zurück, an dem Vincent von irgendwelchen Hexenmeistern aus der Unterwelt gesprochen hatte.

»Es gab eine Zeit, in der die magischen Kinder im Einklang mit den Menschen lebten. Sie waren Nachbarn, Freunde, Ehemänner und Ehefrauen. Sie lebten glücklich nebeneinander, ohne dass Zwietracht oder Missgunst zwischen ihnen Platz fand. Doch die magischen Kinder entwickelten immer neue, immer glänzendere Fähigkeiten und die Menschen wurden neidisch. Sie sahen sie als Bedrohung an und begannen Jagd auf sie zu machen. Das alles geschah im achtzehnten Jahrhundert. Manche magischen Kinder hatten Merkmale, die man äußerlich sehen konnte, andere aber hatten versteckte Fähigkeiten und die Menschen von damals konnten sie nur enttarnen, wenn sie ihre Fähigkeiten eingesetzten.« Ren legte eine kurze Pause ein und brach den Blickkontakt mit mir ab. Erst nachdem er tief durchgeatmet hatte, erzählte er den Rest der Geschichte.

»Die Menschen verhielten sich zeitweise ruhig. Doch das war nur ein Teil ihrer Strategie. Sie schrieben sich die Namen all derer auf, die magischen

Blutes waren und pferchten sie auf einem Fleck zusammen. Sie beschimpften sie als Hexen und Monster, als Wesen aus der Hölle. Keines der magischen Kinder, das dort gefangen genommen worden war, überlebte. Es geschahen Hinrichtungen, brutale Morde, die niemals hätten sein müssen. Die Geschichten erzählen, dass es Menschen gab, die den restlichen magischen Kindern Schutz boten und ihnen halfen, unentdeckt zu bleiben. Doch schon bald zogen sich die Verfolgten zurück und blieben seither im Verborgenen. Deswegen halten wir unsere Kräfte versteckt, deswegen löschen wir die Erinnerungen der Eltern, wenn sie zu große Angst vor den Fähigkeiten ihres Kindes haben. Sie würden es verraten und dann wären wir alle in Gefahr. Der Mensch kann nicht gut mit Dingen umgehen, die er nicht versteht, und vielleicht würde die Geschichte sich wiederholen. Damals gab es wesentlich mehr Magie.« Er ließ seinen Worten ein Schnipsen folgen, was eine dunkel leuchtende Kugel in seiner Hand erscheinen ließ. Sie warf Schatten auf Rens Gesicht und waberte unaufhörlich um sich selbst.

»Heutzutage haben sich die Fähigkeiten weiterentwickelt. Es gibt stählerne Körper, Gedankenleser, die Menschen manipulieren können, und vieles mehr. Die Menschen würden uns ganz klar als Bedrohung ansehen und das Kapitel würde neu geschrieben werden. Deswegen dürfen jetzt diese magischen Kinder auf keinen Fall unser Geheimnis ans Licht bringen. London muss geschützt werden. Wir müssen geschützt werden.«

Es herrschte eine alles erdrückende Stille, als Ren geendet hatte. Keiner von uns war in der Lage, seine Gedanken zu sortieren und das zu verarbeiten, was wir gerade erfahren hatten. Jetzt war alles so viel klarer. Ich verstand, warum Ren und Meredith darauf bestanden hatten, dass wir uns bedeckt hielten und mit unseren Kräften nicht angaben, verstand, warum sie meinem Vater damals ebenfalls die Erinnerungen nehmen wollten. Das alles war ein Schock – für jeden von uns.

»Geht nach Hause«, unterbrach Ren die Stille. »Es gibt hier sowieso nichts mehr zu tun.«

»Aber wir können helfen. Ich kann versuchen, seine Signatur aufzunehmen. Ich kann –«

»Wir haben alles versucht, Charleen.« Ren legte mir sanft eine Hand auf die Schulter und sah mich durch dunkle Augen an.

Plötzlich war seine Leichtigkeit verflogen und sein Gesichtsausdruck zeigte einen uralten Schmerz, der bis heute nicht vergangen war. Einen Herzschlag lang fragte ich mich, woher Ren die Geschichten so genau kannte. Woher sein Schmerz kam, wenn er doch eigentlich gar nicht direkt betroffen gewesen war. Die magischen Kinder wurden damals abgeschlachtet und auch ich fühlte einen undefinierbaren Schmerz in mir, eine Traurigkeit, weil die Menschen mit so viel Grausamkeit auf unsereins reagiert hatten. Doch Ren sah aus, als hätte er die Geschichte erlebt und die Erinnerungen daran, wie es vor Jahrhunderten gewesen war, schienen so, als wären sie für ihn präsent. Aber das konnte nicht sein! Ren war noch nicht einmal vierzig. Wie also sollte er diese Zeit miterlebt haben?

»Ich weiß, dass du ihn finden willst. Mehr als alle anderen und ich verstehe es. Aber Saki und Meredith haben es versucht und sind gescheitert, weil ihre Kräfte blockiert sind. Sie können seine Signatur nicht aufnehmen. Geh nach Hause, ruh dich aus. Das ist alles, was du jetzt tun kannst.« Mit einem Mal war seine Traurigkeit wie weggeblasen und er schenkte mir ein warmes, fast väterliches Lächeln. Ich seufzte und brachte ein Nicken zustande.

»Ich fahr dich«, sagte Tyler, legte einen Arm um meine Schultern und brachte mich aus dem Keller.

Während der Fahrt schwieg ich. Was hätte ich auch groß sagen sollen? Meine Gedanken waren ein reines Chaos, welches ich nicht ordnen konnte. Es war in kürzester Zeit so viel passiert, dass ich mich irgendwie gar nicht an den Moment erinnerte, an dem es so sehr aus dem Ruder gelaufen war.

Trotz alledem war ein Gedanke in meinem Kopf ganz klar: Ich musste Vincent finden. Auch wenn er nicht gefunden werden oder sich von mir helfen lassen wollte, musste ich es wenigstens versuchen.

Als wir vor meinem Haus anhielten, schnallte ich mich gedankenverloren ab und wollte schon aussteigen, da hielt Ty mich auf.

»Hey, ist alles in Ordnung? Die Geschichte war krass, soll ich lieber mit reinkommen?«

Ich schüttelte den Kopf und schenkte ihm den Versuch eines scheiternden Lächelns.

»Es geht mir gut, Ty. Wir sehen uns morgen, ja?«

Er nickte, obwohl ich ihm ganz genau ansah, dass es ihm missfiel, mich jetzt allein zu lassen. »Okay. Wenn was ist, rufst du mich an.«

»Klar. Bis dann«, erwiderte ich und stieg aus dem Wagen aus. Ich lief bis zur Tür, schloss auf und ging ins Innere unseres Hauses, ohne mich noch einmal umzudrehen.

Nachdem ich die Tür wieder geschlossen hatte, lehnte ich mich mit dem Rücken dagegen und atmete tief durch. Irgendwie musste ich das alles erst mal sacken lassen, meine Gedanken sortieren, bevor ich mit irgendjemanden darüber reden konnte. Ich stieß mich von der Tür ab, zog meine Jacke aus und hängte sie an die Garderobe, ließ meine Schuhe folgen und tapste nun auf Socken weiter in den Flur. Rechts von mir lag die offene Küche, links konnte ich ins Wohnzimmer sehen, doch es war leer und dunkel. War Dad noch gar nicht da? Ich war so in Gedanken gewesen, dass ich nicht einmal darauf geachtet hatte, ob sein Wagen an der Straße stand.

Zunächst schaltete ich das Licht in der Küche an, ließ aus dem Radio leise Musik laufen und ging dann hoch in mein Zimmer, um mir bequemere Klamotten anzuziehen. Nachdem ich mir die Haare zu einem Dutt hochgebunden hatte, ging ich zurück in die Küche und schaute, was ich kochen konnte. Da nicht allzu viel Auswahl im Kühlschrank war, entschied ich mich für Spaghetti mit Tomatensoße und Pfannengemüse. Gedankenverloren schnibbelte ich das Gemüse, ließ die Nudeln kochen und werkelte immer weiter, bis mein Blick auf den Kalender fiel, der rechts an der Wand hing.

Ich stockte einen Moment und sah auf das Datum, welches auf meinem Handy angezeigt wurde, aber es blieb dasselbe. Morgen war schon der zwölfte Todestag meiner Mum und meiner Schwestern. Ich schluckte. War tatsächlich schon wieder ein Jahr seit dem letzten Todestag vergangen?

Erst als das Nudelwasser überkochte und zischend auf der Herdplatte landete, kam ich wieder in die Realität.

»Mist!«, rief ich aus und nahm den Topf vom Herd. Mit einem Lappen wischte ich das übergekochte Wasser von der Herdplatte und hoffte, dass es keine Flecken geben würde. Während ich die Nudeln abgoss, hörte ich einen Schlüssel in der Tür, kurz darauf schwere Schritte.

»Hey, du bist ja schon da«, begrüßte Dad mich, als er in die Küche kam und mich sah. Ich schaute auf und schenkte ihm ein müdes Lächeln, was den ganzen Strapazen der letzten Tage geschuldet war.

»Ist alles in Ordnung?« Er drückte mir einen Kuss auf den Scheitel, ehe er sich eine der Spaghetti aus dem Sieb in der Spüle angelte und diese probierte.

»Ja, mehr oder weniger«, gab ich zu. »Aber ich möchte nicht drüber reden.«

Er betrachtete mich einen Moment skeptisch und schien abzuwägen, ob er nachhaken sollte oder nicht. Zu meinem Glück beließ er es dabei. Ich war froh, dass er gelernt hatte zu akzeptieren, wenn ich nicht bereit war über etwas zu sprechen. Dad gab mir immer die Zeit, die ich brauchte, und er wusste, dass ich früher oder später auf ihn zukam, wenn ich reden musste.

»Okay. Wie war die Schule?«

Ich stieß die angehaltene Luft aus und fuhr mir über die Stirn. Das nächste schlimme Thema. Aber das würde ich ihm nicht verheimlichen können.

Zerknirscht sah ich ihn an. »Also, es ist so … ich muss ab Montag die Woche über nachsitzen«, gab ich seufzend zu. Es brachte nichts, ihn anlügen zu wollen. »Mrs Summers hat mich und Max erwischt, als wir gerade gehen wollten. In der Villa ist … etwas passiert.«

Dad zog die buschigen Augenbrauen zusammen und blickte mich an. »Egal was passiert, du darfst die Schule nicht vernachlässigen, Charlie. Wir hatten schon öfter diese Art von Gespräch und du weißt, dass es mir wichtig ist, dass du einen Schulabschluss bekommst.«

Ich nickte sofort. »Ich weiß. Und mir ist mein Abschluss auch wichtig, versprochen. Ich … war einfach abgelenkt, aber das wird nicht mehr vorkommen.«

Er besah mich noch einen Moment skeptisch, dann nickte er.

»Ich vertraue dir, Kleines. Wenn du sagst, du packst das, dann packst du es.« Er schenkte mir ein väterliches Lächeln und legte kurz seine Hand auf meine Schulter. Dann verließ er die Küche, um nach oben zu gehen und sich vermutlich umzuziehen. Ich atmete tief durch und kümmerte mich um das Essen. Doch meine Gedanken fuhren weiterhin Achterbahn und ich wusste nicht, ob ich zuerst an Vincent, den bevorstehenden Todestag, die Probleme in der Villa oder an die Schule denken sollte.

Zehn

Der Gang zum Friedhof erinnerte mich jedes Jahr erneut an die Beerdigung. Ich war erst sechs Jahre alt gewesen, als wir drei leere Särge beerdigt hatten. Die Körper meiner Mutter und meiner beiden Schwestern waren nie gefunden worden, doch mein Dad und ich brauchten eine symbolische Anlaufstelle, wo wir in unserer Trauer hingehen und Blumen hinlegen konnten.

Dad hatte mir damals ein schwarzes Kleid angezogen, obwohl ich gar nicht richtig verstanden hatte, weswegen es dunkel sein musste.

»Das macht man so, Charlie-Bee«, hatte er mir erklärt, doch ich verstand es dennoch nicht. Keine Ahnung, was in meinem kleinen Kinderhirn vor sich gegangen war, aber damals glaubte ich, dass man farbenfroh angezogen sein musste, um die Verstorbenen zu ehren und ihnen zu zeigen, dass das Leben selbst weiterhin farbenfroh bleiben konnte. Auch wenn einige Farben im Laufe der Jahre verblassten, bis sie gar nicht mehr von dem tristen Grau zu unterscheiden waren.

Noch immer fand ich die Vorstellung schön, weswegen ich auch heute nach meinem altrosa Mantel griff, anstatt den schwarzen überzuziehen.

Die Stimmung zwischen mir und meinem Dad war erdrückend. Wir beide taten etwas, was zur Tradition geworden war. Doch auch wenn mir die Besuche auf dem Friedhof wichtig waren, so trug ich heute ein dickes Knäuel im Magen, was mir Bauchschmerzen bereitete. Die Erinnerung an meine Familie würde stets präsent bleiben, ganz gleich, ob ich zum Grab, wo sowieso keiner lag, ging oder nicht.

Dieser Samstag heute brachte mir jedoch einfach zu viele grausame Erinnerungen, die ich am liebsten in eine Schublade gesteckt und nie wieder herausgeholt hätte. Bilder von Dads Kollegen Robbie, der am Abend zu uns gekommen war und berichtet hatte, dass ein Fahrzeug von der Brücke gestürzt war. Dads Blick, als Robbie sagte, es wäre der Wagen meiner Mum gewesen. Diese Bilder würden mich nie verlassen und am Todestag waren sie so schmerzhaft, dass ich fürchtete, sie würden mich zerquetschen.

Auf dem Weg zum Friedhof hielten wir noch an einem Blumengeschäft. Ich stieg aus dem Range Rover, hielt auf den kleinen Eckladen zu und kaufte drei Sträuße. Die Dame, Iris, wie ich im Laufe der Jahre herausgefunden hatte, wusste, welcher Tag heute war, und lächelte mich mitfühlend an.

»Ich habe sie schon fertig gebunden. Warte einen Moment, ja? Ich hole sie.« Die in die Jahre gekommene Frau lächelte mich mit Falten im Gesicht an und verschwand im hinteren Teil des Ladens. Als sie wiederkam, trug sie drei wunderschöne Sträuße auf den Armen. Ich biss mir auf die Unterlippe und spürte, wie mir Tränen in die Augen stiegen. Heute hatte sie sich wirklich selbst übertroffen.

Der größte war der für meine Mum. Weiße und dunkelpinke Rosen steckten zwischen kleinen Deko-Ästen, Beeren und Schleierkraut in dem dicken Strauß. Die beiden kleineren waren für Danielle und Anabelle. Sie waren komplett aus weißen Rosen, ebenfalls mit Ästen, Schleierkraut und ein paar Efeuranken. Ich atmete tief durch, ehe ich ein Lächeln aufsetzte, das sich irgendwie falscher anfühlte als je zuvor.

Nachdem ich gezahlt und Iris mir die Sträuße jeweils in Papier eingeschlagen hatte, ging ich zurück zum Wagen und legte sie in den Kofferraum. Feiner Nieselregen benetzte meine Haut und ich atmete die nach Regen duftende Luft tief ein, um meine Nerven zu beruhigen. Auch wenn viele das Wetter in London nicht mochten, mich erinnerte es stets an Heimat und sorgte dafür, dass ich mich geborgen fühlte.

Ich stieg wieder in den Wagen und Dad setzte den Blinker, ehe er Gas gab und sich wieder in den Verkehr einfädelte. Die weitere Fahrt verlief schweigend, aber das war nicht unüblich. Wir hielten auf dem Parkplatz, nahmen die Sträuße mit und gingen weiterhin ohne ein Wort zum Grab hoch.

Es war ein einfaches Grab mit einem großen Stein, wo die Namen und die Daten eingraviert worden waren. Ich holte die Vasen hinter dem Grabstein hervor und drückte Dad den Strauß, den ich hielt, in die Hand, um sie mit Wasser füllen zu gehen. Als das erledigt war, standen wir nebeneinander und schauten auf das kleine Grasstück vor dem Stein, in dem jetzt die grünen Friedhofsvasen steckten.

Wie immer kamen mir Tränen, als ich die Namen auf dem Stein bewusst noch einmal las. Ich vermisste sie alle drei. Und ich wünschte, ich hätte mehr Zeit mit ihnen verbringen können. Vielleicht wäre dann vieles anders geworden, vielleicht wäre ich jemand anderes geworden. Wer wusste es schon? Vielleicht hätten meine Schwestern dieselben Fähigkeiten entwickelt wie ich, wir hätten einander unterstützen können und ich wäre nicht allein gewesen.

»Ich vermisse sie«, brachte ich hervor, doch meine Stimme war nur ein heiseres Flüstern. Dad schlang einen Arm um meine Schultern und drückte mich an sich, was mir unheimlich viel Trost spendete.

Auch wenn drei geliebte Menschen gestorben waren, war ich nie allein gewesen. Dad hatte alles mit mir durchgestanden, die Zeit nach dem Tod der drei, die Zeit, als ich meine Kräfte bekommen hatte und er vollkommen überfordert mit der Situation gewesen war. Auch wenn ich vielleicht keine Mum oder Schwestern mehr hatte, Dad war stets mein Anker in dieser Welt gewesen. Und würde es auch immer sein.

»Ich auch, Kleines. Ich auch«, erwiderte er ebenso leise. Ich atmete tief durch. Einen Moment lang blieben wir noch, bis der Regen zu stark wurde und wir den Rückweg antraten.

Dad ließ mich an einem süßen kleinen Teehaus raus, welches etwas außerhalb der Innenstadt lag. Da er selbst noch zum Dienst musste, verabschiedete ich mich im Wagen von ihm und lief die kurze Strecke in den Laden, um nicht noch nasser zu werden. Ich ließ den Blick kurz schweifen, sah Tyler aber noch nirgendwo sitzen. Es war so eine kleine Tradition von uns geworden, dass wir uns am Todestag nach dem Friedhofsbesuch hier trafen.

»Hey, Charlie«, begrüßte mich der Besitzer und lächelte mich freundlich an. Ich hob kurz die Hand.

»Ich komme gleich zu dir, ja?«

»Ich warte ohnehin noch auf Ty, danke, Ben«, erwiderte ich und ging zu unserem Stammplatz, wo ich meine Jacke auszog und über die Stuhllehne hängte. Ich hatte mich gerade hingesetzt, da läutete die kleine Türglocke und die große Gestalt von Ty war zu sehen. Ich winkte ihm zu und er kam mit einem breiten Lächeln auf mich zu.

»Hey«, begrüßte er mich und ich stand auf, um die Umarmung zu erwidern. Er drückte mich eng an seine Brust und ich wusste auch ohne Worte, dass er immer für mich da war.

»Was darf es für euch beide sein?« Hannah, Bens Frau, war mit einem kleinen Block und einem Stift an uns herangetreten und sah uns aus freundlichen blauen Augen an.

»Ich hätte gerne einen Yorkshire Tea«, bestellte ich.

»Den nehme ich auch. Habt ihr diese superleckeren Kekse noch da? Du weißt schon, die mit Erdnüssen und Karamell?« Ty warf ihr sein unwiderstehliches Lächeln zu und ich musste unweigerlich schmunzeln.

»Na klar. Für dich lege ich doch immer eine Portion zur Seite«, erwiderte Hannah mit einem kessen Zwinkern und verschwand wieder im vorderen Bereich des Teehauses.

»Das sind einfach die besten Kekse in ganz England«, sagte Ty an mich gewandt und ich lachte.

»Das sagst du jedes Mal, wenn wir hier sind«, erwiderte ich mit einem Schmunzeln und er hob kapitulierend die Hände.

»Ich sag's ja nur!« Er stimmte in mein Lachen mit ein und strich sich das Haar aus der Stirn. Er musste dringend mal wieder zum Friseur, die schwarzen Strähnen reichten ihm schon bis über das Kinn.

»Wenn du dir noch einen Bart wachsen lässt, siehst du aus wie Hagrid«, überlegte ich laut, während ich sein Haar musterte. Ty riss die Augen auf und sah mich ungläubig an.

»Was?«

Ich deutete mit dem Finger in einem Kreis um sein Gesicht, was sein gesamtes Haar einschließen sollte. »Du musst dringend zum Friseur. Die sind ja bald länger als meine.«

Ty lachte. Es war ein herzhaftes Lachen, das ich schon als Kind gemocht hatte. »Vielleicht ist das ein Projekt von mir: Haare und Bart nicht mehr schneiden, bis ich alt bin. Dann sehe ich wirklich aus wie Hagrid.«

»Oder Gandalf.«

Wir beide prusteten los und der Knoten in meiner Brust, der sich auf dem Friedhof gebildet hatte, löste sich komplett auf.

»Habt ihr Vincent schon gefunden?«, fragte ich dann nach einer kurzen Pause. Die gute Laune zwischen uns war sofort wie weggeblasen. Tys Miene verdunkelte sich und er wartete mit seiner Antwort, weil Hannah mit einem Tablett, auf dem unser Tee sowie die Kekse standen, kam. Nachdem sie alles abgestellt und uns einen guten Appetit gewünscht hatte, verschwand sie und Tyler wandte sich mir wieder zu.

»Nein, bisher nicht. Es ist gespenstisch ruhig da draußen, Saki und Meredith können absolut keine Signatur spüren. So als gäbe es keine weiteren magischen Kinder in London.«

Ich nahm einen der Kekse und knabberte gedankenverloren daran. Wie konnte es sein, dass man sie nicht mehr aufspüren konnte? Wie gelang es ihnen, ihre Signatur zu blockieren?

Ich seufzte. »Ich muss ihn finden, Ty ... es ist mir so wichtig, ihm zu zeigen, dass unsere Kräfte nicht nur zerstören.«

Ty griff über den Tisch hinweg nach meiner Hand. »Ich weiß, Charlie-Bee«, sagte er liebevoll und ich musste bei dem Gebrauch meines alten Spitznamens unweigerlich grinsen. »Wenn du dir etwas in den Kopf gesetzt hast, ist es echt schwer, das da wieder rauszubekommen. Also versuche ich es gar nicht erst, sondern unterstütze dich einfach.« Er grinste mich spitzbübisch an, was mir ein Lachen entlockte.

»Kluge Entscheidung.«

***

Wir saßen noch eine ganze Weile im Teehaus, redeten über Gott und die Welt, über alte, peinliche Geschichten oder über die Zeit, die rasend schnell verging. Uns wurde bewusst, dass ich bald meinen Abschluss machen würde, und dann, dass wir uns wie ein altes Ehepaar anhörten. Irgendwann waren die Kekse aufgegessen und der Tee leer, weswegen wir zahlten und noch ein bisschen spazieren gingen. Es tat gut, sich die Beine zu vertreten, wir hatten Stunden in dem Teehaus verbracht.

Der Regen hatte zum Glück nachgelassen, weswegen wir gemütlich durch die Straßen schlenderten. Plötzlich vibrierte mein Handy in meiner Manteltasche und ich zog es heraus. Die Nachricht, die ich erhalten hatte, war von Katie. Sie schrieb, dass sie in einer halben Stunde wieder zu Hause sein würde und ich mich ruhig schon auf den Weg machen könnte.

Ich unterdrückte ein Seufzen. Das Lerntreffen hatte ich erfolgreich verdrängt und jetzt gar keine Lust mehr auf den Schulstoff.

»Was ist?«, fragte Ty und blieb stehen.

»Ach, ich bin noch mit Katie zum Lernen verabredet«, setzte ich ihn in Kenntnis und tippte Katie die Antwort, dass ich bereits fast in der U-Bahn saß.

»Ich muss los. Sehen wir uns später in der Villa?«

Tyler nickte. »Na klar. Soll ich dich fahren?«

Ich winkte ab, die nächste U-Bahn-Station war nicht weit entfernt. »Nein, ich fahr mit der Bahn, alles gut. Wir sehen uns«, rief ich die letzten Worte, weil ich schon dabei war, in Richtung der Underground-Station zu laufen.

Als ich dort ankam, hetzte ich die Stufen herunter. Ich spürte die seltsame Atmosphäre, alles um mich herum schien sich elektrisch aufzuladen. Alarmiert sah ich mich um, konnte jedoch nichts Ungewöhnliches erkennen. Dann wurde ich von einer gewaltigen Kraft förmlich erschlagen. Ich stockte und rang nach Luft, weil sie sich auf mich legte und mich erdrückte. Kurz darauf erbebte die Station und ein Krachen zeigte, wie die Fliesen am Boden entzweibarsten und sich ein dicker Riss bildete.

Panische Schreie ertönten und die Menschen versuchten hier wegzukommen. Durch das plötzliche Beben verlor ich mein Gleichgewicht und stürzte der Länge nach hin. Ich ignorierte den Schmerz in meinen Knien, presste eine Hand auf den Boden und schickte meine ganze Kraft in die Erde, um das Beben aufzuhalten. Die Rankentattoos auf meinen Händen, die eigentlich stets verborgen blieben, wurden sichtbar und schlängelten sich bis unter den

Saum meiner Jacke. Ich spürte die elektrisierende Kraft von Vincent in meinem ganzen Körper und nutzte sie, um das Beben zu stoppen. Schließlich hörte es tatsächlich auf und ich blinzelte ein paarmal, um den grünlichen Schein in meinen Augen zu vertreiben.

Dann sprang ich auf die Füße und lief zu einer am Boden liegenden Frau. Ich ging in die Hocke und half ihr in eine sitzende Position.

»Ist alles okay?«, fragte ich. Sie blutete am Kopf, doch nickte bestätigend.

»Ja, alles in Ordnung.«

Bevor ich noch weiter nach Verletzten hätte sehen können, sah ich am Bahnsteig Vincent. Mein Herz setzte einen Schlag aus, als er auf die Gleise sprang und in der Finsternis des Tunnels abtauchte. Augenblicklich war ich auf den Beinen. Ich ignorierte das Zittern in meinen Knien, welches von dem hohen Kraftaufwand herrührte, und lief ihm hinterher. Die Dunkelheit umschlang mich, einzelne Lampen am Rand der Gleise flackerten und tauchten die Szenerie in ein geisterhaftes Licht.

»Warte!«, rief ich und rannte ihm weiter hinterher. Die Schritte hörten schlagartig auf, eine Lampe behielt endlich ihr Licht und ich sah Vincent etwas weiter vor mir stehen. Ich konnte schon aus der Entfernung die wild leuchtenden Augen von ihm erkennen. Er hatte die Magie nicht unter Kontrolle.

Vorsichtig näherte ich mich ihm.

»Verschwinde«, knurrte er und blickte mich dabei an.

Ich hob beschwichtigend die Hände. »Nein, das werde ich nicht. Vincent, bitte –«

Es geschah alles viel zu schnell. Die Erde erzitterte erneut, kleine Stürme waberten um seine Hände. »Ich sagte, du sollst verschwinden!«, schrie er und in diesem Moment löste sich der Sturm von ihm.

Die Energiewelle seiner Kraft schleuderte mich zurück und ich landete unsanft auf dem Boden. Ein Rumoren ging durch den Tunnel, ich vernahm ein Ächzen und die Elemente, die er von sich gestoßen hatte, waberten unaufhörlich überall um uns herum. Ehe ich hätte reagieren können, rieselte Staub auf mich herab und im nächsten Moment brach die Decke und wollte mich unter sich begraben.

Ich schrie und schützte meinen Kopf mit den Armen, was völlig sinnlos war, doch der Aufprall blieb aus. Mit rasendem Herzschlag nahm ich den Arm herunter und sah das Gesteinsstück wenige Zentimeter über mir schweben. Es war von einem hellen Schein umgeben und als ich zu Vincent blickte, sah ich, dass er die Hände ausgestreckt hatte und seine Magie dazu nutzte, um mich zu retten. Das Geröll wurde von einem stetigen Luftzug oben gehalten – Vincent hielt es oben.

Hoffnung keimte in meinem Inneren. Hoffnung, dass ich ihn endlich erreicht hatte und er das, was er zerstört hatte, wiedergutmachen wollte.

Mit einem Aufschrei stieß er die Gesteinsbrocken von mir und weiter hinter mich in den Tunnel. Ich konnte sehen, wie seine Brust sich schwer hob und wieder senkte, er war mit seinen Kräften an eine Grenze herangetreten.

Für den Bruchteil einer Sekunde schien die Zeit stehen zu bleiben, doch dann ertönte hinter mir ein lautes Rumpeln, die Erde schien erneut zu erbeben und ich blickte geschockt hinter mich. Vincent hatte mich zwar gerettet, doch diese Aktion hatte bewirkt, dass der Gesteinsbrocken weit hinter mir am Bahnsteig angekommen war und alles zum Einsturz gebracht hatte.

»Nein«, hörte ich Vincent sagen und als ich wieder zu ihm sah, stolperte er fassungslos einen Schritt zurück. »Nein«, wiederholte er und schüttelte den Kopf. Ehe ich aufstehen konnte, war er vor meinen Augen einfach verschwunden. Als hätte er sich in Luft aufgelöst.

Ich stand allein in einem düsteren Tunnel, wusste nicht, ob ich Vincent suchen oder versuchen sollte zum Bahnsteig zu gelangen. Als ich Schreie hören konnte, dachte ich nicht länger nach und rannte zurück.

Machtlos stand ich vor einer riesigen Wand aus Geröllbrocken, die durch Vincent heruntergekommen waren. Ich wollte mir einreden, dass ihn keine Schuld traf, doch es war einfach so. Auch wenn ich wusste, dass er mich hatte retten wollen und es somit auch irgendwie ein klein wenig meine Schuld war, konnte ich es nicht leugnen.

Ich mobilisierte den Rest meiner Kräfte und versuchte die Gesteinsbrocken vor mir fortzuschieben. Es war völlig sinnlos, was ich tat. Ich krallte meine Hände um die sperrigen Steine, zerrte und zog, doch es nützte einfach nichts. Ich konnte nichts ausrichten.

Als ich hinter der Wand Schreie hörte, kamen mir Tränen. Ich schlug mit der Faust gegen einen der Brocken, spürte den Schmerz in meiner Hand kaum.

»Verdammt!«, rief ich schwach aus. Meine Stimme brach und ich spürte, wie mein ganzer Körper zu zittern begann. Nie zuvor hatte ich mich so machtlos gefühlt, so unbrauchbar. Dort, direkt vor mir, waren Menschen die Hilfe brauchten, und ich schaffte es nicht, zu ihnen zu gelangen. Für den Moment war mein Kopf wie leer gefegt, ich hörte nur noch die Schreie, stellte mir die Qualen der Menschen vor, die wegen des Einsturzes vermutlich verletzt waren und auf Hilfe hofften.

Dann atmete ich tief durch, legte die schmutzigen Hände an meinen Kopf und krallte die Finger in mein Haar. Ich musste nachdenken. Hier herumzustehen und gar nichts zu tun, würde erst recht niemandem helfen. Ich schloss kurz die Augen und holte ein weiteres Mal tief Luft, beruhigte meine Nerven und konzentrierte mich auf die Erde unter mir, die mich tatsächlich wieder von meiner Panikattacke zurückholte.

Ich öffnete die Augen und nahm die Hände runter. Mit meiner Rechten erschuf ich einen grünen Magieball, der mir Licht spendete. Die spärlichen Lampen am Rande des Tunnels waren mittlerweile ganz ausgefallen und hatten mich in purer Dunkelheit zurückgelassen. Ich drehte mich um die eigene Achse, um irgendwie einen Ausweg zu finden, ohne bis zur nächsten Station laufen zu müssen.

Dann blitzte eine Metalltür in meinem Sichtfeld auf und ich spürte Erleichterung durch meine Adern fließen. Mit schnellen Schritten lief ich zum Rand der Schienen, eine kleine Metalltreppe hoch und zerrte am Türgriff. Mit einem ohrenbetäubenden Quietschen schwang sie auf und entblößte eine weitere Treppe, die nach oben führte. Erst als ich fast oben war und Tageslicht zu mir drang, ließ ich die Magie verschwinden. Mit einem Blick auf meine Hände sah ich, dass die Rankentattoos bislang nicht wieder verschwunden waren. Plötzlich spürte ich jeden einzelnen Muskel in meinem

Körper und die Magie in mir brodelte. Die Ranken breiteten sich aus und ich schluckte schwer, meine Hände zitterten. So etwas hatte ich seit Jahren nicht mehr gespürt, weil ich immer wusste, wie ich meine Macht einsetzen musste und wie ich sie nicht überstrapazierte. Als ich Vincents Erdbeben aufgehalten hatte, hatte ich mit keiner Sekunde an mich und die möglichen Folgen gedacht. Ich hatte einfach gehandelt.

Zittrig stieß ich die obere Tür auf, die mich zur U-Bahn-Station führte. Licht blendete mich und ich kniff die Augen zusammen, ehe ich weitere Schritte nach vorn stolperte. Durch den Eingang konnte ich das Blaulicht der Streifenwagen und der Feuerwehr sehen.

»Charlie?!« Eine Stimme drang zu mir und ehe ich mich umsehen konnte, um der Stimme ein Gesicht zuzuordnen, ergriffen zwei starke Hände meine Schultern und ich blickte in das Gesicht meines Dads.

»Dad«, brachte ich hervor. Seine Stirn war von Sorgenfalten ganz zerfurcht und ich sah etwas in seinen Augen, was ich schon lange nicht mehr so deutlich wahrgenommen hatte: Angst.

Ich musste grausam aussehen.

»Scheiße, sag mir nicht, du warst in diesem Tunnel, als er eingestürzt ist!«

»E-es geht mir gut. Dad, ich … ich muss zur Villa, irgendetwas stimmt nicht.« Meine Stimme zitterte und ich versuchte krampfhaft meine Hände zu verstecken. Er betrachtete mein Gesicht und nickte.

»Ich bring dich sofort hin.« Er legte schützend einen Arm um meine Schultern und ging zielstrebig zum Ausgang. Wir trafen auf seinen Partner, Robbie, und Dad sagte ihm, dass er mich von hier fortschaffen würde in ein Krankenhaus. Robbie war natürlich sofort damit einverstanden und rief mir noch »Gute Besserung« zu, doch ich hörte es kaum. Mein ganzer Körper schien zu pochen, wie eine kleine entzündete Stelle am Finger, wenn man sich einen Hautfetzen zu weit abgerissen hatte.

Die Autofahrt war der reinste Höllentrip. Dad fuhr mit einer Wahnsinnsgeschwindigkeit durch Londons Straßen, hatte das Blaulicht sowie die Sirene eingeschaltet, um noch schneller voranzukommen. Ich hingegen bekam kaum richtig etwas von meiner Umgebung mit, ich spürte nur das Pochen und die Kraft, die zitternd in mir darauf wartete, herauszubrechen. Ich brauchte all meine Konzentration, um nicht förmlich zu explodieren.

Als wir ankamen, half Dad mir aus dem Wagen. Meredith kam bereits auf uns zugelaufen und streckte die Hand nach mir aus, doch als sie mich berührte, zuckte sie augenblicklich zurück, so als hätte sie sich verbrannt.

»Was ist passiert? Ihre Kräfte sind völlig überstrapaziert und außer Kontrolle.«

»Ich weiß es nicht, irgendetwas am Bahnsteig, Vincent war da«, versuchte Dad zu erklären. Ich merkte, dass wir immer noch liefen, nahm am Rande wahr, dass wir in der Villa waren und magische Kinder vor mir zurückschreckten, als wäre ich gefährlich oder irgendein Alien.

»Charlie, du schaffst das, hörst du mich? Wir sind gleich im Garten«, beruhigte Meredith mich und ich spürte den kühlen Nieselregen, der mich hinterm Haus begrüßte.

Meredith führte mich bis zur weißen Eiche inmitten des Gartens. Ich fiel auf die Knie, presste die Hände in das weiche Gras zu Füßen des Baumes und spürte, wie mein Element mich wieder zurückholte. Wie es mich erdete, wie die Kraft zurückfloss und das Zittern und Pochen meines Körpers nachließ. Als ich flatternd die Augenlider öffnete, sah ich, wie die Tattoos sich endlich zurückzogen. Atemlos ließ ich mich zurück auf meinen Hintern fallen und presste die kalten Finger an mein überhitztes Gesicht.

»Geht es dir besser?« Meredith legte eine Hand auf meine Schulter und ich nickte.

Erst nach einem weiteren tiefen Atemzug öffnete ich die Augen erneut und blickte sie an. Ich fühlte mich ausgelaugt. Vollkommen erschöpft. Als würde ich monatelang schlafen können.

»Wie ist das passiert?«

»Es gab ein Erdbeben an der U-Bahn-Station. Es … es war Vincent, ich habe versucht es aufzuhalten.«

»Ist deswegen der Bahnsteig eingestürzt?«

Sofort schüttelte ich den Kopf, obwohl ich in meinen trägen Erinnerungen erst nachforschen musste. Doch dann waren die Bilder wieder ganz klar vor mir und ich schüttelte erneut den Kopf. Dieses Mal kräftiger.

»Nein. Er wollte mich retten.« Mein Blick glitt zu Dad, der hinter Meredith stand. »Die Decke ist eingestürzt und Vincent hat sie aufgehalten, sonst wäre ich jetzt tot. Er hat das Geröllstück fortgeschickt, dabei stürzte der Bahnsteig ein. Es war nicht nur seine Schuld.«

Mein Dad schnaubte abfällig und verschränkte die breiten Arme vor der Brust. »Der Kerl gehört ins Gefängnis! Er darf nicht frei herumlaufen und Dinge zerstören durch seine Kraft!«

Ich fühlte mich zu erschöpft für diese Diskussion mit meinem Dad, dennoch wollte ich es nicht einfach so stehen lassen. Ja, Vincent hatte mich und viele andere Menschen in Gefahr gebracht. Aber trotzdem hatte er mich auch gerettet. Wäre er nicht gewesen, wäre es sehr viel schlimmer für mich ausgegangen. Also kratzte ich meine letzten Kraftreserven zusammen und hielt dem Funken sprühenden Blick meines Vaters stand.

»Ich glaube, er wusste nicht, was er tat, Dad. Er kann seine Kräfte eben nicht immer kontrollieren, vielleicht wollte er das Erdbeben gar nicht auslösen.«

»So ein Quatsch! Du wirst dich diesem Vincent nicht mehr nähern, hast du mich verstanden, junge Dame?!« Seine Stimme wurde lauter und ich starrte ihn fassungslos an. Er wusste doch ganz genau, dass ich mich nicht von ihm fernhalten konnte.

Zittrig und mit Merediths Hilfe stand ich auf. Dad war zwar immer noch um zwei Köpfe größer als ich, aber ich hatte wenigstens nicht mehr das Gefühl, ein kleines Mädchen zu sein.

»Du weißt, dass ich mich nicht von ihm fernhalten werde, solange ich glaube, ihm helfen zu können«, erwiderte ich mit weit weniger fester Stimme, als ich gehofft hatte.

»Das erlaube ich dir nicht, Charleen! Er hat dich fast getötet! Ich … ich kann dich nicht auch noch verlieren, verstehst du das nicht?!« Für den Bruchteil einer Sekunde verlor sich die Wut in seinem Gesicht und machte der alles zerfressenden Sorge und Angst Platz. Ich ging die wenigen Schritte auf ihn zu und schlang die Arme um seine Mitte.

»Natürlich verstehe ich dich, Dad«, flüsterte ich an seiner Brust. Er umarmte mich zögernd und legte das Kinn auf meinem Kopf ab. Ich schloss die Augen und atmete seinen vertrauten Duft ein, ehe ich mich löste und ihm fest in die Augen sah.

»Ich werde auf mich aufpassen, versprochen. Du wirst mich nicht verlieren. Aber ich muss das tun. Ich kann ihn nicht aufgeben.« Meine letzten Worte waren nicht mehr als ein Flüstern, welches fast vom Wind fortgetragen wurde.

Dad schürzte die Lippen. Er sah traurig aus. »Ich weiß, Charlie-Bee. Ich weiß.« Er drückte mir einen Kuss auf die Stirn und blickte dann zu Meredith.

»Ich muss los, den Leuten am Bahnsteig helfen. Pass auf sie auf, okay?«

Ich sah sie zwar nicht, aber ich wusste, dass Meredith nickte. Im nächsten Moment war die Sicherheit meines Dads fort und Merediths schmale Hand legte sich auf meinen Rücken. »Komm, wir gehen rein und wärmen dich erst mal auf«, sagte sie sanft und drückte mich sacht in die Richtung, in die auch mein Dad verschwunden war.

Elf

Der Ausbruch belastete mich.

Ich wusste, dass ich selbst nichts dafürkonnte, dass meine Kraft aus den Fugen geraten war. Ich war nicht schwach gewesen oder sonst irgendetwas – ich hatte nur Menschen retten und etwas Schreckliches verhindern wollen. Und das hatte ich geschafft, jedenfalls mehr oder weniger. Das Erdbeben hätte vielleicht noch mehr Menschen in den Tod gerissen und so hatte ich wenigstens das abwenden können. Dass der Bahnsteig letztendlich doch eingestürzt war, war großer Mist. Und diese Mitschuld wog schwer auf meinen Schultern, auch wenn ich versuchte, es nicht allzu nah an mich heranzulassen. Darin war ich allerdings noch nie sehr gut gewesen, da ich ein sehr sensibler und emotionaler Mensch war.

»Hier, das wird dir helfen«, holte mich Daves Stimme in die Gegenwart zurück und ich blinzelte ihn verwirrt an. Er nickte dem Becher Tee zu, der zwischen uns auf der Theke stand, und ich versuchte mich an einem schwachen Lächeln.

»Danke«, erwiderte ich, griff nach der Tasse und ging ins Wohnzimmer, wo ich mich auf dem gemütlichen Ohrensessel niederließ, der am dichtesten am wärmenden Kaminfeuer stand. Meine eiskalten Finger schlang ich um die dampfende Tasse und blickte gedankenverloren aus dem Fenster rechts von mir. Mittlerweile hatte es richtig zu regnen begonnen. Der Tag verlor seine Farbe und die Schwärze der Nacht nahm dessen Platz ein. Ich hatte gar kein Zeitgefühl mehr. Wann war die Sonne untergegangen? Wie lange war ich in dem Tunnel gewesen? Und wie lange hatte es gebraucht, ehe ich mit steifen Gliedern aus dem Garten gekommen war?

»Hey, ich bin so schnell gekommen, wie ich konnte«, drang Tys Stimme atemlos an mein Ohr. Wo war er denn gewesen, als der Bahnsteig einstürzte?

Tyler erschien in meinem Blickfeld. Er hatte sich vor mich gekniet, die dunklen Augen standen voller Sorge.

»Geht es dir gut, Charlie?«

Ich sah meinen besten Freund an und nickte. Gut war relativ, aber ich fühlte mich auf jeden Fall sehr viel besser als vor ein paar Stunden. Oder Minuten?

»Ja, es geht schon«, erwiderte ich und lächelte. Er legte eine Hand auf mein Knie. Sein Blick blieb weiterhin sorgenvoll auf mich gerichtet. Als wäre ich eine tickende Zeitbombe, die jeden Moment hochging.

»Tyleeer!«, zog ich seinen Namen in die Länge, als wäre ich wieder acht Jahre alt und stieß ein leises Schnauben aus. »Es ist alles in Ordnung, wirklich. Ich bin okay.«

Jetzt, wo die Worte raus waren, wurde mir bewusst, dass es wirklich so war. Ich war okay. Mir ging es gut. Ich hatte meine Kraft wieder unter Kontrolle bekommen, war in dem Tunnel nicht gestorben und konnte mich jetzt mit meinem besten Freund unterhalten. Ich hatte unverschämtes Glück gehabt, also sollte ich dies auch zu schätzen wissen. Das Einzige, was meine Gedanken weiterhin wie ein Hamsterrad zum Laufen brachte, war Vincent. Was machte er gerade? Wo war er hingegangen, nachdem der Tunnel eingestürzt war? Wie ging es ihm? All diese Fragen schwirrten in meinem Kopf umher und machten es mir unmöglich, mich komplett zu entspannen. Ich musste irgendwie zu ihm vordringen. Oder war ich das schon? War seine Rettungsaktion mir gegenüber nicht der Beweis, dass er sich änderte? Dass er nicht wahllos und brutal Menschen umbrachte?

»Als ich davon gehört habe, bin ich sofort zur U-Bahn. Dein Dad meinte, er hätte dich hierhergebracht. Ich hatte echt ne Scheißangst um dich, Charlie.«

»Es ist aber nichts passiert, Ty«, beruhigte ich ihn erneut und nickte nachdrücklich, um meine Worte zu unterstreichen. Er seufzte, stand auf und fuhr sich durch das dunkle Haar.

»Na gut. Mach so was aber nicht noch einmal, verstanden?«

»Klar. Wird nie wieder vorkommen«, erwiderte ich schmunzelnd und nippte an meinem Tee. Die Normalität um mich herum half mir, mich auch wieder normal zu fühlen.

Irgendwann ebbte der Trubel um meine Person ab und ich hing meinen Gedanken nach. Das Kaminfeuer knisterte heimelig und versprühte eine angenehme Wärme, die auch den letzten Rest Kälte in meinem Inneren vertrieb. Ich wäre fast ein bisschen eingeschlafen, als plötzlich mein Handy klingelte und ich mich so erschreckte, dass ich aufsprang und etwas vom restlichen Tee vergoss. Ich fluchte über meine nassen, vom Zucker klebrigen Finger und fischte das Handy aus meiner Jackentasche, die über der Sessellehne drapiert worden war.

Der Anruf zeigte ein Bild von Katie und mir fiel wieder ein, dass ich ja zum Lerntreffen unterwegs gewesen war, als der Bahnsteig einstürzte. Infolgedessen waren meine Gedanken überall gewesen, nur nicht bei meiner besten Freundin.

Nachdem ich die Tasse auf dem Couchtisch abgestellt hatte, nahm ich den Anruf an.

»Katie. Ich hätte anrufen müssen, es tut mir leid«, begrüßte ich meine Freundin, doch ehe ich für eine Erklärung ansetzen konnte, unterbrach sie mich sofort.

»Ist alles okay bei dir? Ich habe es schon mehrfach versucht, aber du bist nicht rangegangen. Als du nicht aufgetaucht bist, habe ich mir echt Sorgen gemacht.«

Ich fasste mir an die Stirn und schloss einen kurzen Moment die Augen. Katie klang ehrlich besorgt. Eigentlich war sie immer sofort auf Angriff und musste zurückrudern, wenn ihr Gegenüber sich erklärt hatte. Doch jetzt lag nichts als Sorge in ihrer Stimme.

»Ich war an der U-Bahn-Station, die eingestürzt ist.«

Einen Herzschlag lang herrschte Totenstille, dann stieß Katie die Luft hörbar ins Telefon.

»Scheiße, was?! Wie geht es dir? Soll ich vorbeikommen? Bist du im Krankenhaus?«

Schnell schüttelte ich den Kopf, ehe ich merkte, dass sie das ja gar nicht sehen konnte.

»Nein, alles okay. Mir geht es gut, ich bin zu Hause und ultramüde und werde mich jetzt schlafen legen.«

»Okay. Ich komme aber morgen vorbei, ja?«

»Morgen klingt super, da fühle ich mich bestimmt auch nicht mehr wie Kartoffelpüree. Bis dann, ja?«

»Schlaf gut und erhol dich. Bis morgen«, erwiderte sie und ich beendete den Anruf. Mittlerweile merkte ich, dass ich mich vielleicht wirklich hinlegen sollte. Meine Kräfte waren immer noch total ausgelaugt und ich fühlte mich wie von einem Bus überfahren. Ein bisschen Schlaf würde da wirklich guttun.

Nachdem ich auf mein Zimmer gegangen war, tauschte ich Jeans und Pullover gegen eine bequeme Schlafhose mit Flamingos und ein weißes T-Shirt ein. Damals war ich so oft hier gewesen, dass ich irgendwann mein eigenes Zimmer bezogen hatte und auch jetzt lagen hier jederzeit Klamotten von mir und ein paar Hygieneartikel sowie Make-up. Ich konnte also zum einen zu Hause leben, aber auch hier in der Villa.

Ich lag kaum zwischen den weichen Laken, da war ich auch schon eingeschlafen.

***

Als ich mitten in der Nacht wach wurde, fühlte ich mich wie erschlagen. Mein Kopf dröhnte, hinter meiner Stirn und meinen Augen hatte sich ein vernichtender Druck aufgebaut und verharrte dort, als würde er mir den Schädel zersprengen wollen. Vielleicht waren diese wahnsinnigen Kopfschmerzen auch der Grund dafür, wieso ich es nicht sofort spürte.

Wieso ich ihn nicht sofort spürte.

Doch dann, ganz plötzlich, kroch die Ahnung seiner Magiesignatur zu mir und ich setzte mich kerzengerade im Bett auf. Mein Herz stolperte in seinem gleichmäßigen Takt, setzte zum Sprint an und schlug dann heftig gegen meinen Brustkorb. Die Kopfschmerzen waren vergessen und ich schob die Decke beiseite, um zum Fenster zu gehen. Dabei verhakte sich mein Fuß in dem dünnen Stoff des Überzugs und ich flog fast der Länge nach hin. Aufgeregt stürzte ich zum Fenster und zog den Vorhang zur Seite.

Und da sah ich ihn.

Da mein Zimmer zur Front ausgerichtet war, konnte ich hinunter zum

Eingangsbereich schauen. Auf der kleinen Veranda war das Licht an und ich konnte Vincent erkennen, der sich verzweifelt die Haare raufte. Er schien nicht zu wissen, was er tun sollte.

Regen peitschte gegen mein Fenster, doch ich verlor keine Zeit. Ohne mir Schuhe oder eine Jacke über den Pyjama zu ziehen, riss ich die Tür auf und rannte die Treppen nach unten. Sobald ich ankam, legte ich die Hand an die Klinke der Haustür und drückte sie nach unten. Mein Atem ging unregelmäßig und mein Herz schlug noch immer viel zu schnell, als ich Vincent gegenüberstand.

Sein Kopf zuckte nach oben und er sah mich an. Seine Emotionen trafen mich wie ein Schlag. Völlig unvorbereitet.

Tränen standen in seinen Augen und ich konnte all die Verzweiflung, all die Schuld in seinem Gesicht lesen.

»Ich … ich glaube, ich brauche Hilfe.« Seine Stimme klang heiser und er sprach leise, dennoch ging mir jedes Wort in Mark und Bein über und ich spürte eine Gänsehaut auf meinem Körper. Vielleicht weil der Wind auffrischte und ich die ersten Regentropfen an meiner teils nackten Haut spürte. Vielleicht aber auch einfach, weil Vincent hier vor mir stand und Hilfe erbat.

»Komm rein«, gab ich zurück und machte Platz, sodass er eintreten konnte. Ich schloss die Tür hinter ihm und sperrte die Kälte aus. Er stand etwas unbeholfen im Eingangsbereich und ich biss mir auf die Zunge. Sein Blick glitt über den Raum, dann blieb er an mir hängen. Von seinen Haarsträhnen tropften kleine Regentropfen und erst jetzt merkte ich, dass er pitschnass war.

»Du bist ganz nass«, sagte ich und hätte mich im selben Moment für diese blöde Aussage ohrfeigen können. Es war recht logisch, dass man durchnässt war, wenn man im Regen gestanden hatte, nicht wahr?

»Komm mit«, überspielte ich dann meine eigene Unsicherheit und führte ihn in das angrenzende Wohnzimmer. Mit fahrigen Fingern griff ich nach den langen Streichhölzern auf dem Kaminsims und entfachte ein Feuer, schob einen Sessel davor und bedeutete Vincent, Platz zu nehmen.

»Ich bin gleich wieder da.« Ich tapste in die Küche, nahm einen Becher aus dem Schrank und versenkte einen Teebeutel in diesem. Nachdem ich das

Wasser erhitzt hatte, brachte ich die Tasse zu Vincent. Er hatte seine schwarze Lederjacke ausgezogen und saß in dem Sessel, den ich vor den Kamin geschoben hatte. Gedankenverloren blickte er in das tanzende Feuer, sein Oberkörper war vorgebeugt, die Ellbogen hatte er auf den Oberschenkeln abgestützt. Ich betrachtete ihn, den Schimmer der Flammen auf seinem Gesicht, die feuchten Haarsträhnen, die ihm bis zur Nase reichten und die er sicherlich immer wieder zurückstreichen musste. Mein Blick fiel auf seine trainierten Oberarme und ich biss mir fest auf die Unterlippe. Er war ohne Frage attraktiv.

»Hier.« Ich räusperte mich und stellte ihm die Tasse auf den niedrigen Couchtisch. Er blickte zu mir und deutete die Spur eines Lächelns an, das allerdings mehr gezwungen aussah als sonst irgendetwas.

Bevor die Stille zwischen uns unangenehm werden konnte, hörte ich Schritte, die die Treppe hinunterliefen. Keine Sekunde später trat Saki in mein Blickfeld. Alles an ihr strahlte Angriff aus und ich hob beschwichtigend die Hände.

»Alles gut, Saki. Er ist hier, weil er um Hilfe gebeten hat.«

Die Japanerin ließ Vincent nicht aus den Augen. Sie betrachtete ihn ganz genau, jede Bewegung, als er aufstand und neben mich trat. Ich spürte seine Anwesenheit überdeutlich, was sicherlich an unserer ähnlichen Signatur lag. Wir beide trugen eben die gleiche Magie in uns. Das musste uns wohl auf irgendeine skurrile Art verbinden.

Saki kniff die Augen zusammen. Ihr rosafarbenes Haar lag lang und glatt auf ihren Schultern, der Pony war vom Schlafen etwas zerzaust.

»Es könnte genauso gut eine Falle sein«, sagte sie dann, den Blick noch immer nicht von Vincent gelöst. Saki war schon immer ein sehr misstrauischer Mensch gewesen. Vielleicht war das auch der Grund, warum wir nie wirklich warm miteinander geworden waren – wir lebten nebeneinanderher, kamen auch mit dem jeweils anderen aus, aber eine Freundschaft würde sich eher nicht entwickeln.

Vincent ließ ein Schnauben verlauten und trat an mir vorbei. »Das ist keine Falle.« Seine Stimme klang hart, gepresst. »Ich … scheiße, wegen mir sind Menschen gestorben, okay? Es hätte nie so weit kommen dürfen.« Er machte eine Pause, in der er zittrig Luft holte. Sein Blick glitt runter auf seine Hände, die er hilflos vor sich hielt.

»Manchmal kann ich diese Macht in mir nicht kontrollieren. Dann ist es, als würde sie sich gegen mich stellen und dann kann ich mit der geballten Kraft aller Elemente nicht umgehen. Ich kann sie nicht in mir halten«, erzählte er. Sein Blick huschte kurz zu mir. Ich konnte für den Bruchteil einer Sekunde Unsicherheit erkennen, dann kam die kalte Maske jedoch wieder zurück und er sah Saki in die Augen.

»Und manchmal ist es wie Fahrradfahren, als hätte ich mein ganzes Leben lang nichts anderes gemacht. Aber ich will nicht nur in seltenen Momenten die volle Kontrolle haben, ich will es richtig machen. Die Elemente sollen mir bedingungslos gehorchen. So wie es jetzt ist, kann es nicht weitergehen.«

Einen Moment herrschte Stille. Vincents Blick huschte unsicher zu mir und ich hatte das dringende Bedürfnis, ihm zu helfen. Ihn aus dieser unangenehmen Situation zu befreien, weil er sich uns geöffnet hatte und wir keine Antwort auf seine Ehrlichkeit fanden.

»Es wird sicher nicht leicht werden, weil deine Kräfte außer Kontrolle geraten und du es schon viel zu oft zugelassen hast. Aber ich verspreche dir, dass ich dir helfen werde.«

»Aber nicht in diesem Haus.« Die Stimme von Ren ertönte urplötzlich, sodass ich zusammenzuckte und mich umdrehte. Er drängte sich gerade ins Wohnzimmer und stellte sich zu seiner Tochter, wo er Vincent abschätzend musterte.

Ich stieß ein Schnauben aus. »Er hat um Hilfe gebeten! Als ich hierherkam, konnte ich meine Kräfte auch nicht kontrollieren. Aber diese Villa stand mal genau für das: Magischen Kindern zu helfen, wenn sie mit ihren Fähigkeiten nicht umgehen konnten! Er hat schlimme Dinge getan, ja, aber das weiß er selbst, okay? Das Wichtigste ist, dass Vincent es eingesehen hat und bereit ist, etwas zu ändern.«

Erneut herrschte eine erdrückende Stille, in der Saki und ihr Dad Vincent skeptisch musterten. Dann gab Ren jedoch seine abweisende Haltung auf und fuhr sich durch das schwarze Haar, ehe er nickte.

»Du hast ja recht, Charleen«, gab Ren langsam nach und wandte sich schließlich an Vincent. »Dennoch, wenn du irgendeinen Hinterhalt planst, wird das schwere Konsequenzen für dich haben. Das hier ist meine Familie und die verteidige ich. Hast du das verstanden?«

Vincent nickte. Es gab nicht mehr dazu zu sagen und ich spürte, wie die allgemeine Anspannung langsam, aber sicher wich. Ren nahm Platz und bedeutete Vincent, dass auch er sich wieder setzen konnte. Etwas versteift tat er dies auch. Ich konnte mir nicht einmal ansatzweise vorstellen, wie diese Situation für ihn sein musste. Niemand wollte ihn wirklich hier haben, keiner vertraute ihm.

Abgesehen von mir.

Aber tat ich das wirklich? Vertraute ich Vincent?

Ich hatte keine Antwort darauf, denn ich wusste, wie es sein konnte, wenn die Kräfte einen übermannten. Er musste es nicht einmal böse meinen und trotzdem war er unberechenbar.

»Kannst du mir sagen, wer die Frau war, die dich hier rausgeholt hat? Wird sie wiederkommen, um dich erneut zurückzuholen?«

Vincent rang mit den Händen und entschied sich schließlich sich durch das Deckhaar zu fahren. Einige Strähnen standen durch die Feuchtigkeit des Regens ab, doch er kümmerte sich kaum darum.

»Ich weiß nicht viel über die beiden, nur, dass sie Mutter und Tochter sind. Sie haben mir keine Namen genannt. Sie hat mich lediglich gefunden und mir versprochen zu helfen meine Kräfte zu kontrollieren. Ehrlich gesagt weiß ich nicht, wann es anfing, aus dem Ruder zu laufen, aber ich musste meine Kräfte immer wieder für … Dinge einsetzen. Ich hatte keine Kontrolle und sie schien mir auch gar nicht helfen zu wollen. Aber mir fehlte die Kraft, sie zu verlassen. Ich kannte keine anderen magischen Kinder und hatte keine Ahnung, wer mir sonst helfen konnte. Es gab einfach keine andere Alternative für mich und die Angst, allein mit dieser Macht dazustehen, war zu groß.«

»Wo sind die anderen magischen Kinder jetzt?« Ren sah ihn weiterhin skeptisch an.

Vincent fuhr sich erneut durch das Haar. Er schien nervös zu sein. »Sie sind an einem Friedhof, unter der Erde. Es gibt einen Geheimgang in einer der Krypten. Ich könnte euch hinführen.«

»Und was, wenn es eine Falle ist? Otōsan, vielleicht will er genau das.« Saki sah besorgt zu ihrem Vater, der ebenfalls nicht ganz überzeugt aussah. Ich biss mir auf die Unterlippe. Ein großer Teil von mir glaubte nicht, dass er uns verraten wollte. Also stellte ich lieber eine weitere Frage.

»Wann hast du deine Kräfte bekommen?« Es war wie ein Verhör, doch Vincent wehrte sich nicht dagegen, warf mir einen kurzen, fast schon dankbaren Blick zu.

»Etwa vor zwei Jahren. Es passierte etwas, was meine Kräfte vermutlich auslöste. Danach brachen sie noch einmal aus mir heraus und seitdem habe ich versucht sie zu unterdrücken, um niemandem zu schaden. Bis die Frau mich fand und alles so verdrehte, dass ich dachte, den Menschen Angst einjagen zu müssen.«

Erneut keimte Mitleid in mir auf. Das, was vor zwei Jahren passiert war, musste schlimm gewesen sein, sonst hätte er nicht versucht seine Kräfte zu unterdrücken. Er hatte also nie erlebt, dass diese Magie auch Gutes hervorbringen konnte, er hatte stets die dunklen Seiten dieser Kraft gesehen. Ehe ich wirklich wusste, was ich tat, war ich an ihn herangetreten und legte die Hand auf seinen Unterarm. Die Worte, die ihn beruhigen und ihm Sicherheit schenken sollten, lagen mir schon auf der Zunge, doch als wir einander berührten, löste sich eine Energiewelle zwischen uns und wir beide wurden zurückgeschleudert. Ich kam hart auf meinem Hintern auf und auch Vincent war bis an die gegenüberliegende Wand geschleudert worden. Durch die Heftigkeit der Magie war das Feuer im Kamin erloschen und das Licht flackerte.

Ich keuchte, als ich mich aufrichtete. Ein Blick zu Vincent zeigte mir, dass er genauso überrumpelt worden war wie ich. Ren war aufgesprungen und zu mir gekommen, er legte eine Hand an meine Schulter und stützte mich.

»Wieso passiert das immer wieder?!«, fragte Vincent atemlos. Eine Strähne hing ihm ins Gesicht und ließ die weit aufgerissenen Augen nur erahnen.

»Eure Kräfte sind nicht miteinander im Reinen«, sagte Saki und blickte uns beide abwechselnd an. Als ich zu ihr sah, hatte sie den Kopf schief gelegt und die Stirn konzentriert in Falten gezogen, als würde sie auf etwas lauschen.

»Es gibt Differenzen zwischen euch und das spürt eure Magie, weil die beiden so ähnlich zueinander sind und doch irgendwie nicht. Ich schätze, dass es besser wird, sobald Vincent seine Kräfte kontrollieren kann.«

»Vielleicht ist das genug Aufruhr für heute. Wir sollten schlafen gehen«, sagte Ren und half mir auf. Ich nickte leicht und hielt meine Hand fest, an der noch immer das bunte Wabern der Magie zu sehen waren. Langsam, aber sicher verblasste sie jedoch, bis sie gar nicht mehr zu sehen war. Auch Vincent stand nun auf.

»Ich zeige dir ein freies Zimmer«, sagte ich zu ihm und deutete zum Flur. Er nickte und folgte mir, als ich ihn die Treppen nach oben führte und vor einer Tür schließlich stehen blieb.

»Dieses hier ist eines der letzten, das noch frei ist.«

Vincent nickte und sah zu mir herab. Er war deutlich größer und bedrohlicher als ich und doch wirkte er gerade einfach nur einsam und traurig. Vermutlich würde ich die Tränen, die in seinen Augen gestanden hatten, als er mich um Hilfe gebeten hatte, niemals vergessen.

»Wo schläfst du?«, durchbrach seine Stimme meine Gedanken und ich spürte sofort, wie mir die Röte ins Gesicht schoss. Peinlich berührt deutete ich mit dem Daumen über meine Schulter hinweg zum Zimmer nebenan.

»Ähm. Dort.«

Anstatt irgendeinen dummen Kommentar zu bringen, nickte er bloß und sah mir im nächsten Moment direkt in die Augen. Ich konnte nicht umhin, das helle Blau seiner Iris mit einem sattblauen Sommerhimmel zu vergleichen. Jedenfalls das rechte Auge und das linke bis zur Hälfte. Das Haselnussbraun verschluckte einen Teil des Sommerhimmels, doch das tat der Schönheit seiner Iriden keinen Abbruch. Eher im Gegenteil.

»Danke. Für ... einfach für alles. Ich hätte nicht gedacht, dass du mir nach allem, was geschehen ist, noch helfen willst.«

Ich schenkte ihm ein Lächeln und fast hätte ich die Hand an seinen Arm gelegt, hielt mich jedoch davon ab, um keinen erneuten Magieschlag heraufzubeschwören.

»Ich habe dir ja gesagt, dass ich mich nicht so leicht abwimmeln lasse. Irgendwann wünschst du dir, dass es anders wäre«, erwiderte ich mit einem leichten Lachen. Katie hatte mir nicht umsonst schon oft genug gesagt, dass ich zu ehrgeizig war und mit meiner schier endlosen Hilfsbereitschaft echt nerven konnte.

»Ich glaube, das halte ich aus.« Ein leichtes Schmunzeln breitete sich auf seinen Lippen aus und zeigte den Ansatz eines Grübchens. Seine Augen funkelten schelmisch und mein Herz machte automatisch einen Satz. Flirtete er gerade mit mir?

»Na dann«, gab ich zurück und biss mir kurz auf die Zunge. »Schlaf gut. Wir sehen uns morgen.«

»Gute Nacht, Charlie«, erwiderte er und ich sah zu, dass ich in mein Zimmer kam. Meine Gefühle fuhren Achterbahn und ich musste mich gegen die Tür lehnen und tief durchatmen, um mich irgendwie zu sortieren.

Auch wenn ich mich in mein Bett legte und die Augen schloss, war einfach nicht mehr an Schlaf zu denken. Ich hing meinen Gedanken nach, kaute auf meiner Unterlippe herum und starrte dann doch wieder aus dem Fenster, das mir den prasselnden Regen präsentierte.

Die ganze restliche Nacht dachte ich darüber nach, wie ich Vincent am besten helfen konnte.

Zwölf

Irgendwann musste ich vor Erschöpfung doch etwas eingenickt sein, denn ich schreckte aus einem weiteren Albtraum, der mich unter Wasser zog und nicht gehen lassen wollte, hoch. Völlig gerädert und mit üblen Kopfschmerzen fasste ich mir an die Stirn und schloss für einen kurzen Moment noch einmal die Augen. Ich atmete tief durch, stand auf und ging in das angrenzende Badezimmer, um heiß zu duschen. Nachdem ich etwas Make-up aufgelegt und mich angezogen hatte, ging ich nach unten. Es war noch viel zu früh für einen Sonntag, die Sonne war noch nicht einmal aufgegangen, kündigte sich allerdings am Horizont schon langsam an. Das heller werdende Blau des Nachthimmels vertrieb die Dunkelheit. Ich ging in die Küche der Villa und schaute automatisch durch die große Fensterfront, die eine Glastür beinhaltete, die zum Garten führte, als ich eine Bewegung im Augenwinkel wahrnahm.

Es war Vincent.

Ich fühlte mich immer noch ausgelaugt von gestern, dennoch konnte ich nicht anders, als zu ihm zu gehen. Ich band mir auf dem Weg durch die Tür die Haare zu einem Zopf, schlüpfte draußen in ein paar Schuhe und ging über die Terrasse, um zu ihm in den Garten zu gelangen. Kalte Novemberluft umfing mich und ich zog meinen dunkelgrünen Cardigan enger um mich. Einen kurzen Moment betrachtete ich Vincent. Er stand einfach nur mit dem Rücken zu mir im Garten, die Hände zu Fäusten geballt. Ich betrachtete seinen breiten Rücken. Er trug nur ein weißes Shirt und ich konnte die Muskeln darunter erahnen. Um seine Fäuste zischten kurz ganz kleine Flammen auf und ich hatte das Gefühl, dass er versuchte seine Kräfte zu kontrollieren. Offenbar funktionierte es nicht so richtig gut.

»Was machst du?«, fragte ich ihn schließlich.

Ein Seufzen ertönte aus seiner Richtung. Er zuckte nicht zusammen, als er meine Stimme hörte, was mich kurz befürchten ließ, dass er bemerkt hatte, wie ich ihn ungeniert angestarrt hatte. Meine Wangen begannen zu brennen, wogegen auch die kühle Morgenluft nicht allzu viel ausrichten konnte.

»Offenbar mache ich gar nichts«, erwiderte er mit einem weiteren Seufzen und blickte über die Schulter zu mir. Ärger lag in seinem Blick und auch ein bisschen Enttäuschung. Darüber, dass er in seinen Augen versagte?

»Hier.« Ich bedeutete ihm, dass er sich setzen sollte, und ließ mich selbst auf die Knie gleiten. Das Gras war feucht und die Kälte, die davon ausging, zog sich augenblicklich durch meine ganze Jeans. Doch es kümmerte mich nicht, nicht mehr. Dafür hatte ich schon zu oft hier gesessen und mir meine Ruhe zurückgeholt.

Vincent sah etwas verwirrt aus, setzte sich jedoch ins Gras. Er verzog leicht das Gesicht, gab aber keinen Ton von sich. Ohne ihn anzusehen, legte ich meine Hand auf den Boden und schloss für den Bruchteil einer Sekunde die Augen. Ich ließ mich ganz auf die Erde ein, spürte, wie das Element mich ausfüllte und mir eine Ruhe schenkte, die ich nur in direkter Verbindung mit ihr erlebte.

Als ich die Augen öffnete und Vincents fassungslosen Blick sah, wusste ich, dass meine Augen in einem sanften Grün leuchteten. Das taten sie immer, wenn ich mich dem Element hingab. Gänseblümchen begannen meine Finger hinaufzukriechen, die Tattoos an meinen Händen gewannen an Farbe und schlangen sich kräftig um meine Unterarme. Grashalme bogen sich in meine Richtung und kleine Blumen begannen zu blühen, als sie meine Haut erreichten. Ich spürte diese tiefe Gelassenheit und die Gewissheit, dass seine Energie mir nichts antun konnte. Also folgte ich meinem Instinkt und griff nach seiner Hand. Flammen zischten, doch sie konnten uns beiden nichts anhaben.

Langsam legte ich seine Hand auf das Gras, ließ meine Finger jedoch schwach auf seiner Haut ruhen.

»Du musst die Kraft spüren, lass zu, dass sie dich ausfüllt. Hab keine Angst vor dem Element, sondern sieh es als einen Teil von dir.« Meine Stimme war nicht viel mehr als ein Flüstern, doch Vincent nickte kaum merklich.

Seine Augen hielten meine gefangen und ich konnte dasselbe Schauspiel in ihnen sehen wie Vincent zuvor in meinen. Leuchtendes, sattes Grün breitete sich auf seinen Iriden aus und verschluckte das sanfte Blau und Braun. Meine Lippen verzogen sich wie von selbst zu einem Lächeln und als wir auf unsere Hände sahen, bahnten sich Gras und Blumen gerade einen schüchternen Weg auf seine Haut. Vincent stieß ein kurzes Lachen aus, als die Blumen ihre Blüten entfalteten. Ich spürte seine wilde Magie, die sich langsam, aber sicher beruhigte, ließ ihn an dieser tiefen Ruhe in mir teilhaben.

»Die Erde ist das wichtigste Element. Unsere Kräfte kommen von der Natur und irgendwann werden sie auch dort wieder hin zurückmüssen. Das Element erdet uns, hilft uns, unsere Kraft ins Gleichgewicht zu bringen und sie besser zu kontrollieren. Spürst du es?«

Vincent nickte, sagte jedoch nichts. Ich spürte eine kurze Unsicherheit in mir, schob sie jedoch beiseite, um mich ganz und gar auf Vincent zu konzentrieren. Ich wollte ihm helfen und das hier war vielleicht der erste Schritt in die richtige Richtung.

»Ich bekam meine Kräfte, als ich sieben Jahre alt war. Damals war ich völlig überfordert mit allen vier Elementen und konnte absolut nicht damit umgehen. Die Erde hat mir geholfen sie zu kontrollieren. Deswegen war es auch nicht sehr überraschend, dass sie sich herauskristallisiert hat.«

»Das ist unglaublich«, flüsterte Vincent mit einem ehrfürchtigen Unterton und ich konnte mir ein Lächeln nicht verkneifen. Zwischen seinen Fingern begannen weitere Blumen zu wachsen, blühten auf und zeigten ihre ganze Pracht. Ich blickte in sein Gesicht und konnte den Unglauben über das, was hier gerade geschah, deutlich sehen. Es lag Faszination in seinen Augen, Ehrfurcht. Ohne dass er es sagen musste, wusste ich, dass er nicht glauben konnte, dass diese Kraft nicht zerstörte, sondern erschuf.

Und in diesem Moment spürte ich noch ein anderes Gefühl in mir, das ich nicht so ganz zuordnen konnte. Ich fühlte, wie es mich glücklich machte, ihm die andere Seite dieser Kräfte zu zeigen. Dass ich ihn noch weiter in meine Welt und in das Gute der Elemente mitnehmen wollte. Ich wollte an seiner Seite sein, wollte ihm in dieser für ihn schweren Zeit beistehen.

Diese Erkenntnis traf mich wie ein Schlag und ich hätte beinahe ruckartig meine Hand von seiner gezogen, konnte mich aber im letzten Moment noch zügeln. Ich atmete tief durch und entließ die Magie wieder. Blumen und Gräser zogen sich zurück, die Tattoos verblassten und meine Augen mussten auch ihre normale Farbe zurückbekommen.

Vincent sah auf seine Hände, als würde er sie das erste Mal sehen.

»Danke«, sagte er schließlich und sah mir fest in die Augen. Ich schenkte ihm ein Lächeln und zuckte schwach mit den Schultern.

»Nicht der Rede wert. Komm, lass uns was frühstücken«, lenkte ich von unserer Zweisamkeit ab, die mir plötzlich unangenehm wurde, und stand auf. Ich klopfte mir die Knie ab, ignorierte die dunklen Flecken und ging zurück in die Villa.

Als wir eintraten, herrschte schon reger Betrieb in der Küche. Viele magische Kinder waren wach und frühstückten, tranken Tee oder Kaffee und unterhielten sich. Andere wiederum, so wie Ryan zum Beispiel, saßen etwas abseits und hingen müde über ihrem Frühstück. In letzter Zeit hatte ich selten hier übernachtet, sodass mir dieser Anblick das Herz wärmte.

Doch als Vincent in die Küche trat, verstummten die Gespräche schlagartig und alle richteten ihren Blick auf ihn. Ich spürte, wie er sich hinter mir versteifte, griff nach seiner Hand und zog ihn zu einem freien Platz. Nachdem er sich zögernd mir gegenübergesetzt hatte, nahmen die Gespräche langsam, aber sicher wieder Fahrt auf und Vincent war nicht mehr der Ankerpunkt aller Augen.

»Sie haben Angst vor mir«, flüsterte er und ich schüttelte den Kopf, während ich mir und ihm Tee in einen Becher goss.

»Nein. Sie haben sich nur noch nicht an dich gewöhnt. Gib ihnen etwas Zeit, jeder von uns war mal neu hier.«

»Aber es hat bestimmt nicht jeder solche Dinge getan wie ich«, beharrte er und ich sah ihn tadelnd an.

»Vielleicht nicht, aber es ist Vergangenheit, Vincent. Das, was zählt, ist, wie du dich jetzt entschieden hast und auf welcher Seite du stehst. Das, was gestern oder vorgestern war, interessiert nicht.«

Er presste die Lippen aufeinander, als würde er die Widerworte ersticken wollen. Ich musste schmunzeln und drohte ihm mit meiner Gabel.

»Wenn du noch mehr dazu zu sagen hast, dann behalte es bitte für dich. Ich habe recht.«

Das entlockte ihm nun auch endlich ein Lächeln und er nahm sich einen French Toast vom Teller, der in der Mitte des Tisches stand. Mittlerweile waren die Gespräche wieder in Fahrt und keinen kümmerte es mehr, dass Vincent nun hier war. Ich genoss den Trubel um mich herum, bemerkte allerdings, dass Vincent irgendetwas auf dem Herzen lag.

»Was ist?«, fragte ich und umfasste meinen Becher, nachdem ich zu Ende gefrühstückt hatte.

Er zuckte leicht mit den Schultern. »Es sind einfach viele Eindrücke. Es ist seltsam für mich, so viele magische Kinder friedlich beieinandersitzen zu sehen.«

Bevor ich antworten konnte, gesellte sich Tyler zu uns und ließ sich neben mir auf einem Stuhl nieder.

»Hey, wie fühlst du dich?«, fragte er an mich gewandt und ich blickte zu ihm, ehe ich mit den Schultern zuckte.

»Gut. Es ist alles in Ordnung«, erwiderte ich, um dieses Thema direkt wieder zu beenden. Ich wusste, dass Vincent sich sowieso schon schlecht genug deswegen fühlte, weshalb Ty es echt nicht noch einmal anzusprechen brauchte. Außerdem war das »*Alles in Ordnung*« gar nicht so weit hergeholt. Ich fühlte mich teilweise noch etwas zittrig und zugegeben, meine Kraft war noch nicht wieder ganz auf dem Damm, aber es war wirklich alles in Ordnung. Es ging mir gut. Ty musste jetzt nicht den treuen besten Freund heraushängen lassen, nur damit Vincent sich schlecht fühlte.

»Wirklich? Du sahst gestern echt schlimm aus.«

Ich schnaubte und funkelte Ty wütend an. Mir war schleierhaft, wieso er sich so dermaßen bescheuert aufführte.

»Lass einfach gut sein, Tyler«, zischte ich.

»Nein, es ist okay. Wenn er etwas zu sagen hat, kann er das gerne tun«, mischte sich Vincent mit ein und musterte Ty. Mein bester Freund kniff die Augen zusammen und betrachtete sein Gegenüber.

»Oh, ich habe so einiges zu sagen, glaub mir.« In Tys Blick spiegelte sich Abneigung gegenüber Vincent und ich stöhnte auf.

»Es reicht!« Vincent lehnte sich zurück und verschränkte die Arme vor der Brust, Ty blieb weiterhin vorgebeugt und mit den Unterarmen auf den Tisch gelehnt. Es war zum Mäusemelken, wie unnachgiebig mein bester Freund war. Einerseits konnte ich ihn verstehen, er machte sich nur Sorgen um mich. Doch Vincent hatte eingesehen, dass es so nicht weitergehen konnte, weswegen man ihm eine Chance geben musste.

»Der Meinung bin ich allerdings auch, Tyler«, wehte die sanfte Stimme von Ren zu uns herüber. Ich blickte über die Schulter und sah zu ihm, Saki und Meredith, die gerade hereingekommen waren. Ren trug ein dunkelblaues Hemd mit weißen Punkten, eine filigrane Kette schmückte seinen Hals, ebenso wie den seiner Tochter. Er klatschte kurz in die Hände, erlangte die Aufmerksamkeit aller und sah sich kurz in der Küche um.

»Ihr habt ihn sicher schon alle gesehen, ich mache es dennoch offiziell. Vincent Graymore ist nun ein Teil von uns.«

Ein Raunen ging durch die Menge und ich bemerkte, wie Ryan sich zu Emilia beugte und irgendetwas mit Blick auf Vincent flüsterte. Das war der Moment, als mir der Kragen platzte. Ich stand geräuschvoll von meinem Stuhl auf.

»Willst du uns nicht dran teilhaben lassen, Ryan?«, forderte ich auf, doch Ryan blickte gelangweilt und zuckte mit einer Schulter.

»Ich habe nur gesagt, dass ich nicht wusste, dass wir jetzt auch die Bösen bei uns aufnehmen.«

»Soll ich dich daran erinnern, was du dir geleistet hast, bevor du herkamst? Oder wollen wir den Jungen fragen, wie es ihm ging, als du deine Diamanthülle ausgenutzt hast, um ihm einen Kinnhaken zu verpassen? Ich glaube, sämtliche Knochen in seiner rechten Gesichtshälfte waren gebrochen, oder? Wie hieß er noch? Aiden?«

Es war Meredith, die sich einmischte und Ryan gefährlich musterte. Dieser hob abwehrend die Hände und lehnte sich schließlich in seinem Stuhl zurück.

»Wenn wir das nun also geklärt haben«, sagte Ren und stieß ein Seufzen aus. »Diese Villa ist dafür da, um magischen Kindern Schutz zu bieten und sie aufzunehmen, wenn sie nirgendwo sonst hinkönnen. Wir sind dafür da, um ihnen beizubringen, mit ihren Kräften umzugehen. Also heißt Vincent bei uns willkommen, wie ihr jedes andere magische Kind auch willkommen geheißen habt.«

Die kleine Elli, die gerade mal fünf war und schon unheimliche telepathische Fähigkeiten hatte, kam auf Vincent zu und hielt schüchtern eines ihrer Spielzeugpferde in den Händen. Dann streckte sie es ihm vorsichtig entgegen.

»Hier. Das ist mein Lieblingspferd, aber ich glaube, du kannst es besser gebrauchen als ich. Es hat auch magische Kräfte und hilft mir mit meinen umzugehen«, sagte sie und Vincent schenkte ihr ein Lächeln.

»Ich fühle mich geehrt. Danke.« Er nahm es entgegen und betrachtete das Plastiktier in seinen Händen. »Meinst du, du kannst es für mich verwahren und auf es aufpassen, wenn ich nicht hier bin? Es möchte sicher nicht allein sein und vermisst seine Freunde.«

Ellis Miene hellte sich schlagartig auf und sie grinste über beide Ohren. Sie nahm das Pferd wieder zurück, nickte eifrig und lief schließlich von uns weg. Ich sah noch, wie sie um die Ecke zum Wohnzimmer bog, dann war sie verschwunden.

»Du bist sicher ihr ganz großer Held«, sagte ich an Vincent gewandt und konnte mir ein Grinsen nicht verkneifen. Vincent lachte und zuckte nur kurz mit den Schultern.

»Oja, der strahlende Held in goldener Rüstung«, murmelte Ty abfällig und stand auf, um zu gehen. Ich verdrehte die Augen und nahm mir vor, später mit ihm zu sprechen. Er sollte es Vincent nicht so unfassbar schwer machen, das war nicht fair. Wir alle hatten nicht immer richtig gehandelt, als wir unsere Fähigkeiten bekommen hatten.

»Ist dieser Ty dein Freund?«, platzte es aus Vincent heraus und ich schaute schmunzelnd zu ihm.

»Ty? Mein Freund? Um Gottes willen!«, erwiderte ich. »Wir sind zusammen aufgewachsen. Du kannst ihn eher als meinen Bruder und besten Freund sehen.« Ein schwaches Lachen kam über meine Lippen, was so gar nicht nach mir klingen wollte. Bislang hatte ich mich nie wirklich mit dem Thema Jungs auseinandergesetzt, weswegen mir solche Situationen stets unangenehm waren, wenn sie denn mal zustande kamen.

Vincent nahm einen Schluck Tee, doch der Becher konnte das leichte Grinsen auf seinen vollen Lippen nicht gänzlich verdecken.

»Okay. Gut zu wissen.«

Meine Wangen brannten und ich hatte Mühe, gleichgültig zu wirken. In welche Richtung ging das hier bitte? Ich biss mir auf die Unterlippe, als mein Handy mich mit dem sanften Vogelgezwitscher aus dieser Situation rettete. Ich rief die Nachricht auf. Sie war von Katie.

»Oh, schon so spät!« Ich hatte gar nicht mitbekommen, wie die Zeit verflogen war, was mir jetzt bitter auffiel. Katie fragte, ob sie in einer halben Stunde vorbeikommen konnte und ich saß noch in der Villa.

»Alles in Ordnung?«, fragte Vincent.

»Äh, ja. Ich muss los, meine beste Freundin kommt gleich zu mir nach Hause.« Ich sprang auf, räumte mein Geschirr in die Spülmaschine und hastete in den Flur, wo ich meine Stiefel anzog und meine Jacke vom Garderobehaken riss.

Vincent folgte mir. »Du gehst?« Unsicherheit schwang in seiner Stimme mit und er verschränkte die Arme vor der Brust. Ich sah zu ihm und biss mir auf die Zunge.

»Ja, aber heute Abend komme ich wieder.«

»Ich … ehrlich gesagt, möchte ich hier nicht allein sein«, gab er zu und lockerte seine Arme wieder. Ich ging zu ihm und legte ihm eine Hand auf den Oberarm. Es knisterte noch, doch auch dieses Mal zerrte uns die Macht nicht auseinander. Wärme umfing mich und ich sah zu Vincent hoch.

»Hier bist du nie wirklich allein. Außerdem werden Meredith, Ren, Saki und sicher auch Dave für dich da sein. Und für den Notfall kann ich dir meine Handynummer einspeichern.«

Ich nahm die Hand von ihm und hielt ihm die offene Handfläche entgegen, sodass er mir sein Handy hineinlegte, nachdem er es entsperrt hatte. Ich drückte auf seine Kontakte und tippte meine Nummer ins Zahlenfeld, dann speicherte ich sie und reichte ihm das Smartphone zurück.

»Keine Sorge. Es wird alles gut werden. Bis später«, verabschiedete ich mich und ging aus der Haustür. Ich sah Ty gerade in seinen Wagen steigen und winkte ihm zu, er beugte sich über die Mittelkonsole und öffnete die Beifahrertür für mich.

»Nimmst du mich mit? Katie kommt bald.«

Ty nickte und ich stieg ein. Zunächst herrschte betretenes Schweigen zwischen uns. Dann ergriff Tyler jedoch das Wort und ich wusste sofort, dass es mir nicht gefallen würde. Der Drang, Vincent zu verteidigen, war groß.

»Hör mal, ich bin nicht der größte Fan von diesem Graymore.«

Ich seufzte. »Ich weiß. Aber ganz ehrlich, wir haben alle mal ohne Kontrolle angefangen. Er braucht einfach nur eine Chance und Hilfe. Ich bin mir sicher, dass wir das zusammen hinkriegen werden.«

»Du magst ihn, nicht wahr? Charlie, ich habe da echt ein schlechtes Gefühl.« Sein besorgter Blick ruhte auf mir, während wir an einer roten Ampel standen und ich zwang mich, stur geradeauszuschauen.

Mochte ich Vincent? Mehr als man Menschen mögen sollte? Ich wusste es nicht. Gestern noch hätte ich sofort mit »Nein« geantwortet, aber heute war etwas anders. Irgendetwas hatte sich verändert, als wir im Garten gewesen waren. Er hatte so glücklich und gleichzeitig erschrocken ausgesehen, weil seine Kraft nichts zerstört hatte. Außerdem würde ich diesen Moment, als er letzte Nacht vor mir gestanden hatte mit Tränen in den Augen, niemals vergessen. Es musste etwas nach dem Einsturz am Bahnsteig passiert sein, was ihn so aufgewühlt hatte, dass er die Hilfe annahm. Dass er verstand, dass es so nicht weitergehen konnte.

»Wow, dein Schweigen sagt mehr als tausend Worte«, riss Tyler mich aus meinen Überlegungen und ich merkte erst jetzt, dass ich eine ganze Weile geschwiegen hatte und in meinen Gedanken vertieft gewesen war.

»Ich will ihm einfach nur helfen, Ty. Er ist gar nicht so böse, wie er sich bislang gegeben hat, glaub mir. Wenn sich sein Element erst einmal gefestigt hat, dann wird alles leichter werden. Und du weißt ja, dass ich damals auch gerne jemanden mit Elementarmagie an meiner Seite gehabt hätte.«

Ein Schnauben verließ seine Kehle. »Ist ja nicht so, als hättest du niemanden an deiner Seite gehabt.«

Ty war schwierig, wenn er eingeschnappt war. Das merkte ich jetzt deutlicher als je zuvor. Ihm gefiel es nicht, dass ich Zeit mit Vincent verbrachte. Und wenn ihm irgendetwas missfiel, war er eingeschnappt – wie eine Glucke. Und dann drehte er einem das Wort im Mund um, legte Aussagen so zurecht, wie sein eingeschnapptes Hirn es gerne haben wollte.

»Du weißt, dass ich das nie behauptet habe. Du bist wütend, das merke ich. Aber verstehen werde ich es nicht. Vincent ist nicht von Grund auf böse, Ty. Kein Mensch ist das. Er hat nie gelernt, mit seiner Kraft umzugehen oder etwas Gutes zu bewirken. Lass mich das einfach durchziehen, okay? Ich habe keine Lust, mit dir ständig über Vincent zu streiten.«

»Wie du meinst. Aber wenn er ausrastet und dich verletzt, bringe ich ihn um.«

Ich verdrehte die Augen und wandte das Gesicht ab. Stur starrte ich aus dem Beifahrerfenster und betrachtete die vorbeiziehende Umgebung.

Als würde Ty mir zeigen wollen, dass er meinen Plan nicht guthieß, hielt er nicht bei mir vor der Tür, sondern parkte seinen Wagen in der Auffahrt seiner Familie. Ich stieß ein Schnauben aus, weil sein Verhalten einfach nur albern war. Ohne ein weiteres Wort öffnete ich die Tür, stieg aus und ließ sie extra heftig zuknallen. Ich wusste, dass Ty es hasste, wenn ich seine Tür zu kraftvoll zuschmiss, aber wenn er meinte, sich wie ein eingeschnappter Teenager verhalten zu müssen, dann konnte ich das auch. Ich setzte meinem Verhalten die Krone auf, als ich über die Auffahrt der Marshalls stapfte, ohne noch einmal zurückzublicken. Was er konnte, konnte ich schon lange.

Verärgert öffnete ich die Haustür und streifte meine Stiefel und die Jacke ab. Dad kam in den Flur und sah mich an. Er sah erschöpft aus.

»Du hättest wenigstens schreiben können, dass du über Nacht in der Villa bleibst«, begrüßte er mich zerknirscht. Am liebsten hätte ich geschrien, weil er mir jetzt auch noch Vorwürfe machte. Doch ich zügelte mich, denn Dad konnte nichts dafür, dass ich mich mit Ty gestritten hatte.

»Ich weiß, es tut mir leid. Ich war gestern ziemlich erledigt und habe lange geschlafen. Kommt nicht wieder vor«, versprach ich. Keine Ahnung, was mich dazu veranlasste, aber ich sprach Vincent nicht an. Vielleicht hatte ich unterbewusst einfach keine Lust auf den nächsten Streit wegen Vincent. Dad hegte eine tiefe Abneigung gegenüber Vincent und konnte sich mit Ty die Hand reichen.

»Hast du schon gefrühstückt? Ich wollte Scones backen, weil Katie bald kommt, und brauche die Küche.«

Dad nickte. »Ja, habe ich. Ich fahr nachher noch rüber zu Robbie, sein Wagen macht Probleme und ich habe ihm gesagt, dass ich ihn mir mal ansehe.«

»Okay«, erwiderte ich und schenkte ihm ein Lächeln. Als ich an ihm vorbei in die Küche wollte, hielt er mich sanft auf.

»Wie geht's dir? Du hast mir gestern echt einen Schrecken eingejagt.« Seine dunklen Augen lagen voller Sorge auf mir.

»Es geht mir gut. Ein bisschen ausgelaugt noch, aber es geht mir wirklich gut. Keine Sorge.« Ich schenkte ihm das überzeugendste Lächeln, das ich zustande brachte, und legte meine Hand kurz auf seine, die an meiner Schulter ruhte.

»Soll ich dir Scones für dich und Robbie einpacken?«, fragte ich dann, um das Thema zu begraben. Dad verstand zum Glück, dass ich kein Interesse hatte, darüber zu sprechen und nickte.

»Klar, wieso nicht?«

Ich machte mich von ihm los, ging in die Küche und zog die Ärmel meines Cardigans hoch, ehe ich die Zutaten für das köstliche Backwerk heraussuchte. Während ich das Radio anschaltete und mich ganz auf meine Aufgabe konzentrierte, versuchte ich alle Gedanken an Vincent aus meinem Kopf zu streichen.

Das gelang mir nur semi-gut, denn sein Lächeln und das Funkeln in seinen Augen hatte mich ungewollt in ihren Bann gezogen.

Dreizehn

Vincent

Charlie war mein Anker geworden. Als sie noch in der Villa, in meiner Nähe gewesen war, hatte ich es nicht bemerkt. Oder es vielleicht bewusst nicht einsehen wollen, denn ich hatte zu lange allein dagestanden. Dass sie nun an meiner Seite war, war Neuland für mich.

Doch jetzt, wo sie weg war, spürte ich deutlich, wie die Kraft wieder in mir brodelte. Charlie lenkte mich ab, ließ mich daran festhalten, dass ich vielleicht wirklich nicht nur Böses mit meinen Fähigkeiten anstellen konnte. Sie sah das Gute in mir, obwohl ich das schon längst verloren geglaubt hatte.

Gleich nachdem sie gegangen war, hatte ich mich in dem Zimmer verschanzt, welches sie mir gestern gezeigt hatte. Ich wollte den Blicken der anderen entfliehen, wollte für mich allein sein, weil ich genau spürte, dass ich ohne sie nicht so ruhig und kontrolliert war. Ich hatte kein Interesse daran, den anderen zu bestätigen, dass ich es nicht packte. Doch genau das geschah gerade; ich schaffte es nicht.

Die Bilder in meinem Kopf verfolgten mich.

Nachdem ich vom Bahnsteig geflohen war, irrte ich in der Stadt herum. Zunächst ziellos, dann trugen mich meine Beine wie von selbst zum Krankenhaus. Die Schreie der Menschen, die am Bahnsteig verletzt worden waren, weil ich die Station zum Einsturz gebracht hatte, verfolgten mich. Verfolgten mich, als ich im Krankenhaus angekommen war, und folgten mir auch jetzt, während ich rastlos in meinem Zimmer umherging.

Ich sah mich selbst wieder in den weißen Fluren, sah die Sanitäter, die mit einer Frau hereingerannt kamen. Sah das ganze Blut, das ihren Körper bedeckte. Die Ärzte hatten versucht ihr das Leben zu retten, doch es war zu spät gewesen. Sie hatte zu viel abbekommen, als die Decke heruntergekommen war. Ich schloss die Augen und versuchte mich zu beruhigen. Hier und jetzt musste ich die Bilder loslassen, die mich verfolgten.

Meine Hand zitterte und ich fischte das Handy aus meiner Gesäßtasche. Die Uhr verhöhnte mich, in dem sie mir zeigte, dass Charlie noch nicht mal eine Stunde fort war. Ich war ein jämmerlicher, schwacher Kerl, der nicht mal eine verdammte Stunde allein sein konnte und es nicht schaffte, seine Kräfte in Schach zu halten. Wütend warf ich das Handy auf das Bett, setzte mich davor und zog die Knie an den Körper. Ich stützte die Ellbogen darauf, bedeckte mein Gesicht mit den Händen, doch das Zittern hörte nicht auf. Die Kraft pulsierte in mir, drohte mich zu erdrücken. Ein Zischen ertönte und ich riss die Hände runter. Flammen waberten um meine Rechte und ich schluckte schwer. Panik machte sich in mir breit, während ich krampfhaft versuchte, dem Element Herr zu werden und die Flammen verschwinden zu lassen.

Es funktionierte nicht.

»Lass es nicht raus. Du musst dich kontrollieren«, flüsterte ich mir selbst zu. Die Worte waren wie ein Mantra, das mich seit zwei Jahren begleitete. Ich durfte die Kontrolle nicht verlieren, nicht jetzt. Nie wieder.

Meine Gedanken kehrten zurück zu Charlie, zu ihrer Erdmagie. Ich erinnerte mich daran, wie sie mir heute Morgen gezeigt hatte, dass ich mich mithilfe der Erde beruhigen konnte. Keine Ahnung, ob es funktionierte, aber ich musste es versuchen. Ich spürte deutlich, wie sich zu der heißen Macht des Feuers ein Sturm in meinem Inneren gesellte. Das Feuer füllte mich aus, wie damals als …

Nein!

Ich durfte nicht darüber nachdenken.

Plötzlich war ich aufgesprungen und riss die Tür auf. Die rechte Hand an meine Seite gepresst, weil noch immer Flammen um meine Finger waberten, rannte ich die Treppen nach unten, auf direktem Weg in den Garten. Die Villa war wie leer gefegt und kurz fragte ich mich, wo alle hin waren, doch im Endeffekt war es mir ganz recht, dass mich niemand sehen konnte. Nicht in diesem Zustand. Sie würden mich fürchten. Erneut.

Keuchend stolperte ich nach draußen und fiel auf die Knie. Ich vergrub die

Hände im Rasen, versuchte krampfhaft mich zu beruhigen. Doch im Gegensatz zu dieser sanften Ruhe, die mich mit Charlie erfasst hatte, spürte ich das unheilvolle Rumoren der Erde, das ganz schwache Vibrieren unter meinen Fingern.

Anstatt dass mir das Element so wie heut Morgen half, wurde es plötzlich dunkel um mich herum. Ich blickte zum Himmel, sah den schwarzen Wolken dabei zu, wie sie sich rasend schnell über den eigentlich klaren Himmel zogen und Türme bildeten. Ein Blitz durchzog sie und keine Sekunde später peitschte mir Regen ins Gesicht. Ein Sturm zog auf und ich spürte ganz deutlich, dass es an mir lag. Dass ich es war, der den Sturm unbewusst rief, weil ich meine Kräfte nicht kontrollieren konnte.

Ein Druck baute sich in meinem Inneren auf und ich spürte, wie die Kraft auszubrechen drohte. Erdmagie wütete in mir, Feuer und Sturm brodelten und ich hatte keine Ahnung, was passieren würde, wenn die Elemente voll herausbrechen würden.

Mir war nicht bewusst, was ich tun sollte, bis ich wieder auf die Füße sprang und durch den Garten hetzte. Ich nahm eine schwache Signatur auf und folgte dieser, in der Hoffnung, sie würde mich zu Charlie bringen. Sie hatte mir zwar ihre Nummer gegeben, aber ich musste bei ihr sein. Nur ihre Stimme am anderen Ende einer Telefonleitung würde mir nicht helfen.

Meine Lungen brannten, als ich, der Spur von Charlies Signatur folgend, an einem hübschen kleinen Reihenhaus ankam, doch ich spürte den Schmerz kaum. Er hätte eine willkommene Ablenkung sein können, doch die Panik in mir war bereits zu groß. Als erneut orangerote Flammen um meine Hand waberten, presste ich den Arm an meinen Körper und versteckte sie unter meiner Jacke. Das Feuer konnte mir nichts anhaben, es verbrannte mich nicht. Es machte mich nur zu einer tickenden Zeitbombe, die jeden Moment bereit war hochzugehen. Mit der anderen Hand klopfte ich gegen die Tür, hielt den Blick jedoch nach unten gerichtet. Die Scheiben in der Haustür hatten mir gezeigt, dass sich ein rötliches Leuchten in meinen Augen befand.

Anstatt dass Charlie öffnete, stand eine mir unbekannte junge Frau plötzlich vor mir. Mein Herz rutschte mir in die Hose, als ich fürchtete, Charlie nicht finden zu können.

»Ist ... ist Charlie da?«, fragte ich und meine Stimme bebte. Das Mädchen mit den blonden Locken betrachtete mich skeptisch, doch sie drehte sich zum Inneren des Hauses. Ich hoffte, sie würde nach ihr rufen, doch da erschien Charlie bereits in meinem Blickfeld.

Blut rauschte in meinen Ohren und ich hörte kaum, wie sie meinen Namen nannte. In wenigen Schritten war sie bei mir, drängte ihre Freundin aus dem Weg und zog mich ins Innere des Hauses.

»Bleib hier unten«, meinte ich aus ihrem Mund zu hören, während sie eine Hand an meinen Rücken legte und mich zur Treppe schob. Ich konzentrierte mich auf die Kraft in mir, versuchte sie weiterhin in mir zu halten, doch ich fürchtete, dass ich versagen würde. Erneut.

»Es tut mir leid«, hörte ich mich sagen. Charlie öffnete eine Tür oben im Flur und schob mich in ihr Schlafzimmer. Ich erkannte es an der rosa Bettwäsche.

»Halb so schlimm. Was ist passiert?« Sie schloss die Tür und sah mich besorgt an. Ihre schlanken Finger umfassten meinen Arm, den ich noch immer an meine Seite gepresst versteckt hielt. Als sie die Flammen sah, zuckte sie zurück und ich spürte etwas in mir, wie einen Stich.

»Ich hätte nicht herkommen sollen«, presste ich hervor.

»Doch, hättest du.«

»Ich kann es nicht kontrollieren.« Meine Stimme klang fremd. Doch mittlerweile war mein ganzer Körper von einem fiesen Schmerz überrollt worden, der mir den Verstand raubte. Ich kannte dieses Gefühl. Dieses Gefühl, dass die Magie in mir auszubrechen drohte, dass ich wortwörtlich explodieren würde, wenn ich mich länger dagegen wehrte.

Dann passierte alles ganz schnell. Charlie schien nicht weiter nachzudenken, sondern ergriff meine Hände. Ein Wirbelwind löste sich, die Glühlampe von der Deckenleuchte zersprang geräuschvoll und Charlie stöhnte schmerzerfüllt auf, als sich unsere Kräfte verbanden. Ich zwang mich, in ihr Gesicht zu sehen, sah wie ihre Augen zu einem Abbild meiner eigenen wurden, als sie hellrot strahlten. Ihre Fingernägel krallten sich in meine Haut, doch ich spürte, wie die Macht langsam abebbte. Es wurde weniger, es wurde aushaltbar.

Ich spürte ein Prickeln auf meiner Schulter, konnte mich aber nicht drauf konzentrieren, weil in diesem Moment Charlies Rankentattoos auf ihren Fingern erschienen. Anders als sonst zogen sie sich nicht über ihre Unterarme, sondern sie schlangen sich um meine Hände, als würden sie mir helfen wollen. Die Ranken und Blumen leuchteten in einem unnatürlichen Grün auf, mit einem Schlag wurde es wieder hell im Raum, weil sich die Gewitterwolken verzogen und ich spürte deutlich, wie die Kraft in mir wieder auf ein altbekanntes, normales Vibrieren im Inneren schrumpfte.

Als es vorbei war, waren wir beide völlig außer Atem. Charlies Hände lösten sich von meinen, ich spürte das kurze Ziehen, als ihre Fingernägel nicht länger in meiner Haut waren.

Dann überflutete mich Erleichterung. Ich hatte niemanden verletzt, hatte nichts in die Luft gejagt und keine Toten gefordert.

Ehe ich wusste, was ich vorhatte zu tun, stieß ich ein euphorisches Lachen aus. Dankbarkeit quoll über, Dankbarkeit Charlie gegenüber, weil sie das mit mir durchgestanden hatte. Aus einer Reaktion heraus nahm ich ihr Gesicht in die Hände und drückte meine Lippen auf ihre. Es war eine Kurzschlussreaktion, weil Erleichterung, Euphorie und Dankbarkeit in mir tanzten wie ein Sturm. Ich hatte niemanden verletzt. Und das war ein unbeschreibliches Gefühl.

Bis zu dem Moment, als meine Sinne sich wieder schärften, nicht mehr von dem Sturm in meinem Inneren vernebelt wurden. Ich spürte Charlies Lippen auf meinen, spürte wie sie innehielt und dann beinahe fragend ihre Lippen öffnete. Mein Daumen fuhr über ihre Wange und ich bemerkte mein Herz, das wie wahnsinnig in meiner Brust schlug.

Und dann wurde plötzlich die Tür aufgerissen und Charlie und ich stoben auseinander, als hätte man uns bei etwas Verbotenem erwischt.

Ihre Freundin stand mit weit aufgerissenen Augen in der Tür und starrte uns an.

»Ähm … d-das ist Vincent, Katie. Er wollte gerade gehen.« Charlies Stimme klang dünn und zitterte, ich spürte ihren fragenden Blick auf mir und nickte. Ihr war die Situation unangenehm, das merkte ich, weswegen ich es nicht schlimmer machen wollte. Schließlich war sie meinetwegen erst überhaupt in diese Lage geraten.

»War nett, dich kennenzulernen, Katie«, sagte ich etwas unbeholfen, ehe ich mich an ihr vorbeischob und die Stufen hinablief. Auch wenn ein winziges bisschen Angst blieb, dass es erneut so weit kommen würde, verließ ich das Haus mit einem sehr viel besserem Gefühl, als ich hergekommen war.

***

Charlie

Eintausend Gefühle schwirrten in mir herum, die ich irgendwie gar nicht wirklich greifen konnte. Meine Gedanken waren ein reines Chaos, doch ein einziger Moment stach glasklar heraus: Vincent, der mich küsste.

Ich hatte die Heftigkeit gespürt, mit der die Magie ihn überrollt hatte. Hatte die Erleichterung und Dankbarkeit in seinen Augen gesehen, als wir es geschafft hatten. Als wir es gemeinsam überstanden hatten. Er hatte nichts zerstört, er hatte niemanden verletzt.

Und dann hatte er mich geküsst.

Mein Herz schlug immer noch in einem halsbrecherischen Takt und ich fühlte mich völlig zittrig. Am liebsten hätte ich mich erst mal gesetzt und durchgeatmet, doch Katie gab mir keine Chance.

»Was zur Hölle war denn das?!« Ihre Stimme klang nicht nach ihr, sie war ein, zwei Oktaven zu hoch. Ich rang nach Worten, doch Katie gab mir überhaupt keine Zeit, um zu antworten.

»Weißt du, wie der Typ aussah? Wie ein verdammter Drogenjunkie! Und ich finde dich mit dem knutschend in deinem Zimmer? Was ist nur los mit dir in letzter Zeit?!« Sie war lauter geworden, fast schon hysterisch. Und ich hatte noch immer keine Worte.

»Katie … das ist schwer zu erklären. Aber er ist kein Junkie, okay?« O Mann. Etwas Besseres fiel mir nicht ein?

Katie ließ ein schrilles Lachen verlauten. Sie war außer sich, das sah ich ihr deutlich an. Und ich wusste, dass sie mich hassen würde, wenn ich ihr nicht die ganze Wahrheit erzählte, aber das konnte ich einfach nicht. Dann würde ich nicht nur mich und Vincent verraten, sondern alle magischen Kinder hier in London. Und das durfte ich nicht. Es war die oberste Regel, unser Geheimnis zu bewahren. Und seit ich wusste, warum genau es so war, nahm ich mir das noch mehr zu Herzen als ohnehin schon. Auch wenn es hieß, dass ich meine beste Freundin weiterhin anlügen musste.

»Komm mir nicht damit an, dass es schwer zu erklären ist! Langsam reicht es mir, dass du mich immer mehr aus deinem Leben ausschließt, Charlie.« Plötzlich wirbelte sie herum und stampfte die Treppen hinunter.

Ich fuhr mir überfordert durch das Haar und wusste nicht, was ich tun sollte. Meine Beine fühlten sich wie Wackelpudding an und ich war mir ehrlich gesagt nicht ganz sicher, ob ich ihr nachlaufen konnte.

»Katie, warte!«, rief ich dann jedoch und beeilte mich, ins Wohnzimmer zu gelangen. Wir hatten auf der Couch mit Decken, Tee und Scones gesessen und uns einen Film angesehen, von dem wir eher wenig mitbekommen hatten, weil wir uns völlig verquatscht hatten.

»Das, was ich gesehen habe, sah deutlich nach einem Junkie aus. Hast du seine blutunterlaufenen Augen denn nicht gesehen? Verdammt, Charlie, ich mache mir doch nur Sorgen! So kenne ich dich gar nicht.«

Ich hob beschwichtigend die Hände. Mein Kopf schwirrte noch immer und ich war einfach nicht bereit für diese Art von Konversation.

»Es ist aber nicht, wie du denkst, Katie. Bitte, bleib«, flehte ich sie an, als sie begann ihre Sachen zu packen. Sie hielt in ihrer Hysterie inne und sah mich an. Eine Sekunde verstrich, zwei, die nächste. Es blieb totenstill zwischen uns, dann seufzte sie. Ich konnte in ihren Augen wahrnehmen, dass sie sich unheimlich Sorgen um mich machte. Und aus ihrer Sicht verstand ich es. Würde ich nicht wissen, dass meine beste Freundin ein magisches Kind war und Vincent auch, hätte er wahrscheinlich auch für mich wie ein gefährlicher

Typ gewirkt. Dass er jedoch haarscharf davorgestanden hatte, seine Kraft nicht mehr kontrollieren zu können, durfte ich ihr nicht sagen.

»Bitte, Katie«, flüsterte ich, als sie doch an mir vorbei in den Flur ging. Ich schloss die Augen, weil ich spürte, dass sich Tränen anbahnten. Ich wollte keinen Streit mit meiner besten Freundin, nicht, wenn ich ganz genau wusste, dass ich ihr nicht geben konnte, was sie verlangen würde.

Nämlich die Wahrheit.

Trotzdem folgte ich ihr in den Flur und sah sie an, als sie ihre Schuhe anzog.

»Geh nicht, wenn du so wütend auf mich bist, bitte.«

Katie richtete sich auf und schaute mich an. Ihre schmalen Arme verschränkte sie vor der Brust, ihr Blick war kalt. So hatte ich sie noch nie zuvor gesehen.

»Ich bleibe, wenn du willst. Aber dafür will ich die ganze Wahrheit erfahren. Wer ist der Kerl und wieso gibst du dich mit so jemandem ab? Was war mit ihm los, wenn du darauf beharrst, dass er keine Drogen nimmt?«

Ich öffnete den Mund, um etwas zu sagen, schloss ihn jedoch wieder und presste die Lippen aufeinander.

»Schön« schnaubte sie und ich schloss die Augen, als mir nun doch eine Träne aus dem Augenwinkel trat und meine Wange hinabrann.

»Katie … es tut mir leid«, flüsterte ich, doch ich wusste, dass es zu spät war. Ich würde sie nicht aufhalten können. Sie nahm ihre Jacke, griff nach ihrer Tasche und verschwand aus der Haustür. Ich zuckte zusammen, als die Tür geräuschvoll ins Schloss fiel und ich plötzlich ganz allein war.

Einen Moment blieb ich noch stehen, doch dann ging ich wie mechanisch ins Wohnzimmer, schaltete den Fernseher ab und räumte die Decken weg. Ich war keine zehn Minuten allein, da öffnete sich die Tür und mein Dad trat herein.

Als er ins Wohnzimmer kam und mich sah, runzelte er die Stirn.

»Ist Katie schon weg?«

Ich nickte, nicht imstande etwas zu sagen, weil ich meiner Stimme nicht traute. Am liebsten hätte ich geweint. Mich in meinem Zimmer verkrochen und einfach nur geweint. Ich hasste es, mich mit Katie zu streiten. Sie war eine der wichtigsten Menschen in meinem Leben und ich hatte sie verletzt. Ich fühlte mich elendig.

»Hey, Charlie-Bee, was ist passiert?« Sorge trat in seine dunklen Augen und er stellte seinen Werkzeugkasten neben sich im Flur ab, um zu mir zu kommen. Seine großen Hände legten sich schwer auf meine Schultern und ich spürte, wie heiße Tränen hochstiegen.

»Es ist nichts, alles okay«, erwiderte ich, konnte ihm aber nicht ins Gesicht blicken. Das schlechte Gewissen nagte ohnehin schon an mir, da konnte ich meinem Dad nicht noch offen ins Gesicht lügen.

»Hey«, sagte er bestimmt und hob mein Kinn an. Er sah mir in die Augen, seine Stirn war in Falten gelegt.

»Wir haben mal gesagt, dass wir einander alles erzählen, weißt du noch? Rede mit mir, Charlie-Bee.«

Ein Schluchzen drang aus meiner Kehle und Dad nahm mich wortlos in den Arm. Ich brauchte einen Moment, weinte mich an seiner Schulter aus und fasste mich dann doch wieder. Geräuschvoll zog ich die Nase hoch und wischte mir mit dem Ärmel über die tränennassen Wangen.

»Wir haben uns gestritten«, fing ich dann an. Ich wusste, dass es keinen Sinn machte, Vincent verheimlichen zu wollen, also erzählte ich ihm die ganze Wahrheit. Dad schob mich sacht zum Küchentisch, hörte mir zu und stellte mir fürsorglich eine Tasse dampfenden Tee hin, der mich beruhigen sollte. Ich wusste, dass er ausrasten würde, wenn ich ihm alles erzählte Er hielt nicht viel von Vincent, was natürlich aus der Sicht eines Vaters verständlich war – schließlich hatte Vincent mich schon zweimal ungewollt verletzt.

Als ich endete, ohne etwas von dem Kuss gesagt zu haben, herrschte für einen Moment Stille. Ich starrte auf die Teetasse in meinen Händen, ehe ich vorsichtig hochsah, um die Reaktion meines Dads abschätzen zu können. Er hatte die Stirn in Falten gelegt und betrachtete mich, ehe er tief durchatmete und sich über das Gesicht fuhr.

»Ach, Charlie-Bee«, murmelte er, ehe er mich wieder richtig ansah. »Bist du dir sicher, dass du ihm helfen kannst?«

Perplex blinzelte ich ein, zwei Mal, bevor ich mir überlegte, was ich antworten sollte. Seine Reaktion verwunderte mich, ich hatte damit gerechnet, dass er toben und mir den Kontakt zu Vincent verbieten würde.

Aber eigentlich war Dad noch nie so gewesen. Er unterstützte mich, wo er konnte, und er wusste, wenn ich mir etwas in den Kopf gesetzt hatte, dass das unbedingt durchgeführt werden musste. Es war schon immer so gewesen, dass, egal wie wütend er gewesen war, ich meinen Sturkopf durchgesetzt und Dinge getan hatte, von denen ich überzeugt gewesen war. Bislang kam auf ein »Charlie, das schaffst du nicht.« immer ein »Schau nur zu.«

Und das wusste er.

»Ja, bin ich«, sagte ich daher und schaute ihm aufrichtig in die Augen. Vincent war kein Projekt, das ich fertigstellen wollte, es lag mir wirklich am Herzen, ihm zu helfen. Die wenigen Augenblicke, in denen er gemerkt hatte, dass unsere Kräfte nicht nur für Zerstörung sorgten, hatten mir bereits gezeigt, dass er bereit war Hilfe anzunehmen. Und ich konnte einfach nicht anders, als ihm diese zu geben.

»Er hat seine Kräfte erst vor zwei Jahren bekommen, weißt du? Und keiner hat ihm je gezeigt damit umzugehen. Aber er ist bereit, meine Hilfe anzunehmen und ich weiß einfach, dass ich es schaffen kann. Er wird niemanden mehr verletzen, Dad.«

»Versprich mir nur, dass du aufpasst, Charlie-Bee. Seine Kräfte scheinen sehr viel stärker zu sein als alles, was wir bisher kennengelernt haben. Wenn du merkst, dass deine Hilfe zu spät kommt, dann bitte halte nicht dran fest. Manche Menschen können nicht gerettet werden, ganz egal wie sehr man es versucht.«

Ich schluckte schwer, hob die Tasse an die Lippen und nippte an meinem Tee. Auch wenn der jugendliche Tatendrang in mir danach schrie, Dads Aussage zu verneinen und dagegen anzugehen, mischte sich mein Verstand mit ein. Und der sagte ganz klar, dass er recht hatte. Es war das Letzte, was ich erreichen wollte, aber ich wusste, dass ich Vincent würde aufhalten müssen, wenn seine Kräfte unkontrollierbar wurden. Dass ich aber nichts tun konnte, wenn ich versagte. Diese Gewissheit schnürte mir die Kehle zu und ich spürte einen Klumpen in meiner Magengegend.

»Möchtest du Scones essen? Katie hat kaum welche angerührt«, wechselte ich gekonnt das Thema und setzte ein Lächeln auf. Dad betrachtete mich skeptisch, stieß dann allerdings ein Seufzen aus.

»Aber ich trinke nicht deinen komischen Kräutertee.«

Ich stieß ein Lachen aus, das sich ganz warm in meiner Brust anfühlte, und schüttelte über meinen Dad den Kopf. Er hatte einmal einen meiner Lieblingstees probieren müssen und seitdem weigerte er sich vehement, etwas anderes als Kaffee als Heißgetränk zu sich zu nehmen. Ich war mir sicher, dass er irgendwann das Klischee eines Engländers erfüllen und Tee trinken würde, er sah das allerdings anders und stürzte sich lieber auf die bittere schwarze Brühe.

»Na gut«, erwiderte ich, stand auf und schmiss die Kaffeemaschine an, während Dad seinen Werkzeugkasten wegbrachte und sich ein anderes Shirt anziehen ging. Als er wieder unten war, schaltete er den Fernseher an, der die Nachrichten zeigte.

Ich warf einen Blick zum Wohnzimmer, das man durch die offene Küche und den Flur gut sehen konnte, und horchte auf, als ein Bericht über den Bahnsteig gebracht wurde. Schnell schnappte ich mir unsere zwei Tassen und ging zur Couch hinüber, drückte meinem Dad den Kaffee in die Hand und setzte mich.

»Die Station wird wohl mehrere Wochen nicht betretbar sein, was einen großen Teil des U-Bahn-Netzwerkes lahmlegt. Grund für die Explosion war wohl ein Gasleck.«

Dad ließ ein Schnauben verlauten und schaltete den Fernseher wieder aus. Ich nippte an meinem Tee und wollte ungern weiter darüber nachdenken, was gestern passiert war. Seitdem war so viel anderes geschehen, dass es sich anfühlte, als wäre der Moment unten in den Tunneln schon unheimlich weit weg. Ich ließ die letzten Stunden Revue passieren, doch anstatt, dass ich an irgendeinem wichtigen Ereignis hängenblieb – wie zum Beispiel dem Moment, in dem Vincent sich entschieden hatte, Hilfe anzunehmen – kehrte ich zu dem Moment zurück, als wir uns geküsst hatten. Ich hatte seine Dankbarkeit quasi spüren können und der Moment, als seine Lippen sich plötzlich auf meine gedrückt hatten, hatte mein Herz um einige Takte schneller schlagen lassen.

Ich hörte in mich hinein und schob das warme Gefühl beiseite. Im Grunde kannte ich Vincent nicht und das Herzklopfen war sicher nur wegen der Strapazen seiner Magie da gewesen. Mein Körper war mit Adrenalin durchflutet worden, wie hätte mein Herz da nicht außer Kontrolle geraten können?

Ich hoffte einfach, dass dieser Kuss, der nur aus der Euphorie entstanden war, nichts komisch zwischen uns werden ließ.

Das Klingeln von Dads Handy zerrte mich zurück in die Realität und ich sah Merediths Namen auf dem Display, weil sie anrief. Erst runzelte ich die Stirn, dann sah ich meinen Dad mit einem wissenden Grinsen auf den Lippen an.

»Was möchte Meredith denn an einem Sonntagnachmittag von dir?«, fragte ich und wackelte anzüglich mit den Augenbrauen.

Dad stieß ein Stöhnen aus und verdrehte die Augen, doch er schnappte sich sein Handy und ging tatsächlich aus dem Raum, um zu telefonieren. Ich hörte seine gedämpfte Stimme, als er die Treppen, nach oben nahm und schmunzelte in meine Teetasse. Dad und Meredith also. Schön.

Anstatt dass ich vielleicht so was wie Ärger oder Traurigkeit verspürte, weil Dad sich offenbar auf eine andere Frau einließ, freute ich mich für ihn. Er hatte elf Jahre um meine Mum getrauert, hatte mit mir mehr als genug zu tun gehabt. Meredith hatte ihm von Anfang an mit mir und meinen Kräften geholfen. Ich erinnerte mich nur dunkel daran, aber irgendwann hatte Dad mal erzählt, dass sie auf ihn zugekommen wäre, als er abends auf dem Polizeirevier nach magischen Fähigkeiten im Internet gesucht hatte. Damals hatte sie noch als Polizistin im Außendienst gearbeitet, mittlerweile hatte sie sich an den Schreibtisch verbannen lassen, damit sie keine Einsätze mehr hatte. Ich hatte aufgehört Dad davon überzeugen zu wollen, sich ebenfalls versetzen zu lassen. Er liebte seinen Job, das hatte er schon immer.

Ich nahm mein Handy, das auf dem Couchtisch lag, und entdeckte eine

Nachricht von einer unbekannten Nummer. Verwirrt klickte ich drauf und las sie durch – was mein Herz kurz dazu brachte, zu stolpern. Die Nachricht war von Vincent. Er wollte mit mir reden. Ich biss mir auf die Unterlippe und tippte die Antwort, dass wir uns in einer halben Stunde am London Eye treffen würden. Dann sprang ich auf und ging in den Flur, um meine Schuhe anzuziehen. Dad kam runter und runzelte die Stirn.

»Du willst noch weg?«

»Ich treffe mich noch mit Freunden«, erwiderte ich und schenkte ihm ein Lächeln. Dass ich Vincent treffen würde, musste ich nicht unbedingt an die große Glocke hängen. Dad sollte sich nicht noch mehr Sorgen machen. Also war es besser, wenn ich erst einmal darüber schwieg.

»Sei nicht zu spät zu Hause, morgen ist Schule.«

Ich verdrehte die Augen, konnte mir ein Grinsen aber nicht verkneifen.

»Na klar, Dad. Bis später«, verabschiedete ich mich und ging raus. Ich stopfte die Hände in die Taschen meines Mantels und atmete die kühle Luft ein. Ausnahmsweise regnete es mal nicht und ich spürte, dass der Nachmittag besser werden würde als mein Vormittag.

Vierzehn

Der Weg zum London Eye war nicht allzu weit und doch fühlte es sich wie eine Ewigkeit an, die ich durch die Gegend lief. Ich hatte den Bus rechtzeitig erwischt und hielt meinen Plan von einer halben Stunde tatsächlich ein. Doch die Aufregung, die sich tief in meine Brust festgekrallt hatte, pochte unentwegt durch meine Adern. Aufregung, weil ich nicht wusste, was Vincent mit mir besprechen wollte. Würde es um den Kuss gehen? Was wollte er mir dazu sagen?

Ich wusste, dass es nichts brachte, die wildesten Spekulationen in den Raum zu werfen, weswegen ich versuchte, das alles von mir zu schieben. Aber ich konnte mich nicht selbst austricksen, denn auch wenn mein Kopf sagte, dass er bestimmt klarstellen wollte, dass wir nur Freunde waren – wenn überhaupt – so verriet mich mein Herz, das einen Marathon begann zu laufen, als ich ihn sah.

Ein kalter Wind wehte und ich zog den Schal enger um meinen Hals, versuchte die Nervosität, die mich plötzlich ergriff, nicht gewinnen zu lassen. Ich war einfach nicht für solche Momente gemacht, sie raubten mir den letzten Nerv.

Vincent stand dort am London Eye, die Hände in den Taschen seiner Hose, die Lederjacke bis oben zugezogen. Der Kragen der Jacke, der seinen Nacken schützen sollte, bewegte sich leicht im Wind, weswegen Vincent den Kopf etwas einzog, während er wartete. Als er jedoch in meine Richtung blickte, strafften sich seine Schultern und auf seinen Lippen erschien ein Lächeln. Fast hätte ich mir eingebildet, Schmetterlinge in meinem Bauch zu spüren. Doch der Fakt war, dass ich in Situationen, in denen es um Jungs, Küsse oder sonst irgendetwas dergleichen ging, super unsicher war. Deswegen spürte ich das nervöse Kribbeln, ich wollte cool wirken, aber in Wirklichkeit ging mir der Arsch einfach auf Grundeis. Deswegen klopfte mein Herz ein paar Takte zu schnell und mein Lächeln verrutschte etwas.

»Hey«, sagte ich, als ich bei ihm ankam, und hielt das Lächeln aufrecht. Er zog die Hände aus den Taschen und für den Bruchteil einer Sekunde dachte ich, er würde mich umarmen wollen. Doch dieser klitzekleine Moment war so schnell vorbei, dass ich mir sicher war es mir nur eingebildet zu haben.

»Schön, dass du da bist. Gehen wir ein Stück?«

Ich nickte und folgte ihm, ließ die Hände tief in meinen Manteltaschen versunken. Ich wollte keine falschen Signale setzen, wenn ich mir nicht sicher war, worauf Vincent hinauswollte. Vermutlich würde ich ihn nie wieder ansehen können, wenn ich die ganze Situation hier falsch verstand und mich in etwas hineinsteigerte, was es gar nicht gab. Ich hatte zu wenig Erfahrung mit dem anderen Geschlecht, als dass ich hätte wissen können, worauf das hier hinauslief. Katie hätte in diesem Moment sicher gewusst, wie Vincents Verhalten einzuschätzen war. Ich hingegen war nervös und wollte auf keinen Fall peinlich wirken, wenn Vincent dachte, ich hätte zu viel in den Kuss hineininterpretiert.

»Ich, ähm. Das vorhin, also, der Kuss, ich will nichts verkomplizieren, Charlie. Ich war nur so erleichtert und von alledem so überrumpelt, dass es eine Kurzschlussreaktion war. Vielleicht können wir das einfach … vergessen?« Er sah mich aus diesen wunderschönen Augen an, die mich in ihren Bann zogen und einfach nicht mehr loslassen wollten. Und dann sickerten seine Worte in meinen Verstand.

Er hatte mich gar nicht küssen wollen.

Diese Erkenntnis traf mich wie ein Schlag, der mir einen Stich versetzte. Es war aus der Situation heraus entstanden, weil ich ihm geholfen hatte. Natürlich, das war mir klar gewesen. Dennoch hatte ich es irgendwie vollkommen überbewertet. Wie lächerlich.

Ich räusperte mich und setzt ein Lächeln auf, das mich hoffentlich keine Lügen strafte. »Ich bin da ganz deiner Meinung. Ich will auch nicht irgendetwas noch komplizierter machen, als es ohnehin schon ist.«

Er atmete erleichtert auf und fuhr sich durch das Haar. Das hatte ich schon öfter bei ihm beobachtet und ich musste zugeben, dass ich diese Eigenart mochte. Weil das längere Deckhaar dann oftmals noch mehr in seine Stirn fiel als vorher. Und dann sah er einfach unverschämt gut aus.

»Okay, wow. Das freut mich, dann sind wir ja einer Meinung.«

Ich nickte bestätigend, obwohl ein komisches Gefühl sich in mir breitgemacht hatte. Insgeheim hatte mir der Kuss gefallen, wenn ich ehrlich zu mir selbst war. Die Nähe zu ihm, das Gefühl, gebraucht zu werden. Vielleicht war das aber nur eine Illusion gewesen und er hatte mich mit seinen Worten endlich wieder in die Realität gezogen. Zwischen uns herrschte eine erdrückende Stille und ich zwang mir eine sorglose Miene auf. Schließlich konnte er nichts dafür, dass ich mich da hineingesteigert hatte, oder?

Aber er hat dich geküsst, nicht umgekehrt, flüsterte mir die kleine nervige Stimme zu, der ich gedanklich sagte, sie müsse die Klappe halten. Nachdem dieser innerliche Kampf ausgefochten war, startete ich einen Versuch, die Stimmung aufzulockern.

»Seit du auf die gute Seite gewechselt bist, gibt es viel weniger Katastrophen in London«, scherzte ich, was ihn tatsächlich zum Lachen brachte.

»Ja, offenbar können die Menschen sich wieder zurücklehnen und sich wirklich wichtigen Dingen zuwenden.«

Ich lächelte, spürte aber immer noch diese seichte Anspannung in der Luft. Es war, als hätten wir uns einen großen Schritt voneinander entfernt, obwohl wir weiterhin nebeneinander hergingen.

»Diese Magie hat mich verändert«, sagte er plötzlich und richtete den Blick geradeaus. Ich betrachtete ihn für einen kurzen Moment, konnte sehen, wie seine Miene nicht mehr so frei und fast gelöst wirkte.

»Früher war ich irgendwie ganz anders. Viel … aufgeschlossener, würde ich sagen. Ich hatte keine Ahnung, dass so etwas wirklich existiert, und war total überfordert, als meine Kräfte ausgebrochen sind.«

»Wie hast du sie bekommen?«, fragte ich nach und dachte kurz an mein siebenjähriges Ich, das plötzlich Gläser zersprengt hatte.

»Ich glaube, der Auslöser war meine kleine Schwester. Sie wäre beinahe in einem See ertrunken und ich hatte Panik, dann kamen ganz plötzlich diese

Kräfte und das Wasser hörte auf mich. Sie wäre sonst in diesem See gestorben. Die Erinnerungen daran sind aber verschwommen, ich weiß nur noch, dass ich das Wasser einfach aufhalten konnte und es mir gehorcht hat.« Er zuckte mit den Schultern.

Ich biss mir auf die Unterlippe und spürte den Drang, nachzuhaken. Sein Blick glitt in weite Ferne und ich merkte, dass er tief in den Erinnerungen war. Seine Miene hatte sich verdunkelt und als ich gerade den Mund aufmachen wollte, kam er mir zuvor.

»Wie auch immer, das alles ist lange her.« Er winkte ab, als wäre das nicht von Bedeutung. Mir wurde klar, dass es irgendein großes Geheimnis um seine Familie geben musste. Und zwar nicht nur, dass sie in einem Feuer umgekommen waren. Da musste mehr hinter stecken und ich nahm mir fest vor herauszufinden, welches Geheimnis er mit sich herumtrug. Ich fühlte den Drang in mir, ihn besser kennenzulernen, ihn zu verstehen und mehr in seine Geschichte eintauchen zu dürfen, doch ich merkte auch deutlich, dass er noch nicht bereit war darüber zu sprechen. Deswegen hakte ich nicht nach und hoffte einfach, dass er zu mir kommen würde.

Ich klatschte in die Hände, um alle trüben Gedanken zu verschrecken, und trat ein bisschen weiter vor, um schließlich stehen zu bleiben.

»Okay, genug mit tiefgründigen Themen. Was gefällt dir an London am besten?«, fragte ich ihn. Er war ebenfalls stehen geblieben und zuckte mit einer Schulter. Erneut fuhr er sich durchs Haar, dann blickte er mich direkt an.

»Keine Ahnung, ich bin nicht viel rumgekommen in dieser Stadt. Meine Familie kam aus Lancaster und wir sind erst hergezogen, als ich siebzehn war. Da war ich ein unausstehlicher Mistkerl, der aus Prinzip alles hier hassen wollte.« Er lachte bei dieser Erinnerung und ich nahm mir vor, diese federleichten Momente mit Vincent in meinem Herzen einzuschließen und nie wieder herauszulassen. Sie waren kostbar, denn irgendetwas sagte mir, dass wir nicht für immer so unbeschwert sein würden.

»Ich hatte damals keine Lust auf diese Stadt und wollte einfach zurück zu meinen Freunden. Und seit zwei Jahren … habe ich irgendwie andere Dinge im Kopf, als mir Sehenswürdigkeiten anzusehen.«

»Wow! Ich bin ernsthaft schockiert, Vincent«, erwiderte ich lachend und schüttelte den Kopf. »London ist die schönste Stadt der Welt. Ich zeige sie dir, okay? Ich bin jetzt deine persönliche Stadtführerin!«

Vincent wehrte sich nicht, als ich ihn zurück zum London Eye führte. Er kaufte uns sogar den Eintritt und ließ mir beim Eintreten in die Gondel den Vortritt. Ich setzte mich auf die Bank und rutschte bis zum Fenster, er setzte sich mir gegenüber, die Hände ineinander verschränkt. Als es losging, spürte ich seinen Blick auf mir und auf der Hälfte der Höhe schaute ich zu ihm.

»Du musst dir die Stadt ansehen. Sie ist wunderschön«, wiederholte ich. Seine Augen hatten mich erfasst und ich spürte ein Kribbeln in meinem Körper.

Er nickte kaum merklich. »Ja, sie ist wirklich wunderschön.«

Bei diesen Worten ließ er mich nicht aus den Augen und ich biss mir fest auf die Zunge, doch das Herzklopfen kehrte zurück. Vielleicht hätte ich mich auf das spielerische Flirten einlassen sollen, aber ich wandte den Blick ab und schaute über die Stadt, versuchte meine aufkommende Nervosität einfach zu überspielen und deutete mit dem Finger gegen die Scheibe, um ihm lapidare Dinge, wie zum Beispiel die Themse oder den Big Ben, zu zeigen. Irgendwann spürte ich seinen Blick nicht mehr auf mir und er stieß manchmal ein zustimmendes Geräusch aus, wenn ich irgendetwas erzählte.

Als die Fahrt vorbei war, griff ich wie automatisch nach seiner Hand und zog ihn mit zum Waterloo Campus, von wo aus wir den Bus über die gleichnamige Brücke nahmen. Als wir ausstiegen, ragte das King's College vor uns auf und ich atmete die Luft tief ein. Wenn ich erst mal meinen Abschluss im Sommer machte, dann würde ich endlich ein College oder eine Universität besuchen können.

»Hier möchte ich vielleicht nach meinem Abschluss hin, aber ich bin mir noch nicht sicher. Es gibt so viele gute Colleges, dass ich irgendwie noch gar nicht richtig weiß, was ich tatsächlich machen möchte«, erzählte ich Vincent. Vielleicht waren das Informationen, die ihn langweilten oder die er gar nicht haben wollte, aber es war mir egal. Ich wollte ihn kennenlernen und im Gegenzug musste er nun mal auch etwas über mich wissen. Außerdem konnte ich so seinen unangenehmen Worten entfliehen.

»Du weißt es noch nicht? Das wundert mich«, erwiderte er mit einem Schmunzeln und ich sah ihn neugierig an. Er zuckte mit den Schultern auf meinen wohl fragenden Blick. Sein Grinsen blieb, als er mich ansah.

»Ich hätte dich als super durchgeplante Person eingeschätzt. Weißt du, wie die Mädchen mit einem Zehn-Jahres-Plan, der dir sagt, was du studierst, wann du Kinder bekommst und an welchem Tag du den Mann deiner Träume heiratest.«

Das brachte mich zum Lachen. Tatsächlich musste ich aus vollem Herzen lachen, was meinem geschundenen Ego und meiner Leichtigkeit richtig guttat. Vergessen war der Streit mit Katie und vergessen war die Tatsache, dass Vincent mich nicht hatte küssen wollen.

»So schätzt du mich ein?«, fragte ich und schüttelte grinsend den Kopf. »Ich muss sagen, dieser Zehn-Jahres-Plan klingt durchaus verlockend, aber ich habe leider keinen. Vielleicht sollte ich mir aber einen zulegen.«

»Unbedingt«, stimmte er schmunzelnd zu.

Während der Himmel aufklarte und Sonnenstrahlen zwischen den Wolken herauskrochen, schlenderten wir an der Themse entlang und ich zeigte Vincent den Big Ben, der die einzige Sehenswürdigkeit war, die er kannte und bereits besucht hatte. Ich spielte einen übertriebenen Stolz vor und legte theatralisch die Hand an seinen Oberarm, was ihn dazu veranlasste, mich in die Seite pieken zu wollen. Ich wich quietschend aus und rempelte fast einen hochgewachsenen Mann an, weswegen ich mich sofort bei ihm entschuldigte. Er schenkte mir einen grimmigen Blick, sagte allerdings nichts weiter. Vincent lachte, griff nach meiner Hand und zog mich zu einem kleinen Eckladen, bei dem wir uns etwas zu essen holten. Tatsächlich knurrte mir ganz schön der Magen, die wenigen Scones von heute früh waren schon längst Geschichte. Mit fettigen, aber richtig gutem Fish & Chips auf der Hand schlenderten wir zum St. James Park, genossen die schwache Novembersonne und ich zeigte ihm, nachdem wir am Buckingham Palace vorbeigezogen waren, die Westminster School, an der ich war. Wir diskutierten über die Lehrmethoden unterschiedlicher Schulen und landeten irgendwann bei unsinnigen Geschichten von Lehrern, die ihren Job eindeutig verfehlt hatten.

»Was hast du eigentlich nach der Schule gemacht?«, fragte ich Vincent, während wir weiterhin nebeneinander herliefen.

Er räusperte sich und fuhr sich kurz über das Kinn. Etwas an seinem Gesichtsausdruck zeigte mir, dass ihm das Thema unangenehm war.

»Ich habe mehrere Jobs gemacht, um Geld zu verdienen. Ich habe nicht studiert, weil die Sache mit meinen Kräften mich überfordert hat und ich einfach nur von Tag zu Tag gelebt habe, verstehst du? Ich hatte keine Pläne, war ganz allein in dieser Stadt und habe versucht, meine Fähigkeiten zu unterdrücken. Das war alles, was mich beschäftigt hat.«

Ich biss mir auf die Zunge und zwang mich, das Mitleid nicht zu sehr zu zeigen. Vincent musste es die letzten Jahre wirklich schwer gehabt haben. Wenn ich so darüber nachdachte und seine Situation auf mich projizierte, wäre ich wohl verrückt geworden. Ständig Angst zu haben, dass die Kräfte aus einem herausbrechen, täglich dagegen anzukämpfen. Das musste schwer gewesen sein.

»Es tut mir leid, dass du niemanden an deiner Seite hattest«, gab ich zu und sah zu ihm hoch. Er zuckte mit den Schultern, als wäre es nicht weiter schlimm.

»Das ist Vergangenheit und zählt nicht mehr.«

Als es dunkel wurde, machten wir uns auf den Rückweg und Vincent brachte mich bis vor die Haustür.

Ich strich mir eine Strähne hinters Ohr und schob die kalten Hände in die Taschen meines Mantels, als wir schließlich stehen blieben. Vincent sah für einen kurzen Moment etwas unbeholfen aus, doch Aufrichtigkeit trat in seinen Blick und er schenkte mir eines dieser Lächeln, bei dem ich mir aus Naivität wünschte, er hätte mich doch küssen wollen.

»Nun, da wären wir«, sagte ich und spürte erneut diese Spannung zwischen uns. Seine Augen wirkten dunkler durch das spärliche Licht einer Straßenlaterne.

»Danke, Charlie. Nicht nur für diesen Tag, sondern allgemein. Ohne dich –«

»Ist okay«, unterbrach ich ihn und winkte ab. Ein Lächeln stahl sich auf meine Lippen. »Ich helfe dir gerne, wirklich. Es ist nicht der Rede wert.«

»Doch, das ist es. Du tust unheimlich viel für mich. Ich … möchte einfach, dass du weißt, dass ich das nicht als selbstverständlich ansehe. Ich danke dir. Ehrlich.«

Bevor ich etwas erwidern konnte, beugte Vincent sich vor und ich spürte seine Lippen auf meiner Haut. Keine Ahnung, ob es Absicht oder Zufall war, doch für einen einfachen Wangenkuss waren seine Lippen viel zu nahe an meinem Mundwinkel, was mir halsbrecherisches Herzklopfen einbrachte. Sein Duft umhüllte mich und ich wollte mehr als nur diese schwache Liebkosung. Ich wollte, dass er mich küsste. Wollte seine Lippen auf meinen spüren. Und ich wollte, dass er es ebenso wollte. Dass es nicht nur aus einem Impuls heraus entstand.

»Ich gehe jetzt besser«, raunte er mir zu. Unsere Gesichter waren nur wenige Zentimeter voneinander entfernt und ich konnte seinen Atem auf meiner Haut spüren. Ich müsste mich nur auf die Zehenspitzen stellen, mich ihm nur ein klein wenig entgegenstrecken und schon würde ich ihn küssen können.

Doch alles, was ich zustande brachte, war ein kurzes Nicken und ein Schritt nach hinten, der uns voneinander entfernte.

»Ja, vielleicht. Gute Nacht, Vincent.« Meine Stimme war ein leises Flüstern und unsere Blicke hatten sich so sehr ineinander verhakt, dass es schwer war, sich voneinander zu lösen. Doch schließlich wandte Vincent sich ab, schob die Hände in die Hosentaschen und verschwand die Straße runter. Ich musste tief durchatmen und biss mir auf die Unterlippe. Was war nur los mit mir? Ich konnte mich doch sonst immer so gut auf andere Dinge konzentrieren und das Thema Jungs aus meinem Leben verbannen.

Ich schloss kurz die Augen und legte die kalten Hände an meine Wangen, damit sie aufhörten zu brennen. Erst als ich sicher war, dass ich nicht völlig bescheuert aussah, ging ich zur Tür und schloss auf.

Als ich meine Stiefel von den Füßen streifte und Mantel und Schal an die Garderobe hängte, lugte mein Dad hinter der Wand, die einen Teil der Küche vom Flur aus verdeckte, hervor und sah mich abschätzend an. Er lehnte sich gegen den Rahmen, ein Bier in der einen Hand, die andere in der Hosentasche versenkt.

Ich wusste ganz genau, was sein Blick zu bedeuten hatte, wollte aber nicht drauf eingehen. Ich wollte mir dieses warme Gefühl in der Brust nicht von ihm nehmen lassen, auch wenn ich wusste, dass er sich nur sorgte. Weil Vincent mich bereits verletzt hatte und ich nicht so dumm sein sollte, die Nähe zu ihm zu suchen. Aber gerade wollte ich das nicht hören, wollte nicht erwachsen sein, sondern mich einfach nur in diesem schönen Gefühl baden.

»Hast du schon was gegessen oder soll ich uns was kochen?«, fragte ich und ging an ihm vorbei in die Küche. Ein Blick in den Vorratsschrank zeigte mir, dass es sich beim Kochen höchstens um Nudeln drehen könnte, doch das war mir egal.

»Wir könnten auch was bestellen, findest du nicht?«

Ich zuckte mit den Schultern und schloss die Schranktür. »Ja, wieso nicht? Besondere Vorlieben für heute Abend?«

»Nee, such du einfach was aus.«

Ich zog eine Schublade auf und entschied mich für den ersten Flyer der Lieferdienste, der mich anblickte. Es war indisches Essen und nachdem ich bestellt hatte, kochte ich mir noch einen Tee. Gedankenverloren blickte ich aus dem Fenster. In letzter Zeit passierten so viele Dinge Schlag auf Schlag, dass ich das Gefühl hatte, gar nicht richtig durchatmen zu können. Der Streit mit Katie kam mir wieder in den Sinn und ich unterdrückte ein Seufzen. Wie gerne hätte ich sie jetzt angerufen und über Vincent geredet? Aber da sie nun mal garantiert nicht mehr Vorsitzende seines Fanclubs wurde, konnte ich mir das vermutlich abschminken. Sie sah ihn als irgendeinen Junkie an, der nicht gut für mich war, und damit war sie mit diesem Thema durch.

Früher oder später würde ich noch einmal auf Konfrontationskurs mit ihr gehen müssen und ehrlich gesagt graute es mir jetzt schon davor. Denn egal, was passierte, ich konnte ihr nicht die Wahrheit sagen. Und auf kurz oder lang würde ich sie gerade deswegen verlieren.

Das Klingeln an der Tür riss mich aus meinen Gedanken und ich schnappte mir meinen Geldbeutel, ehe ich öffnete und das Essen entgegennahm. Nachdem ich es auf tiefe Teller gefüllt hatte, – ich hasste diese Styroporschalen wie die Pest – brachte ich das Essen ins Wohnzimmer, wo mein Dad einen

Actionfilm ansah. Ich holte noch meinen Tee, kuschelte mich auf die Couch und aß das indische Reisgericht, was meinem Magen wirklich guttat. Mein Blick lag auf dem Fernseher, doch auch die bewegende Geschichte, wie Liam Neeson in *96 Hours* seine Tochter an irgendwelche heimtückischen Entführer verlor, konnte mich nicht fesseln. Meine Gedanken kehrten einfach wie von selbst immer wieder zu diesem Tag zurück. Zu Vincent.

Und schon wieder erwischte ich mich dabei, wie ich automatisch zu viel in seine Taten hineininterpretierte.

Fünfzehn

Am Montagmorgen schien mir die Schule so überflüssig. Katie ignorierte mich weitestgehend, während ich ihr ebenfalls aus dem Weg ging. Ich hatte absolut keine Lust, ihr nochmals zu erklären, dass Vincent kein schlechter Kerl war, und da ich ihr ohnehin nicht die ganze Situation erklären konnte, sie aber eigentlich nicht weiter anlügen wollte, war es mir ganz recht, wenn wir nicht die ganze Zeit aufeinanderhockten. Der Unterricht war vollgepackt mit dem Stoff, den wir noch lernen mussten bis zu unseren Prüfungen, und viel zu schnell brummte mir der Schädel. Offenbar bemerkten die Lehrer jetzt, fast am Ende unseres Schuljahres, dass wir ja noch unglaublich viele Themen behandeln mussten, die prüfungsrelevant waren. Ganz toll.

Als dann eigentlich endlich der Gong ertönte und den Unterricht beendete, fiel mir wieder ein, dass ich zum Nachsitzen musste. Ich stöhnte auf, zog meine Jacke wieder aus und lief den mittlerweile leeren Gang entlang, bis ich zum Büro des Musiklehrers kam.

»Ah, Miss Monroe, schön, dass Sie da sind. Kommen Sie, ich zeige Ihnen Ihre Aufgabe.« Mr Fellow stand auf und ging in den nebenliegenden Musikraum. Zielstrebig steuerte er auf einen Schrank zu und öffnete diesen. Einige lose Notenzettel flatterten ihm bereits entgegen und er drehte sich zu mir um.

»Ich bitte Sie, diese Notenbücher zu kleben. Was irreparabel ist, sortieren Sie bitte aus und tragen es in diese Liste hier ein.« Er deutete auf ein Klemmbrett voller Blätter mit Eselsohren und klatschte dann kurz in die Hände. »Wenn Sie Fragen haben, kommen Sie gerne zu mir.«

Ich nickte und sah ihm kurz hinterher, als er aus dem Raum ging und die Tür zum Flur schloss. Ich stieß ein Seufzen aus, zog das Handy hervor und stöpselte meine Kopfhörer an, um bei der Arbeit wenigstens Musik zu hören. Auf meinem Handy war es gespenstisch leer, denn weder Katie noch sonst irgendjemand meiner Freunde hatte mir geschrieben. Und von Vincent war auch nichts gekommen. Ich schob die Gedanken beiseite, machte ruhige Musik an und nahm mir den ersten Stapel an Notenheften. Die, die noch intakt waren, legte ich ordentlich in einen Karton, die anderen setzte ich wieder zusammen, klebte sie oder versuchte die vielen Eselsohren rauszubekommen.

Die Zeit rannte dahin und ganz plötzlich nahm ich das letzte Notenheft und ließ es in die Kiste fallen, in der die Hefte lagen, die nicht mehr zu retten waren. Ich gähnte einmal herzhaft und streckte mich, dann fiel mein Blick auf die Uhr. Es war schon fast halb sieben!

Just in diesem Moment kam Mr Fellow rein und erschrak, als er mich sah.

»Wieso sind Sie denn noch hier?«

Ich zog die Kopfhörer aus meinen Ohren. »Ich scheine die Zeit vergessen zu haben.«

»Offenbar. Machen Sie Schluss, Miss Monroe.«

Ich nickte, räumte kurz noch meinen Arbeitsplatz der letzten Stunden auf und schulterte dann meine Tasche, nachdem ich den Mantel übergeworfen hatte. Ich war ganz träge und Kopfschmerzen bahnten sich an, als ich in den Flur trat und zusah, dass ich endlich an die frische Luft kam.

Draußen war es bereits dunkel und ein kalter Wind erfasste mich. Ich schlang den Schal um meinen Hals, tippte eine Nachricht an meinen Dad, dass ich jetzt erst mit dem Nachsitzen durch war und noch zur Villa gehen würde, ehe ich mich dann tatsächlich auf den Weg machte.

Unbeschwertheit breitete sich in mir aus, als ich so durch die Straßen Londons schlenderte. Unbeschwertheit, die mit einem Mal verflog, als ich eine Magiesignatur ausmachte. Eine, die mir bereits sehr bekannt war.

Mein Herz sank in die Hose und ich rannte die letzten Meter zur Villa. Hier war die Magie am stärksten und ich spürte deutlich, dass es Vincents Kraft war.

Bitte nicht. Oh, bitte, bitte lass ihn nicht die Kontrolle verlieren!

Nervosität kroch durch meine Adern, Ungeduld gesellte sich dazu und ich klopfte noch einmal gegen die Tür, als keiner aufmachte. Dann hörte ich

Schritte aus dem Inneren und im nächsten Moment öffnete Dave mir die Tür.

»Ist er hier? Vincent?« Ich schob mich an ihm vorbei, warf meine Tasche unachtsam an die Wand und streifte den Mantel ab, weil die Nervosität und Angst, dass irgendetwas mit ihm passierte, mich zum Schwitzen brachte.

»Im Garten«, sagte Dave verwirrt und ich verlor keine Sekunde. So schnell ich konnte, lief ich durch das Haus, stieß die gläserne Terrassentür auf und … blieb wie angewurzelt stehen.

Vincent saß nicht allzu weit von der Terrasse entfernt an dem kleinen Teich, seine Hände hatte er auf den Boden gelegt und ich konnte sogar von hier aus sehen, dass Blumen und Gräser seine Unterarme hinaufkrochen, als würden sie ihn wie einen alten Freund begrüßen. Seine Macht war spürbar, doch sie war friedlich, was mir erst jetzt bewusst wurde. Ich atmete tief durch, lief über den ersten Rasenabschnitt zur Brücke und lehnte dort die Unterarme auf das hölzerne Geländer, um ihn einen Moment lang anzusehen.

Vincent öffnete in diesem Moment die Augen. Das vertraute glänzende Grün blickte mir entgegen und er zog die Ranken zurück, entließ die Macht, um aufzustehen und zu mir zu kommen.

»Du wirst immer besser«, rief ich zu ihm herüber, als er noch nicht ganz bei mir war. Doch der Abstand zwischen uns verringerte sich ziemlich schnell und ehe mein Verstand so richtig wahrnahm, was hier passierte, hatte Vincent meine Hand gepackt und zog mich sanft, aber bestimmt zurück zur Villa.

»Ich muss dir etwas zeigen«, sagte er und perplex folgte ich ihm. Im Wohnzimmer trafen wir auf Dave, der uns breit angrinste, als Vincent mich weiter in den Flur und schließlich die Treppen hochzog.

»Wo willst du denn hin?«, fragte ich und hörte das verräterische Zittern aus meiner Stimme heraus, als er sein Schlafzimmer ansteuerte. Tatsächlich schob er mich hinein, schloss die Tür und zog die Lederjacke aus.

»Du erinnerst dich doch an gestern? Wo du mir wegen der Feuermagie geholfen hast?« Seine Stirn war in leichte Falten gelegt und er sah mich an.

Ich nickte, um ihm zu signalisieren, dass ich verstand. Wie sollte ich dieses Ereignis denn auch vergessen haben?

Ein schwaches Grinsen nahm auf seinen Lippen Platz und als seine Finger nach dem Saumen seines Shirts griffen, setzte mein Herz aus. Keine Sekunde später hatte er es über seinen Kopf gestreift und zeigte mir einen gut durchtrainierten Oberkörper.

Ich musste schlucken.

»Ich habe ein Kribbeln auf der Schulter gespürt, mir aber nichts weiter dabei gedacht. Bis ich heute das hier entdeckt habe.« Er kam nah zu mir herüber und drehte dann den Rücken in meine Richtung. Erst starrte ich nur seine ausgeprägte Muskulatur an, doch dann fiel mein Blick auf ein Tattoo, das auf seiner Schulter prangte. Es war wunderschön.

Das Bild zeigte einen riesigen Baum, wie die weiße Eiche im Garten der Villa. Die eine Hälfte jedoch stand in lichterlohen Flammen.

»Erde und Feuer«, flüsterte ich ehrfürchtig und fuhr mit kalten Fingerspitzen die Linien des Bildes nach. Seine Muskeln spannten sich unter meiner Berührung an.

»Zwei Elemente. Wie ist das möglich?«

Als Vincent sich zu mir umdrehte, waren wir einander viel näher, als es mir eben noch bewusst gewesen war. Sein Duft schlug mir entgegen, eine Mischung aus Erde und Aftershave, ich spürte seinen Atem auf meiner Haut und auch wenn ich wusste, dass er das klärende Gespräch zwischen uns gesucht hatte, weil er nichts Kompliziertes wollte, wich ich nicht zurück. Zwischen mir und der Tür wäre noch wenigstens ein Schritt Platz gewesen, sodass ich ihm hätte ausweichen können, doch ich wollte es nicht. Ich wollte diese Nähe, ich wollte das Herzklopfen spüren, das meinen ganzen Körper zum Vibrieren brachte. Ich wollte die Schmetterlinge in meinem Bauch Tango tanzen lassen, wollte jede Sekunde dieses Moments auskosten, eben weil ich wusste, dass das hier nicht die Norm war.

»Ich habe keine Ahnung. Ich weiß nur, dass es dein Verdienst ist, dass es mir besser geht.« Vincents Stimme war nicht mehr als ein Flüstern, doch ich verstand jedes Wort. Ich war ihm so nah, dass ich die feinen dunkelblonden

Bartstoppeln auf seinem Kinn und den Wangen sehen konnte, seine vollen rosa Lippen, die zu einem Kuss einluden.

»Ich habe dir gesagt, dass ich helfen kann.« Meine Stimme klang heiser, während er eine Hand hob und vorsichtig mit zwei Fingern eine Strähne aus meinem Gesicht strich. Sein Blick glitt von meinen Augen hinunter zu meinen Lippen. Er legte die Hand an meine Wange und ich spürte, wie sein Daumen sacht über meine Haut fuhr. Ich konnte den Drang, mich in seine Berührung zu schmiegen, nicht aufhalten.

Zwischen uns formten sich zwar keine Elemente mehr, die uns auseinanderzerrten, doch ich spürte deutlich, wie sich unsere Kräfte miteinander verbanden. Ich konnte fühlen, wie unsere Energien sich auf ein Level begaben, hörte, wie es um uns herum knisterte, doch wir kämpften nicht mehr gegeneinander. Es war vielmehr so, als wären wir eins geworden.

Und dann beugte Vincent sich zu mir herunter und küsste mich. Es war kein euphorischer Kuss, der aus einer Situation heraus entstand. Viel mehr war es eine Frage, eine Zärtlichkeit, die mir jedoch den Atem raubte. Ich schloss die Augen und erwiderte seinen Kuss, meine Hand legte sich wie automatisch auf seine nackte Brust, während seine freie meine Taille hinabfuhr. Ich spürte, wie er in mein Shirt griff und mich enger an sich zog, gleichzeitig drängte er mich mit seinem Körper einen Schritt nach hinten, wo ich die Tür in meinem Rücken spürte. Ich schlang die Arme um seinen Hals, presste mich ihm enger entgegen. Es hätte kein Blatt mehr zwischen uns gepasst und doch wollte ich mehr. Ich wollte näher bei ihm sein und ihn nie wieder loslassen.

Meine Lippen öffneten sich und pures Glück explodierte in meinem Inneren, als er den Kuss vertiefte. Es war nicht mehr fragend, es war pure Leidenschaft zwischen uns. Als wir uns atemlos voneinander lösten, brannten meine Wangen und ich blickte hoch zu ihm, nicht sicher, was gerade passiert war. Mein Kopf schwirrte und ich fürchtete, dass meine Knie einknicken würden, wenn er sich von mir entfernte.

»So viel dazu, dass ich nichts verkomplizieren will«, brachte er mit einem Grinsen auf den Lippen hervor und ich musste unweigerlich lachen. Ich entspannte mich, während er mich weiterhin in seinen Armen hielt und mir einen Kuss auf die Stirn drückte.

»Ja, dafür ist es jetzt vielleicht zu spät«, murmelte ich und genoss seine Nähe. Er strich mir mit dem Daumen über die Wange und sah mir in die Augen. Sein Blick war so offen, dass ich ihm fast nicht standhalten konnte.

»Ohne dich wäre das alles nicht möglich gewesen.« Seine Stimme war nicht mehr als ein Flüstern. Erneut beugte er sich zu mir, seine Lippen fanden meine. Es war eine so seltsame Situation, doch an Vincents Seite war ich tatsächlich glücklich. Ganz egal, was alles gerade um uns herum passierte – es zählte dieser Moment und den würde ich für immer in meinem Herzen tragen.

***

Dad wartete bereits auf mich, als ich nach Hause kam. Vincent hatte mich begleitet, damit ich nicht allein im Dunklen zurücklaufen musste. Wir hatten über Gott und die Welt gesprochen, hatten gelacht und herumgealbert wie zwei waschechte Teenies. Die Elemente, magische Kinder oder sonst irgendetwas Übernatürliches, das alles war nicht von Belang gewesen. Es war klar, dass wir einander kaum kannten, und irgendwie war es komisch, dass sich trotzdem schon etwas zwischen uns entwickelte. Aber ich zwang mich, nicht zu sehr darüber nachzudenken und es einfach zuzulassen. Und das hatte verdammt gutgetan.

»Du kommst spät.« Wieder einmal stand er mit verschränkten Armen an die Wand gelehnt, die die Küche ein Stückchen vom Flur trennte. Als wir das Haus bezogen hatten, war diese Wand ganz gewesen, doch Mum hatte immer eine offene Küche haben wollen, weswegen Dad die Wände einriss, um ihren Wunsch zu erfüllen. Jetzt waren das Wohnzimmer, der Flur und die Küche quasi ein riesig großer Raum, lichtdurchflutet und einfach nur gemütlich. Ich konnte es mir gar nicht mehr anders vorstellen.

»Ja, ich habe die Zeit beim Nachsitzen vergessen und bin noch zur Villa gegangen.«

Skeptisch blickte er mich an. »Du warst nicht zufällig bei Vincent?«

»Was?« Meine Stimme klang ein paar Oktaven höher als sonst und ich räusperte mich schnell, strich mir eine Strähne hinters Ohr und schüttelte den Kopf.

»Nicht explizit. Also, er war natürlich da, aber ich bin nicht seinetwegen hin.«

Dad wusste, dass ich log. Er stieß ein Seufzen aus und fuhr sich durch das schwarze Haar. »Selbst wenn ich es wollte, ich könnte dir den Umgang mit ihm nicht verbieten, nicht wahr?«

Ich biss mir auf die Unterlippe und zuckte leicht mit einer Schulter. »Also rein theoretisch könntest du schon, aber ich würde in diesem Punkt nicht auf dich hören, Dad. Er ist kein schlechter Kerl, versprochen. Er lernt halt nur gerade noch, gut zu sein. Er selbst zu sein.«

Bevor er etwas antworten konnte, zog ich Schuhe und Jacke aus und gähnte herzhaft und ein bisschen gekünstelt.

»Ich bin so müde! Und morgen ist wieder Schule. Gute Nacht«, sagte ich schnell, schlüpfte an ihm vorbei und die Treppen hoch, um in mein Zimmer zu gelangen.

Auch am nächsten Morgen war die gute Laune nicht verpufft. Der Unterricht zog sich zwar etwas, aber das konnte meinem Hochgefühl keinen Dämpfer geben. Ich dachte an Vincent, daran, dass er sich verändert hatte und mir sein richtiges Ich wirklich gut gefiel. Ich war so erleichtert, dass er nach der Sache am Bahnsteig zu uns gekommen war.

Als ich zur Mittagspause ging, sah ich Katie mit ein paar anderen Freundinnen im Flur stehen. Sie warf einen kurzen Blick in meine Richtung, nahm die Aufmerksamkeit aber sofort wieder von mir, um übertrieben laut und unecht zu lachen, nur um mir zu zeigen, dass sie auch ohne mich klarkam. Ich verdrehte genervt die Augen und ging in die Mensa, um etwas zu essen.

Wenigstens in der Pause musste ich nicht allein herumsitzen, denn Max gesellte sich zu mir. Er ließ sich mir gegenüber auf einen Stuhl fallen und strich sich durch das Haar.

»Was ist mit dir und Katie los?«, fragte er mich und ich zuckte mit den Schultern.

»Willst du die Kurzform?«, fragte ich und er zuckte halb verneinend, halb zustimmend mit den Schultern. »Sie denkt, Vincent wäre ein Junkie und wollte, dass ich ihr die ganze Wahrheit erzähle. Das konnte ich natürlich nicht, weil ich dann unser Geheimnis hätte ausplaudern müssen. Nun ist sie sauer, weil sie weiß, dass ich etwas vor ihr verberge.« Ich endete und stieß ein Seufzen aus. Ich hasste diese Situation einfach. Max fuhr sich über das Gesicht und nickte.

»Es ist scheiße, ihr etwas zu verheimlichen, oder? Ich liebe sie wirklich und am liebsten würde ich ihr alles über mich erzählen, aber das geht einfach nicht. Ständig ein Geheimnis mit sich herumzutragen geht mir langsam echt auf die Nerven. Wir sind schon lange zusammen und irgendwie kennt sie mein wahres Ich trotzdem nicht.«

Ich sah auf die Nudel, die an meiner Gabel hing, und legte das Besteck zurück auf den Teller. Mir war der Appetit vergangen.

»Wem sagst du das?«, fragte ich seufzend und trank einen Schluck aus meiner Wasserflasche. Es war echt zum Verrücktwerden. Aber wer wusste schon, was die Menschen machen würden, wenn sie erfuhren, dass es so viel mehr magische Kinder gab als bisher angenommen? Ich war nicht scharf darauf, das herauszufinden, weswegen wir diese anderen Leute unbedingt aufhalten mussten.

»Musst du eigentlich auch so schuften beim Nachsitzen? Der Hausmeister hat echt nicht mehr alle Tassen im Schrank«, schnaubte Max plötzlich und ich musste unweigerlich lachen.

»Es geht. Ich musste gestern Notenhefte reparieren und aussortieren, das war okay.«

»Mann, sei froh! Ich habe gestern den ganzen Nachmittag damit verbracht, die verstopften Toiletten zu reinigen. Weißt du wie eklig manche Menschen sind?!« Max entsetzter Blick ließ mich lachen. Laut und herzhaft.

»Da bin ich ja wirklich lieber bei unserem Musiklehrer«, brachte ich hervor. Max Mundwinkel zuckten, doch er versuchte weiterhin den ernsten Ausdruck auf seinem Gesicht zu behalten.

»Ja, würg mir noch richtig eins rein, Charlie. Eine tolle Freundin bist du.« Nun musste er auch lachen und ich schüttelte amüsiert den Kopf.

Nach der Mittagspause verlief der Unterricht plötzlich ziemlich schnell. Ehe ich mich versah, klingelte es schon zum Schulschluss und ich packte meine Sachen, um zum Nachsitzen zu gehen. Beim Büro von Mr Fellow angekommen klopfte ich und öffnete die Tür, nachdem er mich hereingebeten hatte.

»Ah, Miss Monroe«, begrüßte er mich und stand von seinem Schreibtisch auf. Er schob sich die Brille höher auf die Nase und kam zu mir herum.

»Ich habe heute gar keine Aufgaben für Sie. Da Sie gestern so lange hier waren, brauchen Sie heute nicht nachzusitzen. Die Aufgabe mit den Notenheften war für zwei Tage angedacht.«

»Oh, also kann ich gehen?«, fragte ich perplex und Mr Fellow nickte.

»Ja, in der Tat. Wir sehen uns morgen.«

Ein Lächeln stahl sich auf meine Lippen. »Okay, bis morgen, Mr Fellow.« Ich verabschiedete mich und ging den leer gefegten Flur entlang, um zum Ausgang zu gelangen. Dabei fischte ich mein Handy aus meiner Manteltasche und sah, dass ich eine Nachricht von Vincent hatte, in der er fragte, ob wir uns treffen wollten. Ich biss mir auf die Unterlippe, konnte das Grinsen, was sich schon wieder in mein Gesicht meißelte, nicht unterdrücken und tippte eine positive Antwort.

Vincent schrieb sofort.

Sehr gut, sonst wäre ich umsonst hergekommen.

Verwirrt blickte ich auf und sah ihn ein paar Meter entfernt an einem der Fahrradständer lehnen. Er schob sein Handy zurück in die Tasche seiner Lederjacke und richtete sich auf. Mein Herz stolperte über seinen eigenen Takt und ich ging zu ihm rüber, versuchte krampfhaft nicht so dumm zu grinsen, was mir nur semi-gut gelang. Aber es war mir egal.

»Hey«, begrüßte er mich und zog mich in eine Umarmung. Ich spürte seine Lippen auf meiner Schläfe und das Kribbeln im Bauch, welches er dadurch auslöste.

»Hast du etwas Bestimmtes vor?«, fragte ich, als er nach meiner Hand griff und wir uns langsam in Bewegung setzten. Heute verschonte uns der Nieselregen und obwohl eine dicke Wolkendecke am Himmel klebte, versuchten sich hier und da ein paar Sonnenstrahlen den Weg freizukämpfen.

»Nein«, erwiderte er und schüttelte den Kopf. »Ich will einfach nur Zeit mit dir verbringen.«

»Dann habe ich einen Plan.«

Unser Weg führte uns zu mir nach Hause. Da ich in Situationen, in denen ich schnell nervös wurde, gerne viel zu tun hatte, gingen wir in den Garten und ich brachte Vincent das nächste Element näher. Er entfachte einen Wirbelwind in seiner Hand und kontrollierte ihn, als wäre dies seine leichteste Übung. Schließlich ebbte die Macht allerdings ab und verschwand. Vincents Verbundenheit zur Luft verblasste, was daraus resultierte, dass sich Erde und Feuer bei ihm gezeigt hatten. Wobei ich immer noch nicht genau wusste, wieso sich bei ihm zwei Elemente herauskristallisierten.

»Vielleicht sollten wir mal mit Ren sprechen«, überlegte ich laut, was Vincents Aufmerksamkeit auf mich zog. Er runzelte die Stirn.

»Wieso?«

»Wegen der zwei Elemente. Offenbar haben sich die Erde und das Feuer bei dir gesetzt. Das ist ungewöhnlich.«

»Und du meinst, Ren kennt eine Antwort?«, fragte er mit einem skeptischen Blick. Vincent hatte Ren noch nicht richtig kennengelernt. Ich konnte seine Skepsis verstehen, schließlich war auch Ren anfangs dagegen gewesen, dass er in der Villa Sicherheit und Hilfe fand.

Unbestimmt zuckte ich mit den Schultern. »Ren weiß ganz schön viel«, erwiderte ich und grinste leicht.

Als der Regen dann einsetzte, flohen wir wieder ins Haus, wo ich uns Tee kochte. Als ich an der Theke stand und die Tassen mit Wasser füllte, spürte ich Vincent hinter mich treten. Er umschloss meine Taille mit seinen Händen und legte sein Kinn auf meiner Schulter ab. Ich musste zugeben, dass ich diese Art von Nähe zwischen uns unheimlich genoss.

Als ich den Wasserkocher zurück auf die Arbeitsplatte gestellt hatte, drehte ich mich in seinen Armen um und schlang meine um seinen Hals. Er strich mit dem Daumen über meine Seite, beugte sich vor und küsste mich. Ziemlich schnell vertiefte sich der Kuss und mein Kopf war wie leer gefegt. Ich spürte nur noch Vincent, der meinem Körper schon wieder so nah war, dass nichts mehr zwischen uns gepasst hätte. Und ich erwischte mich erneut dabei, dass ich mehr von diesen Momenten wollte. Dass mein Herz wie wild in meiner Brust schlug, wenn er mich berührte. Dass ich in seinen Augen versank, wie eine Ertrinkende im Meer, die sich nicht gegen die starken Wellen wehren konnte. Aber ich wollte mich auch nicht wehren, ich wollte untergehen. Mit Vincent.

Ich spürte seine Finger, die sich sacht unter den Saum meines Pullovers schoben und meine nackte Haut berührten. Feuer brach in meinem Inneren aus und jagte feine Schauer über meinen Rücken. Unsere Energien verbanden sich miteinander. Der Tee war vergessen und meine Hand fuhr über seine Brust. Seine Fingerkuppen drückten sich in meinen unteren Rücken, unsere Lippen lösten sich einen Herzschlag lang voneinander.

»Wir sollten damit aufhören«, murmelte er gegen meine Lippen und drückte mir einen weiteren Kuss auf.

Fast hätte ich erwidert, dass ich noch nicht genug hatte, mehr wollte, doch ich wusste, dass ich definitiv noch nicht bereit für die nächste Stufe war. Ich wollte mir Zeit lassen, herausfinden, was das zwischen mir und Vincent war. Schließlich kannten wir uns noch nicht wirklich lange und ich war keines der Mädchen, die ihren festen Freund wechselte wie Unterwäsche. Aber ein bisschen herumknutschen war da sicher schon erlaubt.

Er war es schließlich, der sich von mir löste und Platz zwischen uns brachte, was mir jetzt doch ganz gelegen kam.

»Hast du Lust auf Pizza?«, fragte ich völlig aus dem Kontext gerissen und auf Vincents Lippen stahl sich ein Grinsen.

»Immer.«

»Gut« gab ich etwas atemlos zurück, fuhr mir durch das Haar, fasste es zu einem Dutt zusammen und wandte mich zur Küchenzeile. Ich brauchte einen kurzen Moment, um durchzuatmen, dann reichte ich Vincent eine

Tasse Tee und ging zum Kühlschrank, um Pizzateig und andere Zutaten rauszuholen. Das gab mir so viel Normalität und Sicherheit, dass mein Herz sich langsam, aber sicher auch beruhigte.

»Lass mich dir helfen«, sagte Vincent und lehnte sich neben mich gegen die Theke. Ich starrte auf den ausgerollten Teig und überlegte, was er tun könnte. Dann reichte ich ihm ein Stück Käse und fischte die Reibe aus einer Schublade.

»Hier. Damit kannst du dich nützlich machen.« Er sah kurz auf die Reibe in meiner Hand, dann nickte er ergeben und nahm sich das Werkzeug und den Käse. Ich schmunzelte, denn Käse reiben war absolut eine Hassaufgabe von mir. Leider war die bereits zerkleinerte Version nicht im Kühlschrank zu finden.

»Konntest du noch mal mit Katie sprechen?«, fragte er und ich schüttelte den Kopf.

»Nein, bislang nicht. Sie kriegt sich schon wieder ein.«

»Es tut mir leid, dass du meinetwegen Streit mit ihr hast.« Er sah mich aufrichtig an und ich biss mir auf die Unterlippe.

»Eigentlich ist es nicht wirklich deinetwegen. Sie will die Wahrheit von mir wissen, aber die kann ich ihr nicht geben. Sie weiß nicht, dass ich magische Fähigkeiten habe, und das trage ich schon mit mir herum, seit ich sie kenne.« Ich zuckte mit einer Schulter und widmete mich wieder dem Teig, den ich mit Soße bestrich.

»Wieso weiß dein Dad von uns, wenn normale Menschen nicht eingeweiht werden dürfen?«

»Er hat einfach nicht lockergelassen. Ren wollte ihm die Erinnerungen nehmen, aber er hat sich geweigert, mich in der Villa zu lassen. Irgendwann kam es einfach, dass er ein großer und wichtiger Teil des Ganzen wurde.«

Wie auf Kommando ging die Tür auf und ich erstarrte in meiner Bewegung.

»Hey, Charlie-Bee. Bist du zu Hause?«, rief Dad ins Haus und ich schaute Vincent mit großen Augen an, der mir ein breites, belustigtes Grinsen wegen meines verdammten Spitznamens zuwarf.

»Äh, ja, Dad!«, erwiderte ich und wollte in den Flur stürzen, um ihm zu sagen, dass wir Besuch hatten, doch da stand er schon in der Küche und sah zu

Vincent. Verdammt! Jetzt ärgerte ich mich, dass ich den Gesprächen immer ausgewichen war, wenn Dad mit mir über Vincent hatte sprechen wollen.

»Ich wusste nicht, dass wir Besuch haben.« In seiner Uniform sah er schon ziemlich bedrohlich aus und als er auch noch seine Waffe abnahm und direkt auf den Esstisch legte, hätte ich am liebsten gestöhnt. Dad musste ja unbedingt den bösen Cop heraushängen lassen!

»Ja, äh, Vincent isst mit uns. Wir ... wir machen Pizza.«

»Guten Tag, Mr Monroe.« Vincent taute aus seiner Starre auf und überbrückte den kurzen Abstand zwischen ihm und Dad, um ihm die Hand hinzuhalten. Dad betrachtete ihn abschätzend, dann ergriff er seine Hand und nickte kurz.

»Schön. Dann lernen wir uns mal ganz persönlich kennen.«

»Ja, das ist doch toll, nicht wahr? Willst du Kaffee, Dad?« Ich warf ihm einen flehenden Blick zu, dass er mich nicht vollends vor Vincent blamieren sollte. Er erwiderte den Blick und zuckte fast unmerklich mit einer Schulter.

»Nein danke.« Er ließ Vincents Hand los und ging aus der Küche, ich hörte seine Schritte auf der Treppe. Vermutlich würde er sich umziehen gehen.

Angespannt stieß ich die Luft aus und fuhr mir über die Stirn. Das war ein Desaster.

»Normalerweise ist er nicht so schlimm«, versuchte ich Vincent zu beruhigen. Dieser lachte unsicher und strich sich das Haar zurück.

»Er ist bestimmt sehr ... gesellig. Mit seiner Waffe.«

Ich verdrehte die Augen, griff nach seiner Dienstwaffe und brachte sie im Wohnzimmer in den Safe, wo sie eigentlich hingehörte. Dieses Machtgehabe von meinem Dad brauchte ich wirklich nicht.

»Er wird dich schon nicht erschießen, keine Sorge. Eigentlich ist er echt in Ordnung.«

»Okay, ich vertraue dir, Charlie-Bee«, flüsterte er in mein Ohr und ich schlug ihm spielerisch gegen die Schulter.

»Nenn mich nicht so, verstanden?« Bei seinem belustigten Grinsen konnte ich jedoch nicht ernst bleiben und musste ebenfalls lachen. Zur Hölle mit diesem Spitznamen!

Nachdem ich die fertige Pizza in den Ofen geschoben hatte, deckte ich den Tisch. Dad kam zurück und setzte sich Vincent gegenüber, den er skeptisch musterte. Ich verstand, dass er ihn nicht sofort herzlich aufnahm, dafür hatte Vincent definitiv ein bisschen zu viel Scheiße gebaut, doch ich hoffte inständig, dass er ihm eine reelle Chance gab. Als ein angespanntes Schweigen den Raum beherrschte, räusperte ich mich und sah zu meinem Dad.

»Ich musste heute übrigens nicht nachsitzen, weil ich gestern so viel geschafft habe«, teilte ich ihm mit. Er warf mir einen finsteren Blick zu.

»Du müsstest gar nicht nachsitzen, wenn du die Schule nicht geschwänzt hättest.«

Okay. Dann lieber kein Smalltalk.

Das Essen verlief eisig. Ich bekam kaum einen Bissen der Pizza herunter, als Dad anfing Vincent ins Kreuzverhör zu nehmen. Dazu musste ich sagen, dass Vincent sich echt von seiner besten Seite zeigte und jede Frage geduldig beantwortete. Egal ob es um die Zeit in der Schule ging oder was er jetzt machte. Er erzählte sogar – auch wenn ich merkte, dass es ihm unangenehm war –, dass er, seit er von der Frau gefunden worden war, nicht mehr arbeitete. Dad hakte weiter nach, wie seine Zukunft aussehen sollte, doch bevor Vincent antworten konnte, stand ich auf und beendete somit das Essen.

»Es ist spät, ich denke Vincent will auch zurück in die Villa.«

»Oh, ähm. Ja, genau«, stammelte Vincent mit Blick auf mich und stand vom Tisch auf, reichte meinem Vater die Hand zum Abschied. »Es war sehr nett, Sie näher kennenzulernen, Mr Monroe. Wir sehen uns sicher.«

Ich war mehr als froh, als ich Vincent nach draußen schieben konnte.

»Es tut mir so, so leid! Das war einfach nur furchtbar!«, seufzte ich, als wir ein Stück zusammen gingen. Ich wollte ihm nicht einfach die Tür vor der Nase zuknallen, sondern begleitete ihn lieber noch ein Stück auf dem Weg zur Villa. Zu meiner großen Überraschung lachte Vincent nur unbesorgt.

»Ich verstehe ihn. Ich habe mich bislang nicht von meiner besten Seite gezeigt, da wäre ich als Vater auch skeptisch. Das ist völlig verständlich.« Er legte den Arm um meine Schultern und zog mich an sich. »Entschuldige dich nicht. Es ist alles okay.«

Erleichtert lehnte ich mich an ihn, bis wir schließlich stehen blieben, weil wir uns außer Sichtweite meines Hauses befanden. Vincent nahm meine Hände in seine.

»Danke, dass du das durchgestanden hast.«

»Hm, gern geschehen, Charlie-Bee«, erwiderte er schmunzelnd und ich lachte.

»Hör auf, mich so zu nennen, sonst treffe ich mich nie wieder mit dir.«

Vincent stieß ein kehliges Lachen aus und kam meinem Gesicht näher. »Sag mir das noch einmal«, murmelte er gegen meine Lippen, ehe er mich sanft küsste. Natürlich war ab da absolut nicht mehr daran zu denken, dass ich ihn jemals nicht würde treffen wollen.

Doch ganz plötzlich fühlte ich mich seltsam. Ich löste mich von Vincent, sah dieselbe Verwirrung in seinen Augen und keuchte auf, als mein Körper sich schwach und zittrig anfühlte. Es war, als würden mir all meine Kräfte entzogen werden, und hätte Vincent mich nicht gehalten, wäre ich auf die Knie gefallen.

»Was ist das?«, stieß nun auch Vincent hervor und ich wusste, dass auch er es spürte: Unsere Kräfte waren fort.

Sechzehn

In meinem Blickfeld tauchten ein Mann und eine Frau auf, die zielstrebig auf uns zukamen. Sie beide hatten feuerrotes Haar und hämische Gesichtszüge. Ihre dunklen Augen wirkten fast schwarz im dämmrigen Licht einer Straßenlaterne.

»Ihr solltet besser auf euch Acht geben und nicht munter in der Gegend spazieren gehen«, sagte der Mann, der minimal größer war als die Frau. Sie sahen einander so ähnlich, dass ich glaubte, sie wären Geschwister.

»In der Tat, es war ziemlich leicht, euch beide zu finden.« Die Frau stimmte dem Rothaarigen zu und verschränkte ebenso wie er die Arme vor der Brust. Sie trugen komplett schwarze Klamotten, nur die blasse Haut und das Haar ließen sie nicht mit der Dunkelheit um uns herum verschmelzen.

»Sie will, dass du zurückkommst«, meinte der Mann plötzlich und blickte Vincent an. Ich sah, wie seine Augen sich weiteten und er vehement den Kopf schüttelte. Ich schnaubte und traute mich einen Schritt nach vorn.

»Er wird nicht zurückgehen! Bei uns lernt er wenigstens richtig mit seinen Kräften umzugehen, Vincent wird nicht länger von euch ausgenutzt werden!« Wut machte sich in meinem Bauch breit und strömte durch meinen ganzen Körper. Dass die es wirklich wagten, Vincent zurückholen zu wollen!

Ein glockenhelles Lachen ertönte und mein Blick wanderte zu der Frau. Sie hatte sich eine Hand aufs Herz gelegt und lachte ausgiebig, was das Feuer in meinem Inneren nur weiter schürte. Mein Bauchgefühl sagte mir, dass die beiden der Grund waren, warum ich meine Kräfte nicht mehr spürte und sie nicht mehr einsetzen konnte. Hätte ich meine Fähigkeiten gehabt, dann hätten die beiden jetzt ziemlich alt ausgesehen – und das dachte ich, obwohl ich sonst wirklich nie gewaltbereit war.

»Ihr seid so zauberhaft zusammen!«, rief die Frau aus und strahlte uns beide nacheinander an. »Süße, es ist Zeit, dass die Menschen von uns erfahren. Wir haben zu lange versteckt in den Schatten der Straßen gelebt, die Menschheit muss erfahren, dass es höherentwickelte und einfach stärkere Wesen auf dieser Welt gibt, als sie es sind.«

»Ich werde meine Kräfte nicht mehr missbrauchen. Ich verletze niemanden mehr! Das könnt ihr ihr gerne ausrichten.« Vincent war neben mich getreten, seine Hände waren zu Fäusten geballt, die er neben seinem Körper hatte.

»Du wirst keine Wahl haben, kleiner Elementarer. Sie wird immer ihren Willen bekommen, ganz gleich, was es ist. Und auch du wirst zu ihr zurückkehren.« Die Stimme des Mannes war honigsüß und mir kroch eine Gänsehaut über den gesamten Körper.

»Dann soll sie doch gerne mal aus ihrem Versteck kommen und persönlich mit uns sprechen, anstatt ihre Lakaien vorzuschicken!«, rief ich aus.

»Keine Angst, Süße. Ihre Zeit wird kommen. Und dann wirst du dir wünschen, ihr niemals begegnet zu sein. Bis bald, Vincent«, schnurrte die Frau, ehe sie und der Mann uns den Rücken kehrten und verschwanden. Mit einem Mal kehrte meine Kraft zurück und ich spürte die Erde wieder tief in mir schlummern.

»Wir müssen zur Villa«, stieß ich hervor. Ich hatte das Gefühl, jetzt, wo sie weg waren, wieder richtig atmen zu können. Vincent nickte mechanisch, ihm schien es genauso zu ergehen wie mir.

»Komm mit«, murmelte ich, griff nach Vincents Hand und zog ihn zurück zu mir nach Hause. Wir würden schneller vorankommen, wenn Dad seinen Wagen nahm.

Ich öffnete die Haustür und stürmte in den Flur. Dad war sofort von der Couch aufgesprungen und kam zu mir, besorgt zog er die Stirn kraus.

»Was ist passiert?«

»Wir müssen in die Villa, Dad, jetzt.«

Ohne mich in Frage zu stellen, nickte er, ging zurück ins Wohnzimmer und schaltete den Fernseher aus, ehe er im Flur in seine Schuhe und Jacke schlüpfte und mit dem Wagenschlüssel rausging.

Die Fahrt über schwiegen wir. Es war klar, dass Dad wissen wollte, was passiert war – ich merkte es daran, dass er unaufhaltsam mit den Fingern auf das Lenkrad trommelte. Er war angespannt, ebenso wie Vincent und ich. Aber wir mussten alle zusammen sein und uns darüber beraten, wie wir vorgehen sollten, damit niemand zu Schaden kam.

Als wir ankamen, hatte mein Dad nicht mal richtig gehalten, da löste ich schon den Sicherheitsgurt und öffnete die Beifahrertür. Wir hielten, stiegen aus und Ren öffnete uns bereits die Tür, als hätte er auf uns gewartet.

»Was ist passiert?«, fragte er zur Begrüßung, als wir ins Innere der Villa traten.

»Wir stecken, glaube ich, in Schwierigkeiten. Sind die anderen noch wach?«

»Ja, natürlich. Ich hole sie«, meinte Ren, schloss die Tür und verschwand. Ich fuhr mir durch das Haar und atmete tief durch. Hunderte Fragen schwirrten in meinem Kopf umher, Fragen, auf die ich erst mal keine Antwort bekommen würde. Wer war diese mysteriöse Frau, von der die beiden Gestalten gesprochen hatten? Und warum kannte oder nannte niemand ihren Namen? Und was hatte sie für Fähigkeiten, dass sie die Welt ins Chaos stürzen wollte? Was war ihr passiert, dass sie so einen Hass auf die Menschen hegte? Mein Kopf war bis zum Platzen gefüllt und ich fürchtete, dass die Kopfschmerzen nicht lange auf sich warten lassen würden.

Als wir alle versammelt waren, verschränkte Vincent die Arme vor der Brust und setzte einen neutralen Gesichtsausdruck auf, als würde ihn das, was passiert war, nicht mitnehmen. Schließlich war er aktuell das Objekt der Begierde – und zwar nicht im guten Sinne gemeint.

Ty trat neben mich und legte mir eine Hand auf den Arm.

»Geht es dir gut?«, fragte er leise und ich nickte, richtete meine Aufmerksamkeit aber auf Vincent, als dieser anfing zu erzählen, was passiert war. Als er endete, umfing uns Stille. Das alles noch einmal zu hören, machte es unendlich real. Ich hätte es vielleicht in eine hintere Ecke meines Verstands schieben können, aber jetzt, wo Vincent alles noch mal hatte Revue passieren lassen, wusste ich, dass wir echt in der Klemme steckten. Dass uns vielleicht richtig üble Zeiten bevorstehen würden.

»Und sie haben euch die Kräfte entzogen? Wie ist so was möglich?«, fragte Meredith und fuhr sich durch das blonde Haar.

»Wie ist es möglich, dass Charleen die Elemente kontrollieren kann oder dass Tyler eine so große Affinität zu Tieren hat?«, warf Ren in den Raum hinein. »Es ist eine Fähigkeit.«

»Viel wichtiger ist, was wir tun, wenn diese Frau wirklich auftaucht und ganz London in Angst und Schrecken versetzt«, erwiderte ich.

Keiner von uns wusste eine Antwort darauf. Keiner, bis auf Vincent.

»Ich werde gehen«, sagte er plötzlich in die Stille und mein Herz stolperte über seinen eigenen Schlag. Meine Kehle wurde mit einem Mal staubtrocken und ich hatte das Gefühl, etwas drückte mir die Luft zum Atmen ab.

»Es ist das Einzige, was richtig ist. Wenn ich bei ihr bin, wird sie nicht mit Gewalt versuchen mich zurückzuholen. Und euch wird nichts passieren.«

»Das steht nicht zur Diskussion, Vincent«, brachte ich hervor und schüttelte vehement den Kopf. Das konnte echt nicht sein Ernst sein. »Du bist gerade erst hier und lernst mit deinen Fähigkeiten umzugehen. Wenn du jetzt wieder alles außer Kontrolle geraten lässt wegen ihr, dann kann ich dir vielleicht nicht mehr helfen.« Dann kann ich dich nicht mehr retten, fügte mein Herz im Stillen hinzu.

»Vielleicht ist es der einzige Weg, sie aufzuhalten«, erwiderte er an mich gewandt, diesmal sanfter. Ich sah die Emotionen über sein Gesicht huschen, sah die Traurigkeit in seinen Augen und es schnürte mir abermals das Herz zu.

»Nein! Du glaubst doch nicht wirklich, dass sie es gut sein lässt, wenn du bei ihr bist? Sie wird deine Kräfte ausnutzen und Chaos über ganz London bringen – du hast doch auch gehört, was die beiden gesagt haben. Die Menschen müssten erfahren, dass es höherentwickelte Wesen gibt als sie selbst.«

»Charlie hat recht, Vincent, es ist zu gefährlich, wenn wir nicht wissen, mit wem wir es zu tun haben. Wir müssen dringend das Versteck der anderen magischen Kinder finden und sie auf unsere Seite ziehen«, stimmte Ren mir zu und machte eine kurze Pause. Er seufzte. »Schlimm genug, dass sich überhaupt Seiten gebildet haben und diese Leute noch immer vor uns verborgen sind. Dennoch ist es weiterhin unsere Aufgabe, das Geheimnis zu schützen. Die Welt, in die die Menschen sonst hineingeraten würden, wäre zu gefährlich, auch für uns. Denn Menschen handeln irrational, wenn sie Angst haben oder etwas nicht verstehen. Jetzt wissen sie nur von sehr wenigen magischen Kindern. Wenn sie aber erfahren, wie viele es wirklich gibt, dann werden sie Maßnahmen gegen uns einleiten. Ihr wisst ja, wir alle würden uns registrieren lassen müssen, wir alle würden als Gefahr eingestuft werden.«

Mein Verstand schaltete ab, als Ren damit fortfuhr, Teams einzuteilen, die sich darum kümmern würden, eine Signatur zu suchen. Ich bekam nur am Rande mit, als festgelegt wurde, dass Vincent und ich hierbleiben sollten, da es zu gefährlich für uns war – schließlich hatten die anderen magischen Kinder uns bereits ohne Weiteres finden können.

Irgendwann, als sich langsam alles in Bewegung setzte, verschwand ich im Flur und nahm die Treppen nach oben. Ich brauchte einen ruhigen Platz, wo ich allein für mich nachdenken konnte, weswegen mein Weg mich nach oben auf die Dachterrasse führte. Ich atmete tief die kalte Luft ein, die mir entgegenwehte, als ich dort ankam. Wie von selbst ging ich bis zu der steinernen Umrandung und lehnte mich mit den Unterarmen darauf. Die Stadt vor und unter mir zeigte ihre vielen Lichter, die anstatt der von Wolken verdeckten Sterne leuchteten.

»Hier bist du«, ertönte Vincents Stimme hinter mir, doch ich drehte mich nicht zu ihm um. Er kam zu mir herüber und lehnte sich mit dem Rücken neben mich gegen die Brüstung.

Ich nahm den Blick von der Stadt und sah auf meine Hände, ehe ich tief durchatmete.

»Die ganze Situation macht mir Angst, Vincent. Diese Ungewissheit, wer die magischen Kinder sind und was in nächster Zeit auf uns zukommt … ich würde es nicht ertragen, jemanden von uns zu verlieren.« Meine Stimme quittierte ihren Dienst, sodass ich mir gar nicht sicher war, ob Vincent die letzten Worte hatte hören können. Doch ich bekam meine Antwort darauf, denn Vincent schob sich zu mir und nahm meine Hand von der Mauer. Ich sah zu ihm.

»Du wirst niemanden verlieren, okay? Tyler nicht, Meredith nicht und mich auch nicht.« Er sah mir eindringlich in die Augen und zog mich bestimmt näher zu sich. Ich schlang die Arme um seine Mitte und lehnte das Gesicht an seine Brust, nahm mit allen Sinnen seine Nähe wahr und versuchte diesen Moment, dieses Gefühl, was ich tief im Inneren verspürte, für immer in meinem Herzen einzuspeichern.

Ich wusste nicht, wie lange wir so eng umschlungen beieinanderstanden, doch irgendwann löste ich mich. Einerseits genoss ich die Stille, denn sie war keineswegs unangenehm. Doch ich wollte mit ihm sprechen, seine Stimme hören und einen Hauch Normalität verspüren.

»Als du in der Zelle warst, sagtest du, wir alle würden böses Blut in uns tragen«, fing ich ein Gespräch an und sah zu ihm hoch. »Wie kommst du darauf?«

»Es ist das, was mir erzählt wurde«, erwiderte er lächelnd und verschränkte unsere Finger ineinander, während ich mich auf die Mauer setzte und er sich dagegen lehnte.

»Die Hexenmeister, von denen wir abstammen, haben einen Teil ihrer Magie an ihre Kinder weitergegeben und daraus haben sich über die Jahre hinweg einzigartige Fähigkeiten entwickelt.« Er zuckte mit den Schultern und ich biss mir auf die Unterlippe.

»Ich habe nie zuvor von Hexenmeistern gehört«, erwiderte ich und konnte mir mal wieder ein leichtes Grinsen nicht verkneifen. Vincent lachte.

»Ich habe bislang auch keinen getroffen. Falls mir einer begegnet, sage ich dir Bescheid.«

Es herrschte einen kurzen Moment Stille zwischen uns, ehe Vincent das Wort erneut ergriff.

»Irgendwie finde ich, dass es eine plausible Erklärung für unsere Fähigkeiten ist. Woher sollen sie sonst stammen? Sie sind definitiv nichts Natürliches und können daher auch nicht einfach so auftreten.«

»Ich habe mir früher eingeredet, dass ich meine Kräfte von einer guten Fee bekommen habe«, weihte ich Vincent in eines meiner peinlichsten Geheimnisse ein. Aufgrund der Erinnerung entfuhr mir ein Lachen und ich schüttelte selbst den Kopf.

»Ich war erst acht, als ich daran geglaubt habe, okay? Zieh mich deswegen nicht auf.«

Vincent jedoch schien nicht eine Sekunde daran gedacht zu haben, mich auszulachen. Perplex blinzelte er und runzelte die Stirn.

»Mit acht Jahren hattest du deine Kräfte schon?«

Ich zuckte mit einer Schulter und strich mir mit der freien Hand eine Strähne hinters Ohr. »Ja«, erwiderte ich dann. »Als ich sieben war, brachen sie aus. Ich habe mit der Wassermagie ein Glas in die Luft gesprengt.« Ich tippte auf meine rechte Wange, wo unterhalb meines Auges eine feine Narbe die Haut zierte. »Eine Glasscherbe bohrte sich in mein Gesicht und die Narbe blieb.«

»Wie haben deine Eltern reagiert?«, fragte Vincent interessiert.

Ich biss mir auf die Zunge und schaute nach rechts zur Stadt. Erinnerungen holten mich ein und ich fragte mich automatisch, wie es wohl gewesen wäre, wenn meine Mum noch da gewesen wäre. Sie war immer ein sehr fürsorglicher Mensch gewesen. Ich erinnerte mich kaum noch an sie, aber manchmal waren Fetzen vergangener Tage vor meinen Augen und ich spürte das warme Gefühl in der Brust. Meine Mum war eine starke Frau gewesen, die ihre Familie mit aller Hingabe geliebt hatte.

»Dad hatte bis dahin nichts von alledem gewusst. Er begann zu recherchieren, was mit mir los sein könnte, bis Meredith ihre Hilfe anbot. Ihr war wohl klar geworden, dass ich Fähigkeiten entwickelt hatte, und dann kam ich hier zur Villa.« Ich machte eine kurze Pause, ehe ich seufzte und weitererzählte. »Meine Mum und meine beiden älteren Schwestern starben bei einem Autounfall, als ich sechs war. Keine Ahnung, wie sie reagiert oder ob sie vielleicht auch Kräfte entwickelt hätten. So waren es nur ich und mein Dad, die vor dieser Aufgabe standen.«

Ich sah zu Vincent, der die Lippen aufeinanderpresste und mir mitfühlend in die Augen sah. »Das tut mir leid.«

Ich zuckte mit den Schultern und setzte ein Lächeln auf, was hoffentlich nur halb so viel Traurigkeit widerspiegelte, wie ich in meinem Inneren verspürte. Ich glaubte, dass dieser Verlust niemals komplett verschwinden würde.

»Es ist schon sehr lange her, deswegen ist es irgendwie okay. Ich vermisse sie alle drei, aber ich kann es nicht ändern.«

Manchmal fragte ich mich, wie es gewesen wäre, wenn meine Schwestern ebenfalls Kräfte gehabt hätten und wir zusammen aufgewachsen wären. Mit Sicherheit wäre einiges leichter gewesen. Für mich, aber auch für Dad.

»Der Auslöser für meine Kräfte war meine kleine Schwester, das weiß ich. Aber schon bald hatte ich mit der geballten Macht aller Elemente zu kämpfen und konnte damit nicht umgehen, war völlig überfordert. Ich war schnell gereizt und fast schon aggressiv, das Verhältnis zu meiner Familie litt ziemlich darunter. Als ich neunzehn war, verlor ich bei einem Streit mit meinem Bruder dann endgültig die Kontrolle und jagte das Haus, in dem wir lebten, in die Luft. Alle waren sofort tot. Meine Eltern, mein Bruder, meine kleine Schwester, die erst neun Jahre alt gewesen war. Deswegen wusste ich, dass diese Kräfte ein Fluch waren und nichts Gutes vollbringen konnten, so unterdrückte ich sie und stürzte mich in irgendwelche Aushilfsjobs.«

Fassungslos sah ich ihn an. Meine Kehle war wie ausgedörrt und ich empfand eine heftige Woge Mitgefühl. Er wandte das Gesicht von mir ab, weswegen ich von der Mauer rutschte und mich vor ihn stellte, damit er mich ansehen musste.

»Hey«, flüsterte ich und legte eine Hand an seine Wange. In seinen Augen glitzerten Tränen und mein Herz wurde schwer. »Du hast diese Kraft nicht kontrollieren können, Vincent, du wusstest nicht, was mit dir los ist. Du hättest es nicht verhindern können.«

»Ich wollte das alles nicht«, erwiderte er erstickt.

Ich nickte. »Ich weiß.«

Er fuhr sich mit dem Handrücken über die Augen und atmete tief durch. Ihn so am Boden zu sehen, brach mir das Herz.

»Deswegen bin ich nach der Sache am Bahnsteig zu dir gekommen. Eine Frau ist meinetwegen gestorben und ich wollte einfach, dass es aufhört. Ich will nicht weiter für den Tod von irgendwelchen Menschen verantwortlich sein, aber ich fürchte, dass mir keine andere Zukunft bevorsteht.«

»Ich werde dafür sorgen, dass du eine andere Zukunft bekommst, Vincent.

Wir stehen das gemeinsam durch, okay?« Ich ergriff seine freie Hand und drückte sie sanft zur Untermalung meiner Worte. Er sah mich an, ein schwaches, trauriges Lächeln umspielte seine Lippen.

»Aber du musst mich gehen lassen, wenn ich gefährlich werde. Ich will dich nicht verletzen, Charlie.«

Ich öffnete den Mund, um etwas zu sagen, doch Vincent legte mir sanft den Zeigefinger über die Lippen. Er sah mir direkt in die Augen.

»Versprich es mir.«

Ich nahm seine Hand in meine und setzte einen Kuss auf seinen Finger, ehe ich ihn entschlossen ansah und nickte.

»Ich verspreche es dir«, gab ich leise zurück, obwohl sich alles in mir dagegen sträubte. Ich wollte ihn nicht verlieren, ich wollte mich nicht von ihm abwenden, wenn er den Bach runterging. Vielmehr wollte ich an seiner Seite sein, auch wenn ich mit ihm untergehen würde.

Eine Weile blieben wir noch auf dem Dach, redeten über vergangene Familiengeschichten und kamen uns näher. Nicht auf der körperlichen Ebene, sondern viel mehr auf der emotionalen. Es war verrückt, aber ich wusste bereits, dass ich irgendetwas für Vincent empfand. Keine Ahnung, ob es meiner Hilfsbereitschaft zu schulden war. Doch was ich ganz sicher wusste, war, dass er mir etwas bedeutete. Ganz egal, ob ich ihm bloß helfen wollte, weil es mir am Herzen lag oder weil ich begann, ehrliche Gefühle für ihn zu entwickeln. Vincent hatte sich kopfüber in mein Leben geworfen und war bereits jetzt nicht mehr daraus wegzudenken.

Es war spät, als Dad und ich nach Hause fuhren. Ich wäre lieber in der Villa geblieben, doch da ich morgen früh wieder zur Schule musste, bestand mein Dad darauf, nach Hause zu fahren. Heute Nacht würden wir eh nicht mehr viel ausrichten können, weswegen es dann irgendwie auch okay für mich war. Nur wollte ich bei Vincent sein, was ich Dad aber sicherlich nicht so auf die Nase binden wollte.

»Hey«, hielt er mich auf, als ich geradewegs die Treppen nach oben nehmen wollte, nachdem wir zur Tür hineingekommen waren. Ich drehte mich zu ihm um. Er fuhr sich über den Nacken und sah mich müde an.

»Ich bin für dich da, Charlie-Bee. Wir stehen das alles gemeinsam durch, okay?«

Ich nickte leicht. »Danke, Dad«, erwiderte ich mit rauer Stimme und schenkte ihm ein schwaches Lächeln. »Wir sehen uns morgen. Gute Nacht.« Dann ging ich hoch in mein Zimmer.

Meine Gedanken kreisten umher und schienen nicht vorzuhaben, stehen zu bleiben und mich schlafen zu lassen. Zu viele Fragen tummelten sich in meinem Kopf, zu viel Angst saß in meiner Brust fest, weil ich nicht wusste, was auf uns zukommen würde. Ich hatte ein schlechtes Gefühl, doch irgendwann schlief ich doch noch darüber hinweg ein.

***

In der Schule passierte nicht wirklich viel. Ich hing meinen Gedanken nach und fand es mehr als unnötig, hier zu sein, wenn es gerade so viel wichtigere Dinge in meinem Leben gab. Katie redete bislang immer noch kein Wort mit mir und ich nahm mir fest vor, sie nach der Schule anzusprechen, damit wir uns vielleicht endlich vertragen konnten. Meine beste Freundin fehlte mir und ich hatte einfach niemanden, mit dem ich über das Gefühlschaos in meinem Inneren reden konnte. Da Katie aber ja nicht wirklich ein Fan von Vincent war, würde ich wahrscheinlich auch nicht mit ihr reden können.

Ich merkte erst, dass ich ein genervtes Seufzen ausgestoßen hatte, als Max sich mir gegenüber an den Tisch setzte und sein Mittagessen vor sich schob.

»Was ist los? Diskutieren die Möhren mit dir?«, fragte er belustigt und warf mir ein Grinsen zu. Ich schüttelte den Kopf, doch es kam mir kein Lachen über die Lippen.

»Nein. Ich denke über Katie nach und dass sie immer noch nicht mit mir redet. Außerdem geistert mir das von gestern immer noch im Kopf herum«, ließ ich ihn an meinen Gedanken teilhaben und nun war es auch an Max, zu seufzen. Er fuhr sich über das Gesicht und nickte.

»Ja, mir geht das auch nicht aus dem Kopf. Und ich finde, dass es irgendwie ungewöhnlich ruhig ist, oder? Also, dafür dass diese Leute dir und Vincent gestern aufgelauert haben, ist es irgendwie … zu ruhig einfach. Keine Ahnung.«

Max hatte recht. Es war irgendwie komisch, angespannt. Erdrückend. So, als wäre das hier die Ruhe vor dem unausweichlichen Sturm, der uns bevorstand. Ich hatte ein ganz ungutes Gefühl in mir und fürchtete, dass es nicht mehr lange so ruhig bleiben würde. Die Drohung, dass sie kommen würde, war real und zugegeben hatte ich wirklich Respekt vor dieser Person, obwohl ich nicht einmal wusste, wer sie tatsächlich war.

»Ich weiß, was du meinst.«

»Hey, Max«, rief plötzlich eine allzu bekannte Stimme und ich sah auf. Katie stand nur wenige Schritte von uns entfernt und sah stur ihren Freund an. Ihr Blick fiel nicht einmal auf mich und ich seufzte innerlich. Sie konnte so furchtbar dickköpfig sein!

»Geh schon.« Es war sinnlos, Max zum Bleiben zu bewegen, nur damit ich hier nicht allein sitzen musste. Er verdrehte die Augen und nahm sein Tablett in die Hände.

»Ihr müsst euch echt vertragen, Mann.« Dann stand er auf und folgte dem blonden Lockenkopf. Ich sah ihr einen Moment hinterher und wünschte, wir würden uns wirklich endlich wieder vertragen.

Nach der letzten Unterrichtsstunde wäre ich am liebsten nach Hause gegangen. Aber das Nachsitzen für diese Woche machte mir einen Strich durch die Rechnung, sodass ich den Weg zum Büro von Mr Fellow ansteuerte, anstatt mich dem Strom an Schülern anzuschließen und nach draußen gespült zu werden.

»Sie sind immer sehr pünktlich.«

Ich reagierte nur mit einem kurzen Lächeln, während mein Musiklehrer aufstand und mich mal wieder in den Nebenraum führte. Er deutete auf die aufgereihten Gitarren.

»Die müssen neu gestimmt werden. Können Sie das?«

»Ja, kann ich«, erwiderte ich. Ich hatte schon früher Gitarre gespielt, weswegen mir diese Aufgabe ein Leichtes war.

»Perfekt. Ich bin nebenan und muss noch einige Arbeiten korrigieren. Wenn irgendetwas ist, sagen Sie Bescheid.«

»Danke, Mr Fellow«, erwiderte ich mechanisch, ließ meinen Rucksack auf einen der Hocker fallen und zog meinen Mantel aus. Ich nahm mir das erste Instrument und setzte mich auf einen weiteren Hocker. Leise begann ich an den Saiten zu zupfen und hörte sofort, welche Töne nicht stimmten. Ich klemmte das Stimmgerät an das Instrument und begann die Saiten richtig zu spannen.

Als die erste Gitarre fertig war, nahm ich aus dem Augenwinkel eine Gestalt wahr und drehte den Kopf in Richtung der Tür. Ganz langsam setzte Robbie Campbell, Katies Dad, einen Fuß vor den anderen und kam in den Raum hinein. Er hatte die Daumen in die Gürtelschnallen seiner Uniform gehängt und sah zu mir.

»Deine Mum hat auch Gitarre gespielt, als wir jung waren«, sagte er mit einer tiefen, irgendwie bedrohlichen Stimme. Ich spürte einen kalten Schauer über meinen Rücken laufen. Die Alarmglocken in meinem Kopf schrillten heftig, denn irgendetwas war komisch an Robbie. So kannte ich ihn nicht. Seine ganze Ausstrahlung, seine Haltung hatte etwas Bedrohliches, etwas, das mir Angst machte.

»Dann habe ich das wohl von ihr geerbt«, erwiderte ich bloß und betrachtete mein Gegenüber. Er, Mum und Dad waren seit der Unterstufe miteinander befreundet. Ich wusste von Dad, dass es kurzzeitig Streit gegeben hatte, weil Robbie eifersüchtig gewesen war, als Mum sich in Dad verliebt hatte. Doch eigentlich war dieser schnell beigelegt worden, denn allen war die Freundschaft zu wichtig gewesen.

»Tja, offenbar. Viel interessanter wäre es doch zu wissen, was du noch alles von ihr geerbt hast, nicht wahr?«

Bildete ich es mir nur ein oder spielte er auf etwas Bestimmtes an? Ich schluckte schwer, denn ich hatte das starke Gefühl, dass Robbie mehr wusste, als er sollte. Er war mir nun so nah, dass ich seinen stechenden Blick erkennen konnte. Seine blauen Augen lagen auf mir und mir wurde eiskalt. War es möglich, dass er von meinen Fähigkeiten wusste? Nein, oder? Wie sollte er davon erfahren haben? Mein Herz schlug mir so hart gegen den Brustkorb, dass ich fürchtete, Robbie würde es hören können.

»Pass auf dich auf, Charlie. Ein Sturm ist angekündigt«, sagte er noch, ehe er mir kurz zunickte und schließlich aus dem Musikraum verschwand. Ich stieß die angehaltene Luft aus und fuhr mir mit zitternden Händen durch das Haar. Er wollte wahrscheinlich Katie abholen, aber was zur Hölle war das gerade gewesen?

Hatte er eine Vermutung und wollte meine Reaktion austesten? Wusste er von uns allen? Oder nur von mir?

Ich war völlig durcheinander und schaffte es kaum noch, mich auf das Nachsitzen zu konzentrieren. Die Angst, dass die magischen Kinder tatsächlich sehr bald ihr Geheimnis nicht mehr würden verstecken können, schnürte mir die Brust ab und ich konnte kaum noch einen richtigen Atemzug nehmen. Verdammt! Am liebsten wäre ich sofort aufgesprungen und davongerannt, doch gerade in diesem Moment kam Mr Fellow rein und sah mich verwirrt an.

»Ist alles in Ordnung, Charlie? Sie sehen etwas blass aus.«

»Ähm ... ich habe nur Kopfschmerzen, Mr Fellow«, erwiderte ich stockend und klammerte mich an die Gitarre auf meinem Schoß.

Mr Fellow runzelte die Stirn. »Vielleicht sollten Sie lieber nach Hause gehen. Es ist eine Sturmwarnung ausgesprochen worden, Sie sollten sich nicht länger als notwendig in der Schule aufhalten.«

Ich nickte steif und stellte die Gitarre in den Ständer neben mir. »Kommen Sie gut nach Hause.«

»Danke, Mr Fellow«, murmelte ich durcheinander, schnappte mir Jacke und Tasche und floh praktisch aus dem Musikraum. Auf dem Flur kam mir Max entgegen, der sich seine Jacke überschmiss.

»Spürst du das auch?«, fragte er und ich konzentrierte mich auf mein inneres Gefühl. Und tatsächlich: Ich spürte deutlich eine große Macht, die uns entgegenwehte.

»Was zur Hölle ist das?«

»Vielleicht der Sturm«, sagte Max unheilvoll und folgte mir nach draußen.

Dort war die Luft zum Schneiden dick. Alles um uns herum schien elektrisiert zu sein und ich konnte kaum atmen. Eine heftige Energiewelle, wie eine Wand, begrüßte uns. Keiner von uns beiden musste die Fähigkeit haben, andere Kräfte aufspüren zu können, denn diese waren so präsent, dass keines der magischen Kinder sie hätte ignorieren können. Ich schaute zum Himmel und sah dicke dunkelgraue Wolken, die sich gefährlich auftürmten, als würden sie sich tatsächlich auf ein Unwetter vorbereiten.

Just in diesem Moment klingelte mein Handy. Ich fischte es aus meiner Jackentasche und sah Sakis Namen.

»Charlie? Wo bist du?«, fragte sie.

»Noch an der Schule. Max ist bei mir. Was ist los?«

»Ich weiß es nicht. Etwas ... etwas Großes kommt auf uns zu. Kannst du von der Schule aus den Big Ben sehen?«

Ich nahm die Treppen vor der Schule und lief ein Stück von dem großen Gebäude weg, ehe ich mich in die Richtung drehte, in der die Sehenswürdigkeit stand. Mein Herz blieb für einen Moment stehen, als ich das sah, was sich am Himmel abspielte: Eine riesige, schwarze Wolke braute sich direkt über dem Turm zusammen. Dass sie nicht natürlich war, zeigten die roten Blitze, die immer wieder durch das schwarze Ungeheuer zuckten.

»O Gott«, flüsterte ich. »Wir sind sofort da, Saki.« Ich beendete den Anruf und blickte zu Max, der fassungslos hinter mir stand, den Blick auf das Spektakel geheftet. Es mussten die anderen magischen Kinder sein, eine andere Erklärung gab es für dieses Phänomen nicht.

Adrenalin pumpte durch meine Adern.

»Komm schon, Max. Wir müssen los«, drängte ich ihn und ohne weiter Zeit zu verlieren rannten wir los.

Siebzehn

Je näher wir dem Big Ben kamen, desto mehr panische Leute kreuzten unseren Weg. Es war so surreal, mein Verstand setzte aus und ich funktionierte einfach nur noch. Nun war es also so weit. Der Moment, in dem diese anderen magischen Kinder unser Geheimnis verraten würden, war gekommen.

Es drang gar nicht richtig in meinen Kopf ein, dass es nach dem, was nun geschah, nicht mehr so sein würde wie vorher. Ich verstand einfach nicht, dass die magischen Kinder vielleicht nicht mehr in Frieden leben konnten, wenn dieser Moment vorbei war.

Max und ich kämpften uns einen Weg nach vorn. Eine Traube aus Menschen stand mitten auf den Straßen, der Verkehr war lahmgelegt worden und ich sah Polizeiwagen. Sicher war mein Dad auch hier irgendwo.

Als ich Ty entdeckte, schob ich mich an den filmenden und staunenden Menschen vorbei. Anscheinend hatten nicht alle von ihnen Panik, sondern waren fasziniert von dem, was sich direkt vor uns abspielte.

»Was passiert hier?«, fragte ich Ty, als ich neben ihm ankam. Er sah zu mir und schüttelte leicht den Kopf. Offenbar hatte er auch keine logische Erklärung dafür. Ich blickte nach vorn, zu dieser wabernden Wolke aus Energie.

»Ich weiß es nicht. Seit einer halben Stunde ist diese Wolke über uns. Ich glaube, sie sind es ...«, sagte er und ich presste die Lippen aufeinander. Das war gar nicht gut.

Aus dem Augenwinkel nahm ich eine Bewegung wahr und drehte den Kopf nach links. Vincent tauchte neben mir auf. Die roten Blitze tanzten in seinen Augen.

»Sie ist es«, brachte er nur hervor. »Sie mit ihrer Tochter.«

Ich schluckte schwer. Wenn diese Frau und ihre Tochter so etwas erschaffen konnten, dann waren sie in der Tat unglaublich stark. Angst kroch in meine Adern und verteilte sich blitzschnell in meinem ganzen Körper. Ich griff nach Vincents Hand. Ein Sturm kam auf und peitschte mir das Haar ins Gesicht, ich sah, wie einer jungen Frau der Schal, der locker um ihren Hals hing, entrissen und in die Lüfte gezogen wurde. Die feinen rosa Fasern tanzten wild im Wind.

Mein Blick glitt durch die Menge, ich bemerkte meinen Dad, der, wie die anderen Polizisten, mit gezückter Waffe in der ersten Reihe stand, und auf das wartete, was uns bevorstand. Sein Blick traf meinen und ich konnte die Sorge sehen, die über sein Gesicht huschte. Es passte ihm nicht, dass ich hier war, aber wo hätte ich mich sonst aufhalten sollen? Dieser Moment hier bestimmte meine Zukunft.

Plötzlich lösten sich mehrere Leute aus der Menge und traten in die Mitte der Traube. Unter ihnen erkannte ich die rothaarigen Geschwister und ich fürchtete, dass sie alle magische Kinder waren. Es waren bestimmt ein Dutzend.

Ein Blitz zerriss die schwarze Wolke und wie aus dem Nichts erschien am Himmel eine menschliche Silhouette. Sie hatte die Arme von sich gestreckt und ich konnte, je näher sie dem Boden kam, ihre Kraft verschwommen wahrnehmen, die unter ihr und ganz um sie herum waberte.

»Einwohner von London, Menschen auf der ganzen Welt«, hallte ihre Stimme über den Platz. Sie war zu weit entfernt, als dass ich sie richtig erkennen konnte. Menschen schoben sich vor mein Sichtfeld und ich zog Vincent mit mir, als ich mich weiter nach vorn kämpfte.

»In diesem Universum gibt es mehr, als ihr geahnt habt. Mehr als eure engstirnige Wirklichkeit. Es gibt Kinder, magische Kinder wie mich und meine Tochter, mit fantastischen Fähigkeiten, die nicht länger im Schatten dieser Stadt leben wollen.« Sie machte eine Kunstpause, während weitere Leute sich aus der Masse abhoben und zu ihr gingen. Sie empfing die magischen Kinder und trat weiter nach vorn.

Und je näher sie kam, desto weiter rutschte mir das Herz in die Hose. Hilflos sah ich zu Dad, der wie in Zeitlupe die Waffe sinken ließ. Unglaube stand ihm ins Gesicht geschrieben, genau wie er bei mir ablesbar sein musste. Ich löste meine Hand aus Vincents und stolperte einen weiteren Schritt nach vorn, mittlerweile konnte ich sie ganz klar erkennen, auch wenn die Erinnerungen teilweise im Dunklen lagen. Doch mit jedem Herzschlag wurde es mir bewusster. Ich erkannte sie von den Fotos auf unserem Kaminsims.

Ihr dunkles Haar war kürzer, die Gesichtszüge irgendwie härter, hasserfüllter. Sie strahlte so viel Kälte und Macht aus, dass mir ein Schauer über den Rücken lief.

»Mum«, flüsterte ich erstickt, als sie stehen blieb und sich in der Menge umsah.

»Wie ist das möglich? Du ... du sagtest doch sie wäre tot.« Vincents Stimme direkt neben mir. Ich nickte mechanisch, konnte doch nicht drauf antworten. Das hatte ich auch gedacht. Elf verdammte Jahre lang hatte ich gedacht, sie wäre tot. Ertrunken, als sie mit dem Wagen durch die Brückenbrüstung gerast war. Mit ihr waren Anabelle und Danielle gestorben.

Ich bemerkte erst, dass ich aus der Masse hervorgetreten war, als ihre Lippen aufhörten, sich zu bewegen und sie mich direkt ansah, mich vielleicht sogar erkannte? Ich hatte ihre letzten Worte gar nicht mehr mitbekommen, denn das Blut rauschte in meinen Ohren. Ich fühlte mich wie in einem Strudel gefangen, aus dem ich nicht herausbrechen konnte.

Sie stand vor mir.

Meine Mum stand tatsächlich vor mir. Und sie war diejenige, die die ganze Stadt in Chaos versenken wollte, indem sie unser Geheimnis lüftete. Sie war der Feind.

Und jetzt stand sie einige Meter von mir entfernt und streckte die Hand nach mir aus, als hätte sie jahrelang auf mich gewartet.

»Ich spreche nun zu den magischen Kindern von London«, erhob sie ihre Stimme wieder. »Schließt euch mir an! Eine glorreiche Zukunft ohne Versteckspiele steht euch bevor, eine Zukunft, in der wir an der Macht sind und keine Angst vor den Menschen haben müssen! Schließt euch mir an und keiner wird verletzt werden!«

Ihr Blick fiel auf Vincent und ein schmales Lächeln umspielte ihre Lippen. Ich stolperte einen Schritt zurück und prallte dabei gegen Vincents Brust, der augenblicklich die Arme um mich schlang, damit ich nicht fiel. Meine Beine waren weich wie Wackelpudding. Wie mechanisch ließ ich den Blick schweifen, sah Meredith und Ren, Saki, Ryan, Emilia, einfach alle, die in der Villa lebten. Keiner von ihnen war bereit, zu ihr zu treten und sein wahres Ich zu zeigen.

Doch das schien etwas zu sein, was meiner Mum missfiel. Ihre Augen verengten sich und sie hob die Arme, ihr Körper erhob sich erneut ein paar Meter in die Lüfte. Donner grollte über ihr, die Blitze nahmen zu und die Energie um uns herum knisterte elektrisiert.

»Früher oder später werdet ihr die richtige Seite wählen«, ertönte ihre Stimme noch einmal, dann ging plötzlich alles ganz schnell.

Der erste Blitz schlug auf der Straße ein und die Menschen stoben kreischend auseinander. Panik brach aus und alle liefen durcheinander, ich wurde geschubst und verlor Vincent. Für den Moment konnte ich einfach nicht reagieren, jemand rempelte mich an der Schulter an und ich fiel auf die Knie. Gefangen in der Fassungslosigkeit, dass meine Mum nicht tot war, blieb ich einen Herzschlag lang einfach nur dort hocken. Ich starrte auf die zweite Gestalt, die, um deren Hände rote Blitze waberten. Ihr orangerotes Haar wehte im Wind, doch sie schien ganz Herr der Lage zu sein. Ich blinzelte mehrmals, doch die Erkenntnis, die mich traf, ebbte nicht ab. Vincent hatte gesagt, dass sie Mutter und Tochter waren. Vor meinem inneren Auge spielte sich eine Erinnerung ab, die schlagartig da war, als hätte ich sie nie vergessen. Ich sah das rothaarige Mädchen vor mir, meine große Schwester. Danielle. Auch wenn Anabelle ihr Zwilling gewesen war, hatten sie einander kaum geähnelt.

»Hilfe!«, rief eine Frau nicht weit von mir und ich wurde zurück in die Realität gezerrt. Blut strömte über ihr Gesicht, sie musste am Kopf getroffen worden sein.

»Hey, ich bin hier. Ich bringe Sie zu einem Krankenwagen, okay?«

Sie nickte und wimmerte, hielt ihre Augen geschlossen, weil alles voller Blut war. Ich biss die Zähne zusammen und half ihr aufzustehen, führte sie zu einem der vielen Krankenwagen. Schüsse lösten sich und ich zuckte zusammen. Als ich einen Blick über die Schulter warf, konnte ich sehen, wie die Kugeln der Polizisten an einem roten Schutzschild abprallten. Ein Rumoren ging durch den Boden, ich spürte es durch meine Erdmagie und lieferte die verletzte Frau, so schnell es ging, bei den Sanitätern ab. Als ich zurückrannte, sah ich Vincent. Ausgerechnet er stellte sich Danielle entgegen und wollte sie aufhalten. Mein Herz raste und ich versuchte in diesem Chaos zu ihm zu gelangen.

Ehe ich reagieren konnte, schoss ein Blitz auf mich zu. Ich hob abwehrend die Arme, zwei dicke Wurzeln schossen aus dem Boden hervor und hielten den Angriff von mir ab. Als ich aufsah, erblickte ich nicht das vertraute grüne Leuchten an meinen Händen, sondern Vincent, der vor mir stand und mich gerettet hatte.

»Charlie!«, hörte ich die Stimme meines Dads, bevor ich mich bei Vincent bedanken konnte. Er kämpfte sich zu mir durch und legte eine Hand auf meine Schulter, als er bei mir ankam. »Du musst hier weg. Lauf nach Hause und versteck dich dort!«

Ich schüttelte den Kopf, mein Blick fiel erneut auf meine Mum. Auch Dad sah zu ihr und als ich den Kopf wieder drehte, sah ich die Fassungslosigkeit nun in seinem Gesicht.

»Dad, ich … ich will helfen.« Ich nahm gar nicht wahr, dass Vincent schon wieder dabei war, seine Kräfte gegen Danielles einzusetzen und das Schlimmste zu verhindern.

»Nein, es ist zu gefährlich. Sie ist … sie –« Seine Stimme brach und ich sah das, was ihm ebenfalls ins Auge fiel: Mum, die uns beide direkt ansah. Wie sie ihre Hand ausstreckte und ein schon fast mütterliches, liebevolles Lächeln auf den Lippen trug. Mein Herz krampfte sich schmerzhaft zusammen. Das hier war falsch. Ihre Machenschaften waren falsch.

»Wir müssen den Leuten helfen, Charlie-Bee.« Dad hatte sich plötzlich wieder unter Kontrolle und sah mich ernst an. Er drehte mein Gesicht zu sich. »Hast du gehört? Rette so viele, wie du kannst, und dann sieh zu, dass du hier wegkommst.«

Ich nickte mechanisch, obwohl ich so viel zu sagen hatte. Ich wollte mit ihm darüber reden, dass Mum wieder da war. Ich musste es irgendwie loswerden, doch ich wusste, dass dies hier gewiss nicht der richtige Zeitpunkt war.

Gerade als wir uns trennen wollten, erfasste uns ein heftiger Wirbel und schleuderte Dad und mich zurück. Ich kam hart auf dem Boden auf und rang nach Luft, als diese mir vollständig aus den Lungen gepresst wurde. Ich spürte, wie die Energie mich am Boden halten wollte, doch als ich den Kopf ein klein wenig anheben konnte und Dad sah, der auf der Motorhaube eines Streifenwagens aufgekommen war, setzte ich all meine Magie ein, um mich dagegen zu wehren. Dads Arm lag in einem grotesken Winkel halb verdreht unter ihm und ich fürchtete, dass er gebrochen war. Wut baute sich in mir auf, weil meine eigene Familie uns angegriffen hatte, Wurzeln brachen aus dem Boden und kämpften gegen den roten Dunst, der mich fest an den Asphalt tackerte. Ich stieß einen Schrei aus und das rote Leuchten wurde von einer Welle hellgrüner Magie verschluckt, sodass ich mich aufrichten und zu Dad laufen konnte.

»Scheiße, Dad«, keuchte ich, als dieser sich mit schmerzverzerrtem Gesicht aufsetzte und seinen Arm an den Oberkörper presste. Ein weiterer Blitz zerriss den Himmel, ich zuckte vor der Heftigkeit zusammen und blickte zu den Wolken hinauf, die nur noch einen feinen roten Schimmer zeigten, ehe die Unruhe plötzlich beendet war. Die schwarze Wolke verzog sich und einzelne Sonnenstrahlen fanden ihren Weg auf den Platz, auf dem einen Wimpernschlag zuvor noch das reinste Chaos geherrscht hatte. Ich hatte keine Zeit, mir Gedanken darüber zu machen, wieso sich die beiden plötzlich verzogen.

»Wir müssen dich ins Krankenhaus bringen«, sagte ich und konzentrierte mich nur auf meinen Dad. Würde ich zulassen, dass ich über das gerade Geschehene nachdachte, würde ich ihm nicht mehr helfen können.

»Ich schaff das schon.« Seine Stimme klang gepresst. Obwohl er keine Hilfe haben wollte, brachte ich ihn zum erstbesten RTW, den ich sah.

»Ich glaube, sein Arm ist gebrochen«, sagte ich dem Sanitäter, der sich sogleich Dads Arm ansah.

»Sie müssen ins Krankenhaus, Sir. Wollen Sie mitfahren?«

Ich nickte, während Dad auf die Liege gedrückt wurde und eine provisorische Schiene angelegt bekam. Wie in Trance wartete ich, bis sie die Liege hineingeschoben hatten.

»Charlie!«, rief eine Stimme und als ich mich zu ihr umdrehte, sah ich Tyler auf mich zulaufen. »Scheiße, wie kann ich dir helfen?«, fragte er, als er bei mir angekommen war.

»Such Vincent und bring ihn in die Villa. Bitte, er hat seine Kräfte vielleicht überstrapaziert« sagte ich und stieg in den RTW, dessen Türen sich daraufhin schlossen.

Durch die Plexiglasscheiben der Rücktür konnte ich sehen, dass Tyler nickte. Eine Woge von Erleichterung durchflutete mich, war aber sofort wieder verflogen, weil zu viel Last auf meinen Schultern lag. Kaum war ich auf die gepolsterte Bank gefallen, setzte sich der Wagen auch schon in Bewegung und brachte uns von diesem schrecklichen Ort weg. Meine Hände zitterten und ich fühlte mich fast erschlagen.

Die Notaufnahme des Krankenhauses war so überfüllt, dass wir nicht mal mehr einen Stuhl abbekamen. Dad und ich redeten so gut wie kein Wort, weil wir beide das, was geschehen war, noch nicht verarbeitet hatten. Wie auch? Es war fast unmöglich zu verstehen, dass Mum am Leben war.

Irgendwann wurde Dad dann zur Behandlung geholt und ich blieb allein in dem immer leerer werdenden Krankenhausflur zurück. Mal lief ich auf und ab, weil ich nicht mehr stillsitzen konnte, mal setzte ich mich dann doch wieder auf den kalten Boden und zog die Knie an meinen Körper heran. Es war alles so unverständlich.

Obwohl ich aus dem Fenster starrte, nahm ich gar nicht richtig wahr, dass es dunkel wurde. Ich war so tief in meinen Gedanken versunken, dass ich meine ganze Umgebung nur noch am Rande mitbekam, wenn überhaupt. Einmal war eine Krankenschwester vor mir stehen geblieben und hatte gefragt, ob sie mir helfen könnte. Ich hatte nur den Kopf geschüttelt, nicht einmal ein dankbares Lächeln hatte ich zustande gebracht. Zwischen die ganzen Chaosgedanken zu meiner Mutter mischte sich irgendwann die Sorge um meine Freunde. Ich hatte sie alle einfach dort gelassen, als ich mit Dad in den RTW gestiegen war. Vincent, Ty, Saki, Dave … Max. Sie alle waren dort gewesen und ich hatte sie einfach im Stich gelassen. Was, wenn ihnen etwas zugestoßen war? Hatte die Polizei sie sofort mitgenommen, wenn sie ihre Kräfte gesehen hatte? Hatte sie sie überhaupt gesehen oder konnten wir uns immer noch ohne Probleme unter den Menschen fortbewegen?

Ich wusste nichts.

Und das trieb mich in den Wahnsinn.

Ich war mir nicht sicher, wie viel Zeit vergangen war, doch irgendwann setzte sich Dad neben mich. Zunächst wortlos, als würde er darauf warten, dass ich den ersten Schritt tat. Ich kniff die Augen zusammen und wollte die Tränen aufhalten, doch jetzt lief mir die erste heiße Träne bereits die Wange hinunter und ich atmete zittrig ein.

»Sie leben, Dad«, flüsterte ich mit gebrochener Stimme und sah ihn endlich an. »Elf Jahre lang dachten wir, sie wären tot, aber das sind sie gar nicht. Und sie haben sich einen Scheißdreck um uns gekümmert.«

»Ich … ich kann es dir auch nicht erklären, Charlie-Bee«, antwortete er mir wahrheitsgemäß. Er klang müde, ausgezehrt. Das dunkle Hemd seiner Uniform lag offen über seinen Schultern, zeigte das schwarze Unterhemd, was er darunter trug. Sein Arm war in einen dicken weißen Gips gelegt worden und er trug eine Schlinge um den Hals. Ich schniefte, ehe ich mich an seine gesunde Schulter lehnte. Augenblicklich legte er den Arm um mich und zog mich an sich. Ich schloss für einen kurzen Moment die Augen und atmete tief ein. In diesem Moment hatte ich noch absolut keine Idee, wie es irgendwann besser werden sollte. Aber ich wusste, dass ich über diesen Verrat würde hinwegsehen können. Sehr wahrscheinlich nicht heute oder morgen. Aber eines Tages.

»Na komm, Charlie-Bee, lass uns nach Hause gehen.«

Ich nickte zur Antwort, wischte mir die Tränen von den Wangen und stand mit steifen Gliedern auf. Meine Beine protestierten, weil ich zu lange in dieser angewinkelten Position gesessen hatte, doch das interessierte mich kaum. Ich wollte einfach nur noch nach Hause und in mein Bett.

Achtzehn

Ich träumte.

Ich wusste es, weil es einer dieser Träume war, in denen ich nur das dunkle, allesverzehrende Wasser um mich herum erkannte. Dennoch hatte ich nicht das Gefühl, als würde ich ertrinken. Ich war einfach nur im Wasser. Sah die Lichtkegel der Scheinwerfer, die frontal ins Wasser krachten und hinabtauchten. Doch dieses Mal konnte ich keine Insassen erkennen. Dieses Mal war der Wagen leer.

Weil Mum und Danielle nicht gestorben waren.

Aber was war mit Anabelle?

Ich schlug die Augen auf und starrte an meine Zimmerdecke. Sehr viel Schlaf hatte ich nicht gefunden und das ließ mich mein Körper mit dumpfen Kopfschmerzen und Antriebslosigkeit spüren. Müde schloss ich einfach wieder die Augen und fasste mir an die Stirn. Vielleicht würde ich einfach liegen bleiben können, ohne dass es irgendjemandem auffiel.

Doch je länger ich die Augen geschlossen hielt, desto eher kamen die Bilder vom Vortag wieder zurück. Ich sah Danielle, wie sie ihre Kräfte losließ. Energiemagie. Ren hatte mal erzählt, dass damalige Elementare nicht nur die vier Elemente beherrschten, sondern auch die Energien manipulieren konnten. Mit den Jahren aber hatten sich die vier Elemente – Erde, Feuer, Luft und Wasser – als beständig gezeigt und die Energie war verschwunden.

Danielle war es auch gewesen, die Vincent aus der Villa befreit hatte. Schon da hatte Saki gespürt, dass ihre Kräfte meinen ähnelten – aber wer hätte denn bitte ahnen können, dass es sich um meine tote Schwester handelte? Wir hätten das alles gemeinsam durchstehen können. Wir hätten uns gegenseitig unterstützen und helfen können, als unsere Kräfte zu uns gekommen waren. So kannte ich sie nicht. Kannte meine Mutter nicht. Sie hatten mir die Möglichkeit auf eine ganz normale Familie genommen und sich einfach nie bei uns gemeldet. Warum fragte ich mich. Warum waren sie nie zurückgekommen? Und viele weitere Fragen wirbelten in meinem Kopf durcheinander, die ich nicht sortieren konnte.

Ehe meine Gedanken wieder komplett die Überhand gewannen, stand ich auf und ging ins angrenzende Bad. Ich mied den Blick in den Spiegel, drehte das Wasser in der Dusche heiß auf und entledigte mich meiner Schlafkleidung, ehe ich unter den dampfenden Wasserstrahl trat. Das Wasser wusch die Anspannung ein klein wenig von mir und ich genoss die Hitze, die meinen Körper überströmte.

Als ich fertig war, band ich mir meine feuchten Haare nachlässig zu einem Dutt zusammen, zog mich an und ging zurück in mein Schlafzimmer. Erst als ich eine Stimme von unten wahrnahm, löste sich meine neu aufgekommene Starre. Es war Ty, er war unten bei Dad. Ich schloss die Augen und atmete tief durch. Hatte ich schon die Kraft, meinem besten Freund unter die Augen zu treten? Es war Tyler … der Tyler, der bereits alles Erdenkliche mit mir durchgestanden hatte. Natürlich konnte ich ihm unter die Augen treten.

Als sich plötzlich eine weitere Stimme dazumischte, spürte ich trotz der verqueren Situation das Stolpern meines Herzens. Wie wilde Kolibriflügel flatterte der Herzschlag in meiner Brust und ich musste tief durchatmen.

»Wie geht es ihr? Ist sie schon wach?«, fragte Vincent, vermutlich an meinen Dad gerichtet. Ich fuhr mir durchs Haar und blieb prompt in dem verschlungenen Dutt hängen, den ich total vergessen hatte. Schnell riss ich mir das Haargummi heraus und lockerte die einzelnen Strähnen etwas, dann ging ich zu meinem Spiegel herüber und nahm etwas Make-up zur Hand. Es musste doch so oder so weitergehen. Ich konnte mich nicht in meinem Zimmer verstecken und abwarten, dass ich das alles verarbeitet hatte. Die Menschen würden auf die magischen Kinder reagieren und dann musste jeder von uns da sein und wir mussten zusammenhalten. Ich konnte keinen Egotrip fahren.

Ein letztes Mal atmete ich tief durch, sah mich im Spiegel an und nickte mir selbst zu. Dann verließ ich die trügerische Sicherheit meines Zimmers und nahm die Treppen nach unten, wo sich sofort drei Augenpaare auf mich richteten.

»Hey, Charlie«, sagte Ty sanft und war der Erste, der auf mich zukam, um mich in eine feste Umarmung zu ziehen. Ich erwiderte diese und fühlte die vertraute Geborgenheit, die mich immer umgab, wenn ich mit Ty zusammen war.

»Ich kann echt nicht fassen, was passiert ist«, flüsterte er mir zu und löste sich leicht von mir, um mir ins Gesicht sehen zu können.

Ich schüttelte ratlos den Kopf. »Ich auch nicht«, erwiderte ich und befreite mich nun gänzlich aus seinen Armen.

»Wie geht's dir? Kann ich irgendetwas tun?«

»Ehrlich gesagt, weiß ich es nicht. Ich ... ich habe eintausend Gedanken im Kopf und alle befassen sich mit der Frage, wie sie uns das antun konnte.« Mein Blick huschte zu Dad, der die Lippen zusammenpresste und ebenfalls ratlos den Kopf schüttelte, während Vincent sich in Zurückhaltung übte und mir nur ein schwaches Lächeln zuwarf, was ich trotz aller Anspannung erwiderte.

»Ja, diese Frage stelle ich mir auch«, erwiderte Dad und ich griff nach seiner Hand, um ihm zu zeigen, dass ich für ihn da war. Für ihn musste es nicht weniger schlimm sein als für mich, schließlich war sie seine Frau. Die beiden waren seit Jahren ein Paar gewesen, schon seit der Unterstufe. Und dann war sie augenscheinlich gestorben, lebte und ließ uns glauben, sie wäre tot. Vermutlich fühlte er sich genauso schlecht wie ich.

»Haben wir schon einen Plan, was wir machen?«, fragte ich dann in die Runde.

Es war Vincent, der das Wort zögernd ergriff, nachdem er sich durchs Haar gefahren war. »Deine ... Mutter sinnt definitiv nach Rache und will offenbar ganz London mit hineinziehen.«

Ty ließ ein Schnauben verlauten, verschränkte die Arme vor der Brust und sah Vincent aus zusammengekniffenen Augen an.

»Kannst du auch ein bisschen sensibel sein?«, fuhr er ihn an und ich blinzelte perplex. Was genau lief hier gerade ab?

Unbeirrt übernahm Tyler nun das Wort. »Die Lage ist wirklich ernst«, sagte er, weitaus sanfter, als müsse man mich schützen. »Die Menschen geraten in Panik, weil sie niemals mit so vielen magischen Kindern gerechnet haben. Wie deine Mum und deine Schwester gestern ihre Kräfte eingesetzt haben, hat den Menschen gezeigt, dass es sehr viel mächtigere Fähigkeiten gibt als die, die sie bereits kennen. Es ist ja schön und gut, ein paar Bücher durch den Schulflur fliegen zu lassen, aber diese beiden sind Naturgewalten. Die Regierung will nun tatsächlich das Meldegesetz verschärfen und jedes magische Kind zwingen, sich zu registrieren. Je nachdem, wie gefährlich wir eingestuft werden, können die uns vielleicht einsperren.«

»So weit sind wir noch lange nicht«, mischte Dad sich nun mit ein und verschränkte die Arme vor der Brust. Jedenfalls so, wie es sein verletzter Arm zuließ.

»Dennoch wird die Polizei eine Special Unit gründen, die sich damit beschäftigt, magische Kinder aufzuspüren.«

Perplex sah ich meinen Dad an. »Wie soll das funktionieren? Unsere Energiesignaturen können von Menschen nicht erfasst werden.«

Dad nickte. »Ich habe heute Morgen eine Nachricht auf meinem Telefon gehabt, dass Robbie sich mit einem Biologen auseinandersetzen will. Ich denke, es wird so weit kommen, dass sich wenigstens eines der magischen Kinder freiwillig melden muss, damit es untersucht werden kann. Das müssen wir um jeden Preis verhindern.«

»Menschen sind so furchtbar engstirnig«, stieß Vincent hervor. »Anstatt sich damit auseinanderzusetzen und uns zu verstehen, reagieren sie mit Angst und Hass.«

Ich nickte Vincent zustimmend zu, dennoch änderte das nichts an der Situation. Wir mussten eine Lösung finden.

»Nichtsdestotrotz müssen wir meine ... müssen wir Sienna aufhalten. Sie darf damit nicht durchkommen und alle magischen Kinder in Gefahr bringen.«

»Das wird nicht so einfach werden«, gab Ty zu bedenken. »Sieh mal, sie hat jahrelang vor uns verborgen gelebt. Vielleicht hat sie sich in all der Zeit nur darauf vorbereitet. Wer weiß schon, wie weitreichend ihre Pläne tatsächlich sind.«

»Das Diskutieren bringt uns jedenfalls auch nicht weiter. Ich schlage vor, dass wir erst mal mit unserem Alltag weitermachen wie bisher, damit kein Verdacht geschöpft wird. Ihr müsst euch normal verhalten.« Dad wandte sich an mich und hob die Brauen. »Zum Alltag gehört zum Beispiel auch die Schule. Also, junge Dame, sieh zu, dass du deinen Hintern hier rausbewegst.«

Ich stieß ein Schnauben aus. »Ernsthaft? Ich soll zur Schule, während sie irgendwo da draußen ist?! Das ist doch jetzt nicht wichtig!«

»Mir ist es wichtig. Vergiss nicht, Charlie-Bee, durch deinen langweiligen, normalen Vater musst du auch langweilige, normale Dinge tun. Wie zum Beispiel zur Schule gehen. Lernen. Deinen Abschluss schaffen.«

»Ich kann dich fahren«, bot Tyler an.

»Ich kann dich auch hinbringen«, mischte sich Vincent mit ein und ich verdrehte genervt stöhnend die Augen, als die Kabbelei zwischen Vincent und Ty wieder von vorn begann.

»Du hast gar kein Auto, du Superheld.«

»Stopp, alle beide! Was ist nur los mit euch?! Haben wir nichts Wichtigeres zu erledigen?« Vincent und Tyler verstummten und ich atmete tief durch, ehe ich meinen besten Freund ansah. »Geh zur Villa, Ty, und schau, ob du da irgendwie helfen kannst. Ren und Meredith haben bestimmt schon einen Plan.«

»Und ich begleite dich zur Schule«, sagte Vincent, dem ich einen vernichtenden Blick zuwarf.

»Ausnahmsweise bin ich Vincents Meinung. Ich will nicht, dass du jetzt allein bist«, stimmte Dad zu.

Ich verdrehte die Augen zur Antwort – mir stand der Sinn jetzt wirklich nicht nach Schule. Dennoch gab ich mich geschlagen, mit meinem Dad zu diskutieren stand definitiv nicht oben auf meiner To-do-Liste und war ohnehin sinnlos.

»Ich werde aufs Revier fahren und sehen, ob ich etwas über Robbies Special Unit herausfinden kann.«

Bei seinem Namen wurde mir gerade bewusst, dass Katie jetzt unweigerlich auch mit in diese Sache gezogen wurde. Wenn ihr Dad herausfand, dass ich magische Fähigkeiten hatte, dann würde es nicht lange dauern, ehe Katie hinter unser Geheimnis kam. Und dann würden Max und ich richtig alt aussehen, denn wir hatten sie unser Leben lang belogen.

»Scheiße … Katie wird es auch herausfinden«, seufzte ich, Dad warf mir einen mitleidigen Blick zu.

»Auf kurz oder lang schon, ja. Aber das wird schon, Kleines.«

Nachdem ich mir noch einen Tee mitgenommen und meine Tasche geschultert hatte, gingen wir alle los. Ty stieg ebenso wie Dad in seinen Wagen und zurückblieben Vincent und ich, die langsam Richtung Schule schlenderten. Ich wollte mich am liebsten noch eine Weile darüber aufregen, wie unnötig es war, jetzt zum Unterricht zu gehen, aber ich ließ es lieber.

»Wie geht es dir wirklich, Charlie?«, fragte Vincent mich, der die Hände in die Hosentaschen geschoben hatte. Ich stieß ein weiteres Seufzen aus und schüttelte unwissend den Kopf.

»Es ist alles irgendwie ein bisschen viel gerade. Aber offen gesagt möchte ich darüber gar nicht weiter sprechen«, erwiderte ich ehrlich und sah zu ihm.

Seine blauen Augen waren auf den Fußweg vor ihn gerichtet und die Stirn war in leichte Falten gezogen. Irgendetwas lag ihm auf dem Herzen, das sah ich ihm deutlich an, weswegen ich mich ihm näherte und spielerisch meine Schulter gegen seine stieß.

»Hey, was ist denn los? Was hast du auf dem Herzen?«

Vincent fuhr sich etwas unbeholfen durch das Haar und zuckte mit den Schultern. Ich ahnte, dass es für ihn immer noch schwierig war, offen über seine Gefühle zu sprechen, weswegen ich ihm die Zeit gab, die er offenbar brauchte.

»Na ja, also eigentlich ist es echt ein verdammt schlechter Zeitpunkt«, fing er dann langsam an und blieb stehen. Ich tat es ihm gleich und blickte ihn an. Als er wieder nach Worten rang, ging ich einen Schritt auf ihn zu und nahm seine Hand.

»Vince … ich habe dir gesagt, dass ich für dich da bin. Und daran hat sich auch jetzt nichts geändert, okay? Du kannst mir alles sagen.«

Für den Bruchteil einer Sekunde sah er mir in die Augen und ich glaubte, so etwas wie Hoffnung in ihnen erkennen zu können. Ich versuchte ein schwaches, aufmunterndes Lächeln, was ihn dazu brachte, tief durchzuatmen und weiterzusprechen.

»Du weißt, was mit dem Haus passiert ist, in dem meine Familie gelebt hat«, begann er und ich nickte, um ihm zu zeigen, dass ich verstand. »Na ja, also seitdem bin ich nie wieder dort gewesen. In letzter Zeit habe ich aber immer öfter das Gefühl, als müsste ich mit meiner Vergangenheit abschließen, um mich wirklich auf meine Kräfte einzulassen.«

Verwirrt blickte ich ihn an. »Ich kann dir nicht ganz folgen.«

»Ich will dorthin. Zurück zum Haus und mit meiner Vergangenheit abschließen. Ich weiß, du hast den Kopf voll und es ist der wirklich denkbar schlechteste Zeitpunkt«, fuhr er mit einem Seufzen fort. Eine Ahnung beschlich mich und ich wusste, worauf er hinauswollte. Dennoch musste er es aussprechen.

»Sag es, Vincent«, flüsterte ich.

»Ich … ich will nicht allein dorthin. Deswegen –« Er stockte, ließ den Satz zwischen uns hängen und sah mir in die Augen.

Ich nickte schwach und erwiderte seinen Blick. »Ich gehe mit dir.«

Seine Augen weiteten sich für den Bruchteil einer Sekunde, als hätte er nicht damit gerechnet, dass ich ihm zusagen würde.

»Wirklich?«

»Ja, wirklich«, bestätigte ich ihm und lächelte. Ich konnte ihm förmlich ansehen, wie ihm ein Stein vom Herzen fiel. Er legte eine Hand an meine Wange und ich spürte, wie er näher kam, wie mein Herz aus meiner Brust springen wollte. Wenn er mich jetzt küsste, würden alle Gedanken und Strapazen von mir abfallen.

Ich hatte schon die Augen geschlossen, als neben uns plötzlich ein Hupen ertönte und im nächsten Moment ergoss sich eine eiskalte Pfütze aus Regenwasser vom Straßenrand über uns. Ich quietschte erschrocken auf und sprang zur Seite, doch mein ganzes rechtes Hosenbein wurde trotzdem nass.

»Verdammt! So ein Idiot!«, rief Vincent wütend und strich sich die Tropfen von der Lederjacke. Unweigerlich musste ich lachen, griff nach seiner Hand und zog ihn mit.

»Na los, sonst komme ich zu spät. Mein Dad würde dich erschießen«, teilte ich ihm lachend mit. Es tat gut, so unbeschwert mit Vincent zu sein, das ließ mich das ganze Chaos um meine Mutter einfach vergessen.

Als wir an der Schule ankamen, sah ich Max augenblicklich, der mit besorgter Miene auf uns zukam. Ich war sofort alarmiert und lief ihm ein Stück entgegen.

»Was ist passiert?«

»Es ist ein Skandal«, brachte er hervor und atmete tief durch. Seine dunkelblauen Augen standen voller Sorge. »Katie redet von nichts anderem mehr als von magischen Kindern. Charlie, sie wird hinter unser Geheimnis kommen. Früher oder später weiß sie, dass auch wir welche sind ...«

Ich biss mir fest auf die Unterlippe. Scheiße. Ich hatte mir schon gedacht, dass Katie allein schon ihres Vaters wegen früher oder später herausfinden würde, dass Max und ich besondere Fähigkeiten hatten, doch dass sie jetzt offenbar so fasziniert von den magischen Kindern war, hätte ich nicht gedacht. Ich hatte jedenfalls gehofft, dass es nicht so kommen würde, denn Katie war schon immer diejenige von uns gewesen, die mit Zauber und Fantasie schnell zu begeistern war. Sie war schon immer fasziniert von denen gewesen, die mit ihren Fähigkeiten nicht hinter dem Berg hielten. Dass es jetzt noch so viel mehr gab, musste für sie wie ein Traum sein.

»Sehen wir uns nach der Schule?«, fragte ich an Vincent gewandt und er nickte.

»Ja, klar. Ich ... bin bei der Villa.« Für einen kurzen Moment sah es so aus, als würde er nicht wissen, ob er mich umarmen oder küssen durfte, weswegen er sich schließlich einfach abwandte und ging. Ich biss mir auf die Zunge und sah ihm einen Herzschlag lang hinterher, doch dann bemerkte ich aus dem Augenwinkel, wie ein blonder Lockenkopf auf uns zugerannt kam. So wie ich sie kannte, hatte sie es wegen diesem neuen, spannenden Ereignis ganz vergessen, sauer auf mich zu sein wegen Vincent.

»Charlie!«, rief sie schon von Weitem und kam vor uns zum Stehen. »Können wir kurz reden?«, fragte sie.

Ich nickte und ging mit ihr ein paar Schritte von Max fort. Sie blickte mich aus ihren hellblauen Augen an und ich konnte deutlich erkennen, wie sie mit sich rang. Einerseits war sie noch sauer auf mich, weil ich mich aus ihrer Sicht in Gefahr brachte, wenn ich mit Vincent zusammen war, andererseits wollte sie für mich da sein, weil meine totgeglaubte Mutter aufgetaucht war. In Katie konnte man lesen wie in einem offenen Buch. Ihre Emotionen waren ihr in die Augen und auf das Gesicht gemalt.

»Es tut mir leid. Ich hasse es, mit dir zu streiten, aber diese ganze Sache mit Vincent ... ich mache mir einfach furchtbar Sorgen um dich, verstehst du? Er sah echt aus, als wäre er gerade auf einem heftigen Trip, und ich will nicht, dass du in so was mit reingezogen wirst. Ich weiß, dass du mir nicht die ganze Wahrheit sagst, und eigentlich dachte ich, als beste Freundinnen könnten wir uns immer die Wahrheit sagen. Aber ich will mich damit abfinden und es okay finden, wenn es mal nicht so ist. Ich muss noch daran arbeiten, aber irgendwie werde ich es akzeptieren. Ich will einfach nur nicht mehr sauer auf dich sein. Vor allem jetzt nicht.« Sie beendete ihre Rede und sah mir aufrichtig in die Augen. Ich konnte nicht anders, als zu lächeln und sie in die Arme zu ziehen.

»Entschuldigung angenommen«, murmelte ich, ehe ich mich wieder von ihr löste. »Und du brauchst dir keine Sorgen um mich oder wegen Vincent machen, ja? Er ist kein Junkie, er zieht mich in nichts hinein.«

Katie nickte, was ihre blonden Locken hüpfen ließ. Erleichterung flutete ihr Gesicht, dennoch lag ein Schatten auf ihren hübschen Zügen.

»Wie geht es dir? Das mit deiner Mutter gestern ...« Sie ließ den Rest des Satzes in der Luft hängen. Vermutlich, weil sie selbst nicht so ganz wusste, was sie dazu sagen sollte. Ich strich mir eine Strähne hinters Ohr und zuckte unbestimmt mit den Schultern.

»Ich weiß es nicht. Das ist alles etwas viel für mich, um es direkt zu verarbeiten. Sie und Danielle ... ich kann einfach nicht glauben, dass sie nicht tot sind. Und dass sie sich nie bei uns gemeldet haben und jetzt so erscheinen ...«

Sie nickte mitfühlend und ich sah sie an und wartete einen Moment ab. Wartete, dass irgendetwas sie verriet und mir zeigte, dass sie ganz genau wusste, was ich war. Doch nichts.

Katie schien überhaupt nicht auf den Trichter zu kommen, dass ich auch solche Fähigkeit haben könnte, wenn meine Mutter schon so abgefahren war. Ich war mir nicht sicher, ob ich deswegen erleichtert sein oder ob es mich beunruhigen sollte. Katie setzte so viel Vertrauen in mich, dass sie niemals auf die Idee kommen würde, dass ich sie belog. Und zwar schon ihr ganzes Leben lang.

»Wenn ich irgendetwas für dich tun kann, sag es mir, okay?« In diesem Moment läutete die Schulglocke zum Unterricht und befreite mich aus dieser Situation. Das ungute Gefühl in meinem Bauch blieb, die Last, Katie mitten ins Gesicht zu lügen, strafte mich mit Übelkeit, doch ich setzte ein Lächeln auf.

»Wir sehen uns in der Mittagspause, ja?«, fragte ich Katie, als wir ins Gebäude gingen und uns schließlich trennten. Sie nickte.

»Hey, Charlie?«, hielt sie mich noch einmal auf. »Es ist doch alles wieder okay zwischen uns, oder?«

Ich nickte ihr nur kurz zu, ehe ich im Klassenraum verschwand. Mir war klar, dass ihr nicht nur die Aktion eben leidtat, sondern auch meine jetzige Situation und das tagelange Schweigen, mit welchem sie mich gestraft hatte, nachdem sie Vincent und mich in meinem Zimmer erwischt hatte. Und es war nicht meine Art, nachtragend zu sein. Außerdem hatte ich definitiv andere Probleme.

Unbehagen machte sich in mir breit, als ich mich auf einen Platz sinken ließ. Ich hatte das Gefühl, als würden alle mich anstarren, was totaler Schwachsinn war. Denn als ich hochblickte und meine Mitschüler ansah, schenkte mir niemand von ihnen auch nur ein Fünkchen Aufmerksamkeit. Sie wussten wohl nicht, dass das gestern meine Mutter gewesen war.

»Guten Morgen«, begrüßte Mrs Summers uns, als sie in den Klassenraum trat. »Gleich vorweg: Der Unterricht wird ganz normal fortgesetzt. Es ist gestern zwar einiges passiert und niemand weiß, wie es weitergehen soll, dennoch wird unsere Polizei sich schon darum kümmern.«

»Polizei?«, kam es von Max und ich biss mir auf die Zunge.

»Aber ja, Mr Johnson. Diese Leute sind nicht normal, es wäre das Beste, wenn sie gefunden werden und sich registrieren lassen. Wir stehen vor einer nie da gewesenen Problematik und diese muss gelöst werden. Wer weiß denn schon, was diese Leute alles können? Vielleicht hat irgendwer die Fähigkeit, in eine Bank einzubrechen? Sich unsichtbar zu machen? Um unsere Gesellschaft zu schützen, müssen diese Leute gefunden werden.«

Ich schluckte schwer und riskierte einen Blick in Max Richtung, der zwei Reihen rechts von mir saß. Er erwiderte meinen Blick und ich spürte, wie sich mir die Kehle zuschnürte. Verdammt. Durch diesen großartigen Auftritt meiner Mutter hatten die Menschen nun echt Angst vor uns. Sie hatte sehr viel mehr kaputtgemacht, als ich gedacht hatte.

Ich bekam gar nicht mehr richtig mit, was im Unterricht gesagt wurde. Meine Gedanken kreisten um alle möglichen Szenarien, eines schlimmer als das andere. Ich fühlte mich verkrampft und hatte den ganzen Tag über Angst, dass ich meine Kräfte mit irgendetwas verraten würde. Was eigentlich totaler Schwachsinn war, denn schließlich hatte ich meine Fähigkeiten schon eine ganze Weile und bislang hatte nie jemand etwas davon bemerkt. Ich hatte mich unter Kontrolle, ganz sicher. Niemand würde etwas mitbekommen.

Dennoch wurde dieser Tag eine Tortour. Der Unterricht schien mir so sinnlos wie noch nie und als es endlich zum Ende des Tages klingelte, wollte ich nur noch raus aus dem Gebäude. Als ich von dem Strom an Schülern nach draußen gespült wurde, sah ich Vincent an der anderen Straßenseite gegen einen schwarzen Mazda gelehnt. Ich biss mir auf die Unterlippe.

»Seid ihr zwei jetzt eigentlich so richtig zusammen?«, fragte eine Stimme neben mir und als ich perplex den Kopf drehte, sah ich Katie neben mir stehen.

Unbestimmt zuckte ich mit den Schultern. »Ich weiß nicht … kann sein«, erwiderte ich mit einem schwachen Lächeln, nicht richtig wissend, ob Katie gleich wieder einen Ausraster seinetwegen bekommen würde.

»Wir sehen uns morgen, ja?«, sagte ich dann und lief die Stufen hinunter, um zu Vincent zu gehen. Mein Herz schlug schneller, mit jedem Schritt, den ich in seine Richtung tat.

Als er mich sah, breitete sich ein sanftes Lächeln auf seinen Lippen aus und er stieß sich von der Karosserie ab, um mir entgegenzukommen. Ich war kaum in Reichweite, da griff er bereits nach meiner Hand, zog mich an sich und ich spürte nur noch seine Lippen auf meinen. Pures Glück schoss wie flüssiges Gold durch meine Adern und ich schlang die Arme um seinen Hals, erwiderte den Kuss. Tja. War Katies Frage damit jetzt beantwortet? Ich wusste es nicht.

»Das habe ich heute früh schon machen wollen«, raunte Vincent gegen meine Lippen und ich konnte nicht anders, als zu lachen.

»Dann kam uns die Wasserfontäne in die Quere«, erwiderte ich breit grinsend und Vincent nickte, ehe er mir etwas Platz zum Atmen gab.

»O ja. Diesen Idioten muss ich mir noch vorknöpfen«, erwiderte er schmunzelnd.

Dann nickte ich zu dem Wagen, der verdächtig nach dem Mazda von Meredith aussah. »Ist das der von Meredith?«, fragte ich und Vincent nickte.

»Sie hat ihn mir geliehen. Wollen wir los?«

Nun war es an mir zu nicken. Vincents Miene verdunkelte sich ein klein wenig, ehe er mir die Beifahrertür aufhielt und nach mir selbst einstieg. Ich wusste, dass diese Fahrt für ihn sehr schwer sein würde.

Nur das Radio spielte im Innenraum, als Vincent losfuhr und uns schweigend über die Straße lenkte. Da es mittlerweile schon relativ spät und der erste Schwung Berufsverkehr vorüber war, kamen uns kaum noch Fahrzeuge entgegen. Ich sah aus dem Fenster und drängte Vincent kein Gespräch auf. Vermutlich hatte er gerade genug Gedanken, die ihm durch den Kopf jagten, da musste ich nicht auch noch über irgendwelches lapidare Zeug plappern. Es dauerte eine halbe Stunde, ehe wir an dem Haus ankamen.

Vincent zog die Handbremse an und schaltete den Motor ab. Ich blickte aus dem Fenster zur gegenüberliegenden Straßenseite und sah das schwarze Skelett des Hauses. Es schien völlig in Vergessenheit geraten zu sein, denn mit etwas Abstand stand das verkohlte Gerüst mitten in einer eigentlich hübschen Nachbarschaft. Betreten betrachtete ich das flatternde Absperrband, was schon ganz verblichen war. Dann riss ich den Blick von der Ruine los und sah zu Vincent. Er hatte das Lenkrad fest umklammert und starrte stur aus der Windschutzscheibe. Ich atmete tief durch, wusste, dass ich jetzt diejenige sein musste, die stark war. Also legte ich ihm sanft eine Hand auf den Unterarm und erlangte so seine Aufmerksamkeit.

»Wenn es dir zu viel wird, brechen wir ab, okay? Du musst niemanden etwas beweisen oder das alles hier durchziehen.«

Er schenkte mir ein schwaches Lächeln, das seine Nervosität deutlich widerspiegelte. Er atmete noch einmal tief durch.

»Okay, komm.« Dann stieg er aus und ich tat es ihm gleich.

Als er um das Auto herumgegangen war, griff ich nach seiner Hand und lief über die Straße und unter dem Absperrband hindurch, um zum eigentlichen Eingang des Hauses zu gelangen. Es sah gruselig aus, fast wie aus einem Horrorfilm oder aus der Serie *Supernatural.* Ein dumpfes Gefühl nistete sich in mir ein, das ich nicht beschreiben konnte. Fast, als würde eine kleine Ecke meines Gehirns darauf gefasst sein, gleich einen ruhelosen Geist zu sehen.

Neunzehn

Vincent
Ungesehen schlüpften wir durch die Tür ins Innere des Hauses und ich blieb stehen. Teile des Flures standen noch und ich hatte sofort die grässlich gestreifte Tapete vor Augen, die meine Mum so sehr geliebt hatte. Ich spürte einen Stich in der Magengegend und ging ein paar Schritte weiter. Die Dielen knarzten unter meinen Füßen, mein Herz schlug in der Gegend meiner Mandeln, doch ich setzte einen Schritt nach dem nächsten, bis ich im ehemaligen Wohnzimmer stand, das vollkommen zerstört war.

Hier war es passiert.

Hier hatte ich mich mit meinem Bruder gestritten und war schließlich ausgerastet. Fast war es, als hörte ich ihre Schreie erneut, als spürte ich die alles zerfressende Macht des Feuers wieder in mir. Dieses Element war eine Plage. Es hatte mir meine Familie genommen und es brachte nichts als Schmerz.

»Ein paar Tage nach dem Brand war ich mit Saki und Dave hier und untersuchte das Haus nach einer Energiesignatur.« Charlie zog meine Aufmerksamkeit auf sich und ich drehte mich zu ihr um. Sie sah so völlig fehl am Platz aus, mit ihrem rosa Mantel, dem feinen Gesicht, das jetzt besorgt verzogen war. Ihre Finger strichen über die mit Ruß besetzte Wand.

»Wir untersuchen schon lange solche Fälle. So auch den vermeintlichen Kabelbrand vor zwei Wochen, mit dem alles angefangen hat. Saki hat gespürt, dass es sich um jemanden mit Elementarmagie handeln muss.«

Ich sah sie für einen Moment fassungslos an. Dass sie dort gewesen war, hatte ich nicht gewusst. Zu dem Zeitpunkt war ich schon eine Weile bei Sienna gewesen und wenn ich jetzt darüber nachdachte, sah ich deutlich, wie sehr sie mich manipuliert hatte. Wie sehr ihre Worte, dass unsere Kräfte böse und dunkel wären, mich eingenommen und kontrolliert hatten, bis ich tatsächlich daran geglaubt hatte. Das Haus, von dem Charlie sprach, in dem zum Glück niemand gewesen war, war meine erste Aufgabe von Sienna gewesen. Sie hatte gesagt, dass es ein altes, renovierungsbedürftiges Haus wäre, bei dem niemand von einer anderen Ursache als einem Kabelbrand oder einem Gasleck ausgehen würde. Und ich hatte auf sie gehört. Ich hatte dieses verdammte Haus in die Luft gejagt, genau wie ich dieses hier zerstört hatte. Sienna hatte ein Zeichen, einen Anfang setzen wollen. Ihr Plan war es, überall in der Stadt kleine Katastrophen auszulösen, bis zu dem großen Showdown, in dem sie sich und die anderen magischen Kinder zeigte. Für mich war das okay gewesen – ich hatte so das erste Mal nicht zwanghaft meine unterdrückten Kräfte, die sich irgendwann immer wieder aufstauten und losbrechen wollten, kontrollieren müssen.

»Diese Teams ... wieso gibt es sie?«, fragte ich, um die Gedanken zu sortieren und schließlich beiseitezuschieben. Charlie zuckte leicht mit den Schultern und kam ein Stück weiter in das Wohnzimmer hinein.

»Wir sind dafür da, magische Kinder aufzuspüren. Leuten, die vielleicht nicht mit ihren Kräften klarkommen, ein neues Zuhause zu schenken und sie zu unterstützen. Wir haben damals schon vermutet, dass es kein normaler Brand war, aber der Hauch der Energiesignatur, den Saki kurzzeitig gespürt hatte, war so vom Feuer zerfressen, dass wir es nicht weiterverfolgen konnten.«

Ich presste die Lippen aufeinander. Was wäre passiert, wenn sie mich gefunden hätten? Wenn sie die Chance gehabt hätten, mich aufzuspüren? Wäre ich dann anders geworden? Mit Sicherheit. Denn dann hätte ich Charlies Mutter gar nicht kennengelernt und sie mich nicht für ihre Zwecke missbraucht.

»Das Feuer konnte mir nichts anhaben, als es ausgebrochen war. Ich hatte versucht meine Familie zu retten, aber es war zu spät. Wes, mein Bruder, stand zu nah bei mir, als ich ... explodierte. Ich glaube, er war sofort tot. Weißt du, ich habe keinen Feuerball geworfen oder sonst irgendwas, das Feuer kam aus meinem Körper. Aus jeder Pore meiner Haut, aus jeder einzelnen Zelle. Ich bin in Flammen aufgegangen und diese haben sich direkt auf das Haus gestürzt.«

Ich hatte gar nicht mitbekommen, dass Charlie die Distanz zwischen uns erneut überbrückt hat. Doch plötzlich war sie da und legte mir eine ihrer kleinen Hände auf den Unterarm, was meine Aufmerksamkeit forderte. Ich sah sie an, ihre hellbraunen Augen, die von kleinen goldenen Sprenkeln durchzogen wurden, blickten mir besorgt entgegen.

»Das ist schrecklich, Vincent. Aber wir können es nicht rückgängig machen und du trägst keine Schuld daran. Du wusstest nicht, was mit dir geschieht. Das wäre jedem von uns passiert, glaub mir.«

»Ich wollte sie nicht töten«, flüsterte ich, doch meine Stimme brach. Dieser Moment der Schwäche kroch in meinem Körper hoch und ich wollte es unterdrücken, konnte es jedoch nicht. Alles in mir schrie, stark zu sein, vor Charlie den unnahbaren, taffen Kerl zu geben, doch das konnte ich nicht. Meine Schultern sackten in sich zusammen und ich schüttelte leicht den Kopf.

»Ich wollte das nicht«, wiederholte ich.

Charlie nickte. »Ich weiß«, erwiderte sie ebenso leise und zog mich in eine Umarmung. Ich schlang die Arme um ihre Mitte und drückte sie an mich, verbarg das Gesicht in ihrem Haar.

Dass sie jetzt hier war, bedeutete mir unglaublich viel. In diesem Moment wurde mir bewusst, dass sie bereits einen großen Teil meines Lebens ausmachte. Sie hatte es binnen weniger Tage geschafft, mich zu mir zurückzuholen und mir klarzumachen, dass ich nicht gezwungen war, böse Dinge zu tun.

»Komm, lass uns nach Hause fahren«, murmelte ich in ihr Haar und löste mich widerwillig von ihr. Sie schenkte mir ein Lächeln, dann gingen wir gemeinsam aus der Ruine meines alten Lebens.

***

Charlie

Auf dem Weg zur Villa schwiegen wir. Ich wollte Vincent nicht drängen, er musste das Geschehene erst mal verarbeiten. Doch irgendetwas war seltsam, ich spürte es, spürte die langsam aufkommende Kraft, die von Vincent ausging.

»Ist alles okay?«, fragte ich und blickte zu ihm. Seine Hände, die fest ums Lenkrad gekrallt waren, zitterten minimal und ich fürchtete, dass ihn die Sache vielleicht doch zu sehr aufgewühlt hatte.

»Alles gut«, erwiderte er und parkte den Wagen auf dem Kiesplatz vor der Villa. Mit mechanisch wirkenden Bewegungen stieg er aus und ich tat es ihm gleich.

»Vincent«, sprach ich ihn an, weil ich mir Sorgen machte. Sein Gesicht war schmerzverzerrt, als er mich anblickte, und plötzlich beugte er sich nach vorn.

»Irgendetwas stimmt nicht«, keuchte er und ich konnte sehen, wie seine Augen in einem strahlenden Gelb aufleuchteten. Just in diesem Moment verdunkelte sich der Himmel und ein Sturm zog auf. Er schnappte nach Luft und presste eine Handfläche an die Schläfe, mein Herz setzte einen Schlag aus.

»Wir müssen in den Garten.« Ehe er hätte reagieren können, schob ich ihn schon voran. Ich öffnete das kleine Gartentor rechts neben der Villa und drückte Vincent immer weiter, bis wir ankamen.

»Mein Kopf platzt«, keuchte Vincent und fiel auf die Knie. Er stieß einen Schmerzensschrei aus und presste die Hände an seinen Kopf. Angst kroch eiskalt in jede Zelle meines Körpers. Ich hatte keine Ahnung, woher seine Schmerzen kamen oder was sie auslöste. Und ich wusste nicht, wie ich ihm helfen konnte.

Rein aus Instinkt griff ich nach seiner Hand und verschränkte unsere Finger miteinander, um sie gemeinsam auf den Boden zu pressen. Ich versuchte meine Erdmagie zu bündeln, doch der Schmerz, der Vincent erreicht hatte, sprang zu mir rüber und ich schrie erschrocken auf. Mein Kopf fühlte sich an, als würde er explodieren wollen. Es pochte in meiner Stirn, meinen Schläfen, Schmerz zog sich über den ganzen Kopf bis in den Nacken.

Ich erkannte aus dem Augenwinkel eine Silhouette und als ich unter Schmerzen den Kopf drehte, konnte ich Ren sehen. Wie durch Watte hörte ich, dass er irgendwas sagte, konnte aber nicht verstehen, was es war. Seine Hände machten eine wegwerfende Bewegung und im nächsten Moment legte sich ein Schleier über uns, der die Schmerzen dämpfte. Meine Sicht verschwamm, der Schmerz ebbte immer mehr ab, bis er vollständig fort war.

Atemlos blickte ich zu Ren und musste mehrfach blinzeln, denn sein Erscheinungsbild hatte sich geändert: Seine Gesichtszüge wirkten älter, ausgemergelter. Zwischen seinem schwarzen Haar ragten zwei gebogene Hörner in den Himmel, seine Augen leuchteten blutrot.

Der Sturm hörte auf und ich konnte die verkrampften Finger von Vincent lösen. Als meine Sicht sich wieder klärte, sah Ren wie immer aus. Er kam auf uns zu und kniete sich ins Gras, ich spürte seine Hand auf meiner Schulter.

»Ist alles in Ordnung?«

»Was war das, Ren … wieso … wieso hast du so ausgesehen?«, fragte ich, doch der Japaner runzelte nur die Stirn.

»Was meinst du, Liebes? Ihr müsst unheimlich erschöpft sein, lasst uns erst mal reingehen.«

Er stand auf und ich ließ mir von ihm helfen. Irgendwie wurde ich das Gefühl nicht los, dass er gelogen hatte. Auch wenn die Schmerzen, die von Vincent auf mich übergesprungen waren, meinen Verstand vernebelt hatten, wusste ich, dass das, was ich gesehen hatte, echt gewesen war. Ren hatte völlig verändert ausgesehen.

Ich schlang meinen Arm um Vincent und ging mit ihm ins Innere der Villa. Mein Kopf schwamm und ich fühlte mich total zittrig auf den Beinen, weswegen ich froh war, dass wir einander stützten.

»Ich habe deinen Dad angerufen, er wird gleich hier sein«, benachrichtigte Meredith mich, als wir in der Küche ankamen. Sie schob uns bereits jeweils eine Tasse Tee zu, die ich dankbar annahm, als ich mich auf einen der Hocker fallen ließ.

»Danke«, erwiderte ich und umfasste die dampfende Tasse mit beiden Händen. Mir war plötzlich unglaublich kalt. Vincent, der mir gegenübersaß, sagte kein Wort. Ich betrachtete ihn für den Bruchteil einer Sekunde, dann hörte ich allerdings schon die Tür und mein Dad kam rein.

»Was ist passiert?«, fragte er sofort und sah mich besorgt an. »Geht es dir gut?«

»Nichts passiert, Dad«, versicherte ich ihm und lächelte müde. Denn so fühlte ich mich: müde und unendlich ausgelaugt.

»Das war sie«, sagte Vincent plötzlich und schaute in die Runde. »Sienna.«

Ich presste die Lippen aufeinander. Mein Herz krampfte sich bei ihrem Namen schmerzhaft zusammen. »Wie soll das möglich sein? Sie war doch gar nicht hier ...«

»Sie ist eine Telepathin«, erwiderte Meredith und legte eine Fingerspitze an ihr Kinn. »Durch ihre Kräfte sind die magischen Kinder so lange vor uns verborgen gewesen. Sie muss unheimlich mächtig sein.«

»Ich ... ich glaube, sie ruft mich.« Vincents Stimme klang zittrig. »Als sie mich damals gefunden hatte, sagte sie mir, ich wäre ihre stärkste Waffe und die Leute, die Charlie und mir die Kräfte entzogen haben, sagten, sie würde nicht eher ruhen, bis sie mich wiederhat. Ich bin mir nicht sicher, ob ich hierbleiben sollte.«

Mit einem Schlag war die Erschöpfung wie weggeblasen.

»Du kannst nicht einfach gehen!«, rief ich und stand automatisch von meinem Stuhl auf. Ich konnte nicht länger sitzen bleiben. »Du bist auf einem guten Weg, deine Kräfte zu kontrollieren, Vincent. Wenn du gehst, dann kann ich dir vielleicht nicht mehr helfen!«

Ich spürte eine Hand auf meiner Schulter und blickte zu meinem Dad hoch, der mir ein schwaches Lächeln zuwarf.

»Charlie-Bee, beruhige dich«, sagte er sanft, doch ich schüttelte seine Hand von meiner Schulter und warf machtlos die Arme in die Luft.

»Ich will mich nicht beruhigen, Dad!«, schrie ich und spürte die ersten Tränen in meinen Augen, die sich einen Weg meine Wangen hinunterbahnten. Ich hatte keine Chance, sie aufzuhalten.

»Das ist meine Mum! Diejenige, die wir vor Jahren begraben haben. Der ich erst vor Kurzem einen beschissenen Blumenstrauß aufs Grab gelegt habe! Sie kann nicht einfach wiederauftauchen und mir alles wegnehmen! Und garantiert wird sie dich für ihre Zwecke benutzen, Vincent«, richtete ich meine letzten Worte an ihn. Es war ruhig in der Küche geworden. Nur das Quietschen des Stuhls war zu hören, als Vincent aufstand und wortlos zu mir kam. Ganz sacht legte er die Hände an mein Gesicht und wischte die Tränen mit seinen Daumen weg.

»Ich gehe nicht, okay?«, flüsterte er leise, nur für mich. »Ich bleibe an deiner Seite. Für immer.«

Ich nickte etwas und spürte, wie ich mich nun doch beruhigte. Das Adrenalin war verpufft und die Müdigkeit kehrte schlagartig zurück. Vincent lehnte seine Stirn an meine und pflanzte einen Kuss auf meine Nase. Ich schloss die Augen für einen Moment und genoss seine Nähe, ließ mich von ihm wieder auf den Boden ziehen.

»Charlie, es ist Zeit, nach Hause zu fahren«, mischte sich mein Dad schließlich ein und ich unterdrückte ein Seufzen, ehe ich mich von Vincent löste.

»Wir sehen uns morgen, ja?«

Vincent nickte und drückte einen kurzen Kuss auf meine Hand, ehe er mich gehen ließ.

»Passt auf euch auf«, gab Ren uns noch mit auf den Weg. Mein Dad klopfte ihm noch einmal kurz auf die Schulter.

»Danke, dass du sie da rausgeholt hast.«

»Selbstverständlich, Jonathan.«

Wortlos stieg ich in Dads Wagen und schloss die Augen. Eintausend Gedanken kreisten erneut in meinem Kopf umher, die Angst, Vincent zu verlieren, war irgendwie realer als sonst. Auch wenn er versprochen hatte bei mir zu bleiben, fürchtete ein Teil von mir, dass er bereit war, alles zu tun, wenn es um unsere Sicherheit ging.

»Hey, Charlie«, hielt Dad mich auf, als wir vor unserem Haus zum Stehen kamen und ich gerade aussteigen wollte. Ich blickte zu ihm, während er nur nach draußen starrte.

»Wenn Vincent geht, um eure Sicherheit zu gewährleisten, dann musst du ihn ziehen lassen.«

Ich presste die Lippen aufeinander und begann mechanisch den Kopf zu schütteln.

Nun sah Dad mich doch an. In seinen dunklen Augen spiegelte sich Sorge und Mitleid, er wusste, dass er das Unmögliche von mir verlangte. Aber ich wusste auch, dass er es tun musste.

»Charlie, bitte. Vielleicht ist das die einzige Möglichkeit, sie aufzuhalten.«

Ich spürte erneut, dass sich Tränen anbahnten, was mich dazu veranlasste, den Blick zu senken. Normalerweise war ich nicht so die Heulsuse, doch in letzter Zeit war emotional einfach zu viel auf mich eingeprasselt. Jetzt auch nur in Erwägung zu ziehen, dass ich Vincent verlieren könnte, raubte mir den letzten Nerv.

»Und was, wenn er sich dabei verliert? Wenn die Kräfte zu stark werden ...« Ich ließ den restlichen Satz unvollendet in der Luft hängen, denn ich war nicht fähig, meine Ängste gänzlich auszusprechen.

»Dann werden wir eine Lösung finden. Aber Vincent ist stark, Charlie-Bee. Ich glaube, ihn haut nichts so schnell um. Außerdem hast du ihn so weit gebracht, er hat viel gelernt.«

»Und ich soll darauf hoffen, dass das genug ist?« Ich sah Dad wieder an.

»Nein, Charlie-Bee«, sagte er sanft. »Du sollst darauf vertrauen.«

Zwanzig

In der Nacht quälten mich Albträume. Ich war gefangen in irgendwelchen wilden Szenarien, die allesamt mit Vincents Tod zusammenhingen, als ich plötzlich eine starke Energie spürte und davon wach wurde. Ich schlug die Augen auf und blinzelte mehrfach, um mich an die schemenhafte Dunkelheit zu gewöhnen. Die Lichterkette, die über meinem Schreibtisch noch brannte, benötigte dringend neu Batterien, weswegen sie kaum Licht spendete.

Doch das reichte, um die Silhouette einer Frau deutlich zu sehen, was mich aufschrecken ließ. Ich war aus dem Bett gesprungen, ehe ich sie erkannte.

»Danielle?«, flüsterte ich, als das spärliche Licht ihr Gesicht schwach erhellte. Sie sah mich an, doch ich konnte ihren Blick nicht deuten. War sie froh mich zu sehen? Erleichtert? Oder hatte sie irgendetwas Böses vor?

Obwohl alles in mir schrie, vorsichtig zu sein und mein Verstand mir sagte, ich sollte lieber Abstand halten, ließ ich mich von meinen Gefühlen leiten. In ein, zwei langen Schritten war ich bei ihr und schlang meine Arme um ihren Körper. Schließlich war sie meine Schwester.

Zögerlich, als wäre sie völlig überrumpelt, was sie vermutlich auch war durch meinen Gefühlsausbruch, erwiderte sie die Umarmung. Ich schloss für den Bruchteil einer Sekunde die Augen und als ich mich schließlich von ihr löste, sah ich ihr ins Gesicht. Sie war eine schöne, junge Frau geworden. Die langen Haare warfen weiche Locken, die grünen Augen blickten mich wachsam an.

»Was ist nur passiert?«, flüsterte ich. »Wieso habt ihr euch jahrelang versteckt? Dad und ich … wir dachten, ihr wärt alle tot. Wir … wir sind doch eine Familie.«

Danielle nahm Abstand zu mir und schüttelte schwach den Kopf. Sie sah aus, als würde sie mit sich ringen müssen. Vielleicht wurde sie unter Druck gesetzt und dass sie hier war, war gefährlich für sie.

»Es ist nicht so einfach, Charlie ... «, begann sie. »In dieser Nacht, als wir ... von der Brücke gestürzt sind. Da war jemand hinter uns her. Wir wurden verfolgt und von der Brücke gedrängt. Mum hat nicht die Kontrolle über den Wagen verloren. Sie wollten uns umbringen.«

Sprachlos öffnete ich den Mund, doch es wollten keine Worte herauskommen. Sie sollten umgebracht werden? Mein Herzschlag beschleunigte sich, als diese Information langsam, aber sicher in meinen Verstand sackte. Gerade als ich meine Stimme wiederfand, ertönten Schritte vor meiner Tür, keine Sekunde später wurde diese aufgemacht.

»Ist alles okay, Charlie? Ich habe was gehört –« Dad verstummte, als er das Licht einschaltete und einen Blick auf Danielle erhaschte.

Panik spiegelte sich im Gesicht meiner Schwester und ehe ich den Mund aufmachen konnte, war sie in rotem Dunst verschwunden. Einfach so.

»War ... war das Danielle?«, fragte Dad perplex und ich fuhr mir durch das Haar. Verdammt! Ich war mir sicher, dass sie mir hätte sagen können, wer derjenige gewesen war, der sie von der Straße gedrängt hatte. Jetzt war dieses Geheimnis mit ihr verschwunden.

Ich nickte zur Antwort, presste allerdings die Lippen aufeinander. Irgendetwas hielt mich davon ab, Dad das zu sagen, was Danielle mir offenbart hatte. Ich wusste, dass er sofort zu ermitteln beginnen würde und vielleicht verschwieg ich es ihm deswegen, ich wusste es nicht.

»Was wollte sie? Hat sie irgendetwas gesagt?«

Ich schüttelte den Kopf. »Nein, sie hat gar nichts gesagt«, erwiderte ich und fuhr mir erschöpft über das Gesicht. Ich war müde und fühlte mich ausgelaugt, aber an Schlaf war nicht zu denken. Das alles war einfach zu verrückt, viel zu surreal.

»Komm, Charlie-Bee, ich mach uns einen Kaffee.«

Ohne Widerworte folgte ich Dad nach unten in die Küche. Er sah genauso müde aus wie ich, doch wir beide hingen unseren Gedanken hinterher, sodass keiner von uns beiden sich einfach wieder hätte hinlegen können, als wäre nichts weiter gewesen. Die Uhr über der Küchenzeile zeigte, dass es gerade mal vier Uhr dreißig morgens war, doch das schien jetzt auch egal zu sein.

Dad schob mir eine dampfende Tasse Kaffee mit Milch und Zucker rüber und ich schlang die Hände drum. Auch wenn ich dieses schwarze Gebräu nicht wirklich mochte, brauchte ich etwas Stärkeres als Tee.

Ich konnte gar nicht sagen, wie lange Dad und ich einfach in der Küche saßen und unseren jeweiligen Gedanken hinterherhingen. Ich leerte eine Tasse, Dad zwei. Irgendwann richtete er sich auf und fuhr sich über das Gesicht.

»Ich werde duschen gehen und dann zur Arbeit. Meine Schicht beginnt bald«, murmelte er, während er bereits auf dem Weg nach oben war. Ich warf einen Blick zur Uhr und wusste, dass es eigentlich viel zu früh für seine Schicht war, dennoch ließ ich ihn ziehen. Er stürzte sich immer lieber in die Arbeit, um seinen Gedanken Einhalt zu gebieten, als hier nutzlos herumzusitzen.

»Was ist mit deinem Arm?«, fragte ich ihn, als er in Uniform in den Flur trat und nach seiner Jacke griff. Er warf einen kurzen Blick auf den Gips, dann zuckte er mit einer Schulter.

»Ich werde an den Schreibtisch verbannt, solange der nicht wieder voll einsatzbereit ist.«

Ein Seufzen verließ meine Lippen. »Dad, vielleicht solltest du dich krankschreiben lassen.«

»Es geht mir gut, Charlie-Bee. Wir sehen uns heute Abend.«

Nachdem er gegangen war, räumte ich die Küche auf und ging schließlich nach oben, um mir ein heißes Bad einzulassen. Ich verbrachte so viel Zeit in der Wanne, dass meine Haut schon schrumpelig wurde und das Wasser mich nicht mehr wärmen konnte. Seufzend stand ich auf, schlang ein Handtuch um meinen Körper und ließ das Wasser ab, ehe ich dazu überging, mich anzuziehen und zu schminken. Nachdem ich das Haus auf Vordermann gebracht hatte und es endlich eine halbwegs humane Uhrzeit war, um in der Schule aufzukreuzen, machte ich mich auf den Weg. Der Spaziergang tat mir gut, auch wenn der Nieselregen meine Wimpern dazu brachte, aneinanderzukleben.

Der Morgen raste an mir vorbei. Ich sah weder Katie noch Max und fühlte eine innere Unruhe, die sich nicht so einfach abschalten ließ. Wieder mal kam es mir so unnötig vor, dem Unterricht beizuwohnen, doch ich kannte Dads Ansicht und wollte mich jetzt erst recht nicht mit ihm deswegen streiten. Da die letzten Stunden wegen Krankheit unsres Biolehrers ausfielen und wir nur erneut Aufgaben mitbekamen, konnte ich schon gegen zehn Uhr zur Villa aufbrechen.

Meredith öffnete mir die Tür, nachdem ich geklingelt hatte, und lächelte mich an. Sie sah müde aus, ihre blonden Locken waren noch in einem Handtuchturban gefangen und dunkle Augenringe hatten sich auf ihrer Haut platziert.

»Du bist früh hier«, begrüßte sie mich und schloss mich in eine kurze, aber herzliche Umarmung.

Ich schenkte ihr ein kurzes Lächeln. »Ja, die Schule ist teilweise ausgefallen. Sind die anderen auch da?«

»Ja, in der Küche«, erwiderte sie und folgte mir ins Innere der Villa. Als ich in der Küche ankam, waren, jedenfalls wie ich es auf den ersten Blick sehen konnte, alle am Tresen versammelt. Ich bahnte mir einen Weg zu Vincent und griff nach seiner Hand, er blickte zu mir und lächelte.

»Hey«, murmelte er und drückte mir einen Kuss aufs Haar, ehe er einen Arm um mich legte. Doch der Fernseher, der auf der Anrichte stand, zog meine Aufmerksamkeit auf sich.

Der Nachrichtensprecher begann nämlich gerade seinen Bericht über die magischen Kinder.

»Aufgrund der jüngsten Ereignisse wird die Regierung festlegen, dass sich die magischen Kinder melden und registrieren lassen müssen. Nur so kann die Sicherheit der Menschen gewährleistet werden und die Polizei wird in ihren Ermittlungen nicht behindert, wenn ein Kriminalfall auf eine der besonderen Fähigkeiten zurückgeführt werden kann. Wie genau ermittelt werden soll, wer ein magisches Kind ist, wird derzeit noch erforscht. Doch Wissenschaftler sind sich einig, dass die Registrierung der Fähigkeiten unausweichlich ist. Weitere Themen, die die Welt bewegen –« Der Fernseher wurde abgeschaltet, weswegen der Nachrichtensprecher verstummte.

»Das ist ein Skandal«, sagte Meredith schließlich und schüttelte den Kopf. »Sie werden uns für alles verantwortlich machen, wenn wir erst einmal registriert sind.«

Bevor eine Diskussion losbrechen konnte, kam Dave plötzlich die Treppe hinuntergepoltert und blieb atemlos in der Küche stehen. Sein Blick wirkte gehetzt, die grünen Augen waren weit aufgerissen.

»Sie ist weg«, brachte er hervor. »Ich kann Saki nirgendwo finden.«

Ren bahnte sich einen Weg durch die kleine Traube am Küchentresen und stellte sich mit gerunzelter Stirn vor Dave.

»Er hat recht. Sie ist nicht hier«, sagte Meredith, die eben vermutlich ihre Fähigkeiten benutzt hatte, um Sakis Signatur zu suchen.

»Wann hast du sie das letzte Mal gesehen?«, fragte Ren an Dave gewandt, dem die nächsten Worte sichtlich unangenehm waren.

»Ich ... gestern Abend. Sie hat die ganze Nacht bei mir verbracht und heute früh, als sie nicht bei mir war und ich nach ihr suchte, war sie einfach nicht mehr auffindbar.«

Ren deutete mit dem Zeigefinger auf Dave und hatte die Stirn nachdenklich gekräuselt. »Darüber sprechen wir noch, Dave. Aber jetzt müssen wir meine Tochter finden. Sie wurde mit Sicherheit von der Polizei mitgenommen.«

Dave fuhr sich durch das Haar und Mitleid keimte in mir auf. Er tat mir leid, weil Ren unter diesen Umständen von ihm und Saki erfahren musste.

»Wir bilden Teams. Charleen und Vincent, Dave geht mit Tyler und Meredith, Liebes, du gehst mit Ryan. Ich werde alleine nach ihr suchen und die anderen bleiben hier, falls sie wiederauftaucht.«

»Bist du dir sicher, dass du alleine gehen willst, Ren?«, fragte ich besorgt. Er nickte mir zu.

»Mach dir keine Sorgen, Süße, ich kann gut auf mich allein aufpassen.«

Während alle sich in Bewegung setzten, wartete ich ab und blieb an die mittlere Kücheninsel gelehnt stehen. Zu der Verwirrung, die Danielle heute früh in mir ausgelöst hatte, gesellte sich nun auch noch die Sorge um Saki. Ich fürchtete mich vor dem, was die Menschen ihr eventuell antun könnten.

»Hey, ist alles in Ordnung?«, fragte Vincent mich und legte mir eine Hand an die Schulter.

Ich nickte abwesend. »Ja, na klar. Lass uns los«, erwiderte ich und folgte den anderen nach draußen. Vincent ließ kurz auf sich warten, schloss dann allerdings schnell zu mir auf.

»Du weißt, dass ich genauso für dich da bin wie du für mich, oder? Ich merke doch, dass dir etwas auf dem Herzen liegt.«

Ich seufzte. »Ja, aber das ist jetzt nicht wichtig, Vincent. Viel wichtiger ist, dass wir Saki finden.«

Er überholte mich und blieb vor mir stehen, sodass auch ich stehen bleiben musste. Er griff nach meiner Hand und sah mir in die Augen, sodass ich mich nicht weiter wehren konnte. Oder wollte. Vincent gab mir einfach das Gefühl, dass alles, was mich beschäftigte, wichtig war.

»Danielle war in der Nacht bei mir«, begann ich, was mir einen erschrockenen Blick seinerseits einbrachte. Schnell schüttelte ich den Kopf. »Sie wollte nichts Böses. Sie hat mir erzählt, was in der Nacht wirklich passiert ist. Vincent, sie sollten umgebracht werden. Irgendwer hat sie verfolgt und schließlich von der Brücke gedrängt. Das war kein Unfall.«

»Und habt ihr eine Ahnung, wer es gewesen sein könnte?«

Ich schüttelte den Kopf. »Ich habe es meinem Dad noch nicht erzählt. Aber ich will mehr erfahren, ich muss Danielle unbedingt finden und mit ihr sprechen.«

»Willst du, dass ich Saki allein suche? Dann kannst du dich auf deine Schwester konzentrieren.«

»Nein, Saki ist vorerst wichtiger. Ich will mithelfen«, erwiderte ich. Vincent zog mich an sich und setzte einen Kuss auf meine Stirn.

»Wir finden sie, beide. Keine Sorge.«

Für den Bruchteil einer Sekunde lehnte ich das Gesicht an seine Schulter und atmete seinen vertrauten Geruch ein. Mit ihm an meiner Seite hatte ich das Gefühl, dass nichts schieflaufen konnte.

Oh, wie falsch ich gelegen hatte.

Ich hörte das Knistern von Magie, ehe ich sie überhaupt spürte. Doch plötzlich war eine Energiesignatur zum Greifen nahe und als ich mich ruckartig von Vincent löste, waberte roter Dunst vor uns und meine Mum sowie Danielle standen uns gegenüber. Sienna trug eine schwarze Jeans und einen einfachen, schmucklosen schwarzen Mantel. Ihre Haare waren dunkler, als ich in Erinnerung hatte, und ihr Gesicht so viel hasserfüllter. Beim Big Ben hatte ich sie nicht von Nahem sehen können, sie jetzt wenige Meter vor mir stehen zu haben, war völlig surreal. Vielleicht war das auch der Grund, weswegen ich mich krampfhaft an Vincent festhielt.

»Wie schön euch zusammen anzutreffen«, sagte sie mit derselben Stimme, die tief in meinen Erinnerungen begraben lag. Ich spürte eine eiskalte Hand, die sich um mein Herz legte und drohte, es in eintausend Scherben zerspringen zu lassen. Ich presste die Lippen aufeinander, wusste nicht, was ich sagen oder tun sollte. Ich war wie gelähmt von ihrem Anblick, weil ich immer noch nicht ganz verstand, dass sie am Leben und ihre Ausstrahlung so verändert war.

»Als ich erfahren habe, dass du die Elemente beherrschst, Charleen, habe ich mehr als mütterlichen Stolz empfunden. Denn du mit Vincent zusammen, ihr werdet einfach unaufhaltsam sein.«

Ich schluckte die bittere Enttäuschung hinunter, die sich auf meiner Zunge breitgemacht hatte. Sie wollte nur meine Kräfte. Obwohl ich ihr etwas Schlagfertiges, etwas Starkes an den Kopf hatte werfen wollen, kamen mir die Worte schneller über die Lippen, als ich Macht über sie hatte. »Du warst all die Jahre am Leben und bist nie zurückgekehrt.« Meine Stimme war schwach, dünn. Ich kämpfte gegen den Kloß in meinem Hals an und atmete tief durch.

»Ich werde dir ganz sicher nicht bei deinem perfiden Plan helfen. Die Menschen müssen und können in Frieden neben den magischen Kindern leben! So ging es jahrelang. Du zerstörst alles.«

Sienna brach in schallendes Gelächter aus, was mir das Blut in den Adern gefrieren ließ. Ich erkannte sie nicht mehr. Oder hatte ich sie jemals gekannt? Zwar konnte ich mich teilweise nur noch dunkel an unsere gemeinsame Zeit erinnern, aber sie war doch stets liebevoll gewesen. Und jetzt? Jetzt hatte sie sich verändert und das nicht gerade ins Gute.

»Ich zerstöre nichts, Charleen. Weißt du, was mein friedliches Leben beinhaltete? Dass ich jahrelang unter der Erde lebte, darauf wartete, dass meine Kräfte sich regenerierten. Ich lebte Jahre versteckt, gebrochen und mit völlig aufgebrauchten Kräften durch den Sturz in den Fluss. Ich wäre fast gestorben. Anabelle ist gestorben. Und ich werde es nicht mehr dulden, dass die Menschen Jagd auf uns machen. Sie werden sehen, zu was wir fähig sind, und dann werden sie Angst haben. Berechtigte Angst.«

Ich schüttelte den Kopf. »Nein, das ist Irrsinn. Es ist noch nicht zu spät, wir können das alles noch beenden. Die Menschen werden in Frieden neben uns leben können.«

»Oh, kleine, dumme Charleen. Du weißt doch auch: Die Menschen fürchten sich vor Dingen, die sie nicht verstehen. Sie würden nie aufhören, uns zu jagen. Glaub mir.« Ihre Augen waren eiskalt und um ihre Lippen lag ein verhöhnender Zug. Ich spürte das Stechen in meiner Brust, welches mir zeigte, dass jedes einzelne Wort in mein Herz schnitt. Vielleicht würde es daran zerbrechen. Daran, dass meine Mutter wie ausgewechselt war und nichts mehr von der liebevollen Frau übrig geblieben war. Auf eine Weise hatte ich sie vor elf Jahren tatsächlich verloren – ein großer Teil von ihr war in diesem Fluss gestorben.

Plötzlich blickte sie zu Vincent und streckte die Hand nach ihm aus. Mein Herz rutschte einige Etagen tiefer, als ich panisch zu ihm sah. Ich konnte Entschlossenheit in seinem Blick sehen. Und eine Entschuldigung.

»Folge mir, Vincent. Die magischen Kinder müssen keine Angst mehr haben. Du musst keine Angst mehr vor deinen Kräften haben. Du weißt, was wir erreichen können.«

»Nein«, rief ich kraftlos aus und hielt Vincent fest, der an mir vorbeigehen wollte. Mein Herz zog sich schmerzhaft zusammen und ich blickte voller Angst in seine Augen. Er legte eine Hand an meine Wange und sah mich an. Schmerz huschte über sein Gesicht.

»Du kannst nicht gehen, bitte«, flüsterte ich verzweifelt. »Sie wird deine Kräfte missbrauchen.«

»Vertrau mir, Charlie«, raunte er, beugte sich zu mir und presste seine Lippen auf meine. Ich spürte die Verzweiflung in diesem Kuss, die Angst vor dem, was kommen würde, und die Gefühle, die uns verbanden. Tränen sammelten sich in meinen Augen und bahnten sich einen Weg über meine Wangen und als Vincent sich löste, sah ich dasselbe Glitzern in seinen Augen.

Er hinterließ eine eisige Kälte, als sein Körper sich von meinem entfernte und er mir mit jedem Schritt, den er in Siennas Richtung tat, entglitt.

»Ich werde dich finden«, versprach ich ihm mit bebender Stimme. Doch er blickte nicht noch einmal zurück. Er griff nach Siennas Hand und im nächsten Moment wurden sie von rotem Dunst erfasst und alle drei waren weg. Vor lauter Verzweiflung schrie ich meinen Schmerz hinaus.

»Scheiße« keuchte ich und fasste mir ins Haar. Die Tränen merkte ich schon gar nicht mehr und sie waren mir in diesem Moment auch nicht wichtig.

Vincent war weg. Und das war alles, was mich in diesem Moment zerstörte.

***

Vincent

Der rote Schleier legte sich und wir standen in einem Luxusappartement. Ich spürte noch immer Charlies Schmerz wie meinen eigenen in mir nachhallen. Auch wenn ich ihr versprochen hatte, sie niemals zu verlassen, so schien es jetzt der einzig richtige Weg, um Sienna aufzuhalten. Ich musste diese in Sicherheit wiegen, so tun, als wäre ich auf ihrer Seite. Und dann würde ich sie vernichten können.

Ich hob eine Augenbraue und sah mich in dem üppigen Wohnzimmer um, in dem wir standen. Eine riesige Fensterfront bot einen fantastischen Blick auf ganz London.

»Wo ist der Friedhof geblieben?«, fragte ich. Ich tat unschuldig und hoffte, dass sie nicht wusste, dass ich noch einmal dort gewesen war, um das Versteck an Ren und die anderen in der Villa zu verraten. Dass wir sie nicht dort angetroffen hatten, ärgerte mich noch immer. Vielleicht hätten wir dann einiges bereits aufhalten können.

»O bitte, jetzt, wo wir uns frei bewegen können, weil wir uns den Menschen endlich gezeigt haben, bleiben wir doch nicht zwischen Toten«, erwiderte sie mit ihrer hochnäsigen Stimme und ich presste die Lippen aufeinander. Dass sie Charlies Mutter war, war mir einfach nur schleierhaft. Während Sienna eine falsche Schlange war, war Charlie liebevoll, hilfsbereit und gütig. Sienna setzte ihren Willen mit aller Macht durch, ganz gleich, ob dabei Verluste entstanden. Charlie würde nie jemanden verletzen.

Ich trat ein paar Schritte in die Mitte des Wohnzimmers. Der Raum war viel zu groß und viel zu spärlich eingerichtet, sodass ich auf einer freien Fläche stand.

»Warum hast du Charlie das angetan?«, fragte ich dann. Vielleicht würde ich doch irgendwie das erkaltete Herz der Mutter, die sie ja nun mal war, erreichen können. »Sie ist deine eigene Tochter. Und sie ist ohne Mutter aufgewachsen. Wie kannst du ihr das alles antun und jetzt, wo du wieder da bist, nur an ihre Kräfte, die du ausnutzen willst, denken?«

Siennas Lippen verließ ein Schnauben. »Du hast es immer noch nicht kapiert, oder? Nichts ist wichtiger als das allgemeine Wohl der magischen Kinder.« Wut stand in ihren eisblauen Augen und sie riss den Arm in die Höhe, als würde sie etwas aufstellen wollen.

Und genau das tat sie auch mithilfe ihrer Fähigkeiten.

Ehe ich reagieren konnte, wuchsen Eisenstäbe aus dem Boden hervor und sperrten mich in einen Käfig. Ich stürzte nach vorn, prallte jedoch nur noch gegen die unnachgiebigen Stangen. Wütend umfasste ich sie und lenkte mein Feuer auf das Metall, doch es blieb standhaft.

»O bitte. Glaubst du tatsächlich ich errichte einen Käfig, der deinem Feuer nicht standhält? Für wen hältst du mich?«, fragte sie gelangweilt und rollte die Augen. »Hab einen schönen Tag, Vincent. Ich muss mich um die wirklich wichtigen Dinge kümmern.« Sie zwinkerte mir zu, ehe sie aus dem Raum verschwand.

Wütend schlug ich gegen den Käfig, doch es brachte natürlich nichts. Ich war eingesperrt.

Als Sienna fort war, fiel mein Blick auf Danielle, die noch immer in einer Ecke des Raumes stand. Sie war still und ich erinnerte mich an die Unterhaltung zwischen Charlie und mir, erinnerte mich, dass Danielle bei ihr gewesen war. Vielleicht konnte ich an ihre Vernunft appellieren.

»Danielle, hey, du kannst das doch nicht alles gutheißen, was deine Mutter tut. Bitte, denk an Charlie, denk an deine kleine Schwester. Willst du ihr das wirklich antun?«

Unsicherheit flackerte in ihrem Blick auf und sie schüttelte den Kopf.

»Ich … ich helfe Mutter schon mein halbes Leben. Ich kann sie nicht im Stich lassen«, sagte sie.

»Du lässt sie nicht im Stich, du schützt sie vor sich selbst. Ganz ehrlich, das hier ist ein Himmelfahrtskommando. Die Menschen werden sich nicht dem Willen deiner Mutter beugen. Es wird ein Krieg ausbrechen, den sie nicht verhindern wird.«

Sie presste die Lippen zusammen und ich rückte, so nah ich konnte, an die Gitterstangen heran. Ich konnte praktisch sehen, wie es in ihrem Kopf arbeitete, wie sie hin- und hergerissen war und nicht wusste, was das Richtige war. Vielleicht würde ich ihr auf die Sprünge helfen können.

»Saki ist verschwunden«, erzählte ich ihr dann. Keine Ahnung, wieso ich dachte, dass es funktionieren könnte, aber mein Instinkt sagte mir, dass Danielle nicht so böse war wie ihre Mutter. »Sie ist eine von uns, ein japanisches Mädchen mit rosa Haaren. Finde sie, Danielle, und bring sie zu Ren. Ihm gehört die Villa. Er wird dich bei uns aufnehmen und dir Sicherheit geben. Gemeinsam können wir das alles beenden. Du musst nur die richtige Seite wählen.«

»Danielle!«, brüllte Sienna plötzlich aus einer anderen Ecke des Appartements und sie zuckte zusammen. Eilig lief sie aus dem Wohnzimmer hinaus.

»Danielle, denk darüber nach!«, rief ich ihr hinterher und hoffte, dass es etwas bringen würde. Kraftlos ließ ich meine Stirn gegen eine der Stangen sinken und schloss die Augen. Charlie würde mittlerweile wahrscheinlich durchdrehen, weil ich mein Versprechen gebrochen hatte. Ich atmete tief durch die Nase ein. Verdammt. Ich hatte sie nie verlassen wollen. Aber ich musste meine Wünsche hintanstellen, wenn wir hier in London wieder Ordnung schaffen wollten.

Einundzwanzig

Es war völlig hoffnungslos gewesen, nach Vincent zu suchen. Kaum hatte sich der rote Dunst aufgelöst, waren auch jegliche Energiesignaturen verschwunden, die ich hätte spüren können. Verzweifelt war ich noch eine Weile durch die Straßen gelaufen, doch irgendwann hatte ich aufgegeben.

Und nun saß ich seit geraumer Zeit in der Küche der Villa und starrte aus dem Fenster. Bislang war noch niemand zurückgekehrt und ich wusste, dass ich weiter nach Saki suchen müsste, doch mir fehlte die Kraft.

Plötzlich hörte ich ein Räuspern und drehte den Kopf in die Richtung, aus der es kam. Ren stand vor mir, das schwarze Haar glitzerte vom Nieselregen.

»Charleen, Liebes. Was ist passiert?«, fragte er und seine Stirn zog sich in sorgenvolle Falten. Sofort spürte ich neue Tränen und den dumpfen Kopfschmerz, der hinter meinen Augen darauf gewartet hatte, dass ich wieder losheulte.

»Vincent«, brachte ich hervor und wurde von einem Schluchzen unterbrochen. »Wir haben Sienna getroffen und er ist mit ihr mitgegangen.« Ich konnte sie nicht mehr Mum nennen. Ich wollte es auch gar nicht mehr. Nie hatte mich jemand so verletzt und enttäuscht, wie sie es getan hatte. Der Schmerz in meiner Brust war so präsent, dass ich fürchtete, ihn nie wieder vergessen zu können.

»Wir finden Vincent, das verspreche ich dir«, sagte er sanft und schob mir eine Tasse mit dampfendem Tee zu. Ich war so in meinen Gefühlen versunken, dass ich mich gar nicht darüber wundern konnte, wie schnell er einen Tee zubereitet hatte. Und dass ich gar keinen Wasserkocher gehört hatte. Aber das rückte alles in den Hintergrund, war in diesem Moment einfach nicht wichtig.

»Es tut mir so leid, Ren, wir haben Saki nicht gefunden. Und jetzt sitze ich hier und heule wegen Vincent.« Ich zog die Nase hoch und wischte mir mit dem Handrücken über die Wangen. Mein ganzer Kopf tat weh und fühlte sich an, als würde er bald zerplatzen.

»Auch Saki werden wir finden. Charleen, du wirst sehen, dass sich alles aufklären wird.«

Erschöpft sah ich ihn an. Er trug ein zuversichtliches Lächeln auf den Lippen und ich schüttelte fragend den Kopf.

»Wie kannst du so zuversichtlich sein? Woher nimmst du diese Kraft? Mein Dad würde Amok laufen, wenn ich verschwunden wäre.«

»Weißt du, Liebes, ich habe während der Jahre, die ich nun schon lebe, einiges gelernt, nämlich, dass am Ende alles gut wird. Und wenn es noch nicht gut ist, dann ist es definitiv noch nicht das Ende. Wir haben also noch einen weiten Weg vor uns, aber glaube mir, es wird sich lohnen. Wir werden Saki finden und auch Vincent wird wieder bei uns sein.«

Ich erwiderte sein Lächeln schwach und betrachtete ihn für einen Augenblick. Mit einem Mal war die Erinnerung an den Moment wieder da, als er mir und Vincent diesen unsäglichen Schmerz genommen hatte. Ich erinnerte mich an sein Aussehen, daran, dass er völlig verändert war.

»Als du mir und Vincent im Garten den Schmerz genommen hast«, begann ich und suchte nach den passenden Worten. »Für einen kurzen Moment warst du verändert. Dein Gesicht wirkte älter, du hattest …« Ich verstummte und ließ den Satz im Raum hängen. Was sollte ich ihm auch schon sagen? Dass er Hörner gehabt hatte? Ja, dann würde er mir sicherlich glauben und mich nicht für völlig bescheuert halten.

»Du musst halluziniert haben, Charleen. Ich benutze seit Jahren Faltencremes, ich kann nicht alt aussehen«, erwiderte er und fasste sich hauchzart an die Wangen, als würde er prüfen wollen, ob seine Haut faltig war. »Du solltest dich ausruhen. Fahr nach Hause, schlaf dich aus. Der Tag war lang genug, die anderen kommen sicher auch bald zurück«, fügte er noch hinzu und schenkte mir ein warmes Lächeln, ehe er sich abwandte und ging.

Ich sah ihm noch eine ganze Weile hinterher, obwohl er schon lange aus der Tür heraus war. Irgendetwas sagte mir, dass er mir nicht die Wahrheit erzählte und sich mehr hinter diesem kurzen Moment verbarg, in dem ich

Rens Gesicht gesehen hatte. War es vielleicht sein wahres Gesicht? War ihm vielleicht irgendetwas passiert, weswegen er so aussah und mithilfe seiner Kräfte eine normale Maske aufrechterhielt? Doch das würde die Hörner und die roten Augen nicht erklären.

Müde fuhr ich mir über das Gesicht und schloss kurz die Augen. Es brachte nichts, mir darüber jetzt auch noch Gedanken zu machen. Wenn Ren ein Geheimnis hatte, dann würde er dieses sicherlich aus gutem Grund haben.

Ich trank noch meinen Tee aus und stellte die Tasse weg, erst dann machte ich mich auf den Heimweg. Es war kalt geworden, deshalb zog ich den Mantel enger um mich, doch der Spaziergang tat mir gut. Es dauerte zwar eine ganze Weile, ehe ich zu Hause ankam, aber ich hatte absolut keine Lust, mich in einen Bus zu quetschen und eventuell von irgendwelchen Menschen dumm angesehen zu werden. Denn die Angst, dass irgendwer dahinterkam, wer ich tatsächlich war, hatte sich nicht gelegt, seit Sienna am Big Ben das Geheimnis gelüftet hatte.

Dad war noch nicht da, als ich nach Hause kam, weswegen ich Mantel und Schuhe von mir streifte und ein bisschen aufräumte. Als schließlich alles sauber war, setzte ich mich auf die Couch, aß eine Kleinigkeit und machte einen Film an, der mir eigentlich dabei helfen sollte, meine Gedanken zum Stillstand zu bringen. Doch sie waren so laut, dass kein Film der Welt dagegen ankämpfen konnte.

Irgendwann musste ich aus Erschöpfung eingeschlafen sein, denn als Dad nach Hause kam, rüttelte er mich sanft an der Schulter, um mich zu wecken.

»Hey, Charlie-Bee, du solltest nach oben gehen«, flüsterte er, als ich die Augen geöffnet hatte. Ich fuhr mir über das Gesicht und richtete mich auf.

»Gibt es was Neues?«, fragte ich ihn stattdessen und er ließ sich neben mich auf die Couch fallen. Ich sah ihn einen Moment lang an und erkannte, dass er nicht minder müde aussah als ich. Die Erschöpfung war ihm ganz klar ins Gesicht geschrieben und er fuhr sich über den Bart, ehe er mir antwortete.

»Ich glaube, dass es aus den Fugen gerät«, gab er dann seufzend zu. »Robbie leitet die Special Unit, die sich auf die magischen Kinder spezialisiert und diese ausfindig machen soll. Er ist noch nicht weiter und weiß nicht, wie er sie finden kann, das ist die einzig gute Nachricht dabei.«

»Saki ist seit heute verschwunden«, erzählte ich ihm dann und biss mir auf die Unterlippe. Mein Gefühl sagte mir, dass ihr Verschwinden irgendetwas mit der Special Unit zu tun hatte. »Vielleicht haben sie sie.«

»Ich halte die Augen offen«, versprach Dad mir. »Robbie hat sich verändert. Ich weiß nicht, was es genau ist, aber ich habe ein ungutes Gefühl bei ihm.«

Plötzlich fiel mir die Situation im Musikraum wieder ein. Ich hatte Dad noch gar nichts davon erzählt. »Er war letztens bei mir, als ich nachsitzen musste. Da hat er sich auch schon total seltsam verhalten, er meinte, ich wäre meiner Mutter sehr ähnlich. Das war, kurz bevor die Sache am Big Ben losging.«

Dad betrachtete mich mit gerunzelter Stirn. »Wieso erzählst du mir erst jetzt davon? Hat er dich angegriffen?«

Ich schüttelte den Kopf. »Nein, natürlich nicht. Ich habe es einfach vergessen, schätze ich. Danach waren so viele andere Dinge ...« Ich verstummte. Jetzt wo wir schon dabei waren, uns gegenseitig auf den neusten Stand zu bringen, musste ich ihm auch von Vincent erzählen. Ich atmete tief durch und schloss die Augen, fuhr mir durch das Haar.

»Was ist los?«, fragte er sanft.

»Vincent ist mit ihr mitgegangen. Er will uns nicht in Gefahr bringen, indem er bei uns bleibt, während die anderen magischen Kinder ihn auf ihrer Seite wollen.« Ich presste die Lippen aufeinander und kämpfte gegen das dumpfe Gefühl der aufkommenden Tränen an. Das Thema schnitt mir jedes Mal aufs Neue ins Herz, weswegen ich die Tränen auch nicht ganz aufhalten konnte. Ich blinzelte mehrfach, doch sie bahnten sich ihren Weg über meine Wangen.

Dad rutschte zu mir und zog mich sacht in seine Arme. Ich spürte, wie er mir einen Kuss auf den Kopf pflanzte und atmete tief durch. Er roch vertraut. Nach Zuhause.

»Er bedeutet dir wirklich viel, was?«, flüsterte er. Ich brachte nur ein Nicken zustande, was ihm ein Seufzen entlockte.

»Das gefällt mir zwar nicht, aber ich werde alles dafür tun, um ihn zurückzuholen, okay? Er ist jetzt ein weiterer Punkt auf meiner Liste, die binnen Stunden vollkommen seltsam geworden ist.«

Das brachte mich zum Lachen und ich löste mich leicht von ihm, um ihm ins Gesicht sehen zu können. »Also eigentlich ist nicht nur deine Liste seltsam geworden, sondern unser ganzes Leben.«

Dad schnaubte, was vielleicht ein Lachen hätte werden sollen. »Wie recht du doch hast«, erwiderte er schmunzelnd.

***

Danielle

Vincents Worte gingen mir nicht aus dem Kopf. In letzter Zeit war Mum immer unberechenbarer geworden und ich fürchtete, dass es tatsächlich ausarten würde, wenn niemand ihr Einhalt gebot. Warum auch immer ich dachte, dass ich diejenige war, die helfen könnte. Ich hatte Jahre an ihrer Seite gestanden, hatte meine Fähigkeiten eingesetzt, um ihr wieder Stärke zu geben. Ich war immer für sie da gewesen, hatte an ihren Plänen festgehalten. Früher hatte sie davon gesprochen, Gerechtigkeit für uns einzufordern. Ich war so in der Trauer und Fassungslosigkeit des Unfalls gefangen gewesen, dass ich ihr blind vertraut hatte. Doch mittlerweile hat sie einfach über die Stränge geschlagen. Mum hatte das Ziel aus den Augen verloren. Ja, sie wollte immer noch Gerechtigkeit. Aber jetzt war ihr jedes Mittel recht und ich fürchtete mich vor dem, was vielleicht passieren könnte. Was sie bereit war zu tun, um die Menschen zu zwingen, sich uns unterzuordnen. Davon war damals nie die Rede gewesen, doch als sie immer mehr Anhänger um sich geschart hatte, war es irgendwann eskaliert. Die magischen Kinder, die ihre Fähigkeiten ebenfalls nicht mehr länger verstecken wollten, hatten sich gegenseitig angestachelt und nun war der Punkt gekommen, an dem es aus dem Ruder lief. Ich hoffte nur, dass es noch nicht zu spät war. Mum durfte sich nicht verlieren, sie musste wieder zu der Frau werden, die sie mal gewesen war.

Es war mitten in der Nacht, als ich mich nach draußen schlich. Im Schutz der Dunkelheit bewegte ich mich quasi lautlos durch die Straßen, war immer auf der Suche nach dem Hauch einer Energiesignatur. Schließlich blieb ich in einer Seitenstraße stehen, schloss die Augen und benutzte meine Fähigkeiten, um auch nur die kleinste Regung wahrnehmen zu können. Die Art der Energiemagie, die ich beherrschte, war uralt und seit Jahrzehnten ausgestorben. Eigentlich.

Ich erinnerte mich noch ganz genau daran, wie ich sie bekommen hatte. Wie diese Fähigkeiten zu mir gekommen waren, um mich vor dem sicheren Tod zu retten. Fast war es, als wäre ich wieder in dem eisigen Wasser, das uns umschloss, uns herunterdrückte, als würde es gierig nach unseren Leben trachten. Eine Gänsehaut überzog meinen Körper und ich schob die Gedanken an jene Nacht beiseite, um mich auf das Wesentliche zu konzentrieren.

Und dann spürte ich tatsächlich eine schwache Signatur. Sie war so kraftlos, dass ich sie kaum wahrnehmen konnte, doch irgendetwas sagte mir, dass ich ihr unbedingt folgen musste. Entschlossen lief ich durch die Straßen, bis ich bei der Polizeiwache herauskam. Aufmerksam blieb ich in den Schatten der Nacht und sah mich um, wägte die Gefahren ab, entdeckt zu werden. Dann rief ich den roten Dunst zu mir und konzentrierte mich auf das Innere des Gebäudes. Binnen Sekunden löste ich mich in Rauch auf und landete in einem verlassenen Gang des Reviers. Der Dunst der Magie half mir dabei, meine Energie zu zersetzen, weswegen ich mich auflösen beziehungsweise ein Teil des Rauchs werden konnte. Es hatte Jahre gedauert, bis ich diese Macht gänzlich unter Kontrolle hatte. Mittlerweile wünschte ich mir, dass Charlie bei mir gewesen wäre. Vielleicht wäre es für uns beide einfacher gewesen, unsere Kräfte zu kontrollieren, wenn wir Schwestern füreinander dagewesen wären. Ich presste die Lippen aufeinander und sah mich in dem Gang um. Plötzlich ertönten Schritte und ich schob mich in eine Nische, um nicht entdeckt zu werden. Ein Lachen ertönte und ich konnte den Schatten zweier Polizisten sehen, die etwas entfernt von mir den Flur runterliefen. Mein Herzschlag beschleunigte sich und als die Männer fort waren, nahm ich den Faden der Signatur wieder auf, um ihm zu folgen. Er führte mich eine Treppe hinab in einen dunklen Keller. Alle Fühler meiner Magie waren ausgestreckt und ich spürte die Signatur nun deutlicher, auch wenn sie noch immer völlig erschöpft war. Ein weiteres Mal musste ich mich vor einem Polizisten verstecken, der seinen Posten verließ.

»Beende die Wache nun. In drei Stunden kommt Evans und übernimmt. Die Kameras sind angeschaltet, es kann nichts passieren«, sprach er in sein Funkgerät und ich begann den Flur nach Überwachungskameras abzusuchen. Tatsächlich fand ich das kleine rote Licht ganze drei Mal in dem Gang. Wütend verzog ich das Gesicht, zwang mich aber, nicht zu fluchen. Als der Polizist fort war, trat ich aus meinem Versteck und rief die Magie zu mir, die ich mit Leichtigkeit auf die Kameras warf. Roter Rauch umhüllte die Linsen, sodass niemand mich sehen konnte. So schnell und leise es mir möglich war, lief ich den Gang runter, bis ich an einer Zelle ankam, wo die Signatur am deutlichsten war.

Ich blickte durch die Gitterstäbe und konnte einen rosafarbenen Haarschopf erkennen.

»Bist du Saki?«, fragte ich leise und die Japanerin blickte mich an. Dunkle Ringe lagen unter ihren Augen, doch als sie mich sah, funkelte Hass und Skepsis in ihnen, sodass sie sich erschöpft aufrichtete. Ich konnte spüren, dass ihre Kräfte fast aufgebraucht waren.

»Ich bin hier, um dich rauszuholen. Vincent hat mir gesagt, dass du vermisst wirst.«

Die junge Frau vor mir schien nicht wirklich überzeugt zu sein. Alles an ihrer Haltung war abwehrend, was ich verstehen konnte. Ich hatte bislang nur dazu beigetragen, dass die derzeitige Situation völlig außer Kontrolle geriet.

»Ich will keinen Krieg führen«, versuchte ich es noch einmal und sah sie aufrichtig an. »Ich will die richtige Seite wählen.«

»Und wie willst du mich hier rausholen? Das Schloss ist verdammt fest und sicher. Ich habe es versucht.« Ihre Stimme war nicht mehr als ein Flüstern. Ich hob die Hand und schickte meine Magie in das Schloss und mit einem leisen Klicken brach es und ich konnte die Zellentür öffnen. Mit einem schwachen Grinsen auf den Lippen zuckte ich mit den Schultern.

»Vielleicht versuche ich es so«, feixte ich und half ihr aufzustehen. Alles an ihr strahlte Abneigung aus, doch ihr würde nichts anderes übrig bleiben, als mir zu vertrauen.

»Weißt du wie wir hier rauskommen?«, fragte sie und ich nickte, während wir gemeinsam den Gang entlangliefen. Mit ihr kam ich weitaus langsamer voran, doch das war mir in diesem Moment egal.

Bis plötzlich ein Polizist vor mir stand.

»Was zur Hölle?«, fragte er und griff nach seinem Funkgerät. Ich streckte die Hand nach ihm aus und entzog ihm gerade so viel Energie, dass er bewusstlos wurde. Mit einem dumpfen Knall kam er auf dem Boden auf und ich verzog das Gesicht.

»Das hat sicher jemand gehört«, murmelte ich und presste meine Hand auf Sakis Schulter.

»Was soll das?!«, rief sie, doch ich konzentrierte mich auf uns beide, um uns schnellstmöglich hier herauszuschaffen. Der rote Dunst ergriff uns und zersetzte unsere Energien, als wir wieder ganz waren, standen wir außerhalb des Gebäudes.

»Scheiße, mach das nie wieder«, keuchte Saki und stützte sich auf den Knien ab. Ich verdrehte die Augen. »Wolltest du da raus oder nicht?«

Sie winkte ab und ich gab ihr noch einen kurzen Moment, um zu verschnaufen. »Komm schon, wir müssen weiter«, drängte ich sie und sie nickte, richtete sich auf und ich stützte sie erneut.

Es dauerte, ehe wir an der Villa ankamen. Ich fürchtete, dass ihre erschöpfte Energie es nicht aushalten würde, noch einmal teleportiert zu werden, weswegen wir den ganzen Weg zu Fuß zurücklegen mussten. Doch meine Mission war es, sie zu retten und da würde ich sie nicht in Gefahr bringen, nur damit ich schneller von A nach B kam.

Als wir an der Villa ankamen, klopfte ich mehrfach ungeduldig gegen die große Tür. Es war ein prunkvolles Gebäude und extrem gut ausgestattet, was ich bei meinem ersten Besuch – als ich Vincent hier rausgeholt hatte – direkt gesehen hatte. Die Zellen unten waren magisch verstärkt und boten Schutz für die magischen Kinder außerhalb und innerhalb der Zelle. Ren, der Besitzer, hatte sich wirklich Gedanken gemacht.

Als das Licht im Inneren anging, trat ich einen Schritt zurück. Die Tür wurde geöffnet und ein dunkelhaariger Typ stand vor uns. Ihm fiel alles aus dem Gesicht, als er Saki vor sich stehen sah, und zog sie sofort in seine Arme.

»Verdammt, wo warst du?«, fragte er und verbarg das Gesicht an ihrer Schulter.

»Können wir das vielleicht nach drinnen verlegen?«, fragte ich genervt, was mir die Aufmerksamkeit von dem Kerl einbrachte.

»Was zur Hölle macht sie hier?!«, zischte er und schob Saki im selben Moment hinter sich, als würde von mir eine Bedrohung ausgehen. Ich zwang mich, nicht die Augen zu verdrehen. Doch bevor ich zu einer Erklärung ansetzen konnte, nahm Saki mir dies schon ab.

»Wir haben größere Probleme, Dave. Sie ist auf unserer Seite. Wir müssen die anderen wecken und Charlie und Tyler verständigen. Sofort.«

Dave sah mich noch einen Augenblick hasserfüllt an, dann ließ er mich tatsächlich ins Innere der Villa. Ich nickte ihm kurz zu, was er erwiderte. Wahrscheinlich war er mir insgeheim dankbar, dass ich die kleine Japanerin zurückgebracht hatte.

»Du kannst in die Küche gehen, während wir die anderen holen. Aber fass nichts an«, warnte er mich und ich hob abwehrend die Hände.

»Keine Sorge«, gab ich zurück und ging in den Raum, in den er gedeutet hatte. Ich war gespannt, was Saki zu erzählen hatte.

Zweiundzwanzig

Mitten in der Nacht klingelte das Telefon. Ich hörte, wie Dad aufstand und ranging, was er allerdings sagte, konnte ich nicht verstehen. Ich fuhr mir durchs Haar und stand auf, gerade als ich auf dem Flur war, kam Dad schon die Treppen hoch und sah mich an.

»Zieh dich an, wir fahren zur Villa. Saki ist wieder da.«

Binnen Sekunden hatte ich mich umgezogen und kurz etwas frisch gemacht, ehe wir losfuhren. Die Müdigkeit war schlagartig weggeblassen und ich konnte gar nicht richtig abwarten, endlich bei der Villa anzukommen und Saki unverletzt zu sehen. Sie war einen ganzen Tag verschwunden gewesen. Für manche war das vielleicht nicht lange, aber es reichte bereits, um mir unheimliche Sorgen um sie zu machen. Wenigstens diese Last nicht mehr auf den Schultern zu spüren, erleichterte mich ungemein.

Als wir ankamen, war es Meredith, die uns öffnete und mich kurz in die Arme schloss. Ich bekam mit, wie sie meinem Dad ein zaghaftes Lächeln zuwarf, und verschwand schnell in die Küche, um den beiden einen kurzen Moment allein zu geben.

Saki saß am Küchentisch und zu meiner größten Überraschung sah ich jemanden, mit dem ich überhaupt nicht gerechnet hatte: Danielle.

»Danielle?«, fragte ich automatisch und sie hob den Blick zu mir, warf mir ein schwaches Lächeln zu.

»Sie hat Saki befreit«, berichtete Ren mir, der hinter Saki stand und die Hände auf ihren Schultern liegen hatte. Ich hielt den Abstand zwischen uns Schwestern nicht, ging auf sie zu und zog sie in eine feste Umarmung. Erleichterung durchflutete mich, wenigstens sie schien endlich eines Besseren belehrt worden zu sein. Als ich mich von ihr löste, sah ich ihr in die grünen Augen, die meinen überhaupt nicht ähnlich waren.

»Wieso?«, kam es mir nur über die Lippen und sie zuckte mit den Schultern.

»Vincent. Er hat mir ins Gewissen geredet.«

Mein Herz sank einige Etagen tiefer und krampfte sich mit jedem Schlag schmerzhaft zusammen. Ich presste die Lippen aufeinander und nickte. »Geht es ihm gut?«, fragte ich sie.

»Mutter würde ihn niemals verletzen«, erwiderte sie ausweichend. Auch wenn ich froh war, dass er wohl unverletzt war, entging mir nicht, dass sie mir nicht richtig geantwortet hatte. Sienna würde ihn vielleicht nicht verletzen, aber gut musste es ihm noch lange nicht gehen. Ich wollte mir gar nicht ausmalen, was ihm vielleicht angetan wurde.

»Sind alle da?«, fragte Ren dann in die Runde und schaute sich in der Küche um. Ty trat neben mich und umarmte mich kurz zur Begrüßung, dann richteten wir unsere Aufmerksamkeit auf Saki.

»Es waren die Menschen, die mich gefangen gehalten haben. Es war Robbie Campbell«, sagte sie und warf meinem Dad einen Blick zu, der einen Fluch ausstieß.

»Ich wusste, dass irgendetwas faul an ihm war. Er hat sich die letzten Tage schon äußerst komisch verhalten – seit Sienna aufgetaucht ist.«

Ich sah, wie er seine Hände zu Fäusten ballte, doch keine Sekunde später war Meredith bei ihm und legte ihm sacht eine Hand auf die Schulter. Er warf ihr einen Blick zu und man konnte praktisch mit ansehen, wie er sich beruhigte. Ich konnte das Lächeln, das sich unpassenderweise auf meine Lippen stahl, nicht niederringen.

»Die Menschen dort haben keine Tests oder sonst irgendetwas an mir durchgeführt. Ich ... ich sollte etwas für sie aufspüren. Keine Ahnung, woher sie wussten, dass ich die Fähigkeit habe, andere magische Kräfte ausfindig zu machen.« Sie machte eine kurze Pause und atmete tief durch. Schuld flackerte über ihr Gesicht und sie senkte betrübt den Blick. »Ich habe das, was sie suchten, gefunden. Es war irgendein Artefakt. Ich weiß nicht, was es war oder wozu sie es benötigen, aber es sah aus wie ein Kompass«.

»Der Kompass von Animara«, fiel Ren ihr ins Wort. Ein leises Raunen ging durch die kleine Traube und ich verschränkte die Arme vor der Brust.

»Was genau ist ein Animara?«, fragte ich an Ren gerichtet, der sich plötzlich endlos erschöpft über das Gesicht fuhr. Er zögerte kurz und richtete sich dann an die unzähligen Augenpaare, die interessiert auf ihn gerichtet waren.

»Animara war einst eine mächtige Hexenmeisterin. Sie erschuf vier magische Relikte, die für die Hexenmeister unabdinglich waren. Unter diesen Relikten war auch der Kompass, der magische Fähigkeiten aufspüren kann.«

Verwirrung machte sich in uns allen breit. Hexenmeister? Sollte es diese Wesen tatsächlich geben? Ich dachte zurück an den Moment auf der Dachterrasse. Daran, wie Vincent erzählt hatte, dass es eine logische Erklärung für unsere verschiedenen Kräfte war. Sollte er doch recht behalten? Das würde meine ganze Welt ins Wanken bringen.

»Aber Hexenmeister gibt es nicht«, warf Dave ein.

Rens Blick wanderte kurz zu ihm, doch es wirkte nicht so, als würde er ihn tatsächlich sehen. Er schien sehr, sehr weit weg zu sein und musste mehrfach blinzeln, ehe er die richtigen Worte fand.

»Ihr erinnert euch an Vincents Version unserer Abstammung? Nun, der Junge hatte nicht unrecht. Wir alle sind Kinder von Hexenmeistern, die ihre Kräfte in unterschiedlichsten Verzweigungen an ihre Nachfahren weitergegeben haben. In jedem von uns fließt zum Teil dunkles Blut. Hexenmeister sind keine lichten Wesen, müsst ihr wissen, sie gehören einer Art Unterwelt an. Vor sehr vielen, unzähligen Jahren war es den Hexenmeistern verboten, sich mit irdischen Bewohnern – Menschen – zu vereinen. Aber natürlich kam es, wie es kommen musste, und Animara selbst verliebte sich in einen jungen Mann. Sie lebte mit ihm zusammen und wurde schwanger. Da Hexenmeister allerdings nicht selbst magische Fähigkeiten spüren können, erschuf sie den Kompass, um herauszufinden, ob ihr Kind etwas von ihren Kräften in sich trug. Durch Animaras Bruch des Verbotes vermehrten sich die Hexenmeister auf der Erde und gaben ihr Blut Generation für Generation an ihre Kinder weiter. So entstanden die magischen Kinder in all ihren verschiedensten Arten.«

Nachdem Ren geendet hatte, herrschte Totenstille im Raum. Man hätte wahrscheinlich eine Stecknadel fallen hören, so ruhig war es. Und doch schien niemand wirklich Worte für das zu finden, was Ren uns gerade erzählt hatte. Ich konnte es nicht verdauen. Wir waren Kinder von Hexenmeistern – von Wesen, die in der Unterwelt lebten. Es war einfach so … unwirklich.

»Woher weißt du so viel über die Hexenmeister, Otōsan?«, fragte Saki schließlich und sah zu ihrem Vater hoch. Ren legte ihr erneut eine Hand auf die Schulter und lächelte sie liebevoll an.

»Liebes, ich bin selbst ein Hexenmeister.«

Fassungslosigkeit ergriff uns alle. Ich keuchte, sah die Hörner und das faltige Gesicht von Ren wieder vor mir. Also hatte ich doch nicht halluziniert. Ich hatte sein wahres Gesicht gesehen, hatte hinter die Fassade der Magie blicken können.

Mir wurde schlecht. Und trotzdem war mir die Tragweite der ganzen Sache noch immer nicht bewusst. Wie hatte Ren all die Jahre verheimlichen können, dass er ein Hexenmeister war? Wieso war keiner von uns in der Lage gewesen, das zu bemerken?

Ganz einfach, indem nie jemand auf dieses Thema, auf diese Vermutung unserer Abstammung zu sprechen gekommen war. Ich biss mir auf die Unterlippe und hörte plötzlich ein Stimmengewirr. Wann hatten wir angefangen völlig durcheinanderzusprechen?

»Das alles ist größer, als ihr denkt«, erhob Ren erneut die Stimme, sodass wir plötzlich verstummten. »Überall auf der Welt gibt es magische Kinder. Es gibt Orte wie diese Villa hier, um unsere Nachkommen zu unterstützen. Für solche Fälle wie diesen gibt es einen Zentralrat, der sich darum kümmert. Großbritannien hat seinen eigenen, aber es gibt auf der Welt noch sehr viele weitere hohe Hexenmeister, die über das Vergehen magischer Kinder entscheiden.«

»Es ist die Wahrheit«, mischte sich plötzlich eine weibliche Stimme ein, die mir völlig unbekannt war. Aus dem angrenzenden Wohnzimmer trat eine schlanke japanische Frau hervor. Ihre langen, glatten schwarzen Haare reichten ihr bis zur Taille. Sie war auffällig geschminkt, die Lippen blutrot. Ihr ebenfalls schwarzes Kleid zeigte einen tiefen Ausschnitt, betonte jede schmale Kurve, die sie hatte, und reichte bis zum Boden. Sie sah atemberaubend aus.

»Renulial, alter Freund«, richtete sie sich nun an Ren, dessen Mimik nicht die leiseste Regung zeigte. »Der Rat der Hexenmeister ist dafür da, um magischen Kindern, die auf die schiefe Bahn geraten und unser Geheimnis aufs Spiel setzen, zu eliminieren«, erzählte sie zunächst an uns gewandt, bevor ihr Blick wieder zu Ren glitt. »Du wirst mit nach Schottland kommen müssen.«

»Renulial?«, wiederholte Saki den Namen, wobei es sich anhörte, als würde ihre Zunge eine Tonne wiegen. Die Japanerin sah sie mit einem engelsgleichen Lächeln an.

»Das ist sein richtiger Name, Süße.«

Saki sah ihren Vater fassungslos an, der die Lippen wütend aufeinanderpresste. So hatte ich ihn bislang noch nie gesehen.

»Akiko«, zischte er. »Was will der Rat?«

Die Frau, die offensichtlich Akiko hieß, lachte glockenhell auf. »Hier ist unter deiner Führung alles außer Kontrolle geraten, Renulial. Du wirst dich dafür vor dem Rat verantworten müssen.«

Ren fuhr sich durchs Haar, während ich nur hilflos zusehen konnte. Ich verstand das alles noch nicht ganz, es war zu viel auf einmal, um es direkt zu verarbeiten.

»Ich kann hier jetzt nicht weg.«

»Ren, du kannst dich dem Rat nicht widersetzen. Du weißt, was das für Konsequenzen nach sich ziehen kann«, warnte Akiko.

Der Angesprochene schloss die Augen und atmete tief durch, ehe er sich an meinen Dad und Meredith wandte.

»Gut, dann müsst ihr das alles hier regeln, solange ich nicht da bin. Ihr dürft nicht zulassen, dass ein Krieg ausbricht, versteht ihr? Die Menschen müssen davon abgehalten werden, die magischen Kinder zur Registrierung zu zwingen. Tut alles, was in eurer Macht steht.«

Dad wollte noch etwas sagen, doch Akiko erschuf mit einer wegwerfenden Handbewegung bereits ein Portal, das wie eines von Dave aussah.

»Es ist Zeit«, beharrte Akiko, als Ren sich noch immer nicht rührte. Er warf uns allen einen entschuldigenden Blick zu, presste die Lippen aufeinander, als würde er die Worte, die ihm auf der Zunge lagen, nicht rauslassen wollen und ging mit Akiko mit. Sie verschwanden durch das Portal und mit einem letzten leisen Zischen verschwammen dessen Linien, bis sie schließlich komplett fort waren.

Es herrschte für einen Moment Stille, dann fingen die Gespräche unter den magischen Kindern an. Ich hörte nicht wirklich zu, schob mich an Ty vorbei und zu Danielle, die etwas abseitsstand.

»Hey«, zog ich ihre Aufmerksamkeit auf mich, als ich bei ihr ankam. Sie hob den Blick und lächelte vorsichtig, als würde sie nicht wissen, wie sie auf mich reagieren sollte.

»Ich finde es toll, dass du jetzt hier bist«, sagte ich ihr ehrlich und lächelte aufrichtig. Sie wollte gerade etwas sagen, als Ryans Stimme ertönte.

»Was macht sie eigentlich hier? Sie ist doch einer der Gründe, wieso es überhaupt so weit gekommen ist!«, rief er und ich drehte mich wütend zu ihm um. Seine Augen funkelten, in ihnen stand so viel Wut wie vermutlich in meinen.

»Halt die Klappe, Ryan. Danielle war es, die Saki gefunden und zurückgebracht hat. Oder hast du irgendetwas dazu beigetragen?«, fragte ich ihn und wusste, dass meine Worte ihn reizen würden. Doch es war mir egal. Ich konnte gerne mit ihm streiten.

»Okay, es reicht«, unterbrach Dad diesen Streit. »Wir alle müssen uns beruhigen und mit dieser neuen Situation erst einmal klarkommen. Wir brauchen einen Plan. Wenn Robbie diesen Kompass tatsächlich hat, dann wird die Villa nicht mehr sicher sein. Sie können jeden von euch aufspüren und vielleicht einsperren, das müssen wir verhindern.«

»Aber wir müssen auch Vincent suchen«, warf ich ein, weil er noch immer ganz oben auf meiner Prioritätenliste stand. Ich würde ihn nicht kampflos aufgeben.

Danielle mischte sich ein. »Das wäre gar nicht dumm. Vielleicht können wir gemeinsam mit ihm etwas ausrichten.«

»Unter keinen Umständen«, warnte Dad. Seine Stirn war in Falten gelegt und er sah aus, als hätte man ihm gesagt, dass es die Zahnfee nicht gab. Er wollte definitiv nichts davon hören.

»Dad, das ist keine schlechte Idee. Wir sind immer noch irgendwie eine Familie. Vielleicht hört Sienna dann auf uns, wenn wir gemeinsam mit ihr sprechen. Wenn sie sieht, dass Danielle auf unserer Seite ist, dann lässt sie vielleicht mit sich reden.«

»Ich könnte ein Treffen organisieren, ich weiß ja schließlich, wo sie sich aufhalten«, erwiderte Danielle und nickte.

Der Plan nahm langsam, aber sicher Gestalt an und ich spürte, wie mein Herz ein paar Takte schneller schlug bei dem Gedanken, dass sich vielleicht doch alles bald zum Guten wenden könnte.

»Man darf ihr nicht trauen!« Wieder Ryan.

»Du sagst jetzt am besten nichts mehr!«, zischte ich. Er schnaubte und warf die Arme in die Höhe, ich bekam am Rande mit, wie er von irgendjemandem nach draußen gebracht wurde.

»Während du versuchst ein Treffen zu organisieren, müssen wir uns ruhig verhalten und aufpassen, dass die Special Unit uns nicht aufspürt«, stimmte Meredith zu und Dad warf ihr einen genervten Blick zu. Sie hob abwehrend die Hände. »Was? Die Idee ist nicht schlecht, John. Es könnte unsere einzige Chance sein.«

Dad kniff sich in den Nasenrücken und nickte erschlagen. »Schön. Kann ich dich irgendwo hinfahren?«, fragte er an Danielle gerichtet und sie nickte.

»In die Stadt vielleicht.«

Wir gingen nach draußen und warteten einen Moment auf Dad, der sich noch mit Meredith unterhielt. Die beiden umarmten sich innig und ich sah Danielles skeptischen Blick.

»Dad dachte jahrelang, Mum wäre tot. Meredith ist die Erste, der er sich wieder nähert. Ich bin froh drum.«

Danielle wandte bloß den Blick ab, antwortete allerdings nicht drauf. Als Dad in den Wagen stieg, herrschte weiterhin Schweigen zwischen uns, aber keiner schien richtig zu wissen, was er in dieser Situation sagen sollte. Ich hing meinen Gedanken nach, dachte an das ganze Ausmaß der magischen Kinder, an die Hexenmeister und fragte mich augenblicklich, von welchem ich wohl abstammte.

Als wir auf einem Parkplatz in der Nähe von Kensington hielten, stieg Dad mit Danielle aus und ich blieb auf dem Beifahrersitz, beobachtete die beiden allerdings durch die Windschutzscheibe. Ich konnte nicht verstehen, was sie beredeten, aber am Ende nahm Dad sie in die Arme und ich musste lächeln. Die feine Hoffnung, dass wir wieder eine Familie sein könnten, keimte in mir auf und ich war tatsächlich nicht bereit sie gehen zu lassen.

»Es ist schön, wieder eine Schwester zu haben«, sagte ich, als Dad einstieg und den Wagen zurück auf die Straße lenkte. Er nickte, vieles ging wohl in ihm vor, aber er konzentrierte sich nun erst mal ausschließlich auf den Verkehr.

»Jetzt liegt alles bei ihr. Ich hoffe, euer Plan geht auf.«

Ich griff nach seiner Hand und drückte sie sanft. »Hab Vertrauen. Sie schafft das.«

Er warf mir einen Blick zu, ein schwaches Lächeln lag auf seinen Lippen, ehe er doch noch nickte.

»Lass uns einfach nach Hause, Charlie-Bee.«

Dreiundzwanzig

Während die Nacht von seltsamen Träumen über dunkle Hexenmeister und allerlei komisches Zeug durchzogen wurde, war der Morgen unheimlich ruhig. Dad und ich sprachen nicht viel, wir tranken Tee und Kaffee und schließlich fuhr er mich zur Schule, bevor er selbst zur Arbeit aufbrach.

Ich blieb einen Moment am Bordstein stehen und blickte zur Schule, zwang mich, nicht zu seufzen. Es gab so viel wichtigere Dinge und ich verschwendete meine Zeit mit Schule. Wie so oft regte ich mich ziemlich darüber auf, doch es brachte ja alles nichts – ich konnte nicht einfach meinen Abschluss hinschmeißen. Dad würde mich umbringen und im Endeffekt würde ich mich wahrscheinlich auch maßlos darüber ärgern.

Im Inneren des Gebäudes fing Max mich ab, doch wir hatten kaum eine Sekunde allein, da kam der blonde Lockenschopf von Katie schon in Sichtweite. Ich warf Max einen vielsagenden Blick zu. In seinen dunkelblauen Augen konnte ich genau das ablesen, was in meinem Inneren ebenfalls herrschte: Angst. Die Angst, dass Katie hinter unser Geheimnis kam und uns dafür hassen würde. Dass sie sich von uns abwenden und gegen die magischen Kinder vorgehen würde. Ich wollte mir wirklich nicht vorstellen, wie es für Katie werden würde, wenn sie es herausfand. Und irgendetwas in mir sagte, dass sie es auf kurz oder lang herausfand. Wenn die Menschen wirklich den Kompass hatten und unsere Fähigkeiten nun aufspüren konnten, dann sahen wir alle ganz schön alt aus. Denn dann war keines der magischen Kinder mehr in Sicherheit – vor allem aber nicht die Villa.

»Hey, Katie«, begrüßte Max sie betont unbesorgt und legte einen Arm um ihre Schultern.

»Es gibt Neuigkeiten!«, rief sie sofort und klatschte in die Hände. »Ich werde mich der Special Unit meines Dads anschließen«, platzte sie heraus und ihre Augen glitzerten vor Freude. Ich verschluckte mich beinahe an meiner eigenen Spucke und hustete einmal stark, damit das Kratzen im Hals nachließ. Erfolglos.

»Bitte was?!«, fragte ich atemlos und sah meiner besten Freundin ins Gesicht. Sie strahlte regelrecht vor Aufregung, ihre Wangen waren leicht gerötet. »Aber das ist doch eine Einheit der Polizei.«

Katie winkte ab. »Ich will ohnehin Polizistin werden. Außerdem gibt es eine Ausschreibung, viele Menschen wollen der Polizei helfen, die magischen Kinder zu finden und ihre Fähigkeiten zu registrieren. Wieso also nicht? Das wird bestimmt aufregend!«

Ich schluckte hart und warf einen Blick zu Max, der ebenso fassungslos war wie ich. Der Albtraum schlechthin wurde gerade wahr. Ich war mir nicht sicher, ob es nicht doch vielleicht besser war, wenn wir Katie selbst erzählten, dass wir magische Kinder waren.

»Hör mal«, begann ich. Max schien in meinem Gesicht ablesen zu können, was ich vorhatte. Vielleicht sah er es aber auch einfach in meinen Gedanken – schließlich war er der Telepath von uns beiden.

»Wir finden beide, dass das ziemlich gefährlich ist, Babe«, manövrierte er mich aus dieser Lage heraus und hinderte mich daran, Katie die Wahrheit zu sagen.

»Bist du dir ganz sicher, dass du das machen willst? Du musst dich doch auch auf deinen Abschluss konzentrieren.«

Katie winkte ab. »Mir passiert schon nichts. Aber diese besondere Situation verlangt nach besonderen Maßnahmen und ich bin bereit diese zu ergreifen. Ihr müsst ja nicht mitmachen.«

Es klingelte und Max führte Katie den Flur hinab, ohne dass ich noch mal die Chance hatte, mit ihr zu sprechen. Aber vielleicht war das auch besser. Ich war mir wirklich nicht sicher, ob ich meine beste Freundin weiter anlügen konnte.

Alle Schüler waren irgendwie unkonzentriert, weil sie mehr über die magischen Kinder wissen wollten, während die Lehrer und Lehrerinnen angespannt versuchten den Unterrichtsstoff durchzuziehen. Ich hing meinen Gedanken nach und achtete irgendwie gar nicht auf meine Umgebung, weswegen ich umso überraschter war, als es schließlich am Nachmittag klingelte und der Unterricht beendet war.

Während alle zu den Bussen oder zu ihren Autos strömten, entschied ich mich zu Fuß zu laufen. Ich fischte mein Handy aus der Jackentasche und stöpselte die Kopfhörer ein, während ich bereits nach einem guten Song suchte. Mein Finger fuhr über die Risse im Display und ich erinnerte mich unweigerlich an den Moment zurück, in dem Vincent mich auf dem Weg zur Schule angerempelt hatte und es mir aus der Hand gerutscht war. Ich erinnerte mich an seine funkelnden Augen und daran, dass ich damals nie gedacht hätte, dass wir jetzt hier stehen würden. Es fühlte sich an, als wäre es eine Ewigkeit her, dabei waren es nur zwei Wochen. Zu der Zeit hatte ich nicht geahnt, dass meine Mum noch lebte und auch nicht, dass Danielle bei ihr war und uns helfen würde. Himmel, ich hätte ja nicht mal erwartet, dass ich mich in Vincent verlieben würde.

Plötzlich spürte ich einen festen Griff an meinem Oberarm und im nächsten Moment wurde ich zwischen Rhododendronbüsche gezogen. Ich stieß einen erstickten Schrei aus, spürte schon, wie die Magie sich in meinem Inneren regte, damit ich mich gegen den Angreifer wehren konnte, doch der Kerl zog die Kapuze vom Kopf und entblößte den blonden Haarschopf, den ich so vermisst hatte.

»Vincent? Wie ist das möglich?«, hauchte ich fassungslos und schlang die Arme um seinen Hals, um mich an ihn zu drücken. Er erwiderte die Umarmung und zog mich fest an seinen Körper. Ich schloss die Augen, atmete seinen Duft tief ein und versuchte, die Tränen zu unterdrücken. Als ich mich löste, legte ich die Hände an seine Wangen und betrachtete ihn. Er hatte ein beträchtliches Veilchen an seinem linken Auge.

»Was haben sie dir angetan?«

Er schüttelte den Kopf. »Es geht mir gut«, erwiderte er leise und strich mit dem Daumen über meine Wange. »Ich habe nicht viel Zeit. Sie haben mich mit sich genommen und ich konnte mich nur kurz davonschleichen.« Der Dringlichkeit in seiner Stimme konnte ich mich nicht widersetzen und doch spürte ich tief in meinem Inneren, wie mein Herz sich vor Sehnsucht fast verzehrte. Ich wollte bei ihm sein, in seiner Nähe, an seiner Seite. Aber er machte mir einen Strich durch die Rechnung.

»Wenn ihr einen Plan habt, müsst ihr euch beeilen. Sienna ist … sie dreht, glaube ich, bald völlig durch.«

Ich zwang die Gedanken an uns beide in die hinterste Ecke meines Verstandes – das war nämlich jetzt nicht wichtig. Entschlossen nickte ich.

»Danielle, sie ist auf unserer Seite. Sie will ein Treffen organisieren, vielleicht können wir Sienna klarmachen, dass es so nicht weitergehen kann. Danielle hat Saki gefunden«, berichtete ich ihm.

Es fiel mir schwer, mich auf das Wesentliche zu konzentrieren, während er mir zaghaft eine Strähne hinters Ohr strich und mich ansah, als würde er das Schönste aller Einhörner vor sich stehen haben. Doch ich zwang mich, ihn über die neusten Geschehnisse zu informieren, erzählte ihm von den Hexenmeistern, von Ren und dem Kompass und dass dieser sich in Schottland für das, was hier passierte, verantworten musste.

Als ich endete, schwieg Vincent für den Moment. Seine Hand legte sich an meinen Hals und er fuhr mit seinem Daumen sacht über meine Unterlippe.

»Und wie geht es dir? Es ist alles so verrückt gerade …«

Mein Herzschlag beschleunigte sich freudig und dort, wo er mich berührte, kribbelte es. Ein wohliger Schauer fuhr mir über den Rücken.

»Ich vermisse dich«, gab ich zu.

Vincent antwortete nicht, sondern beugte sich endlich zu mir hinunter und legte seine Lippen auf meine. Ich klammerte mich an seine Lederjacke, als würde mein Leben davon abhängen. Diese Momente waren unsagbar kostbar für mich und eigentlich wollte ich gar nicht, dass sie jemals aufhörten. Mein Herz schwoll zu einem Basketball an, das Glück schoss für diesen kurzen, bittersüßen Augenblick wie pures Gold durch meine Adern. Wenn ich mit Vincent zusammen war, dann war irgendwie alles so leicht. Egal, dass die Welt in Chaos versank, egal, dass meine Mutter einen Krieg anzetteln wollte. In diesem Bruchteil einer Sekunde gab es nur uns.

Doch der Moment war viel zu schnell vorbei und er lehnte seine Stirn gegen meine.

»Ich vermisse dich auch«, flüsterte er heiser und ich ließ die Augen geschlossen. Ich wollte nicht, dass er wieder gehen musste, doch in seiner Stimme schwang ein entschuldigender Ton mit, sodass es sich verdächtig nach Abschied anhörte.

»Ich muss gehen«, bestätigte er meine Vermutung dann. »Es ist zu gefährlich, sie dürfen uns nicht sehen. Ich will nicht, dass dir jemand etwas antut.« Er löste sich komplett von mir und trat einen Schritt zurück. Mir wurde bitterkalt ohne seine Wärme.

»Vincent, bitte. Du kannst doch mit in die Villa kommen, dort ist es sicher. Wir überlegen uns etwas.«

»Nein, bald ist niemand mehr sicher. Versteh doch, ich kann vielleicht etwas ausrichten, sie aufhalten. Wenn ich sie in Sicherheit wiege, dann kann ich mich gegen sie stellen, ehe sie es bemerkt. Glaub mir, wir schaffen das. Aber nur, wenn du mich gehen lässt.« Seine blauen Augen blickten mich eindringlich an und ich presste die Lippen aufeinander, um nicht zu widersprechen. Nur zu gerne hätte ich ihm einen Vortrag gehalten und gesagt, wie dumm sein Plan war. Aber auf der anderen Seite verstand ich ihn natürlich – und vielleicht war es gar nicht so schlecht, wenn einer von uns bei ihr war. Nur warum musste es ausgerechnet Vincent sein?

Er stieß ein Seufzen aus, beugte sich noch einmal zu mir und küsste mich auf die Stirn.

»Ich liebe dich, Charleen Monroe«, flüsterte er mir zu, doch noch bevor ich etwas hätte sagen können, verschlang ein Wirbelsturm seinen Körper und ich war vollkommen allein. Mein Kopf war plötzlich wie leer gefegt, nur das heiße Gefühl von Glück pochte in meinem Inneren. Doch auch das verging leider viel zu schnell.

Als ich in der Villa ankam, hielt das erdrückende Gefühl in meiner Brust immer noch an. Ich unterhielt mich mit Meredith, doch sie hatte weder etwas von Ren noch von Danielle gehört. Den ganzen Tag über blieb es ruhig und ich hätte durchdrehen können. Irgendwie konnte ich besser mit einer Situation umgehen, wenn ich unter Strom stand. Dieses ewige Herumsitzen und Abwarten, nichts tun zu können, nervte mich.

Also trat ich irgendwann am Abend den Heimweg an, ohne neue Informationen, ohne auch nur einen kleinen Hinweis von Danielle. Ich übte mich in Routine, indem ich mir etwas zum Abendessen zauberte und anschließend aufräumte. Ich ließ Dad etwas davon stehen, falls er noch Hunger hatte nach seiner Schicht. Es war nicht untypisch, dass er manchmal erst spät in der Nacht nach Hause kam, weswegen ich mich schließlich dazu entschied, ins Bett zu gehen. Doch auch als ich eigentlich schlafen wollte, ließ dieses beklemmende Gefühl mich nicht los. Ich fürchtete, dass irgendetwas Großes auf uns zukommen würde, und das schneller, als uns allen lieb war.

***

Da ich erst ziemlich spät hatte eingeschlafen können, wurde ich wach, als die Sonne bereits aufgegangen war. Ich spürte dröhnende Kopfschmerzen und überlegte kurz, ob ich vielleicht gar nicht erst aufstand, doch als ich Dad schließlich in der Küche werkeln hörte, hievte ich mich aus meinem Bett und machte mich fertig. Ich duschte, zog mich an und schminkte die dunklen Augenringe ab, damit ich nur noch halb so scheiße aussah. Es lebe das Make-up.

Als ich bei Dad ankam, sah er nicht minder fertig aus als ich.

»Morgen« murmelte ich und setzte mich auf einen der Barhocker. Dad schob mir eine Tasse Tee zu und kümmerte sich wieder um das Omelett, welches in einer Pfanne brutzelte.

»Du siehst schlecht aus«, begrüßte er mich und ich konnte mir ein kurzes Lachen nicht verkneifen.

»Danke, gleichfalls. Wo warst du gestern so lange?«, fragte ich ihn und nippte an meinem Yorkshire Tea. Er hatte ein bisschen zu lange gezogen, doch ich störte mich nicht weiter daran.

»Auf dem Revier«, wich er mir aus und ich hob eine Augenbraue. Er gab das Omelett auf einen Teller, stellte die Pfanne zur Seite und brachte das Essen zu mir an den Tisch. Ich zog den Teller zu mir heran und atmete tief den köstlichen Geruch ein. Da seines vor meinem fertig gewesen war, hatte es sich schon etwas abgekühlt, weswegen er direkt essen konnte. Ich wartete ab, bis ich mir nicht mehr die Zunge verbrannte, was mir Zeit ließ, um Dad auszufragen.

»Du verheimlichst mir etwas.«

Er seufzte. »Ich bin bei der Special Unit«, sagte er.

Etwas in meinem Verstand schaltete ab. Ich sah rot, konnte nicht verstehen, wieso er das machte. Aufgebracht stand ich von meinem Stuhl auf und warf die Arme in die Luft.

»Ist das dein Ernst?! Du gehst in diese Unit und was dann? Spürst du mich auf? Willst du mich an die Polizei übergeben?!«, rief ich wütend aus. Dad legte sein Besteck beiseite und hob beschwichtigend die Hände.

»Charlie-Bee, hör mir zu«, verlangte er. »Ich bin in der Unit, um dich zu schützen. Wenn ich direkt an der Quelle bin, kann ich vielleicht eure Spuren verwischen oder sie auf eine falsche Fährte lenken. Ich tue das für dich.«

Ich ließ seine Worte auf mich wirken. Natürlich. Wie hatte ich auch nur eine Sekunde lang denken können, dass Dad mich verraten würde? Die Strapazen der letzten Tage zeigten langsam, aber sicher ihre Wirkung.

»Entschuldige«, seufzte ich und setzte mich wieder an den Tisch. Meine Nerven lagen einfach blank. »Es ist nur … alles ein bisschen viel gerade.«

Er griff über den Tisch hinweg nach meiner Hand und drückte diese sanft. Als ich aufsah, blickte er mir direkt in die Augen und ich sah Sorge sowie Fürsorge in seinem Blick.

»Ich weiß, Charlie-Bee. Aber wir kriegen das wieder hin, okay? Du musst mir nur vertrauen.«

»Das tue ich«, versprach ich, denn keinem anderen Menschen auf der Welt vertraute ich so sehr wie meinem Dad. Er würde alles dafür tun, dass ich sicher war.

Eine Weile aßen wir schweigend, bis er wieder ein Gespräch anfing. Es fühlte sich etwas gezwungen an, doch ich wollte die Normalität zulassen.

»Hast du heute was vor? Es ist Samstag.«

Ich nickte. »Ich treffe mich gleich mit Tyler in der Innenstadt. Wir wollen ein bisschen Alltag schnuppern, Normalität.«

»Das ist gut. Normalität ist wichtig, aber ihr müsst auch vorsichtig sein. Wir wissen nicht, was als Nächstes kommt.«

Erneut nickte ich. »Ja, natürlich. Ich passe auf«, erwiderte ich und schenkte ihm ein zuversichtliches Lächeln.

Das weitere Frühstück verlief relativ ruhig. Dad las die Zeitung und ich kümmerte mich um meinen Tee und mein Omelett. Nachdem wir die Küche aufgeräumt hatten, verabschiedete ich mich und machte mich auf den Weg in die Stadt. Ty hatte angeboten mich abzuholen, er hatte in der Villa geschlafen hatte und nicht zu Hause, aber ich lehnte ab. Ein bisschen frische Luft tat mir immer gut.

Als ich ihn von Weitem sah, klingelte mein Handy plötzlich und ich sah Katies Namen. Ich seufzte, weil ich keine Lust hatte mit ihr zu sprechen, nahm aber trotzdem ab, während ich auf Ty zuging.

»Hey, Katie, kann ich dich später anrufen? Ich bin mit Tyler unterwegs.«

»Charlie, wir müssen über Vincent sprechen«, hörte ich meine beste Freundin am anderen Ende der Leitung sagen. Doch genau in diesem Moment spürte ich, wie die Erde zu meinen Füßen erbebte. Erst ganz leicht, sodass ich es kaum wahrnehmen konnte, doch dann erzitterte sie so stark, dass etwas von uns entfernt die Alarmanlage eines geparkten Autos ansprang.

»Katie, ich rufe dich zurück«, würgte ich sie ab und legte auf. Ty sah mich alarmiert an.

»Das ist Vincent«, brachte ich hervor, als ich die Welle an Erdmagie spürte, die den Boden zum Vibrieren brachte. Ty hatte sofort sein Handy gezogen und ich hörte wie durch eine dicke Wolke, dass er Dave am anderen Ende hatte. Er forderte Verstärkung an, während ich dem Rausch der Magie folgte, um Vincents Standort herauszufinden. Es war der Trafalgar Square. Schon wieder.

»Komm mit«, rief ich Tyler zu und rannte los. So schnell wir konnten liefen wir über den Asphalt, ließen Passanten hinter uns und kamen schließlich an. Ich konnte sogar von hier aus sehen, wie gefährlich grün Vincents Augen leuchteten. Hier war die Magie sehr viel stärker und ich spürte, dass diese sich gegen die Boshaftigkeit wehrte. Vincents Magie wusste, wie es war, Gutes zu tun. Sie wollte nichts zerstören. Für einen kurzen Moment sah ich die Bilder vor mir, wie er das erste Mal hier zugeschlagen hatte. Wie Ryan ihn außer Gefecht setzen wollte und wie ich mich dazwischen gestellt hatte. Ich blinzelte die Bilder vergangener Zeiten fort und ging in die Hocke, presste die Hand auf die Erde.

»Die Erde wehrt sich. Wenn Vincent sie zwingt, ihm zu folgen, dann wird er sie nicht mehr kontrollieren können.« Voller Angst sah ich meinen besten Freund an. Doch dann schloss ich die Augen. Die Gewissheit, was ich zu tun hatte, umschloss mich und ich schickte meine Kraft in den Boden bis hin zu Vincent. Das Beben geriet außer Takt, bis es schwächer wurde, und ich suchte Vincents Blick. Er kämpfte gegen mich an, sein Gesicht war schmerzverzerrt. Wieso tat er das bloß?

Ich bekam am Rande mit, dass Sirenen ertönten, und kaum eine Minute später sah ich aus dem Augenwinkel die ersten bulligen Jeeps vorfahren. Es war die Special Unit der Polizei, die sich um die *Magus Feralis* kümmern sollte. Und hier waren wir ein gefundenes Fressen.

Plötzlich wurde meine Verbindung zur Erde gekappt und ich fiel zurück auf den Hintern. Ein mir unbekannter Mann, der ebenfalls ein Anhänger meiner Mutter sein musste, stand mir gegenüber und grinste mich an, eine seiner Hände war zu einer steinernen Lanze geformt, die er in den Boden gerammt hatte. Ich verengte die Augen und sammelte meine Kraft von Neuem, riss die Hand hoch und zog eine dicke Baumwurzel aus dem Boden. Er wehrte diese mit einem Schild ab, doch bevor er den Angriff komplett abschütteln konnte, setzte ich einen leuchtenden Ball grüner Magie hinterher, der ihn außer Gefecht setzte. Ich richtete mich auf, als ich plötzlich ein leises Ticken wahrnahm und mich nach links drehte.

Mein Herz verabschiedete sich und fiel Hunderte Meter zu Boden. Es fiel wie aus weiter Höhe und als es auf dem Boden ankam, zersplitterte es in eintausend Stücke, die ich nie wieder zusammensetzen konnte.

Vor mir stand Katie. In ihrer Hand hielt sie ein komisches Gerät, dessen zitternde Nadel auf mich zeigte. Es war ein Kompass. Es war der Kompass.

Unverständnis lag in ihren blauen Augen, Tränen sammelten sich und ich ging einen Schritt auf sie zu.

»Nein«, sagte sie eiskalt und richtete ihre Elektroschockpistole auf mich. Ich hob kapitulierend die Hände, blieb stehen und sah meine beste Freundin an. Ein dicker, mindestens tennisballgroßer Kloß bildete sich binnen Sekunden in meinem Hals und drohte mich zu ersticken.

»Katie, ich kann das erklären. Aber bitte, lass mich gehen. Ich kann das hier beenden«, sagte ich ruhig und doch mit tränenerstickter Stimme. Ich hatte nie gewollt, dass Katie es so herausfand.

»Ich will nichts von deinen Lügen hören!«, rief sie fassungslos und ich konnte sehen, wie sich zu der Enttäuschung blanke Wut gesellte.

Das Erdbeben wurde stärker und brachte mich fast um mein Gleichgewicht. Ich spürte, wie die Erdmagie unter mir rumorte, hörte das erste Krachen, das einen Riss im Boden ankündigte.

»Bitte, Katie, du musst mich das beenden lassen!«, rief ich ihr zu.

Tränen sammelten sich schließlich in ihren Augen und sie nahm die Waffe hinunter. Dann nickte sie mir erschlagen zu. Ich sammelte meine ganze Kraft in meiner Hand und schlug sie auf den Boden, ließ die grüne Magie zu Vincent schießen. Doch noch bevor ich ihn erreichen konnte, wurde ich von den Füßen gehoben und nach hinten geschleudert.

Ich kam einige Meter entfernt hart auf der Seite auf und stöhnte vor Schmerzen, als ich auf meiner Schulter landete. Ich rollte mich auf den Rücken, kleine Sterne tanzten vor meinen Augen und meine Sicht wollte verschwimmen. Verdammt.

Plötzlich nahm ich eine Bewegung wahr und als ich mich aufrichten wollte, wurde ich von einer unsichtbaren Kraft erneut zu Boden gedrückt. Ich keuchte, als sich die Last schwer auf meine Brust senkte und ich nichts dagegen tun konnte. Meine Mutter erschien in meinem Blickfeld, als sie sich neben mich hockte. Ohne dass sie etwas sagen musste, wusste ich, dass sie ihre Kräfte gegen mich einsetzte.

»Du verschwendest deine Kraft, Charleen«, sagte sie und sah mich aus kalten blauen Augen an. »Du und Vincent – ihr beide könntet zusammen so viel mehr anrichten. Eure Kräfte würden ein Ausmaß annehmen, das ihr euch jetzt nicht einmal vorstellen könnt.«

»Wir sind nicht hier …, um die Menschen zu gefährden«, brachte ich keuchend hervor. Der Druck auf meiner Brust verringerte sich nicht im Geringsten und machte es mir schwer, überhaupt zu sprechen.

Sienna lachte. Sie legte den Kopf für den Bruchteil einer Sekunde in den Nacken und lachte schallend. Dann sah sie mich durch zu Schlitzen verengte Augen an.

»Weißt du, wer mich getötet hat, Kleines?«, fragte sie und ohne mir die Chance auf ein Wort zu lassen, fuhr sie fort: »Robbie Campbell. Er hat in jener Nacht Jagd auf mich gemacht, weil ich bei einem Streit mit ihm die Kontrolle über meine Fähigkeiten verloren hatte und er herausfand, dass ich ein magisches Kind bin. Wusstest du, dass er all die Jahre nicht über mich hinweggekommen ist? Er hat John gehasst, weil ich mich für ihn entschieden habe. Und als er dann hinter mein Geheimnis kam, war es ihm völlig egal, dass Anabelle und Danielle mit im Wagen saßen. Auch wenn ich jetzt vor dir stehe, hat er mich in dieser Nacht seelisch getötet. Die fürsorgliche Mutter gibt es nicht mehr. Und seit jener Nacht will ich Rache. Rache an ihm, an den Menschen, die sich nie wieder mit magischen Kindern anlegen werden. Sie werden uns nicht unterwerfen. Denn wir sind mächtiger, als sie es je sein werden.« Ihre Stimme war eiskalt, was mich erschaudern ließ. Sie verlagerte ihr Gewicht und rutschte ein Stück zur Seite, dann deutete sie auf das, was hinter ihr lag.

»Sieh dabei zu, wie ich Robbie das nehme, was ihm am wichtigsten ist.«

Mein Blick glitt in die Richtung, in die sie zeigte. Und mein Herz schien ein zweites Mal in mehrere Teile zu zerspringen.

Denn ich sah Katie.

Katie, wie sie Vincent mit einer Waffe bedrohte.

Vierundzwanzig

Vincent

Ich spürte es.

Spürte, wie die Kraft mich zu übermannen drohte. Doch mir blieb nichts anderes übrig – Sienna hatte gedroht Charlie zu töten. Ihre eigene Tochter. Sie hatte mich vor die Wahl gestellt – entweder ich gehorchte ihr und ließ meine Kräfte los oder sie würde Charlie hierherholen und ich müsste zuschauen, wie sie sie verletzte. Ich hatte nicht überlegen müssen.

Und jetzt war ich hier, zurück am Trafalgar Square, und ich spürte, wie die Kraft aus mir herausbrechen wollte. Mein Blick glitt an meinen Armen hinab zu meinen Händen und ich sah die feinen Risse, die die Magie in meiner Haut hinterließ. Schwaches Licht blitzte zwischen den Hautpartien hindurch, Licht, das nur darauf wartete, aus mir herauszubrechen.

Plötzlich hörte ich ein Klicken und blickte zur Seite. An Katies Gesichtsausdruck erkannte ich, was sie sah: glühende Augen und eine Kraft, die sich nicht kontrollieren lassen wollte.

»Ich wusste von der ersten Sekunde an, dass du ein Irrer bist, eine Gefahr für Charlie«, presste sie hervor und hielt die Waffe leicht zitternd direkt auf mich.

»Hör auf«, keuchte ich und wandte den Blick von ihr ab. Die Gefühle brodelten in mir, tanzten in einem todbringenden Sturm mit der Macht der Magie in meinem Inneren. Ich unterdrückte es, wollte es unter Verschluss halten, doch ich spürte, wie meine Hände zu zittern begannen.

»Nein, Vincent. Du wirst sie töten. Du wirst sie töten, so wie du dafür da bist, Unheil zu bringen, ohne Rücksicht darauf für wen! Und das kann ich nicht zulassen«

Ihre Worte schlugen ein wie eine Rakete. Sie rissen meine Selbstbeherrschung ein, als wäre diese nichts, als hätte ich sie nicht mühsam aufgebaut.

Das Brodeln in meinem Inneren glich einem Kochtopf mit Milch – schäumend und heiß kochte es über und hinterließ Brandflecken auf der Herdplatte, die man nicht mehr wegbekam.

»Hör auf«, murmelte ich verzweifelt und kniff die Augen zusammen.

»O nein. Sag mir, du hast doch sicher schon Menschen getötet, hm?«, provozierte sie mich weiter.

»Hör auf!«, brüllte ich und etwas löste sich von mir. Die Macht, die unter der Oberfläche übergekocht war, brach heraus und ich fühlte mich freier. Fühlte mich, als würde sie mich nicht mehr zerquetschen wollen, weil ich sie endlich losgelassen hatte.

Ich hörte ein leises Klappern, als würde etwas zu Boden fallen, ein Keuchen und öffnete die Augen. Katie fiel auf die Knie, Blut benetzte ihre Bluse in Rekordzeit. Ihre Hände wollten sich auf ihre Brust pressen, doch sie war zu schwach.

Ich hatte sie getötet.

Ein Schrei, der mir durch Mark und Bein ging, ertönte und mein Herz schien stehen bleiben zu wollen.

Charlie

Meine Welt hörte auf sich zu drehen, als ich sah, wie Vincent die Kontrolle über seine Magie verlor und Katie von einer Ranke durchbohrt wurde. Ich stieß einen Schrei aus, weil ich noch immer am Boden gefesselt war, weil ich mich nicht bewegen konnte und weil meine beste Freundin vor meinen Augen starb.

»Das ist es, was er tut, kleine Charleen«, raunte meine Mutter und plötzlich verflog die Last auf mir. Ich wurde zwar nicht mehr magisch festgehalten, doch ich konnte trotzdem nicht aufstehen. Mein Magen rebellierte, Tränen rannen mir die Wangen hinab und ich zwang mich doch noch auf die Füße. Ich konnte sie dort nicht allein liegen lassen. Nachdem ich mich erst auf alle viere gehievt hatte, stand ich auf und stolperte zu Katie rüber.

Ich fiel neben ihr auf die Knie, spürte den dumpfen Schmerz aber nicht, der durch meine Beine schoss. Tränen verschleierten meine Sicht, als ich den

Kopf meiner besten Freundin auf meinen Schoß bettete und ihr sacht durchs Haar strich. Ihr Röcheln hinterließ eine Gänsehaut auf meinem Körper, sie keuchte, Blut lief in einem feinen Rinnsal ihren Mundwinkel hinab und benetzte ihr Kinn.

»Katie«, wimmerte ich leise.

»Charlie ich ... ich habe das nicht gewollt«, sickerte Vincents Stimme zu mir durch. Wut machte sich in mir breit und ich richtete den Blick auf ihn.

»Du hast genug getan!«, schrie ich ihn an, doch meine Stimme zitterte so sehr, dass es nicht halb so laut war, wie ich gedacht hatte. »Geh einfach. Verschwinde!«

Ich richtete meine Aufmerksamkeit wieder auf meine beste Freundin, bekam gar nicht mit, wie Vincent stolpernd das Weite suchte. War mein Herz zersprungen, als sie herausgefunden hatte, dass ich ein magisches Kind war, so war es kein Vergleich zu den Schmerzen, die ich jetzt verspürte. Mein Herz schien zu Eis gefrieren wollen, eine kalte Hand legte sich um den lebensnotwendigen Muskel und wollte es zerquetschen.

»Es ist meine Schuld ... ich habe ihn ... provoziert«, brachte Katie keuchend über die Lippen. Ich schluchzte und strich ihr eine Strähne aus dem Gesicht.

»Ssh, alles ist gut, Katie. Wir kriegen dich wieder hin, okay? Wir kriegen das wieder hin.«

Sie schüttelte schwach den Kopf, verzog voller Schmerz das Gesicht. Über ihre Lippen kam ein erstickter Schmerzenslaut, ihre Hand lag schlaff auf ihrer Brust – die Ranke hatte sie direkt getroffen.

»Es tut mir leid«, wisperte sie, nahm einen weiteren röchelnden Atemzug, ehe sie sich nicht mehr bewegte.

»Katie?«, fragte ich und rüttelte an dem Körper meiner besten Freundin. Doch sie regte sich nicht mehr. Sie war tot. Vincent hatte sie getötet.

»Katie!«, schrie ich verzweifelt und weinte. Ich lehnte die Stirn an ihre Schulter und weinte so sehr, dass ich fürchtete, ich würde daran zugrunde gehen.

Plötzlich waren da Hände, die mich an den Oberarmen mit sich zogen, die mich auf die Füße zerrten. Ich wollte mich wehren, wollte zurück zu ihr und bei ihr bleiben, obwohl mein Unterbewusstsein wusste, dass nichts auf dieser Welt sie zurückholen konnte.

»Charlie, du musst hier weg!« Dad? Seine Stimme war so unheimlich weit weg, als würde er durch ein Kissen zu mir sprechen. Ich stolperte ihm hinterher, während er mich immer weiter fort von Katie zog.

»Sie ist tot«, brachte ich hervor und wurde auf einen Beifahrersitz gedrückt. Die Tür knallte zu, keine Ahnung, wie lange es dauerte, bis Dad sich auf den Fahrersitz schob und den Motor startete. Ich starrte aus der Scheibe, ohne wirklich etwas zu sehen. Meine Gedanken kreisten nur um das Bild meiner besten Freundin, um Vincent, der sie tötete.

Es war ihre eigene Schuld, hatte Katie mir gesagt. Was wollte sie damit bezwecken? Wollte sie, dass ich Vincent verzieh? Aber wie sollte ich das jemals schaffen? Der Verlust hatte ein großes Loch in meine Brust geschlagen, von dem ich nicht wusste, ob es sich jemals wieder füllen würde.

Ich schlang die Arme um meinen Oberkörper und schloss die Augen, vergoss Tränen, die scheinbar nie wieder aufhören wollten. Ich bekam nicht mit, was um mich herum passierte. Vielleicht war das auch besser so. Ich war durch den Tod von Katie zerstört, ich hätte nicht mit ansehen können, wie meine Mutter sich rachsüchtig in den Kampf gegen die Special Unit warf. Es war gut, dass Dad mich wegbrachte, auch wenn ich kaum etwas mitbekam.

Ich merkte erst, dass wir an unserem Ziel angekommen waren, als die Tür aufgerissen wurde und Dad vor dem Wagen in die Hocke ging.

»Charlie-Bee, du bist bei der Villa, okay? Meredith wird auf dich aufpassen.«

Ich blickte meinen Dad aus verquollenen, geröteten Augen an, brauchte einen Moment, ehe der Sinn seiner Worte tatsächlich bis in meinen Verstand vorgedrungen war. Vielleicht brachte ich ein mechanisches Nicken zustande, ich wusste es nicht. Ich sah nur die Sorge in Dads Blick, als er mir aus dem Wagen half. Meine Beine fühlten sich an wie Wackelpudding, als wir zur Tür der Villa gingen. Meredith hatte sie bereits geöffnet und zog mich wortlos in eine feste Umarmung. Das Schluchzen, das sich in meiner Kehle festgesetzt hatte, brach heraus.

***

Es zerstörte mich auch noch eine Woche später. Ich konnte nicht einmal auf Katies Beerdigung, weil Robbie wusste, dass ich ein magisches Kind war. Ren hatte die Villa mit einem magischen Schutzschild versehen, weswegen Dad nicht erlaubte, dass ich nach Hause ging. Am Tag der Beerdigung saß ich am Rande der Terrasse und starrte in Rens Garten. Es regnete unaufhörlich und ich glaubte, dass der Himmel ebenso um sie weinte, wie ich es getan hatte. Doch mittlerweile kamen einfach keine Tränen mehr. Das war gut so. Ich wollte nicht mehr weinen, wollte einfach nichts tun.

Zu diesem Verlust gesellte sich dann auch noch die alles verzehrende Sehnsucht nach Vincent. Ich hatte ihm bislang nicht verziehen und ihn seitdem auch nicht mehr wiedergesehen, doch mein dummes, verliebtes Herz sehnte sich nach ihm. Nach seiner Berührung, nach den drei Worten, die er mir zugeflüstert hatte. Ich wollte mich an ihn schmiegen, von ihm festgehalten werden, wenn ich wieder einmal glaubte, an allem zu zerbrechen.

Aber konnte ich ihm einfach so verzeihen? Er hatte meine beste Freundin getötet.

»Es ist nicht deine Schuld, Vincent. Du wolltest sie nicht töten«, hatte ich damals gesagt, als er mir von seiner Familie erzählt hatte. Aber war das die Entschuldigung für alles? Selbst Tyler, der wohlgemerkt immer noch nicht der Vorstand des Vincent-Fanclubs war, versuchte mich dazu zu animieren, ihm zu verzeihen. Ein Teil von mir wusste auch, dass er es nicht absichtlich gemacht hatte. Aber der andere Teil war in diesem schwarzen Loch gefangen, das mich umschlossen hatte, seit Katie ihren letzten Atemzug in meinen Armen getan hatte.

Ich schloss die Augen und schluckte den aufkommenden Kloß hinunter. Die Bilder breiteten sich weiter hinter meinen geschlossenen Lidern aus, ich konnte sie nicht abstellen oder beiseiteschieben. Sie waren so präsent, als wäre ich am Trafalgar Square und Katie würde erneut in meinen Armen sterben.

»Hey«, ertönte eine sanfte Stimme und jemand setzte sich neben mich. Sacht stieß Meredith mich mit der Schulter an und erlangte so an meine

Aufmerksamkeit. Ich sah zu ihr, sie reichte mir eine dampfende Tasse Tee und lächelte.

»Wir müssen über Vincent sprechen«, begann sie das Gespräch und ich schüttelte den Kopf. Ich wusste, dass ich mich damit auseinandersetzen musste, aber ich war noch nicht bereit. Obwohl er mir fehlte und sich meine Gefühle für ihn nicht geändert hatten, konnte ich nicht darüber sprechen.

»Es geht ihm nicht gut, Charlie.«

Ein Schnauben kam über meine Lippen. Ging es mir denn gut?

»Er hat Katie getötet.«

»Richtig. Aber glaubst du wirklich, er hat es mutwillig getan? Katie ist keine Heilige, Charlie. Sie hat ihn, ohne Bescheid zu wissen, mit dem Tod seiner Familie gereizt, ihm gesagt, dass er auch dich irgendwann töten wird. Durch die Überbelastung seiner Kräfte konnte er seine Gefühle nicht kontrollieren. Er hat es nicht mit Absicht getan.«

Ich presste die Lippen zu einem schmalen Strich zusammen und starrte weiter in den regnerischen Garten. Ich wollte nicht hören, dass Katie praktisch selbst Schuld gehabt hatte. Ich wollte das Bild meiner besten Freundin behalten, dass sie einem Engel gleichkam. Nicht, dass sie Vincents Vergangenheit ausgenutzt hatte, um ihn zu verletzen.

»Sie fehlt mir nur so, verstehst du?«, fragte ich leise und spürte im selben Moment, wie sie mütterlich einen Arm um meine Schultern legte. Ihren Kopf lehnte sie gegen meinen, während sie nickte.

»Natürlich verstehe ich das. Aber Vincent braucht dich. Und du brauchst ihn, das wissen wir doch alle.«

Ich schwieg, weil ich sowieso nicht gewusst hätte, was ich sagen sollte. Ich saß zwischen den Stühlen und war einfach total machtlos in dieser Situation. Irgendetwas sagte mir, dass ich Vincent verzeihen würde, dass Meredith recht hatte, denn ich brauchte ihn. Andererseits fühlte ich mich, als würde ich Katie verraten, wenn ich mich wieder auf ihn einließ, meine Liebe zu ihm zuließ.

»Katie würde wollen, dass du glücklich bist«, flüsterte mir Meredith zu und irgendwie glaubte ich ihr.

***

In der Nacht quälten mich die Bilder vom Trafalgar Square. Doch anstatt dass sich Katies Tod erneut abspielte, fing die Szenerie plötzlich Feuer. Ich roch den Rauch, spürte die Hitze, als wäre sie tatsächlich da.

Dann sickerte der Geruch schlagartig in meinen Verstand und ich merkte, dass ich gar nicht so lebendig träumte, sondern dass ich das Feuer scheinbar wirklich riechen konnte. Ich roch tatsächlich Rauch.

Mit einem Schlag war ich hellwach und schlug die Augen auf. Dichter Qualm quoll unter meiner Tür durch und ich musste augenblicklich husten, presste mir den Arm auf Mund und Nase. Ich riss die Tür auf und sah das orangene Licht, welches von unten kam.

»Wir müssen hier weg!«, schrie ich und riss die Türen auf, an denen ich vorbeikam. Durch den Lärm wurden andere magische Kinder wach und kamen auf den Flur, der Rauch breitete sich rasend schnell aus, sodass uns fast die Sicht genommen wurde. Wir rannten die Treppen hinab.

Feuer schlug uns entgegen und ich funktionierte einfach nur noch. Hätte ich die Feuermagie beherrscht, hätte ich vielleicht etwas ausrichten können. Hätte das Feuer zwingen können, zurückzugehen. Doch mit meiner Erdmagie konnte ich nichts dagegen tun, konnte nur zusehen, wie die Flammen immer höher züngelten und immer bedrohlicher wurden.

»Charlie, komm schon!«, rief Max mir zu, als er sah, dass ich stehen geblieben war.

»Wir müssen alle hier rausbringen«, sagte ich ihm, als er meinen Arm ergriffen hatte. Auch ihm setzte Katies Tod furchtbar zu, doch anders als ich nahm er weiterhin am Leben teil.

Als ich eine Silhouette in der Küche ausmachte, lief ich dorthin. Es war Saki, die hustend am Boden kauerte. »Mein Knöchel, ich bin gestürzt«, keuchte sie, als ich bei ihr ankam. Ich stützte sie und half ihr, nach draußen zu kommen. Entfernt hörte ich bereits das Kreischen der Sirenen – irgendwer musste die Feuerwehr alarmiert haben.

»Wie kann ich helfen?« Die Stimme bahnte sich einen Weg durch meinen ganzen Körper und ließ ihn erzittern. Ich spürte ihn hinter mir, noch bevor ich mich umdrehte. Als ich das tat, als ich in seine vor Schreck geweiteten Augen sah, brach die Mauer in mir zusammen.

»Wir müssen die restlichen Leute hier rausschaffen«, wies Meredith ihn an und ging, gefolgt von Vincent, wieder ins Innere des Gebäudes. Ich folgte ihnen, baute eine Wand aus Ranken, damit die Flammen sich darauf stürzen konnten, anstatt die Villa weiter zu zerfressen. Plötzlich wurde es etwas leichter, ich spürte, wie die Kraft des Feuers abnahm. Dann sah ich Vincent aus dem Augenwinkel, der neben mich trat und die Flammen zurückdrängte. Ich spürte, wie unsere Kräfte sich miteinander verbanden, wie sie sich freudig in den Armen lagen, weil sie wieder vereint waren. Und genauso zerrte mein Herz an mir, das vor Sehnsucht und Glück, ihn wiederzusehen, übersprudeln wollte.

Plötzlich hörte ich weiter hinten in der Villa etwas.

»Da ist noch jemand!«, rief ich und rannte bereits los.

»Charlie, nein!« Vincents Stimme wurde vom Knistern des Feuers verschluckt. Ich hustete, als mir Rauch in die Lunge drang, blinzelte, doch meine Augen tränten so sehr, dass ich kaum etwas sehen konnte. Erneut hörte ich eine Mädchenstimme nach mir rufen, lief weiter, obwohl ich völlig die Orientierung verloren hatte.

Plötzlich sah ich einen Körper am Boden liegen und stürzte darauf zu, als ich das auf dem Bauch liegende Mädchen herumdrehte, blickte Katie mich an.

Ich keuchte auf und fiel zurück auf den Hintern, schob mich über den Boden ein paar Meter von ihr weg. Sie konnte nicht hier sein, was sie natürlich auch nicht war. Als ich einen weiteren Blick in ihre Richtung wagte, war ihr Körper fort. Mein Verstand hatte mir nur einen Streich gespielt, hatte mich halluzinieren lassen.

Rauch drang in meine Atemwege ein, füllte meine Lungen aus und ich merkte, wie ich zunehmend an der Bewusstlosigkeit kratzte. Ich versuchte mich aufzurichten, doch mit einem Krachen stürzte einer der Holzbalken auf mich hinab. Ich brachte mich gerade noch so in Sicherheit, doch das Holz klemmte mein Bein ein. Meine Augen brannten, mein Hals kratzte und ich fürchtete, dass es zu Ende gehen würde.

Dann war da ein Gesicht über mir, jemand, der mit einem Wirbelwind den Balken entfernte. Ich öffnete flatternd die Augen und sah Vincents Gesicht über mir. Er strich mir das Haar aus dem Gesicht, hielt mich in seinen Armen.

»Ich kann dich nicht verlieren, hörst du? Charlie, bleib bei mir!« Pure Angst lag in seinem Gesicht, ich spürte, wie ich den Boden unter mir verlor. Die Bewusstlosigkeit nagte an mir und schließlich ließ ich sie gewinnen.

Fünfundzwanzig

Ich war in einem Dämmerzustand. Befand mich zwischen Traum und Realität. Keine Ahnung, wie lange dieser Zustand anhielt, aber irgendwann wehrte sich mein Verstand dagegen. Ich kämpfte gegen die Bewusstlosigkeit, wollte wieder in mein Leben zurück, obwohl die Schwärze mich so bittersüß von all den Schmerzen ferngehalten hatte.

Aber ich wusste, dass da Menschen waren, die auf mich zählten. Die nicht wollten, dass ich der Schwärze nachgab.

Also tat ich es nicht.

Und schlug schließlich die Augen auf.

Alles, was ich zunächst sah, war weiß. Eine weiße Decke blickte mir entgegen, mit viel zu hellen Neonröhren, sodass ich die Augen wieder zusammenkneifen musste. Ich spürte Kopfschmerzen, mein Brustkorb tat weh und mein Hals ebenso. Als ich den Kopf zur Seite neigte, sah ich meinen Dad neben dem Bett auf einem Sessel schlafen.

»Hey, Dad«, krächzte ich, was ihn sofort die Augen öffnen ließ. Er fuhr sich über das Gesicht, dann blinzelte er mehrfach und schien zu verstehen, dass ich aufgewacht war. Sofort sprang er aus dem Sessel auf und war in zwei langen Schritten bei mir. Er griff nach meiner Hand.

»Charlie-Bee«, flüsterte er heiser und legte eine Hand an meine Stirn. »Wie geht es dir? Soll ich einen Arzt holen?«

Ich schüttelte den Kopf. »Alles gut«, log ich.

Keine Ahnung, wieso es mir jetzt einfiel, doch ich hatte Dad bislang nicht erzählt, dass Robbie es gewesen war, der Mum hatte umbringen wollen.

»Es war Robbie«, sagte ich und Dad runzelte die Stirn.

»Robbie hat das Feuer gelegt?«, hakte er nach. Seine buschigen schwarzen Augenbrauen zogen sich zusammen.

Ich schüttelte den Kopf. »Er wollte Mum in jener Nacht töten. Sie hat es mir erzählt.«

Ich konnte sehen, wie Dad die Kiefer aufeinanderpresste. Doch dann schüttelte er schwach den Kopf und setzte einen Kuss auf meine Stirn. »Das ist jetzt nicht wichtig, Charlie-Bee, lass uns darüber später reden. Wichtig ist nur, dass du gesund wirst.«

Kurz darauf kam ein Arzt zu mir und teilte uns mit, dass ich auf dem Weg der Besserung war. Mein Schienbein war bloß geprellt, die Rauchvergiftung würde ich überleben und dann würde ich in ein paar Tagen wieder quicklebendig sein. Nachdem der Doktor fort war, kam Dad an mein Bett und lächelte mich an.

»Es ist jemand für dich da«, teilte er mir mit und ich runzelte die Stirn. Vielleicht Meredith? Dad trat einen Schritt zur Seite und gab mir den Blick auf die Tür frei. Fast sofort schossen mir Tränen in die Augen, als ich Vincent dort stehen sah. Zögernd, als würde er nicht wissen, ob ich ihn überhaupt sehen wollte, kam er ins Zimmer hinein. Ich ächzte, zwang mich aber, mich aufzusetzen. Dad trat den Rückzug an, legte Vincent kurz eine Hand auf die Schulter und verschwand.

Obwohl es irgendwie komisch zwischen uns war, kam Vincent zu mir herüber und zog mich an sich. Und das war alles, was ich gewollt hatte. Ich schlang die Arme um seine Mitte und lehnte das Gesicht an seine Brust, ließ den Tränen freien Lauf.

»Es tut mir so leid. So, so leid«, flüsterte er gegen mein Haar und wiegte mich liebevoll vor und zurück. Ich spürte den Schluckauf, bevor ich das erste Mal hicksen musste. Schniefend löste ich mich von Vincent und sah ihn an.

»Meredith hat mir erzählt, was Katie gesagt hat«, erklärte ich ihm und griff nach seiner Hand.

»Ich wollte sie nicht töten, bitte, du musst mir glauben.«

Ohne dass mir die Synapsen in meinem Kopf mitteilten, was für eine Entscheidung ich treffen würde, stolperte mein Herz und übernahm die Führung.

»Ich weiß, Vincent. Es war nicht deine Schuld.«

Erleichterung huschte über sein Gesicht und er zog mich erneut an sich. Ich lehnte mich an ihn, genoss seinen Duft, seine Nähe, alles an ihm. Denn mit ihm wurde der Schmerz, der tief in meinem Inneren saß, gelindert. Ich fühlte mich, als würde ich wieder atmen können, als würde die Last auf mir schrumpfen. Als würde er mir wieder helfen, weiterzuleben.

Ich wusste nicht, wie lange wir eng aneinandergeschmiegt in dem schmalen Krankenhausbett lagen und einfach nur die Zweisamkeit genossen.

»Wir haben vielleicht einen Weg gefunden, das alles zu beenden«, flüsterte er schließlich und ich reckte den Kopf etwas nach hinten, um ihm ins Gesicht sehen zu können.

»Welchen?«

»John trifft sich mit Sienna. Er will mit ihr reden und sie aufhalten.«

Ich setzte mich auf und strich mir mein Haar glatt. Fassungslos sah ich ihn an. »Wann? Ich muss dabei sein.«

Vincent schüttelte den Kopf. »Es ist zu spät, das Treffen findet jeden Moment im Hyde Park statt.«

Natürlich traute ich Dad zu, das auch allein hinzukriegen. Doch wenn meine Familie wieder zusammenkam, musste ich dabei sein.

»Ich muss da hin«, sagte ich und stand auf. Meine Beine fühlten sich zittrig an, das Schienbein schmerzte, doch ich ignorierte es.

»Charlie, du kannst das Krankenhaus nicht einfach verlassen.«

»Na, dann pass mal auf«, erwiderte ich und deutete auf einen Seesack. »Gib mir bitte Klamotten aus der Tasche«, forderte ich, während ich in Richtung des kleinen Badezimmers wankte. Vincent stieß einen Fluch aus, sprang auf und wollte mich aufhalten. Ich schnitt ihm das Wort ab, noch ehe er die Lippen ganz geöffnet hatte.

»Halt mich nicht auf. Komm lieber mit mir mit.«

»Du bist so ein Sturkopf.«

»Deswegen liebst du mich, nicht wahr?«

Er verdrehte die Augen, konnte das leichte Grinsen aber nicht verbergen. »Ich liebe dich aus vielen Gründen.« Er beugte sich zu mir und küsste mich, wie er mich noch nie geküsst hatte. Schmetterlinge flatterten wild in meinem Bauch und ich fühlte mich, als würde ich fliegen können.

»Ich liebe dich übrigens auch. Und jetzt hol mir bitte meine Klamotten«, murmelte ich gegen seine Lippen, was ihm ein leises Lachen entlockte.

»Miss, Sie dürfen nicht einfach gehen«, wollte eine Krankenschwester mich aufhalten, als ich auf den Flur trat.

Ich winkte ab. »Ich tue das auf eigene Verantwortung.«

Vincent nahm meine Hand und hielt mich sanft auf.

»Ich habe da eine Idee.« Plötzlich spürte ich, wie meine Akkus sich wieder aufluden. Es war, als würde jemand Kraft in mich pumpen und als würde mir von Sekunde zu Sekunde besser gehen. Fassungslos sah ich in Vincents Gesicht und sah den grünlichen Schimmer in seinen Augen. Er übertrug etwas von seiner Energie auf mich.

»Was?«, fragte ich perplex und er lächelte mich sanft an.

»Ich habe in letzter Zeit ein bisschen geübt. Kann sein, dass die Elemente mir jetzt gehorchen.«

»Wahnsinn«, brachte ich bloß hervor und fühlte mich praktisch wie neugeboren.

Wir ließen das Krankenhaus hinter uns und riefen uns ein Taxi an den Bordstein, das uns zum Treffpunkt brachte. Es hing so viel von diesem Gespräch ab, dass ich mich ganz kribbelig und nervös fühlte, je näher wir kamen. Als der Fahrer schließlich hielt und Vincent ihm das Geld gab, hatte ich das Gefühl, vor einer Prüfung zu stehen, die über mein ganzes Leben entscheiden würde. Wie eine Abschlussprüfung, nur schlimmer. Um einiges schlimmer.

Dad und Sienna hatten sich abgelegen im Hyde Park verabredet. Der Ort war klug gewählt, hier würden zu dieser Uhrzeit kaum Menschen sein, die verletzt werden konnten. Als wir ankamen, sah ich Zorn in Siennas Augen lodern. Automatisch blickte ich mich um, doch ich konnte keine unerwünschten Zuschauer erkennen. Der Park war zu dieser Uhrzeit wie leer gefegt.

»Robbie wird für das bestraft werden, was er dir angetan hat«, sagte Dad gerade diplomatisch, doch das schien ihr nicht zu genügen. Alles an ihr strahlte das aus, was sie erreichen wollte: Furcht in den Reihen der Menschen.

»Du glaubst doch nicht wirklich, dass ich mich damit zufriedengebe, dass ihr ihn in eine Zelle sperrt, oder?«, fauchte sie. In ihren Augen flammte ein Sturm auf und ich konnte die zitternde Kraft um ihre Hände pulsieren sehen. Doch bevor sie Dad angreifen konnte, flackerte plötzlich neben ihnen ein Licht. Ein kreisrundes Portal erschien und niemand anderes als Ren trat heraus, in Begleitung einer schlanken Frau. Erst jetzt sah Dad mich und Vincent, da wir so nah an sie herangetreten waren, dass es unmöglich war, uns nicht zu bemerken. Er warf mir einen vernichtenden Blick zu, weil ich hier war. Ich formte ein »Alles gut« mit den Lippen, um ihn zu beruhigen, dann forderte Ren unsere Aufmerksamkeit. Es war noch immer seltsam zu wissen, dass er ein Hexenmeister war. Ich würde mich definitiv noch mal genauer mit ihm unterhalten müssen, denn die ganze Sache interessierte mich ungemein.

»Ren«, sagte Dad schließlich.

»Jonathan, Charleen.« Er nickte uns beiden zu, dann warf er einen Blick zu Vincent und begrüßte auch ihn. Zuletzt richtete er seine dunklen Augen auf Sienna.

»Sienna, hiermit nehme ich dich im Namen des Zentralrats fest. Du wirst nach Schottland gebracht, wo über deine Zukunft entschieden wird.« Zwei weitere magische Kinder traten aus dem Portal hervor. Sie waren in eine Uniform gekleidet, ich vermutete, dass sie Soldaten des Rats waren. Aber was wusste ich schon? Gefühlt ja irgendwie gar nichts über diese Welt, in der ich mein Leben lang schon lebte.

»Das könnt ihr nicht machen«, fauchte sie und ließ in einem aufkommenden Sturm ihre Kräfte los. Binnen Sekunden hatte sich ihre Fähigkeit um sie geschlungen, hatte sie in die Lüfte gehoben und waberte unheilverkündend um sie herum. Vincent schob mich hinter sich, der Boden erzitterte unter seiner Kraft. Ich griff nach seiner Hand, das sanfte grüne Leuchten umschloss uns beide und unsere Kräfte vereinten sich.

»Die magischen Kinder haben das Recht, nicht länger im Verborgenem zu leben!«

»Nicht, wenn dies mit Chaos einhergeht. Die Menschen müssen geschützt werden. Vor dir. Vor allen magischen Kindern, die so denken wie du.«

Ren war vorgetreten und ehe Sienna ihre Macht erneut loslassen konnte, hatte er seine Kraft gebündelt und auf sie geworfen. Die Frau, die einst meine Mutter gewesen war, wurde von orangenen Fesseln umwoben, stürzte zu Boden und konnte ihre Kräfte nicht mehr nutzen. Ren hatte einen weiteren Angriff ihrerseits im Keim erstickt.

Die zwei Soldaten, die mit ihm und der Frau durch das Portal gekommen waren, zerrten Sienna auf die Beine und brachten sie unter lautem Protest durch das Portal. Wehmut machte sich in meiner Brust breit. Irgendwie hoffte ich, dass sie in Schottland zur Vernunft gebracht werden konnte.

»Das ist Zara«, stellte Ren dann die Frau vor, die noch immer neben ihm stand.

»Sie hat die Fähigkeit, Erinnerungen zu löschen. Der Zentralrat hat beschlossen, dass es besser ist, wenn die Menschen nichts über uns wissen.«

»Die magischen Kinder, die Sienna gefolgt sind, werden ihrem Einfluss entzogen und dahingehend gelenkt, dass sie ihre Fähigkeiten nicht mehr preisgeben. Die Situation in London ist einfach außer Kontrolle geraten, weswegen wir etwas tun müssen, damit wir uns selbst schützen können«, erklärte Zara uns. Sie blickte zu mir und Vincent, dann zu meinem Dad. Ihre markanten Gesichtszüge wurden durch das streng zurückgebundene dunkle Haar noch mehr betont.

»Sir, wenn ich der Stadt die Erinnerungen nehme, dann werden auch Sie nichts mehr davon wissen.«

Mein Dad schnaubte und schüttelte vehement den Kopf. »Das können Sie sich gleich abschminken«, grummelte er. »Es hat Jahre funktioniert, also werde ich meine Tochter auch jetzt nicht im Stich lassen.«

»Der Zentralrat hat entschieden ...«

»Ich scheiß auf euren Zentralrat! Ren, dir ist doch klar, dass ich mir nicht meine Erinnerungen nehmen lasse?« Dad blickte zu Ren, der schließlich nickte. Er sah zu Zara und schenkte ihr ein kurzes Lächeln.

»Jonathan ist der mit Abstand vertrauenswürdige Mensch auf diesem

Planeten, Zara. Wir werden ihm die Erinnerungen nicht nehmen müssen. Vertrau mir.«

Zara sah nicht gerade begeistert aus, nickte dann aber schließlich.

»Dann sollten Sie nicht in meiner Nähe sein, wenn ich meine Fähigkeiten benutze.«

»Werde ich nicht.« Dad nickte Ren kurz dankbar zu, ehe er zu mir und Vincent kam.

»Lass uns nach Hause, Charlie-Bee«, sagte er sanft und schob mich sacht in Richtung Straße, wo sein Wagen stand. Ich blickte zu Vincent zurück, bis Dad schließlich stehen blieb und meinem Blick folgte.

»Was ist mit dir?«, fragte er Vincent. »Willst du hier Wurzeln schlagen oder mit uns kommen?«

Ein Lächeln stahl sich auf Vincents Lippen. »Ich würde liebend gern mit euch kommen.« Nachdem er zu uns aufgeschlossen hatte, gingen wir zu Dads Jeep und fuhren nach Hause. Ein warmes Gefühl machte sich in meiner Brust breit und ich spürte, dass es ab jetzt vielleicht wieder einfacher werden würde.

Epilog

Zwei Monate später

»Alles Gute zum Geburtstag!«, wünschte Saki mir und schloss mich in eine kurze Umarmung. Hinter ihr kam Dave ins Haus und zog mich ebenfalls in seine Arme.

»Happy Birthday«, sagte er sanft und reichte mir ein kleines Päckchen, während er Saki ins Innere unseres Hauses folgte.

Ich schloss die Tür und legte das Päckchen zu den anderen auf die Kommode. Mein Blick flog über all die Leute, die sich in unserem Wohnzimmer tummelten, und ein Lächeln schob sich auf meine Lippen. Alle waren da und alle waren glücklich, auch wenn sich ein Tropfen Wehmut in meiner Brust sammelte. Katie hätte hier sein müssen. Ich vermisste sie jeden Tag.

Meine Mutter lebte nun bei den Hexenmeistern des Zentralrats in Schottland. Sie stand dort unter ständiger Beobachtung, doch Ren war zuversichtlich, dass ich sie eines Tages wiedersehen würde. Sie musste sich von ihrer Rache und dem Hass lösen, der in ihr wohnte, was vermutlich noch etwas dauern würde.

Ich lehnte mich an die Küchentheke und lächelte trotz allem. Heute war ein schöner Tag, auch wenn nicht alle hier sein konnten, die ich um mich haben wollte.

Vincent trat an meine Seite und zog mich in seine Arme. Seine Lippen fanden meine Schläfe und drückten einen sanften Kuss darauf.

»Bist du glücklich?«, fragte er leise und ich nickte. Denn das war ich wirklich.

Erneut sah ich zum Wohnzimmer. Ich sah Danielle, die über einen Witz von Ryan lachte – ausgerechnet Ryan, der sie doch so verabscheut hatte! Dad hielt ein Bier in der Hand, den anderen Arm hatte er um Merediths Hüfte geschlungen, die auf seinem Schoß saß und sich intensiv mit Ren unterhielt.

Auch wenn es ein weiter Weg gewesen war, jetzt war alles gut. Und ich brannte darauf, noch mehr von dieser Welt kennenzulernen.

Und meinen weiteren Weg mit Vincent zu bestreiten.

Danksagung

Ein weiteres Buch ist beendet und schon wieder finde ich kaum die richtigen Worte für den Dank.

Charlie und Vincent haben es mir nicht leicht gemacht. Die Geschichte rund um die magischen Kinder in London war die erste Idee, die nach meinem Debüt zu etwas Handfestem wurde und hat mir so einiges abverlangt. Jede*r Autor*in kennt wohl diese kleinen, aber ziemlich fiesen Zweifel, die einem sagen, dass die Geschichte nicht gut genug ist.

Dass du als Leser sie nun aber in den Händen hältst und bis hierhergekommen bist, zeigt mir, dass das Buch eben doch genau das ist: gut genug.

Charlies Geschichte wäre jedoch niemals so weit gekommen, wenn bestimmte Menschen nicht dabei gewesen wären und mich unterstützt hätten.

Zuallererst möchte ich Impress danken. Ihr seid ein wahnsinnig tolles Team und ich fühle mich mit jeder Geschichte und jedem Anliegen bei euch einfach so gut aufgehoben. Danke, Janina, dass du meine Ansprechpartnerin bist und ich mit allem immer zu dir kommen kann. Danke, dass ihr bei Impress alle so toll seid!

Als Nächstes möchte ich meiner Lektorin Gabriele danken. Du hast mir den Glauben an diesen Text wiedergebracht und mir gezeigt, dass das hier eine gute Geschichte ist. Ich danke dir sehr für die tolle Zusammenarbeit!

Ein riesig großes Danke geht auch an zwei meiner liebsten Autorenkolleginnen und sehr guten Freundinnen raus. Zum einen an Vany, die die Geschichte testgelesen hat und immer ein offenes Ohr für mich hat. Du bist Gold wert, das weißt du hoffentlich. I purple you.

Dann ist da natürlich Francesca, ohne die ich ebenfalls völlig aufgeschmissen wäre. Danke, dass du immer da bist, ich über jede einzelne Idee mit dir sprechen kann und du mir immer mit Rat und Tat zur Seite stehst. Ich bin unheimlich froh, dich durch Impress kennengelernt zu haben.

Ich danke meiner Familie, die immer an mich glaubt und jeder Veröffentlichung entgegenfiebert. Danke, dass ihr hinter mir steht. Ihr seid toll.

Danke an meine beste Freundin Nessy, die mich seit Jahren begleitet und mit der alles irgendwie ein bisschen besser ist. Danke fürs Zuhören und dass du immer für mich da bist.

Als Letztes möchte ich danke zu dir sagen: dir als Leser*in. Danke, dass du in die Welt von Charlie und Vincent eingetaucht bist. Ich hoffe sehr, dass dich diese Geschichte in eine magische Welt entführen konnte.

Alles Liebe.
Eure Annika

Impress
Die Macht der Gefühle

Unser Versprechen für mehr Nachhaltigkeit
- Klimaneutrales Produkt
- Papiere aus nachhaltiger Waldwirtschaft
- Hergestellt in Europa

FSC www.fsc.org
MIX
Papier aus verantwortungsvollen Quellen
FSC® C083411

Impress
Ein Imprint der Carlsen Verlag GmbH
Juni 2021

Lektorat: Gabriele Schönheit
Umschlagbild: shutterstock.com / © d.swe / © Songquan Deng / © belander
Umschlaggestaltung: formlabor
Satz und Umsetzung: readbox publishing, Dortmund
ISBN 978-3-551-30380-6
www.impressbooks.de